Panik, Todesangst, das ist es, was Bastian Thanner in der Stimme seiner Exfreundin hört, als sie ihn völlig unerwartet anruft. Über zwei Monate ist es her, dass Bastian Anna zuletzt gesehen hat, als sie Hals über Kopf und ohne Erklärung einfach verschwunden ist. Jetzt braucht sie dringend seine Hilfe, sie bangt um ihr Leben. Bastian macht sich sofort auf die Suche nach Anna und gelangt in ein Dorf an der Müritz, das ihm von Anfang an unheimlich ist. Überall deuten Spuren auf Anna, doch niemand kann oder will ihm weiterhelfen. Bis zu dem Abend, als Bastian Zeuge einer schrecklichen Zusammenkunft wird. Und auf den Mann trifft, der genau weiß, was mit Anna geschehen ist …

»Man könnte meinen, hier war ein amerikanischer Autor am Werk. So perfekt ist der Spannungsbogen, und der Film, der vor dem geistigen Auge entsteht, könnte in Hollywood gedreht worden sein …« Erla Bartmann, *Bayerischer Rundfunk*

**Arno Strobel**, 1962 in Saarlouis geboren, studierte Informationstechnologie und arbeitete bei einer großen deutschen Bank in Luxemburg. Mittlerweile konzentriert er sich ganz auf das Schreiben und gehört zu den gefragtesten deutschen Thrillerautoren. Arno Strobel lebt mit seiner Familie in der Nähe von Trier.
*Mehr unter www.arnostrobel.de*

Außerdem bei FISCHER Taschenbuch erschienen:
»Der Trakt«, »Das Wesen«, »Das Skript«, »Der Sarg«, »Das Rachespiel«

*Weitere Informationen, auch zu E-Book-Ausgaben, finden Sie bei www.fischerverlage.de*
Besuchen Sie Arno Strobel auch auf Facebook.

ARNO STROBEL

# DAS DORF

Psychothriller

FISCHER Taschenbuch

FSC
www.fsc.org
MIX
Papier aus verantwortungsvollen Quellen
FSC® C083411

Originalausgabe
Erschienen bei FISCHER Taschenbuch
Frankfurt am Main, Januar 2015



Dieses Werk wurde vermittelt durch die Literarische Agentur
Thomas Schlück GmbH, 30827 Garbsen.
Satz: pagina GmbH, Tübingen
Druck und Bindung: CPI books GmbH, Leck
Printed in Germany
ISBN 978-3-596-19834-4

*Für meine Mutter*

Ein Dorf mit wenigen Häusern
ist ein böses Dorf.

Aus Griechenland

# Prolog

*Sie bildeten einen Kreis um den Tisch und hielten sich an den Händen. Niemand sprach ein Wort. Nur der Wind, der sich hier und da zwischen den groben Brettern hindurchdrückte, erfüllte die Scheune mit einem wispernden Geräusch. Er ließ die Flammen der Kerzen tanzen und ihren flackernden Schein über die gesenkten Gesichter huschen.*

*Als* er *mit erhobenen Händen an den Tisch herantrat und seinen Blick auf die reglose Gestalt vor sich richtete, die ihm mit weit aufgerissenen Augen entgegenstarrte, schien selbst der Wind zu verstummen. Als er seine Stimme erhob, begannen die Hände der anderen zu zittern.*

*»Du wirst jetzt dem Schmerz übergeben. Du wirst Leid erfahren, wie es kaum ein Mensch je ertragen hat. Du wirst flehen, sterben zu dürfen, aber du bist für den Schmerz bestimmt. Er wird lange währen, doch sei gewiss, am Ende wartet der gnädige Tod auf dich.«*

*Die Gestalt auf dem Tisch lag noch immer reglos da, nur ein einzelner Muskel zuckte in ihrem Gesicht.*

*Er bemerkte es und sah auf. »Bringt diesen Menschen nun zu seiner Bestimmung.«*

*Als die anderen nicht sofort auf seine Anweisung reagierten, befahl er: »Sofort.« Da erst griffen sie nach der Gestalt.*

*Einer von ihnen hatte Tränen in den Augen.*

# 1

Es gab einige Dinge in Bastian Thanners Leben, die er nicht mochte. Die Fettröllchen an seinen Hüften zum Beispiel. Und die dicke, grellgeschminkte Frau Selkes mit den strähnigen Haaren, die ein Stockwerk unter ihm wohnte und den Großteil ihrer Zeit im Flur zu verbringen schien, wo sie ihm ekelhaft anzügliche Blicke zuwarf, wenn er auf dem Weg nach unten an ihr vorbeikam. Oder auch wichtige Termine, die er einzuhalten hatte und die ihm Stress bereiteten. All das waren Dinge, auf die er liebend gern verzichtet hätte. Genau wie auf das Klingeln des Telefons vor Sonnenauf- oder nach Sonnenuntergang. Er empfand solche Anrufe als nicht akzeptable Eingriffe in seine Privatsphäre und bestrafte die Anrufer mit offen zur Schau gestellter schlechter Laune.

Noch bevor sein Bewusstsein sich vollkommen aus der Umarmung des traumlosen Schlafes befreit hatte, setzte ein dumpfer Kopfschmerz ein, der Bastian vermuten ließ, dass es noch mitten in der Nacht war. Unwillig öffnete er ein Auge und wälzte sich zur Seite. Das penetrante Klingeln versuchte er dabei zu ignorieren.

Das Display des Radioweckers auf dem Nachttisch zeigte mit rot leuchtenden Zahlen zehn Uhr dreiundzwanzig an. Schon später Vormittag. Die Dunkelheit des Zimmers rührte also nicht von der Abwesenheit der Sonne, sondern vom geschlossenen Rollladen vor dem kleinen Schlafzimmerfenster.

Schnaubend drehte Bastian sich wieder auf den Rücken. Er hatte die halbe Nacht wach gelegen und fühlte sich wie gerädert.

Sein langsam schärfer werdender Blick machte einen verwaschenen Fleck auf dem Dunkelgrau der Zimmerdecke aus. Die nackte Glühbirne, die seit seinem Einzug die Deckenlampe des Schlafzimmers darstellte.

Nebenan im Wohnzimmer bimmelte das Telefon stoisch weiter. Fast im gleichen Rhythmus schien etwas in seinem Kopf zu pulsieren. Er würde eine Aspirin nehmen müssen, vielleicht besser gleich zwei.

Bastian überlegte, wann er endlich eingeschlafen war, und kam zu dem Schluss, dass es wohl fast fünf Uhr gewesen sein musste. Vorsichtig richtete er sich auf und schob die Beine aus dem Bett. Das Telefon läutete noch immer. Der Anrufer hatte entweder eine geradezu unglaubliche Ausdauer, oder er war einfach stur. Mit einem Seufzer stand Bastian auf und ging ins Wohnzimmer. Das Smartphone hing auf einem kleinen Beistelltisch neben der billigen Couch aus dem Lagerverkauf am Ladekabel. Als er sich auf dem orangefarbenen Stoff niederließ, hörte das Klingeln auf. Einige Sekunden ruhte sein Blick auf dem flachen Gerät, dann schüttelte er den Kopf. »Typisch.«

Als wäre das der Befehl zu einem weiteren Versuch, begann das Klingeln von neuem. Nach dem zweiten Mal hatte Bastian das Telefon am Ohr. »Thanner«, meldete er sich und ließ dabei, ungeachtet der Tatsache, dass es schon später Vormittag war, keinen Zweifel daran, dass er sich gestört fühlte.

»Bastian«, flüsterte eine Stimme ihm gehetzt ins Ohr. Augenblicklich war er hellwach, sprang auf und war mit einem Mal so fahrig, dass ihm das Telefon fast aus der Hand gefallen wäre.

»Anna! Bist du das, Anna? Sag doch was.«

Es vergingen einige Sekunden, bis die Stimme sich endlich wieder meldete. Quälend lange Sekunden, in denen Bastian im Wohnzimmer auf und ab lief wie ein Tier im Käfig.

»Hilf mir, bitte. Ich …« Ein schabendes Geräusch überlagerte die Worte, es folgte ein Knall, als ob das Telefon heruntergefallen wäre, dann wieder Rascheln, Knistern, und schließlich, »… mich hier fest. Ich … sie werden mich töten … hilf mir.«

Es hörte sich so an, als sei es sehr windig dort, wo Anna gerade war. Bastian konnte fast nichts verstehen. Er hätte schreien können vor Verzweiflung.

»Was? Anna, ich habe dich nicht verstanden. Wo bist du? Anna!«

»Frundorf … Müritz. Bitte hilf … Bastian. Ich … solche Angst.« Ihre Stimme klang jetzt panisch, und er konnte trotz der immer lauter werdenden Hintergrundgeräusche ihre Angst förmlich spüren.

»Du bist … wo? In … wie heißt das? Frundorf? An der Müritz? Anna?«

»Beeil dich. O Gott … sie …« Die Verbindung wurde unterbrochen, und obwohl Bastian wusste, dass es sinnlos war, schrie er noch einige Male Annas Namen. Sein Atem ging stoßweise, so, als hätte er gerade einen Sprint beendet.

Mit zitternden Fingern öffnete er die Liste der letzten Anrufe … Anonym. Die Nummer war unterdrückt worden.

Bastian ließ sich auf die Couch fallen, seine Hand mit dem Telefon sank herab, öffnete sich kraftlos. Das schmale Gerät fiel mit einer Drehung um die eigene Achse auf den

Stoff und blieb dort liegen. Stumm starrte er das Display an. Er fühlte sich, als hätten die letzten beiden Minuten alle Kraft aus seinem Körper gesaugt. Annas unerwarteter Anruf hatte den Schmerz mit solcher Wucht zurückgebracht, dass er das Gefühl hatte, den Boden unter den Füßen zu verlieren. Sie war sofort wieder so präsent, als hätte es die vergangenen Wochen nicht gegeben.

Seine Anna. Für eine kurze, aber sehr intensive Zeit war sie das gewesen, *seine* Anna. Bastian lehnte sich in das weiche Polster zurück und schloss die Augen.

Zwei Monate war es her, dass sie gegangen war. Ende August war das gewesen. Und sie hatte ihn auf eine Art und Weise verlassen, die es ihm unmöglich gemacht hatte zu glauben, dass sie es aus freien Stücken tat. Er war sicher gewesen, dass Anna ihn nicht verlassen wollte, sondern aus irgendwelchen Gründen musste. Dass sie gelogen hatte, als sie behauptete, ihn nicht genug zu lieben, um mit ihm zusammenbleiben zu können. Er hatte die Lüge in ihren grünen Augen gesehen, als sie vor ihm stand, den kleinen Koffer in der Hand, mit dem sie nur vier Wochen zuvor zu ihm gekommen war.

Bastians Gedanken hangelten sich an seinen Erinnerungen entlang wie an einem straff gespannten Seil. Die kurze, unbeschreiblich glückliche Zeit, die er mit Anna verbracht hatte. Sie war wie ein Rausch gewesen. Ihre Picknicke am Schweriner See, an der nicht einsehbaren kleinen Bucht. Sonntage, die sie im Bett verbracht hatten. Wilde Kissenschlachten, die in leidenschaftliche Umarmungen übergingen und damit endeten, dass sie wohlig ermattet eng aneinandergeschmiegt dalagen. Der Tag, an dem sie sich kennenlernten …

Bastian wohnte noch nicht lange in Schwerin und war

durch Zufall in diese Kneipe geraten, die eigentlich gar nicht sein Fall war. Er hatte nur ein Bier getrunken und wollte gerade zahlen, als sie plötzlich vor ihm gestanden und ihn stumm angesehen hatte. An seinen ersten Gedanken erinnerte er sich noch genau: Diese Frau passt nicht hierher. Ihre schlanke, fast zerbrechlich wirkende Gestalt, das zarte, feine Gesicht, umrahmt von einer Fülle brauner Haare … das alles stand in geradezu groteskem Kontrast zu der hämmernden Musik im Hintergrund, den Bierpfützen auf den abgenutzten Stehtischen mit den grölenden und schwankenden Typen daran.

»Hallo«, hatte er nur zu ihr gesagt, mehr war ihm nicht eingefallen. Sie hatte ihn angelächelt. »Ich bin Anna. Darf ich mich zu dir stellen?«

»Ja, sehr gerne.« Bastians Herz hatte einen Sprung getan, als sie an ihm vorbei auf die andere Seite des Stehtisches gegangen war und dabei seine Hand berührte. Er …

Jäh wurde er in die Gegenwart zurückgeschleudert. Bastian brauchte ein, zwei Sekunden, um zu registrieren, dass das Telefon erneut läutete. Mit einer hastigen Bewegung griff er nach dem Gerät und hatte Mühe, auf die richtige Stelle zu drücken, um das Gespräch anzunehmen. Sofort hörte er wieder diese Hintergrundgeräusche, den Wind.

»Anna. Anna, bist du das?«, stammelte er in den Hörer. Auf der anderen Seite war ein Schnaufen zu hören, dann eine raue männliche Stimme: »Wer sind Sie?«

Im ersten Moment war Bastian zu keiner Reaktion fähig, seine Gedanken rasten und versuchten, eine logische Erklärung zu finden. Er war sicher, der Anruf kam vom gleichen Telefon, von dem kurz zuvor Anna angerufen hatte. Sie hatte große Angst gehabt. Hatte er den Grund ihrer Angst gerade am Telefon? »Hören Sie«, sagte er hastig, »ich möchte Anna sprechen. Wo ist sie?«

Sekundenlang war nur das Rauschen zu hören, dann sagte die Stimme: »Vergessen Sie sie.«

# 2

Langsam ließ Bastian die Hand mit dem Telefon sinken und starrte das Display an. Sein Daumen bewegte sich, strich über das Glas, als führe er ein Eigenleben. Drückte auf eines der Symbole. Die Fotogalerie. Annas lächelndes Gesicht. Bastian starrte es an, sekundenlang … minutenlang?

Das Foto verschwamm vor seinen Augen, wurde verdrängt von anderen Bildern. Der Nachmittag in dem Café. Dieser Kerl, zwei Tische weiter. Anna hatte ihn nicht gesehen, aber Bastian war aufgefallen, dass der Mann sie nicht aus den Augen ließ.

Ihr trauriges Gesicht zwei Tage später, als sie mit ihrem Koffer aus dem Schlafzimmer gekommen war. »Es tut mir leid, ich liebe dich nicht genug«, hatte sie behauptet. Es war so plötzlich gekommen, traf ihn vollkommen unvorbereitet. Bastian war wütend geworden, hatte sie gefragt, ob es was mit dem Typen aus dem Café zu tun hatte. Und wer der Kerl überhaupt sei. Sie hatte nur den Kopf geschüttelt und gesagt: »Welcher Kerl? Ich weiß nicht, wovon du sprichst. Es hat nur mit mir zu tun. Es reicht einfach nicht für das hier.«

Er hatte sie angefleht, es wenigstens noch mal zu versuchen, doch sie war gegangen. Einfach so. Er konnte sie telefonisch nicht erreichen, wusste nicht einmal, wo ihre Eltern wohnten. Nur die Stadt, Berlin. Es gab tausend Wagners in Berlin.

Er hatte nichts mehr von Anna gehört. Bis zu diesem

Tag. Bastian legte das Telefon zur Seite, stützte die Ellbogen auf den Oberschenkeln ab und vergrub das Gesicht in beiden Händen. Anna war in Gefahr. Sie hatte *ihn* angerufen. Er musste etwas unternehmen, und das einzig Richtige konnte nur sein, sich an die Polizei zu wenden, und zwar sofort. Er nahm das Telefon wieder in die Hand und wählte die Eins-Eins-Null.

Die weibliche Stimme am anderen Ende informierte ihn ruhig und sachlich darüber, dass er mit der Leitstelle der Schweriner Polizei verbunden war.

»Guten Morgen.« Bastian hörte selbst, wie aufgeregt er im Gegensatz zu ihr klang. Das Herz schlug ihm bis zum Hals. »Mein Name ist Bastian Thanner, ich wohne in Schwerin. Eben hat meine Exfreundin mich angerufen. Sie sagte, sie ist in Gefahr. Jemand hält sie fest und will sie umbringen.«

»Hat Sie gesagt, wo sie festgehalten wird?«

»Ja, in Frundorf. An der Müritz.« Bastian erzählte der Frau den Wortlaut des Telefonats, soweit er sich daran erinnerte.

»Ich brauche bitte Ihre komplette Adresse.«

Am liebsten hätte er gefragt, was das jetzt zur Sache tat und dass es nicht um ihn ging, sondern um Anna. Aber der logische Teil seines Verstands sagte ihm, dass die Polizei natürlich wissen musste, wer da anrief. Allein schon, um Missbrauch vorzubeugen. Er nannte seine Adresse.

»Und der Anruf kam auf das Mobilgerät, mit dem Sie gerade telefonieren?«

»Ja.«

»Gut. Frundorf sagten Sie, an der Müritz. Das kenne ich nicht. Scheint ein kleineres Dorf zu sein. Wie ist der Name Ihrer Exfreundin?«

»Anna. Anna Wagner.«

»Alter?«

»Fünfundzwanzig.«

»Und Sie sind wie alt?«

»Achtundzwanzig.«

»Sie sagten, Frau Wagner ist ihre Exfreundin. Das heißt, sie wohnen nicht zusammen?«

»Nein. Nicht mehr.«

»Wie lautet ihre neue Adresse?«

»Die … weiß ich nicht.«

»Hm … Konnten Sie denn die Nummer des Anrufers sehen?«

»Nein, die wurde unterdrückt.«

»Und Frau Wagners Telefonnummer?«

»Ich glaube, sie hat eine neue Handynummer. Unter der alten konnte ich sie schon vor zwei Monaten nicht mehr erreichen.«

Die Polizistin zögerte einen Moment. »Aber die andere Nummer kennen Sie? Die alte?« Bastian sagte sie ihr.

»Seit wann wird Frau Wagner vermisst?«

»Vermisst? Ich weiß nicht. Wir hatten keinen Kontakt, nachdem sie gegangen ist. Ich habe keine Ahnung, seit wann sie … in Gefahr ist. Sie hat mich eben angerufen und mir gesagt, dass sie festgehalten wird und jemand sie töten will. Mehr weiß ich nicht. Können Sie jetzt bitte was unternehmen?«

»So einfach ist das nicht, Herr Thanner.« Die Stimme der Frau hatte sich verändert, sie war weicher geworden. »Seit wann sind Sie und Frau Wagner getrennt?«

»Seit zwei Monaten.«

»Und wie lange waren sie zusammen?« Als Bastian nicht gleich antwortete, hakte die Frau nach. »Herr Thanner?«

»Das war nicht sehr lange. Aber wir haben zusammen gewohnt … Es waren vier Wochen.«

»Vier Wochen. Das ist wirklich nicht lange. Klang dieser Anruf für Sie glaubwürdig?«

»Glaubwürdig? Wie meinen Sie das? Anna hatte Angst, das habe ich deutlich gehört. Hätte ich Sie sonst angerufen?«

»Warum hat Frau Wagner wohl ausgerechnet Sie angerufen? Und nicht die Polizei?«

»Eben weil sie große Angst hatte. Und keine Zeit, erst lange ihre Adresse und Telefonnummern zu nennen.« Für einen Augenblick tat der kleine Seitenhieb ihm gut, doch schon im nächsten Moment war Bastian klar, dass er damit bestimmt nichts beschleunigte. »Tut mir leid. Ich bin ziemlich aufgeregt. Anna ist wohl davon ausgegangen, dass ich die Polizei anrufe. Was ich ja auch gerade getan habe.«

»Wo wohnen Frau Wagners Eltern?«

»In Berlin. Mehr weiß ich leider nicht.« Und nach einer kurzen Pause fügte er leise hinzu: »Ich kenne ihre Eltern nicht.« Bastian ahnte, wie das alles auf die Polizeibeamtin wirken musste. Die Frau atmete hörbar aus. »Sie waren also vier Wochen mit Frau Wagner zusammen, danach haben Sie nichts mehr von ihr gehört. Das ist jetzt zwei Monate her. Sie haben weder eine Adresse, noch eine Telefonnummer. Ihre Eltern kennen Sie nicht und wissen auch nicht, wo Frau Wagner sich in den letzten zwei Monaten aufgehalten hat. Und eben hat sie Sie mit unterdrückter Nummer angerufen und Ihnen gesagt, jemand hält sie in … Frundorf fest und will sie umbringen. Ist das so weit richtig?«

»Ja.«

Bastian befürchtete, die Frau würde ihm als Nächstes sagen, dass die Polizei in diesem Fall nichts unternehmen könne. Sein Magen fühlte sich an, als drücke eine Faust ihn zusammen.

»Also gut, Herr Thanner, wir werden jetzt Folgendes tun: Ich informiere die zuständigen Kollegen für Frundorf oder eine Polizeidienststelle in der Nähe. Die werden rausfahren und sich dort mal umhören. Ob jemandem etwas aufgefallen ist, irgendwelche außergewöhnlichen Dinge. Außerdem werden wir nachforschen, ob vielleicht doch ein Notruf bei den Kollegen im dortigen Regierungsbezirk eingegangen ist. Über das Einwohnermeldeamt in Berlin können wir wahrscheinlich die Adresse von Frau Wagners Eltern herausfinden. Außerdem werden wir versuchen, einen TKÜ-Beschluss zu bekommen, damit wir über Ihren Provider entweder den Besitzer des Telefons ermitteln oder wenigstens den Anruf einer bestimmten Funkzelle zuordnen können.«

»Was ist ein … TKÜ-Beschluss?«

»Das ist ein Beschluss zur Telekommunikationsüberwachung«, erklärte die Frau. »Der wird von einem Richter ausgestellt. Wir brauchen ihn, damit Ihr Provider uns Ihre Verbindungsdaten herausgibt und wir über die Telefonnummer den Besitzer des Telefons ermitteln können.«

»Wie lange dauert so was?«

»Das ist unterschiedlich und hängt vom Provider ab, es kann aber bis zu zwölf Stunden dauern.«

»Zwölf Stunden? Aber … das ist viel zu lange.« Bastian war verzweifelt. In zwölf Stunden konnte alles Mögliche mit Anna passieren. »Wenn jemand Anna umbringen will …«

»Tut mir leid, Herr Thanner, wir gehen der Sache selbstverständlich nach, aber mehr können wir im Moment nicht tun. Solange sich keine dringenden Verdachtsmomente ergeben …«

»Dringende Verdachtsmomente?«, fiel Bastian ihr ins Wort. »Anna hat mich gerade angerufen. Sie wird gegen ihren Willen festgehalten und hat Todesangst, weil jemand sie umbringen will. Und dann dieser Kerl am Telefon … Welche Verdachtsmomente brauchen Sie denn noch?«

»Ich verstehe, dass Sie aufgeregt sind, Herr Thanner.« So musste die Stimme einer Psychiaterin klingen, die einen durchgedrehten Patienten zu beruhigen versuchte. »Aber wir können aufgrund dessen, was Sie mir gerade geschildert haben, keine Hundertschaft nach Frundorf schicken, die jedes Haus durchsucht. Im Grunde genommen kennen Sie Frau Wagner doch selbst kaum. Sie wissen fast nichts von ihr.«

»Was heißt …«, setzte Bastian an, beendete den Satz aber nicht. Letztlich hatte die Frau ja recht. Was wusste er schon von Anna Wagner?

»Glauben Sie mir, wir werden alle nötigen Schritte in die Wege leiten. Wir melden uns bei Ihnen, sobald wir etwas wissen. Ich brauche noch ein möglichst aktuelles Foto. Ich hoffe, Sie haben eins?«

Bastian nickte, obwohl es niemand sehen konnte. »Ja, ich habe mehrere. Sie sind etwas mehr als zwei Monate alt.«

»Können Sie mir zwei oder drei per Mail schicken?«

»Ja, mache ich.«

Die Frau nannte ihm die Mail-Adresse. Als sie kurz darauf das Telefonat beendeten, schickte Bastian sofort zwei Fotos an die angegebene Adresse. Als er auf *Senden* drückte, hatte er das Gefühl, Annas Schicksal in fremde Hände zu geben.

# 3

Bastian wusste nicht, wie lange er dagesessen und ins Leere gestarrt hatte, nachdem das Telefonat beendet war. In seinem Kopf herrschte heilloses Durcheinander. Erst schien es, als stemme sein Verstand sich dagegen, Worte zu sinnvollen Sätzen zusammenzufügen. Bastian hatte diesen seltsamen Zustand schon einige Male erlebt. Es fühlte sich an, als wate er durch einen dicken gedanklichen Brei, in dem er jedes einzelne Wort suchen und mühsam von einer klebrigen Masse befreien musste, bevor er seinen Sinn erfasste.

Schon im nächsten Augenblick jedoch rasten seine Gedanken wild los und produzierten einen Wust aus Spekulationen.

Wie akut war die Gefahr, in der Anna sich befand? Warum und wie war sie in diese Situation gekommen? Hatte sie schon Angst gehabt, als sie zwei Monate zuvor gegangen war? War das der Grund gewesen, warum sie jeglichen Kontakt zu ihm abgebrochen hatte? Was sollte er nun tun? Was konnte er tun? Zwölf Stunden dasitzen und darauf warten, dass die Polizei sich endlich meldete? Das würde er nicht durchhalten. An Arbeit war auch nicht zu denken.

Bastian sprang auf und begann, in dem kleinen Raum auf und ab zu gehen. Anna hatte nicht bei der Polizei angerufen. Auch nicht bei ihren Eltern oder jemand anderem, sondern bei *ihm*. Und wen ruft man im Moment der größten Not an? Den Menschen, der einem am nächsten steht. Ein weiterer Beweis dafür, dass sie noch mehr für ihn empfand, als sie ihn glauben machen wollte.

Bastian hatte von Anfang an gewusst, dass Anna ihn nicht aus freien Stücken verlassen hatte. Dass sie ihn noch liebte. Dieser Kerl aus dem Café, der sie so angestarrt hatte … Hielt er sie jetzt irgendwo in diesem … Frundorf fest? Frundorf!

Bastian ging ins Schlafzimmer, wo auf einem schmalen Tisch unter dem Fenster sein Notebook stand. Es hatte sich als gute Idee herausgestellt, den Arbeitsplatz im Schlafzimmer einzurichten. Wenn er nachts noch einen Artikel fertigschreiben musste, brauchte er nur aufzustehen und sich aufs Bett fallen zu lassen, nachdem er den Text per Mail in die Redaktion geschickt hatte.

Bastian klappte das Notebook auf, öffnete den Browser mit Google als Startseite und tippte *Frundorf* ein. Es dauerte eine Weile, bis eine Ergebnisliste eingeblendet wurde, die sich allerdings nicht auf das Wort *Frundorf* bezog, sondern auf Frundow, wie Bastian feststellte. Die Erklärung dafür stand über der Liste:

*Es wurden keine mit Ihrer Suchanfrage übereinstimmenden Dokumente gefunden. Meinten Sie:* **Frundow?**

Frundow, das konnte sein. Die Verbindung war derart schlecht gewesen, dass Anna möglicherweise wirklich Frundow gesagt hatte. Wenn dieses Frundow an der Müritz lag …

Eine eigene Website hatte das Dorf nicht, aber immerhin einen Eintrag bei Wikipedia. Laut den Angaben dort war Frundow eine Gemeinde im Landkreis Mecklenburgische Seenplatte in Mecklenburg-Vorpommern und wurde vom Amt Seenlandschaft Waren mit Sitz in der Stadt Waren verwaltet. Die Einwohnerzahl wurde mit 1324 angegeben.

Bastian schloss die Wikipedia-Seite und betrachtete wieder die Google-Ergebnisliste. Wenn man nach Orten suchte, bot die Suchmaschine oft einen Link zu einem Kartenausschnitt mit der gesuchten Stadt an. Dafür war Frundow aber offensichtlich zu klein, also wechselte Bastian manuell zu Google Maps und entdeckte das Dorf schließlich schräg oberhalb der Binnenmüritz. Von Schwerin aus waren es etwas mehr als hundert Kilometer bis dorthin. Mit dem Auto vielleicht eineinhalb Stunden. Er warf einen Blick auf die Uhr unten rechts auf dem Monitor. Elf Uhr vierzehn. Eineinhalb Stunden …

Bastian rieb sich über die nackten Oberschenkel. Eine Dusche würde ihm jetzt guttun. Danach konnte er entscheiden, was er als Nächstes unternehmen würde. Er ging ins Badezimmer, zog die Unterhose aus, stieg in die enge Glaskabine, wo er das Wasser so heiß stellte, dass sich seine Haut rot färbte. Nachdem er sich die kurzen blonden Haare gewaschen und den Körper mit Duschgel eingerieben hatte, stand er mit hängenden Armen und geschlossenen Augen da und ließ sich berieseln.

Seine Gedanken wanderten wieder zu Anna, zu der dumpfen Leere, die sie in ihm hinterlassen hatte, als sie gegangen war. Erst einmal in seinem Leben hatte er ein ähnlich intensives Verlustgefühl gehabt: als damals seine Eltern verunglückt waren. Zumindest glaubte er, dass es damals ähnlich gewesen war. Sicher wusste er es nicht, dazu waren seine Erinnerungen daran zu nebulös.

Von dem Unfall selbst wusste er nur, was man ihm erzählt hatte. Er war gemeinsam mit seinen Eltern in dem Wagen gewesen, den sein Vater gelenkt hatte. Sein Vater war am gleichen Tag von einem längeren Auslandsaufenthalt zurückgekommen, hatte seine Familie angeblich aufgefordert, hastig in den Wagen zu steigen, und war losgefahren. Sie waren wohl viel zu schnell unterwegs gewesen. In einer Kurve hatte sein Vater die Kontrolle über den Wagen verloren und war gegen einen Baum geprallt. Bastian hatte den schweren Unfall wie durch ein Wunder als Einziger überlebt. Er war damals drei Jahre alt gewesen.

Seine eigenen Erinnerungen reichten nicht so weit zurück. Nur bis zu der Zeit danach, im Kinderheim. Als die Tage bestimmt waren von hilflosem kindlichen Schmerz und die Nächte von furchtbaren Albträumen, aus denen er weinend und schreiend aufwachte. Sieben oder acht war er da schon.

Nie in seinem Leben hatte Bastian sich so fremd und verlassen gefühlt wie in diesen ersten Jahren ohne jemanden, der ihn liebte. Die Familie seiner Mutter lebte in Amerika. Es hatte keine näheren Verwandten außer seiner Großmutter väterlicherseits gegeben, einer alten, gebrechlichen Frau, die ihn in zwei Jahren nur drei- oder viermal besucht hatte, bevor sie starb.

Niemand war da gewesen, wenn Bastian das Bedürfnis nach Nähe gehabt hatte oder danach, in den Arm genommen zu werden. Wenn es allzu schlimm wurde, hatte er sich im Bett zusammengerollt wie ein Säugling. Er hatte die Decke über den Kopf gezogen und sich eng darin eingewickelt. Die dunkle Wärme, der Stoff, der seinen Körper dicht umschloss … ein Ersatz für die Umarmung seiner Mutter oder die Brust des Vaters, an die er sich nicht drücken konnte.

Bastian riss sich von diesen Gedanken los. Damals war er ein Kind gewesen. Hilflos. Hoffnungslos. Nun war es anders. Er musste nicht mehr ohnmächtig akzeptieren, was geschah. Mit ihm oder dem Menschen, den er liebte. Anna.

Mit energischen Bewegungen drehte er das Wasser ab, griff sich das Handtuch, das über der Glastür hing, und begann, seinen Körper trockenzureiben. Er würde nicht dasitzen und abwarten, was passierte.

Er würde etwas unternehmen, aber zuvor wollte er mit jemandem reden, einem Freund: Safi Hammoud.

Der in Frankfurt am Main geborene Libanese war ein exzellenter Fotograf und arbeitete wie Bastian beim *Schweriner Telegramm*, der zweitgrößten regionalen Tageszeitung.

Safi war rund zehn Jahre älter als Bastian. Früher war er Kunstlehrer gewesen, zu einer Zeit, als Zahlen für ihn noch keine so bedeutende Rolle spielten. Damals hatte er noch keine drei Armbanduhren besessen, die er mehrmals täglich penibel kontrollierte.

Safi nannte sich selbst *Herrscher der Zahlen.* Dahinter verbarg sich eine ausgeprägte Zwangsstörung, die dazu geführt hatte, dass er seinen Job als Lehrer verlor. Ein halbes Jahr später wurde er von seiner Frau verlassen.

Wann genau die zwanghaften Gedanken und Handlungen begonnen hatten und was der Auslöser dafür gewesen war, wusste Bastian nicht. Safi redete nicht gern über sein *altes Leben*, wie er selbst es nannte, und Bastian akzeptierte das. Außer ihm gab es jedoch kaum jemanden, der freiwillig seine Zeit mit Safi verbrachte, was Bastian durchaus verstehen konnte. Zeit mit Safi zu verbringen konnte anstrengend sein. Ebenso wie ein Telefonat mit ihm, wie Bastian in diesem Moment wieder einmal feststellen musste. Noch bevor er Safi von Annas Anruf erzählen konnte, sprudelte der los: »Bastian. Gut, dass du anrufst. Sag mal, wann hast du zum letzten Mal eine Schifffahrt auf dem

Schweriner See gemacht? Ich habe gerade darüber nachgedacht. Bei mir ist das 162 Tage her. Verrückt, nicht wahr? Wo der See doch quasi vor meiner Haustür liegt. 2100 Meter bis zur Bootsanlegestelle, wenn ich den kürzesten Weg nehme. Es war ein Dienstag, neunzehn Grad. Ich habe die Schifffahrt sehr genossen. Sie dauerte achtundachtzig Minuten. An dem Tag habe ich beim Spazierengehen an der Straße entlang 121 Pfosten angetippt, sechzig davon sogar am Stück, ohne einem Fußgänger oder Radfahrer ausweichen zu müssen. An einem Stück! Das war ein verdammt guter Tag. An dem Abend …«

»Safi«, unterbrach Bastian den Redeschwall. »Ich muss dir was erzählen. Es ist wichtig.«

Safi verstummte augenblicklich, für Bastian die Aufforderung, weiterzureden. »Anna hat mich eben angerufen.«

»Anna?« Safi wusste offensichtlich gleich, wen er meinte, obwohl er Anna nur ein paarmal gesehen hatte.

»Sie hat sich einen guten Tag ausgesucht. Vor sechsundsechzig Tagen ist sie bei dir ausgezogen. Schnapszahl. Ob das Absicht war? Kommt sie wieder zurück?«

»Nein, sie hatte große Angst und sagte, sie würde in einem Dorf an der Müritz festgehalten. Und dass jemand sie töten will.«

»Was? Jemand will sie töten? Aber … Das ist doch absurd. Wie hat sie das gemacht? Dich anzurufen, wenn jemand sie festhält und töten will?«

»Ich weiß es nicht. Es war windig, sie hat wohl im Freien gestanden, als wir telefonierten. Das Gespräch endete plötzlich, als sei sie überrascht worden. Dann hat mich wieder jemand angerufen. Die gleichen Hintergrundgeräusche. Er wollte wissen, wer ich bin. Als ich nach Anna gefragt habe, meinte er, ich solle sie vergessen.«

»Hast du die Polizei alarmiert?«

»Ja, natürlich. Die wollen dort irgendwo anrufen und Polizisten losschicken, die sich in dem Dorf umsehen.«

»Gut. Glaubst du, sie hat das ernst gemeint?«

»Fängst du jetzt auch damit an? Das hat diese Polizistin mich auch schon gefragt. Warum sollte Anna mich nach zwei Monaten anrufen und mir panisch erklären, dass sie gegen ihren Willen festgehalten wird und Angst um ihr Leben hat?«

»Warum sollte sie in dieser Situation ausgerechnet dich anrufen, nachdem sie dich vor zwei Monaten verlassen hat?«

»Vielleicht, weil sie doch mehr für mich empfindet, als sie damals zugeben wollte?«

»Hm …« Safi schien diese Möglichkeit nicht für sehr wahrscheinlich zu halten. »Die schicken also Polizisten dahin?«

»Ja. Und sie versuchen, über meinen Provider die Telefonnummer herauszufinden und wem das Handy gehört, mit dem Anna mich angerufen hat. Aber das kann zwölf Stunden dauern. Ich weiß nicht, was ich jetzt tun soll. Ich kann doch nicht hier rumsitzen und bis heute Nacht warten. Um dann womöglich zu erfahren, dass sie nichts herausgefunden haben.«

»720 Minuten. 720 Mal langsam bis sechzig zählen. Das ist lang. Aber was willst du tun? Kennst du den Ort?«

»Frundow, sagte sie. Ich habe ihn über Google gefunden. Er liegt hundert Kilometer von hier. Ich denke …« Bastian zögerte kurz. »Safi, ich denke darüber nach, einfach mal dahin zu fahren. Ich bin mir nicht sicher, dass die Polizei das alles wirklich ernst nimmt. Weil ich kaum was über sie weiß und wir nicht mehr zusammen sind.

Aber die haben ihre Stimme am Telefon nicht gehört. Sie hatte wirklich panische Angst. Ich werde verrückt, wenn ich nichts unternehme. Verstehst du das?«

»Hm …«, machte Safi erneut. »Mit dem Auto brauchst du bis zu mir sieben Minuten, wenn du an drei der fünf Ampeln die Rotphase mitmachst.«

»Wie, was heißt das?«

»Ich komme mit.«

»Du kommst mit? Einfach so? Du kennst Anna doch kaum.«

»Du doch auch nicht. Außerdem kenne ich dich.«

»Safi, das ist …«

»In sieben Minuten. Ich warte vor der Tür.« Safi redete nun deutlich schneller als zuvor.

»Nein, warte«, stieß Bastian hastig aus, bevor Safi auflegen konnte. »Zwanzig Minuten, gib mir zwanzig Minuten, okay?«

»Gut. Wir müssen jetzt aufhören.«

Bastian schüttelte den Kopf und legte das Telefon zur Seite. Sie waren nun schon eine ganze Weile befreundet, aber Gespräche und vor allem Telefonate mit Safi waren immer wieder eine Herausforderung. Wahrscheinlich hatten sie auf die Sekunde genau fünf Minuten miteinander telefoniert, als Safi auflegte.

Bastian dachte darüber nach, was die Polizei wohl davon halten würde, wenn er sich auf eigene Faust auf die Suche nach Anna machte. Begeistert würden die sicher nicht sein, aber wer wollte es ihm verbieten, nach Frundow zu fahren und sich dort ein bisschen umzusehen? Er arbeitete schließlich für eine Zeitung, da war es normal, dass er recherchierte.

Gut, dass Safi ihn begleitete. Bastian war kein ängstlicher Typ, aber diese Sache konnte vielleicht gefährlich werden. Da war es schon beruhigend zu wissen, dass er nicht alleine sein würde.

# 4

Safi wartete mit vor der Brust verschränkten Armen vor dem vierstöckigen Haus, als Bastian einige Minuten verspätet dort ankam. Eine schwarze Sporttasche stand zwischen seinen Beinen auf dem Asphalt. Sie sah prall gefüllt aus, und Bastian fragte sich, was sein Freund wohl alles mitschleppte.

»Du bist zu spät«, begrüßte Safi ihn, während er die Tasche auf den Rücksitz des Golfs hievte und einstieg. »Sechseinhalb Minuten.«

»Ja, ich weiß. Tut mir leid.« Bastian legte den Gang ein und fuhr los.

»Vierundfünfzig Autos.«

»Was?«

»Vierundfünfzig Autos sind an mir vorbeigefahren seit dem Moment, an dem du da sein wolltest.«

»Ich sagte doch, dass es mir leid tut.«

»Ja. Und ich sagte, dass vierundfünfzig Autos vor dir da waren. Wie groß ist dieser Ort?«

»Frundow? Nicht sehr groß, 1300 Einwohner.«

»1300. Wenn es dort einige Mehrfamilienhäuser gibt ... etwa 250 Häuser. Wenn man berücksichtigt, dass derjenige, der Anna in seiner Gewalt hat, sie sicherlich nicht an die Tür gehen lässt, wenn du klingelst, sondern sie wahrscheinlich irgendwo eingesperrt hat ... Die Chance, Anna zu finden, steht etwa 200 000 zu eins.«

Bastian warf einen kurzen Blick zur Seite und zuckte mit den Schultern. »Wir müssen es zumindest versuchen.«

Sie brauchten rund eineinhalb Stunden für die Strecke nach Frundow. Anfangs spekulierten sie noch darüber, was mit Anna wohl geschehen war und was sie unternehmen konnten, wenn sie angekommen waren. Etwa auf der Hälfte der Strecke bemerkte Safi, dass ihnen recht viele weiße Autos begegneten, und erklärte Bastian, dass es sehr interessant sei, eine Hochrechnung darüber anzustellen, in welchem Bundesland die meisten weißen Autos zugelassen seien. Mit schnellen Bewegungen löste er seinen Sicherheitsgurt, kniete sich gegen die Fahrtrichtung auf den Sitz und kramte in seiner Sporttasche herum. Als er sich wieder setzte und anschnallte, hatte er einen A4-Block und einen Stift in der Hand.

»Was hast du vor?«, fragte Bastian, obwohl er schon eine ungefähre Vorstellung davon hatte. Er kannte Safi lange genug.

»Statistik. Weiße-Auto-Statistik.« Den Block aufgeschlagen auf den Knien, den Stift in der Hand, starrte Safi nach vorne. Bastian wusste, es war nun sinnlos, ihn anzusprechen, bis er den Block wieder zuklappte. Also konzentrierte er sich auf die wenig befahrene Landstraße, die jedoch kaum Abwechslung bot. Zu beiden Seiten erstreckten sich blasse Wiesen und Felder, hier und da unterbrochen von einzelnen Häusern, Bauernhöfen oder Baumgruppen. Dann wieder flaches Land. Von Zeit zu Zeit zog ein Dorf an ihnen vorbei, meist nur eine kleine Ansammlung brauner Einfamilienhäuser. Dann ein großer, halbverfallener Bau, der zu DDR-Zeiten wohl zu einer *Landwirtschaftlichen Produktionsgenossenschaft* gehört hatte. Vergammelte Holztore hingen schief in den Angeln, einzelne, schmutzige Farbinseln darauf zeugten von einem ehemals hellen Anstrich. Mehrere verrostete Metallschornsteine ragten windschief aus dem Dach des flachen Gebäudes hervor, die Scheiben der kleinen Fenster waren entweder blind oder eingeworfen. Alles war farblos und trist. Der schmutzig graue Himmel tat sein Übriges dazu.

Bastian lenkte seine Gedanken weg von dieser besonderen Art der Monotonie aus Steinen, Bäumen und Feldern, die zu beiden Seiten auftauchten und wieder aus dem Blickfeld verschwanden. Er war wieder bei Anna, spürte, wie allein der Gedanke an sie Reaktionen in ihm auslöste, er horchte in sich hinein.

Dieses Gefühl des Verlustes, nun noch um ein Vielfaches verstärkt durch die Angst um seine Exfreundin, schien ihn zu erdrücken, ihm das Atmen zu erschweren. Bastian öffnete die Seitenscheibe einen Spalt weit. Der rauschende Luftzug tat ihm gut.

Er überlegte, dass er an diesem Tag zum ersten Mal nach langer Zeit wieder an seine Eltern gedacht hatte. Eine Frau und ein Mann, an die er keine persönliche Erinnerung hatte bis auf einige verwaschen erscheinende Szenen, Schlaglichter ohne Zusammenhang. Ohne Emotion. Undeutliche Bilder, so weit weg, als entstammten sie einem Film, den er als Kind gesehen hatte. Aber es gab auch einige reale Bilder, zwölf teilweise schon vergilbte Fotos. Das einzige Vermächtnis seiner Eltern. Sonst war ihm nichts geblieben. Keine Gegenstände, keine Schmuckstücke. Kein Geld. Er wusste nicht, was mit ihren restlichen Habseligkeiten damals geschehen war. Wahrscheinlich hatte seine Großmutter alles bekommen. Es war ihm egal.

Er ließ die Fotos vor seinem geistigen Auge Revue passieren. Bastian als Baby auf Papas Arm. Mit Mama auf einem Spielplatz, da war er vielleicht drei. Mama und

Papa alleine, irgendwo vor einem Brunnen bei strahlendem Sonnenschein, lächelnd für die Kamera. Jedes Mal wenn Bastian das Foto sah, fragte er sich, wer es wohl gemacht hatte. Wahrscheinlich irgendein Passant, den sie gefragt hatten.

Dann war da noch das Foto, auf dem sein Vater hinter dem Schreibtisch in der Redaktion saß, die Ärmel des weißen Hemdes hochgekrempelt und die Krawatte gelockert, eine qualmende Kippe im Aschenbecher vor sich. Neben dem altertümlichen Monitor aus den Anfangszeiten des Computers lag ein zugeklapptes Buch mit hellbraunem Ledereinband. Auf der anderen Seite des Schreibtischs Berge von Dokumenten, dazwischen Zeitungsausschnitte. Wie oft hatte er dieses Foto schon in der Hand gehabt und es angestarrt? Hundertmal? Tausendmal? Oft genug jedenfalls, dass er jedes kleinste Detail darauf kannte.

Horst Thanner. Ein guter und solider Journalist. Das hatte Gerhard Vogelbusch, der damalige Verleger und Chef seines Vaters Bastian erzählt, als er ihn besuchte, um von ihm mehr über diesen Menschen auf dem Foto zu erfahren. Es war schon einige Jahre her, damals war Bastian gerade neunzehn gewesen. Er hatte dem etwa siebzigjährigen Mann gebannt zugehört, als er ihm erzählte, sein Vater sei in den Wochen vor seinem Tod an einer ganz großen Sache dran gewesen. Was das für eine Sache war, hatte auch er nicht gewusst, er habe ihn lange nicht gesehen, weil er irgendwo undercover recherchiert hatte, aber wenn Horst Thanner sagte, es sei ein ganz großes Ding, dann stimmte das.

Bastians Vater sei in manchen Dingen sehr eigen gewesen, berichtete der Mann, manchmal schwierig, regelrecht seltsam, aber auch genial. Dann hatte der Mann den Zeigefinger gehoben und feierlich gesagt: »Und sehr gläubig war er, Ihr Vater, ein strenger Katholik. Manchen Kollegen ist er damit gehörig auf die Nerven gegangen.« Und nach einer Pause hatte er dünn gelächelt und hinzugefügt: »Ja, er war wirklich kein einfacher Mann, aber ich habe ihn geschätzt. Es ist ein Drama, dass er so früh sterben musste. Er wäre ein ganz Großer geworden, das weiß ich.«

Wieder einmal stellte Bastian sich die Frage, ob er Journalist geworden war, weil er seinem Vater nacheifern wollte. Um eine Brücke zu schlagen zu diesem fremden Mann.

Ja, es hatte diese Zeit gegeben, in der er sehr unter dem Verlust seiner Eltern gelitten hatte, aber irgendwann war das vorbei gewesen. Er hatte keine Eltern. Das war zu einem Faktum geworden, einer Tatsache, die so selbstverständlich zu seinem Leben gehörte wie die längliche, helle Narbe am rechten Oberarm. Ein Arzt hatte ihm erklärt, sie stamme von einem offenen Bruch in frühester Kindheit. Sie sei mitgewachsen. Ein Unfall, vielleicht auf dem Spielplatz. Da käme so was häufiger vor. Bastian erinnerte sich nicht.

Als sie das Ortsschild von Frundow passierten und Safi endlich den Block zuklappte, fühlte Bastian sich so niedergeschlagen und hilflos, dass er am liebsten wieder umgekehrt wäre.

Der Ort lag einige Kilometer abseits der B 108 und war größer als die meisten der Dörfer, die sie auf den letzten zwanzig Kilometern gesehen hatten. Und doch wirkte er verlassen. Die meisten der Häuser zu beiden Seiten der Straße sahen unbewohnt aus, die schmalen Gehwege davor waren fast leer. Nur eine alte Frau quälte sich, weit vornüber gebeugt und auf einen Stock gestützt, langsam voran.

Bastian folgte der Straße ein Stück weit bis zu einem Haus auf der rechten Seite, an dessen Außenfassade die Leuchtreklame einer Brauerei hing. Neben dem Gebäude gab es vier Parkplätze, wovon zwei frei waren. Bastian bremste und deutete mit dem Kopf an Safi vorbei. »Was hältst du von einem Kaffee?«

»Gute Idee. Vielleicht können wir da drinnen jemanden nach Anna fragen?«

Das Betreten der Kneipe stellte sich zunächst als etwas schwierig heraus. Die drei Treppenstufen, die zum Eingang führten, waren mit grauen Fliesen mit einer Kantenlänge von etwa zehn Zentimetern belegt. Safi blieb vor der Treppe stehen, starrte die Stufen an und sagte: »Mist.«

Bastian wusste, dass Safi es hasste, auf Fugen zu treten, außer es handelte sich um kleine Mosaikfliesen. Deren Fugen waren vernachlässigbar schmal, wie Safi ihm einmal erklärt hatte. Diese Treppenfliesen waren um einiges größer als ein Mosaik, aber zu klein, um einen Fuß darauf setzen zu können, ohne die hellen Fugen zu berühren. »Safi, ich muss da rein«, erklärte Bastian und war bemüht, sich seine Ungeduld nicht anmerken zu lassen. »Ich wäre froh, wenn du mitkommst. Kannst du es nicht versuchen?«

Safi benötigte mehrere Ansätze, bis er schließlich mit drei schnellen Hüpfern auf den Schuhspitzen den großen Absatz vor der Tür erreicht hatte.

Die Kneipe war geräumiger, als Bastian vermutet hatte. An den etwa fünfzig Quadratmeter großen, rustikal eingerichteten Schankraum mit Eichentheke schloss sich ein etwa doppelt so großer Saal an. Er konnte durch braune

Faltschiebetüren abgetrennt werden, die aber offen standen.

Fünf Gäste hielten sich im vorderen Bereich auf. Zwei Frauen und zwei Männer saßen an einem Tisch und aßen, ein weiterer Mann hockte vor einem fast leeren Bierglas an der Theke. Er musterte sie kurz, als sie sich ein Stück neben ihm an die Theke stellten. Dann starrte er wieder vor sich hin.

Der Wirt war ein großer Mann um die fünfzig. Die dünnen dunkelblonden Haare waren von schmutzigem Grau durchsetzt und hingen ihm strähnig über die Ohren. Sein schwarzes T-Shirt mit dem hellen ONKELZ-Aufdruck hing labberig an seinem hageren Oberkörper, bunte Tattoos schmückten die sehnigen Unterarme. Er ging auf die beiden zu, während er seine Hände an einem karierten Tuch abwischte, das wie der Zipfel eines zu langen Hemdes vorne unter dem Shirt heraushing.

Bastian bestellte einen Kaffee, Safi ein stilles Wasser.

Als der Mann die Getränke vor ihnen abstellte, sprach Bastian ihn an. »Entschuldigen Sie bitte, ich habe eine Frage: Wir suchen eine Freundin von uns, die uns sagte, sie sei hier in Frundow. Sie heißt Anna. Mitte zwanzig, zierlich, eine ziemlich auffällige braune Mähne. Sehr gutaussehend. Haben Sie sie zufällig gesehen? Frundow ist ja nicht so groß.«

Der Wirt legte den Kopf ein wenig schief. »Ist der was zugestoßen?« Bastian war verwirrt über die Reaktion des Mannes. »Wie kommen Sie denn darauf?«

»Na ja, eben waren zwei Polizisten hier, die haben auch schon nach der Frau gefragt. Die wollten mir nicht sagen, warum sie nach ihr suchen. Aber wenn sie eine Freundin von Ihnen ist …«

Zwei Polizisten, natürlich. Die Beamtin am Telefon hatte ihm doch gesagt, sie würde dafür sorgen, dass ihre Kollegen sich mal in Frundow umsehen. Bastian nickte. »Ja, Anna hat sich seit einigen Tagen nicht mehr gemeldet und geht nicht ans Telefon. Deswegen …«

Ein schwarzhaariger Mann in Bastians Alter betrat die Kneipe, sah sich kurz um und ging zur Theke, wo er sich ein Stück neben Bastian auf einen Hocker setzte und ihnen freundlich zunickte. Bastian nickte zurück und wandte sich wieder dem Wirt zu. »Also, was nun, haben Sie Anna gesehen?«

Der Wirt zuckte mit den Schultern und verzog das Gesicht zu einem schiefen Grinsen. »Sicher nicht. So was hätte ich mir gemerkt. Gibt nicht so viele Frauen hier, die so aussehen. Hab ich den Polizisten auch schon gesagt.«

Das glaubte Bastian ihm aufs Wort. Er nickte enttäuscht. »Vielleicht gibt es noch ein anderes Restaurant oder eine Kneipe im Ort, wo man nachfragen könnte?«, warf Safi ein.

»Nein.«

»Ein Hotel?«

Der Wirt stieß ein kurzes, heiseres Lachen aus und sah Safi mitleidig an. »Ein Hotel. In Frundow. Sonst noch was?«

»Wen könnte man hier sonst noch …«, setzte Bastian an, wurde aber durch das Summen seines Smartphones gestört.

Ein Oberkommissar namens Steffens meldete sich und erklärte mit ernster Stimme, er rufe an wegen Frau Anna Wagner. Bastians Herz begann zu rasen. »Ja, Anna. Haben Sie schon was rausgefunden?«

»Ja, wir haben eine Rückmeldung von ihrem Provider bekommen. Die Sache ist die … Laut deren Log-Dateien gab es heute Vormittag keinen Anruf auf Ihre Nummer.«

# 5

Bastian verstand nicht. »Wie, keinen Anruf?«

»Wir haben die Liste aller Gespräche vorliegen, die heute mit ihrem Telefon getätigt wurden, und daraus ist ganz klar ersichtlich, dass Ihr Anruf bei der Leitstelle der erste am heutigen Tag war. Davor gab es nichts.«

»Nein, das muss ein Irrtum sein. Natürlich hat Anna mich angerufen, und zwar bevor ich die Notrufnummer gewählt habe. Das habe ich doch nicht geträumt.«

»Ich kann Ihnen nur sagen, welche Auskunft wir von Ihrem Provider bekommen haben. Kein Anruf heute Vormittag. Nur ein längeres Gespräch mit einem Safi Hammoud. Das hat aber erst nach Ihrem Notruf stattgefunden.«

»Das kann doch nicht sein.«

»Sind Sie denn sicher, dass der Anruf über Ihr Mobilfunknetz kam?«

»Natürlich, worüber sollte er denn sonst ...« Bastian stockte. Der nervige elektronische Klingelton vom Vormittag fiel ihm wieder ein. Der Mann hatte recht. Das war kein normaler Telefonanruf gewesen, der klang anders. Noch halb verschlafen hatte er nicht darauf geachtet, und nach dem Gespräch waren seine Gedanken um andere Dinge gekreist als um den Klingelton, mit dem er geweckt worden war.

»Herr Thanner?«

»Viber! Jetzt fällt es mir wieder ein. Der Klingelton ... Der Anruf kam über Viber. Das ist dieser ...«

»Ein Voice-over-IP-Dienst«, fiel der Beamte ihm ins Wort. »Internettelefonie.«

»Ja, genau. Moment, ich schaue mal nach.« Ohne eine Reaktion abzuwarten, nahm Bastian hastig das Telefon vom Ohr und tippte darauf herum, bis er die Viber-Anrufliste vor sich hatte. Die letzte aufgeführte Verbindung stammte tatsächlich vom Vormittag. Zehn Uhr fünfundzwanzig. Einige Sekunden starrte Bastian den Eintrag an, dann hielt er sich das Telefon wieder ans Ohr. »Da ist tatsächlich ein Anruf, aber ohne Nummer.«

»Hm …«, machte der Beamte. »Das ist dumm. Anrufe über Dienste wie Viber oder Skype können wir nicht zurückverfolgen.«

»Was? Warum nicht? Die Daten müssen doch auch irgendwo gespeichert sein.«

»Ja, aber nicht in Deutschland. Keine Chance.«

Es war zum Verzweifeln. »Mist. Und jetzt?«

»Wissen Sie, was ich nicht verstehe?« Die Stimme des Oberkommissars klang jetzt anders. Bastian glaubte, einen lauernden Unterton herauszuhören. »Laut Protokoll haben Sie heute Vormittag gegenüber meiner Kollegin auch schon angegeben, dass der Anrufer die Nummer unterdrückt hat. Da müssen Sie aber noch davon ausgegangen sein, dass der Anruf über das normale Telefonnetz gekommen war. Ein Telefonat, das über Viber geführt wird, kann man aber in der Liste der normalen Anrufe gar nicht sehen. Können Sie mir das erklären?«

Bastian spürte, dass sich kleine, kalte Schweißperlen auf seiner Stirn bildeten. Was passierte da gerade? Er war vollkommen verwirrt. »Nein. Ich weiß nicht. Ich habe doch nachgeschaut. Der Anrufer hatte die Nummer unterdrückt, da bin ich sicher. Warten Sie …«

Wieder ließ Bastian die Hand mit dem Telefon sinken. Zum Glück fand er die Lösung recht schnell in der normalen Anrufliste.

»Es tut mir leid«, erklärte er dem Oberkommissar und atmete tief durch. »Der letzte Anruf in der Liste kam wirklich mit unterdrückter Nummer, aber er stammt von gestern Nachmittag. Ich habe in der Hektik nach Annas Anruf nur gesehen, dass oben in der Liste *Anonym* stand. Auf das Datum habe ich nicht geachtet. Ich erinnere mich an den Anruf, es war eine Kollegin.«

»Aha«, machte der Mann. Bastian fand, dass er nicht sehr überzeugt klang. »Aber da ist noch etwas. Wir haben beim Berliner Einwohnermeldeamt nachgeforscht wegen der Eltern der Frau.«

»Ja, und?« Eine Mischung aus Erleichterung und Hoffnung keimte in Bastian auf. Kam jetzt endlich eine gute Nachricht?

»Es gibt in Berlin zwei Familien, die Wagner heißen und eine Tochter mit dem Namen haben.«

»Gott sei Dank. Und? Haben Sie die richtigen Eltern gefunden? Wissen die mehr? Hat Anna sich bei ihnen gemeldet?«

»Die erste Anna Wagner ist erst acht Jahre alt, sie scheidet also aus.«

»Dann ist es also die andere. Haben Sie schon mit ihren Eltern gesprochen?«

»Das ist nicht nötig, Herr Thanner. Die zweite Anna ist zwölf. Und beide sind Gott sei Dank zu Hause und wohlauf.«

Bastian hatte das Gefühl, der Boden unter seinen Füßen beginne zu schwanken. Er schüttelte den Kopf und stammelte: »Aber wie ist das möglich? Anna hat doch …«

Wie ohne sein Zutun legte sich seine Hand auf die Stirn. »Vielleicht sind sie umgezogen?« Seine Stimme klang mit einem Mal schrecklich dünn.

»Das ist sehr unwahrscheinlich, auch dann hätten wir sie in den Unterlagen des Einwohnermeldeamtes gefunden. Nein, wir können ziemlich sicher davon ausgehen, dass Frau Wagners Eltern nicht in Berlin wohnen. Sofern sie existieren.«

*Sofern sie existieren?* Bastian suchte nach einer logischen Erklärung, doch in seinem Kopf herrschte ein undurchdringbares Chaos. »Ich verstehe das alles nicht. Wie geht es denn jetzt weiter? Anna hat mich heute Vormittag angerufen, das war real. Und sie hatte furchtbare Angst.«

»Herr Thanner, so gut wie nichts von dem, was Sie angegeben haben, ist überprüfbar. Wenn wir davon ausgehen, dass Sie die Wahrheit sagen, bleibt aus unserer Sicht nur eine Schlussfolgerung: Ihre Exfreundin hat Ihnen wohl nicht die Wahrheit gesagt.« Er machte eine Pause, doch Bastian war nicht in der Lage, einen vernünftigen Satz zu denken, geschweige denn auszusprechen.

»Herr Thanner, wir müssen in Betracht ziehen, dass dieser Anruf bei Ihnen nicht echt war.«

Irgendwo in Bastians Bewusstsein hatte sein Verstand ihm diese Möglichkeit auch schon zugeflüstert, ganz leise, so, dass er sie kaum wahrgenommen hatte. Nun, ausgesprochen durch den Oberkommissar, einen Fremden, der Anna gar nicht kannte, lösten diese Worte nicht nur Empörung, sondern auch den Beschützerinstinkt in ihm aus. »Nicht echt? Was soll das heißen?«

»Fingiert. Vorgespielt.«

»Das glaube ich nicht. Warum sollte sie das tun?«

»Diese Frage können Sie wohl eher beantworten als

wir. Haben Sie sich im Streit getrennt? Kann es sein, dass sie sich an Ihnen rächen wollte?«

»Nein. Es gab keinen Streit zwischen uns. Wir sind im Guten auseinandergegangen.«

»Wie auch immer, die Kollegen, die sich vor Ort umgesehen haben, konnten auch nichts herausfinden. Niemand hat Frau Wagner dort gesehen. Tut mir leid, ich fürchte, wir können im Moment nichts mehr tun.«

Bastian überlegte, ob er dem Oberkommissar sagen sollte, wo er sich gerade befand, und entschied sich in einem ersten Reflex dagegen. Dann jedoch überlegte er, dass es auf jeden Fall besser war, wenn die Polizei Bescheid wusste. Gerade weil er absolut davon überzeugt war, dass Anna ihm nichts vorgemacht hatte. Niemand konnte wissen, wie gefährlich es werden konnte, nach ihr zu suchen.

»Ich verstehe. Ich glaube trotzdem, dass Anna in Gefahr ist. Deswegen bin ich im Moment auch zusammen mit einem Freund in Frundow und höre mich ein wenig um.«

»Sie sind in Frundow? Das halte ich für keine gute Idee, Herr Thanner.«

»Aber warum denn?«, machte Bastian seiner Enttäuschung Luft. »Wenn Sie doch der Meinung sind, Anna hat mich angelogen – was soll mir da schon passieren?«

»Herr Thanner«, setzte der Mann an, doch Bastian hatte keine Lust, noch länger mit dem Polizisten zu reden und wertvolle Zeit zu vergeuden, die er besser nutzen konnte, indem er nach Anna suchte.

»Schon gut, ich kann auf mich aufpassen. Danke jedenfalls für Ihre Mühe.« Ohne eine weitere Reaktion abzuwarten, legte Bastian auf und wandte sich Safi zu, der ihn die ganze Zeit über nicht aus den Augen gelassen hatte.

»Die Polizei denkt, Anna hat mich angelogen.«

Safi zog eine Braue hoch. »Ach, und wie kommen die darauf?«

Bastian fühlte sich niedergeschlagen und musste sich dazu zwingen, Safi von dem Gespräch zu erzählen. Er endete mit der Feststellung: »Wir werden also auf uns allein gestellt sein. Aber ich habe Annas Stimme am Telefon gehört, und ich weiß, sie hatte große Angst.«

»Und was genau hast du jetzt vor?«

Bastian hob die Schultern. »Wenn ich das nur wüsste.«

»Entschuldigen Sie bitte.« Bastian wandte sich um und sah sich dem schwarzhaarigen Mann gegenüber, der als Letztes hereingekommen war. Er war aufgestanden und ein Stück näher gekommen, so dass sie nur noch ein knapper Meter voneinander trennte. Bastian war mit eins vierundachtzig nicht eben klein, aber der Mann überragte ihn noch um mindestens zehn Zentimeter. Freundlich lächelte er Bastian an. »Entschuldigen Sie bitte, dass ich Ihr Gespräch belauscht habe, aber … naja, es ließ sich nicht vermeiden.«

»Kein Problem«, sagte Bastian irritiert und sah sich nach Safi um, der mit der Schulter zuckte.

»Wenn ich es richtig mitbekommen habe, suchen Sie jemanden? Eine Frau namens Anna?«

## Entwurf
## Tag 12

*Ich bin nun schon seit fast zwei Wochen in diesem Dorf, das so gänzlich anders ist als alles, was ich bisher an menschlichem Zusammenleben gesehen habe. Es scheint mir, als hätte ich keine Reise über 200 Kilometer gemacht, sondern eine Reise in die Vergangenheit, 200 Jahre zurück.*

*Die Menschen, zu denen ich in den vergangenen Tagen Kontakt hatte, sind verschlossen und misstrauisch Fremden gegenüber. Sie leben in einer Abgeschiedenheit, die der einer einsamen Insel gleichkommt, was sicher durch die fast unpassierbaren Wege begünstigt wird, die nach Kissach führen. Hätte ich vor zwölf Tagen nicht ganz genau gewusst, wohin ich wollte – niemals hätte ich den Weg in dieses Dorf gefunden.*

*Ich bin im Haus einer einigermaßen aufgeschlossenen Frau Anfang vierzig untergekommen. Sie ist Witwe, ihr Mann ist bei einem Unfall im Wald ums Leben gekommen.*

*Mein Verdacht scheint sich langsam zu bestätigen. Irgendetwas stimmt hier nicht. Am westlichen Ortsausgang habe ich hinter einer Scheune einen eingezäunten Platz entdeckt, auf dem zwölf seltsame Stühle zu einem Kreis von etwa zehn Metern im Durchmesser aufgestellt sind. Die Sitzflächen dieser Stühle sind ungewohnt niedrig, jedoch ragen die schmalen, hölzernen Rückenlehnen gute zwei Meter in die Höhe. Im Zentrum dieses Kreises steht eine weitere Sitzgelegenheit, die sich jedoch von den Stühlen deutlich unterscheidet. Die Sitzfläche ist höher, eine Rückenlehne fehlt ganz. Ich muss versuchen herauszufinden, was hier passiert.*

*Ein nicht nur schwieriges, sondern auch gefährliches Unterfangen, dessen bin ich mir bewusst. Aber es scheint die einzige Möglichkeit zu sein, zu erfahren, was mit den jungen Männern und Frauen geschehen ist, die irgendwo verschwanden und deren Spur sich in Kissach verliert.*

# 6

Bastians Körper straffte sich. »Ja. Wissen Sie etwas über sie? Haben Sie sie gesehen?«

Der Wirt war hinter der Theke näher an sie herangekommen und hörte interessiert zu, während er sich fortwährend die Hände an dem karierten Tuch abwischte. Sein Blick war schwer zu deuten, aber Bastian stufte ihn als nicht sehr freundlich ein.

Der Schwarzhaarige hob die Hände. »Nicht so schnell, das habe ich nicht gesagt.« Nach einem Seitenblick zu dem Wirt deutete er zum hinteren Bereich des Schankraums. »Wollen wir uns an einen Tisch setzen?«

Bastian verstand und nickte Safi zu. Sie nahmen ihre Getränke von der Theke und folgten dem Mann zu einem der Tische, weit genug von der Theke entfernt, dass ihr Gespräch unbelauscht bleiben würde.

»Nun erzählen Sie doch bitte«, sagte Bastian hastig, kaum, dass sie saßen. »Was wissen Sie über Anna?«

Statt zu erzählen, streckte der Mann ihm die Hand entgegen. »Darf ich mich kurz vorstellen? Mein Name ist Andreas Karges. Ich bin Taxifahrer.«

Bastian ergriff die Hand. »Bastian Thanner. Und das ist mein Freund, Safi Hammoud. Wir kommen aus Schwerin. Aber jetzt sagen Sie schon: Was wissen Sie?«

Karges nickte Safi kurz zu und wandte sich wieder an Bastian. »Haben Sie ein Foto von ihr dabei?«

»Ja, sicher.« Bastian zog sein Smartphone aus der Tasche, lud ein Foto von Anna auf das Display und hielt es

Karges entgegen. Als dieser seinen Blick darauf richtete, wusste Bastian, dass er Anna erkannt hatte. »Und? Haben Sie sie gesehen?«

Als wolle er erst ganz sichergehen, ruhte Karges' Blick noch zwei, drei Sekunden auf Annas lächelndem Gesicht, dann nickte er langsam. »Ja, ich glaube schon. Wie ich schon sagte, bin ich Taxifahrer. Ein Einmannunternehmen, das ganz gut läuft. Für größere Firmen lohnt es sich nicht, in den Dörfern hier ihre Wagen laufen zu lassen. Das mache ich. Ich decke mit meinem einen Fahrzeug die ganze Region hier …«

»Entschuldigen Sie«, unterbrach Safi die Ausführungen. »Ich möchte nicht unhöflich erscheinen, aber die Frage bezog sich auf Anna. Es ist nicht sehr effizient, wenn Sie erst lange ausholen und von Ihrem Beruf sprechen, bevor sie zum eigentlichen Thema, also zu Anna, kommen.«

Karges war sichtlich irritiert und sah von Safi zu Bastian und wieder zurück. »Schon gut. Ich wollte nur erklären, wie es dazu kam, dass ich Ihre Bekannte gesehen habe. Also, gestern Vormittag bin ich von jemandem, der hier in der Nähe wohnt, zu einer Fahrt gerufen worden. Ich frage bei solchen Anrufen immer, wo es hingehen soll. Wissen Sie, man erlebt da die verrücktesten Sachen. Manchmal habe ich eine Anfahrt von zwanzig Kilometern, wenn jemand aus einem der kleinen Dörfchen hier anruft. Wenn ich dann dorthin komme, und die Oma, die nicht mehr gut zu Fuß ist, möchte einen Kilometer ins Nachbardorf gefahren werden …«

»Herr Karges, bitte«, unterbrach Bastian dieses Mal den Redeschwall.

»Ja, natürlich, Entschuldigung. Andreas ist mir übrigens

lieber, ich mag's nicht so förmlich. Also, wo war ich … ach ja, ich fragte also, wo es hingehen soll, und die Frau antwortete, das wisse sie noch nicht genau. Ich habe ihr erklärt, ohne zu wissen, wohin die Fahrt gehen soll, könne ich den Auftrag nicht übernehmen. Daraufhin sagte sie, sie wolle nach Plau. Eine Fahrt von hier nach Plau am See lohnt sich für mich, also fragte ich nach ihrem Namen und der Adresse und sagte zu.«

»Und diese Frau, die Sie … die du nach Plau am See gefahren hast, war Anna?« Bastian hielt es fast nicht mehr auf dem Stuhl. Er hatte das Gefühl, diesen Andreas schütteln zu müssen, damit er endlich ausspuckte, was er über Anna wusste. Karges wiegte den Kopf hin und her. »Na ja, fast. Sie nannte tatsächlich den Namen Anna, aber als ich an der Adresse ankam, die sie angegeben hatte, gab es Probleme.« Karges nippte an seinem Glas, in dem Orangensaft war.

»Probleme?« Safi beugte sich weiter über den Tisch. »Welcher Art waren diese Probleme?«

»Es stand niemand vor der Tür, also stieg ich aus und klingelte. Ein Mann öffnete und fragte sehr übellaunig, was ich wolle. Er war so um die fünfzig und ziemlich bullig. So ein Typ, mit dem ich nicht aneinandergeraten möchte, ihr wisst schon.« Nach einem weiteren, diesmal großen Schluck aus seinem Glas fuhr er fort. »Jedenfalls sagte ich ihm, ich sei an diese Adresse bestellt worden. Er wollte wissen, von wem. Als ich ihm den Namen sagte, schüttelte er den Kopf und meinte, er kenne keine Frau, die so hieße, und wenn ich wirklich zu seiner Adresse bestellt worden wäre, dann hätte sich jemand einen schlechten Scherz erlaubt, ich solle verschwinden. Dann ist er ins Haus gegangen und hat die Tür zugeknallt.«

»Also haben Sie Anna gar nicht gesehen?«

»Du.«

»Was?«

»Andreas. Wir waren doch beim Du.«

Bastian konnte kaum noch an sich halten. »Ja, gut. Also, hast du Anna nun gesehen oder nicht?«

»Ich glaube schon. Bevor ich ins Auto gestiegen bin, habe ich noch mal zu dem Haus rübergesehen. Ich war ziemlich sauer, wie ihr euch vielleicht vorstellen könnt. Tja, da war jemand hinter dem Fenster, eine Frau. Sie hatte die Gardine ein Stück zur Seite geschoben. Ich habe ihr Gesicht gut sehen können, und sie hat genauso ausgesehen wie die auf deinem Foto.«

»Und? Sind Sie zu dem Haus zurückgegangen?«, wollte Safi wissen. Er blieb konsequent beim *Sie*, was Bastian nicht überraschte. Karges tippte sich an die Stirn. »Ich war sauer, aber nicht verrückt. Wenn ich da noch mal geklingelt hätte, wäre der Typ wahrscheinlich handgreiflich geworden. Ich halte nichts davon, mich selbst unnötig in Gefahr zu bringen.«

Das glaubte Bastian sofort. »Kannst du uns sagen, wo genau dieses Haus liegt?«

»Hm … das ist schwer zu erklären. Das ist ein Stück außerhalb, ich müsste vor euch herfahren.« Karges presste die Lippen aufeinander, als müsse er intensiv nachdenken. »Also, wenn die verlorene Fahrt dabei für mich rausspringen würde, dann hätte ich wenigstens keinen Verlust gemacht.«

Bastian zögerte keine Sekunde. »Wie viel?«

»Sagen wir … fünfzig Euro?«

Safi sah mit gerunzelter Stirn zur Decke und murmelte: »Grundgebühr zwei Euro fünfzig, die ersten beiden Kilometer ebenfalls zwei fünfzig pro Kilometer, danach wohl um die eins dreißig für jeden weiteren, das entspricht dann einer Fahrt von rund dreißig Kilometern, wenn man ein bisschen Wartezeit mit einrechnet. Ist es so weit bis zu diesem Haus?«

Karges sah ihn irritiert an. »Das hat doch nichts damit zu tun, wo das Haus ist. Die Fahrt nach Plau hätte mir so viel eingebracht. Aber wir können es auch lassen, ich wollte euch nur helfen.« Er klang beleidigt.

»Also los, fahren wir«, sagte Bastian bestimmt und schob seinen Stuhl geräuschvoll zurück. Ihm stand nicht der Sinn nach Safis Zahlenspielereien.

Als er an der Theke die Rechnung für ihre Getränke und den Orangensaft des Taxifahrers zahlte, glaubte er im Gesicht des Wirtes deutliche Ablehnung zu erkennen. Er konnte sich keinen Reim darauf machen, doch letztendlich waren ihm die Befindlichkeiten des Mannes egal.

Er hatte eine Spur von Anna.

# 7

Es hatte zu regnen begonnen. Bastian zog den Kopf ein, während er am Fuß der kleinen Treppe darauf wartete, dass Safi es unter seltsamen Verrenkungen schaffte, die Stufen auf Zehenspitzen hinunterzukommen.

Karges' Taxi, ein neuwertig aussehender elfenbeinfarbener Opel, stand halb auf dem Bürgersteig vor dem Eingang der Kneipe. Das Taxischild war offenbar mit einem Magnetfuß befestigt und hing schief auf der linken Dachseite.

»Fahrt mir einfach nur nach«, erklärte er überflüssigerweise, bevor er einstieg. »Wir müssen zu einer Art Ortsteil von Frundow. Es liegt etwas außerhalb.«

Nach ein paar hundert Metern ließen sie die letzten Häuser hinter sich und fuhren auf ein Waldstück zu. Die schmale Straße wurde mit jedem Meter, den sie hinter sich brachten, immer unwegsamer. An unzähligen Stellen war die geteerte Oberfläche notdürftig repariert, was ihr das Aussehen eines alten Flickenteppichs aus unterschiedlichen Grautönen verlieh. Zu beiden Seiten bildeten mit Regenwasser gefüllte Pfützen und Löcher die Begrenzung zu matschigen Wiesen. Noch bevor sie die ersten Bäume erreicht hatten, verengte sich der Weg so weit, dass zu beiden Seiten des Wagens schon nach etwa einem halben Meter die unebene Grasfläche begann. Bald ging der Asphalt in grobes Kopfsteinpflaster über, dessen aufgewölbte Mitte mit einer Grasnarbe überzogen war. Viele der Steine waren abgesackt, an anderen Stellen klafften Lücken, was die Oberfläche derart holprig machte, dass sie eine Herausforderung für die Stoßdämpfer darstellte.

Safi hielt sich am Haltegriff über der Tür fest und stöhnte. »Wo führt der Kerl uns hin? Wenn es so weitergeht, hört der Weg demnächst ganz auf.«

Er kam mit seiner Vermutung der Wahrheit recht nahe. Bald standen die Bäume so dicht, dass es um sie herum deutlich dunkler wurde. Die Räder rumpelten über die letzten Pflastersteine, dann bestand der Weg nur noch aus zwei ausgefahrenen Spuren im Abstand einer Fahrzeugachse. Tiefe Schlaglöcher, die sich mehr und mehr mit Regenwasser füllten, erschwerten das Vorankommen noch mehr, so dass sie nur noch Schritttempo fahren konnten.

»Verdammt, was tut der Kerl denn?«, schimpfte Bastian, als der Unterboden des Golfs bei dem Versuch, einer großen Pfütze auszuweichen, mit einem schabenden Geräusch aufsetzte. »Das kann doch nicht der normale Weg zu einem Ortsteil sein. Der spinnt doch wohl.« Mit einer wütenden Bewegung schlug er mehrmals kurz hintereinander auf die Hupe, woraufhin Karges die Hand hob und ihm andeutete, er solle ihm weiter folgen. Bastian winkte ärgerlich ab, dachte aber an Anna und konzentrierte sich wieder auf den Weg. »Ich hoffe nur, wir sind bald da.«

Es dauerte noch gute zehn Minuten, in denen sie zweimal in andere schlechte Wege abbogen, bis sich die Bäume lichteten und den Blick auf eine Siedlung freigaben. Nach wenigen Metern rumpelten die Reifen wieder über unebenes Kopfsteinpflaster. Aus Lücken zwischen den Steinen sprossen Grasbüschel und Unkraut. Bastian überlegte, dass wohl nicht viele Autofahrer diesen Weg nahmen.

Das erste Gebäude, das sie erreichten, war eine große ehemalige Scheune, deren Vorderseite nur noch zum Teil vorhanden war. Die unregelmäßigen Kanten der noch etwa mannshohen Mauer wirkten wie die Zinnen einer Burgruine vor der schummrigen Dunkelheit des Innenraums. Soweit Bastian es erkennen konnte, wurde das durchhängende Dach von einer wirren Konstruktion aus kreuz und quer angebrachten Balken und Latten am Einsturz gehindert. Überall lag Bauschutt und Müll herum, wildes Gestrüpp wucherte rund um das ganze Gebäude.

»Heiliger Strohsack«, stieß Safi aus und beugte sich im Sitz ein Stück weit nach vorne, um besser nach draußen sehen zu können. »Da würden mich keine zehn Pferde reinbekommen. Die Einsturzgefahr dürfte bei fünfundneunzig Prozent liegen.«

Bastian sagte nichts dazu. Er war zu sehr damit beschäftigt, die Eindrücke auf sich wirken zu lassen und daran zu denken, dass Anna vielleicht irgendwo in dieser unwirtlichen Umgebung festgehalten wurde.

Sie passierten die Ruine im Schritttempo und fuhren an einigen kleinen Häusern mit Vorgärten vorbei, winzige, ungepflegte Grasflächen, meist von einem kniehohen Betonmäuerchen umgeben. Hier und da standen die bemoosten Latten eines Holzzauns schief oder abgebrochen in einer traurigen Parade des Zerfalls nebeneinander. Der unablässig niederprasselnde Regen ließ sie schmutzig glänzen, als wolle er ihre fortgeschrittene Zersetzung boshaft zur Schau stellen.

Manche der Fenster waren mit einfachen Gardinen verhangen, hinter einer der Scheiben stand sogar ein Blumentopf mit einer vertrockneten Pflanze darin. In anderen Häusern glotzten nackte Scheiben sie wie weit aufgerissene, milchig-stumpfe Augen an, warnend, diesen Ort schnell wieder zu verlassen.

Schwarze Kabel verliefen über die Fassaden nach oben, zweigten irgendwo am Giebel ab und spannten sich von dort zum nächsten Haus. Auf diese Art war jede der tristen Behausungen mit den Nachbarhäusern verbunden. Über alledem lag eine gespenstische Atmosphäre, in der Bastian das schabende Geräusch der Scheibenwischer als übermäßig laut empfand.

Als schräg vor ihnen zwei Männer aus einem der Häuser kamen, trat Bastian reflexartig auf die Bremse. Er konnte ihre Gesichter nur kurz sehen, bevor sie sich die Kapuzen ihrer langen schwarzen Regenmäntel überzogen, die so groß waren, dass die Köpfe der beiden komplett darunter verschwanden.

Die Männer machten ein paar Schritte und blieben plötzlich mit gesenkten Köpfen stehen. Dort, wo ihre Gesichter sein mussten, waren nur dunkle, verschwommene Flächen zu erkennen. Bastian spürte, dass ihn aus den schummrigen Öffnungen der Kapuzen heraus zwei Augenpaare anstarrten, aber er konnte es nicht sehen. Sein Herzschlag beschleunigte sich, ein eiskalter Schauer lief ihm über den Rücken. Noch immer standen die beiden dunklen Gestalten wie erstarrt da, während der Regen auf sie herabprasselte.

»Ist ja gruselig«, kommentierte Safi neben ihm die Situation. Bastian riss seinen Blick von den Männern los und sah zu ihm herüber. »Ja, das scheint hier Methode zu haben.«

Er zwang sich, nicht wieder zu den Gestalten hinüberzusehen, sondern nach vorne, und konnte gerade noch sehen, wie Karges an einer Stelle nach links abbog, an der von ihrer Position aus gar kein Weg erkennbar war. Bastian ließ die Kupplung zu schnell kommen, der Golf machte einen Satz nach vorne und ruckelte noch zwei-, dreimal, bevor er wieder gleichmäßig weiterrollte. »Mist«, stieß er aus und wartete auf einen Kommentar von Safi, der aber nicht kam.

Nach wenigen Metern konnte Bastian nicht anders, er *musste* in den Rückspiegel schauen. Die beiden Männer standen noch immer an der gleichen Stelle wie zuvor, hatten sich aber ein Stück weit gedreht, so dass die dunklen Öffnungen unter den Kapuzen nun auf das Heck des Wagens gerichtet waren. Hastig sah Bastian wieder nach vorne. In seinem Nacken glaubte er das Brennen bohrender Blicke zu spüren.

Die Lücke zwischen zwei Häusern, in die Karges eingebogen sein musste, war so schmal, dass zwischen den Außenspiegeln und dem teilweise abbröckelnden Putz nur wenige Zentimeter Platz war. »Mann, wo sind wir hier hingeraten?«, murmelte Bastian und konzentrierte sich darauf, seinen Wagen unbeschadet durch die enge Gasse zu manövrieren. Safi antwortete nicht, sondern starrte gebannt nach vorne.

Hinter den beiden Häusern wurde der Weg wieder etwas breiter, und sie schlossen zu dem Taxi auf.

Bald fuhren sie auf ein frei stehendes graubraunes Haus zu, das etwas größer war als die anderen. Karges gestikulierte vor ihnen herum und zeigte immer wieder auf das Gebäude, was wohl heißen sollte, dass sie ihr Ziel erreicht hatten. Bastian bremste, doch Karges winkte ihm zu und deutete an, er solle ihm weiter folgen.

Er fuhr noch ein Stück, bog hinter einer noch intakten Scheune in einen kleinen, matschigen Weg ein und hielt an. Bastian stoppte den Golf einige Meter hinter ihm. Karges stieg aus und kam mit hochgezogenen Schultern auf sie zu. In seinem Mundwinkel hing eine Zigarette. »Das war das Haus«, erklärte er, nachdem Bastian ebenfalls den Wagen verlassen hatte. »Es ist besser, wenn wir nicht davor parken. Mit dem Kerl ist nicht gut Kirschen essen, und ich befürchte, der wird nicht begeistert sein, wenn er mich wiedersieht. Was hast du jetzt überhaupt vor? Willst du da klingeln und fragen, ob deine Freundin zu sprechen ist, oder was?«

Bastian zuckte mit den Schultern und sah an Karges vorbei zum etwa 500 Meter entfernten Waldrand. Der kalte Regen klatschte ihm unangenehm ins Gesicht. »Was soll ich sonst tun? Hast du die beiden Typen in den Regenmänteln gesehen?«

»Zwei Typen? Nein, wo soll ich die gesehen haben?«

»Bevor du abgebogen bist. Die sahen vielleicht unheimlich aus.«

Karges grinste. »Na ja, wenn man hier lebt, wie soll man da anders aussehen?«

»Scheint mir nicht sehr bewohnt zu sein hier.«

Karges machte noch einen tiefen Zug, warf die Kippe zwischen sich und Bastian auf den Boden und trat darauf, während er den Qualm geräuschvoll ausstieß.

»Doch, die meisten Häuser sind bewohnt. Ist halt ein Mistwetter. Da geht niemand freiwillig vor die Tür. Hier gibt's ja auch nichts. Keine Geschäfte oder so.«

»Wie viele Leute leben hier?«

Karges schürzte die Lippen. »Weiß nicht genau. Vielleicht sechzig oder achtzig. Ich bin selten hier.«

»Und das gehört noch zu Frundow, obwohl es so weit von dem Dorf entfernt ist?«

»Ja, keine Ahnung, was die sich dabei gedacht haben.« Karges sah sich nach allen Seiten um. »Ich muss dann mal wieder los. Wünsche euch viel Glück.«

Bastian glaubte, etwas Gehetztes im Blick des Mannes erkannt zu haben. »Ja, okay«, sagte er enttäuscht. Er wusste zwar nicht so recht, was er von dem Taxifahrer halten sollte, hatte aber gehofft, er würde ihn zu dem Haus begleiten. Karges kam wenigstens aus der Gegend, was bei den Menschen hier vielleicht hilfreich war, wenn es darum ging, eine fremde junge Frau zu finden.

Als der Taxifahrer keine Anstalten machte, sich abzuwenden, sah Bastian ihn fragend an, woraufhin sich ihm eine Handfläche entgegenstreckte. Da erst verstand er. »Ach ja, entschuldige, das Geld. Moment.«

Bastian nestelte an seiner Hosentasche herum, in die er sein Bargeld meist lose hineinstopfte, weil er kein sperriges Portemonnaie in die Tasche quetschen wollte. Er förderte einige zerknitterte Zehner und Zwanziger zutage und zählte Karges fünfzig Euro auf die Hand. Der steckte sie ein und nickte Bastian zu. »Danke. Viel Glück.«

War da ein ironischer Unterton in Karges' Stimme gewesen? Bastian schüttelte den Kopf über sich selbst. Er musste aufpassen, dass er keinen Verfolgungswahn bekam. Immerhin hatte der Mann ihnen den Weg hierher gezeigt.

Eine Minute später wendete der Opel auf dem matschigen Feld neben dem Weg und fuhr in die Richtung davon, aus der sie gekommen waren.

»Wo will der hin?« Safi war ebenfalls ausgestiegen und um das Auto herum zu Bastian gekommen. Er trug eine Regenjacke, die er wohl aus seiner Tasche gefischt hatte.

»Keine Ahnung, jedenfalls weg von hier.« Bastian blickte an der Scheune entlang zu den nächsten Häusern, die

die gleiche düstere Trostlosigkeit ausstrahlten wie alles in diesem Ort. Er fragte sich, ob die Bewohner dieser halbverfallenen Behausungen jetzt hinter den Fenstern standen und sie beobachteten. Und was das wohl für Menschen waren, die in dieser Siedlung hausten. Plötzlich fühlte er sich wie ein Versuchskaninchen, das unter den Augen gefühlskalter Wissenschaftler in einen Schlangenkäfig gesetzt wurde.

»Ich kann ihn verstehen.«

# 8

Bastian entschloss sich, den Wagen trotz des Regens stehen zu lassen und die etwa 200 Meter bis zum Haus, in dem Karges angeblich Anna am Fenster gesehen hatte, zu Fuß zurückzugehen. Sein dicker Strickpullover, den er jetzt im Herbst oft statt einer Jacke trug, war mittlerweile sowieso komplett durchnässt, er würde sich eine Erkältung zuziehen. Aber was bedeutete schon eine Erkältung?

Als er losgehen wollte, hielt Safi ihn am Arm fest. Bastian blieb stehen und sah ihn überrascht an. »Was?«

»Was hast du jetzt vor? Willst du wirklich da klingeln?«

Bastian zuckte mit den Schultern. »Was bleibt mir denn anderes übrig? Hast du vielleicht eine bessere Idee?«

»Ja, wir könnten zusehen, dass wir schnell wieder hier verschwinden.«

Bastian suchte im Gesicht seines Freundes ein Anzeichen dafür, dass er einen Scherz gemacht hatte, fand es aber nicht. »Und was ist mit Anna? Wenn sie hier festgehalten wird, soll ich sie dann vielleicht im Stich lassen und einfach abhauen?«

»Du könntest zum Beispiel die Polizei rufen. Die sind für so was ausgebildet.«

»Ach ja? Und wie soll ich das deiner Meinung nach anstellen? Hast du schon mal einen Blick auf dein Handy geworfen? Hier gibt es kein Netz.«

Tatsächlich zog Safi sein Smartphone aus der kleinen, an seinem Gürtel befestigten Ledertasche, drückte ein paarmal darauf herum und steckte es dann wieder weg.

»Hm«, machte er. »Dann fahren wir eben zurück nach Frundow. Da hast du auf jeden Fall Empfang, schließlich hast du von dort aus schon mit der Polizei telefoniert.«

Eine Weile starrte Bastian Safi an, während ihm der Regen ins Gesicht prasselte. »Du meinst das tatsächlich ernst, oder?«

Safi schüttelte den Kopf, als könne er nicht fassen, dass Bastian diese Frage überhaupt stellte, und stemmte die Hände in die Hüften. »Also gut. Nehmen wir mal an, Anna wird wirklich in diesem Haus da hinten festgehalten. Was denkst du, wird passieren, wenn wir beide jetzt dort klingeln und den bösen Mann fragen, ob er zufällig eine junge Frau namens Anna gefangen hält? Denkst du, er macht dann ein betretenes Gesicht und sagt so was wie: *Mist, ihr habt mich erwischt?* Und dann nehmen wir Anna mit, und alles ist gut? Bastian? Für wie wahrscheinlich hältst du das?«

»Für absolut unwahrscheinlich. Aber mal eine andere Frage: Für wie dämlich hältst du mich eigentlich?« Er machte eine kleine Pause, in der er nicht wirklich auf eine Antwort wartete. »Natürlich ist das Quatsch. Aber wenn ich dem Kerl dort drüben erzähle, dass wir nach meiner Freundin Anna suchen und ein Taxifahrer sie in diesem Haus gesehen hat, dann muss er ja irgendwie reagieren. Ich kann ihm dabei zumindest ins Gesicht sehen. Vielleicht verrät er sich ja durch irgendwas.«

Bastian machte einen kleinen Schritt auf Safi zu, so dass nur noch wenige Zentimeter zwischen ihnen lagen. »Safi, die Polizei glaubt mir nicht, das hat der Bulle am Telefon mir eben ganz klar zu verstehen gegeben. Die werden nichts unternehmen, solange ich keine konkreten Hinweise dafür habe, dass Anna hier ist. Ich kann Anna doch nicht einfach abschreiben und weglaufen. Du hast ihre Stimme nicht gehört. Sie hatte solche Angst.«

»Also gut, gehen wir dorthin. Ich bin gespannt, wie der Kerl reagiert. Aber ich sage dir gleich, wenn er handgreiflich wird, renne ich weg.«

Nach wenigen Metern hatten sie das Kopfsteinpflaster erreicht. Safi entschloss sich, den Weg auf den Pflastersteinen fortzusetzen. Der Abstand der Fugen zwischen den alten und teilweise zerbrochenen Betonplatten des schmalen Bürgersteigs war ihm offenbar zu gering. Warum Safi die freien Stellen zwischen den Pflastersteinen augenscheinlich nichts ausmachten, verstand Bastian zwar nicht, er verspürte aber keine Lust, ihn danach zu fragen.

Der Regen hatte plötzlich nachgelassen. Bastian legte den Kopf in den Nacken und betrachtete den Himmel, der aber noch immer wolkenverhangen war und nichts von seinem bedrohlich düsteren Aussehen verloren hatte.

Vor dem Haus angekommen, blieben sie stehen und betrachteten die dunkle Fassade, bevor ihr Blick zum Dach gelenkt wurde, das zu etwa einem Viertel mit einer Plane abgedeckt war, die von quer darauf angebrachten Dachlatten gehalten wurde. Das Ganze machte einen provisorischen Eindruck und wirkte nicht sehr stabil. »Wie hoch ist wohl die Wahrscheinlichkeit, dass es da drunter noch trocken ist?«, murmelte Safi.

»Null«, stellte Bastian fest und ließ den Blick zum Fenster rechts neben der Eingangstür wandern. Wenn der Taxifahrer sich nicht irrte, hatte gestern Vormittag Anna da gestanden. Seine Anna. Und der Kerl an der Tür hatte behauptet, es gäbe sie nicht.

Mit einem Ruck setzte Bastian sich in Bewegung und ging geradewegs zu der ebenerdigen Eingangstür. Der

Klingelknopf auf der linken Seite hing ein Stück weit an den Kabeln aus der Wand heraus. Bastian hatte einige Mühe, ihn so festzuhalten, dass er ihn betätigen konnte. Als er es endlich schaffte, ließ ihn der laute, schrille Ton zusammenzucken und die Hand schnell zurückziehen. Er dachte an die beiden Gestalten, die sie gesehen hatten, und wäre am liebsten weggerannt, bevor jemand die Tür öffnete. Doch dazu war es wohl zu spät.

Aus den Augenwinkeln nahm Bastian wahr, dass Safi schräg hinter ihm stehen geblieben war. Er konzentrierte sich auf das Geschehen hinter der Haustür, versuchte, Schritte oder sonstige Geräusche zu hören, die darauf hindeuteten, dass jemand sich dort drinnen regte, doch es war nichts zu hören.

Bastian ließ noch einige Sekunden verstreichen, dann klingelte er erneut. Sein Puls raste, die Gedanken überschlugen sich, während er reglos dastand und die vergammelte Holztür anstarrte. War er nur noch wenige Meter von Anna entfernt? Hatte man sie irgendwo in diesem Haus eingeschlossen, wo sie sein Klingeln hörte, nicht fähig, sich bemerkbar zu machen, weil man ihr den Mund zugeklebt hatte? Oder war sie …

»Niemand da«, bemerkte Safi. »Gehen wir.«

Bastian sah sich zu ihm um. »Ja, das ist die Gelegenheit. Lass uns mal ums Haus gehen, vielleicht können wir irgendwo einen Blick reinwerfen.«

»So habe ich das aber nicht gemeint.«

»Aber ich.« Bastian sah sich nach allen Seiten um. Keine Menschenseele war zu sehen. »Es ist niemand zu Hause, und hier draußen ist auch kein Mensch. Also werden wir nachschauen, ob wir was Verdächtiges entdecken. Irgendeinen Hinweis auf Anna. Ich verspreche dir, dass wir dann sofort hier verschwinden und die Polizei rufen. Wenn ich denen was Konkretes sagen kann, bleibt ihnen gar nichts anderes übrig, als zu kommen. Also? Hilfst du mir?«

Safi wand sich sichtlich, doch nach einigem Zögern nickte er. »Also gut. Aber wir werden das Haus auf keinen Fall betreten.«

»Du gehst links herum, ich rechts. Wir treffen uns hinter dem Haus. Schau in jedes Fenster, an das du rankommst.«

Nach einem erneuten Blick in alle Richtungen, mit dem er sich versicherte, dass niemand sie beobachtete, machte Bastian ein paar Schritte nach rechts über matschiges Gras und stand vor dem Fenster, hinter dem Karges Anna gesehen haben wollte. Das Fenster befand sich auf einer Höhe, die es ihm bequem erlaubte, hindurchzuschauen. Allerdings verhinderten Gardinen, dass er einen Blick ins Innere werfen konnte. Mit einem leisen Fluch gab er auf und erreichte nach ein paar Metern die rechte Hausecke. Bevor Bastian weiterging, sah er sich nach Safi um, konnte ihn aber nicht mehr entdecken. Er ging davon aus, dass sein Freund schon um die Hausecke gebogen war.

Auf Bastians Seite gab es im Erdgeschoss ein kleines Fenster, durch das er sogar einen Blick ins Innere werfen konnte. Gardinen oder Vorhänge gab es hier nicht. Der Raum dahinter war nicht sehr groß und zugestellt mit Kartons und Kisten. Ein leeres Holzregal war umgekippt und hing schief über einigen der Kisten. Ein heilloses Durcheinander.

Bastian ging weiter und erreichte den Garten. Er stellte sich vor, was passieren würde, wenn der oder die Hausbesitzer in diesem Moment nach Hause kämen und Safi und ihn dabei erwischten, wie sie um ihr Haus schlichen. Sein Puls, der sowieso schon raste, schien bei dem Gedanken noch etwas schneller und härter zu pochen. Falls Anna wirklich in diesem Haus festgehalten wurde, konnte das gefährlich werden. Bastian spürte, wie sich Schweißperlen auf seiner Stirn bildeten. Ihm war gleichzeitig heiß und kalt, und er hätte sonst was dafür gegeben, in diesem Moment zu Hause auf seiner Couch zu sitzen. Mit Anna im Arm.

Auf der Rückseite des Hauses gab es eine Ansammlung von Waschbetonplatten, die schief nebeneinanderlagen. Sie hatten wohl einmal zu einer Terrasse gehört. Die Terrassentür hatte einen fauligen Holzrahmen, an dem nur noch an wenigen Stellen etwas von der weißen Farbschicht übrig war, die ihn einmal komplett bedeckt haben musste.

Die große Glasscheibe war schmutzig und von innen mit einem Tuch verhängt, so dass dort kein Blick ins Innere möglich war. Auch durch die beiden kleinen Fenster daneben war nichts zu sehen.

Bastian wandte sich um und ließ den Blick über das verwilderte Grundstück schweifen. Hier und da lagen undefinierbare, vor sich hin rostende Metallteile zwischen Unkraut und Gestrüpp herum. Ein schmaler, fast komplett zugewachsener Betonweg teilte den Garten in zwei etwa gleichgroße Hälften und führte zu einem in sich zusammengefallenen Holzhaufen, aus dem vereinzelte Stücke bemooster Dachpappe herausstanden. Das musste wohl ehemals ein kleiner Schuppen gewesen sein.

Safi war noch nicht zu sehen. Vielleicht gab es auf seiner Seite mehrere Fenster, durch die er ins Hausinnere schauen konnte.

Bastian ging einige Meter zurück und betrachtete noch einmal die Rückseite des Hauses, bevor er nachsehen wollte, wo Safi blieb. Kurz vor der Ecke, hinter der Safi noch herumschleichen musste, entdeckte er ein Kellerfenster, dessen Oberkante etwa zehn Zentimeter aus dem Lichtschacht herauslugte. Ein Gitter gab es nicht, wenn er Glück hatte, würde er einen Blick in den Kellerraum werfen können. Mit schnellen Schritten hatte er die Stelle erreicht und ging vor dem Schacht in die Hocke. Die Waschbetonplatten lagen zwar über die komplette Breite des Hauses, waren aber zu den äußeren Ecken hin größtenteils von matschiger Erde und Unkraut bedeckt.

Die Scheibe war von innen stark verschmutzt, zudem spiegelte sich das dämmrige Licht auf der Außenseite, was das Hindurchschauen noch zusätzlich erschwerte.

Bastian musste näher heran. Er stützte sich mit den Händen auf dem durchweichten Boden ab und kniete sich vor den Schacht. Nun konnte er sich so weit herunterbeugen, dass er schräg von oben in den Kellerraum blicken konnte. Es dauerte einen Moment, bis sein Verstand aus dem, was er dort sah, die logischen Schlussfolgerungen zog.

Nur mit Mühe konnte er einen Aufschrei verhindern.

## Entwurf
## Tag 16

*Ich habe den ersten und wichtigsten Schritt geschafft. Er war schmerzhaft, aber er ist getan.*

*Es ist nicht verborgen geblieben, dass ein Fremder sich in Kissach einquartiert hat und viele Fragen stellt. Damit war zu rechnen, ich habe gehofft, sie würden es bemerken und auf irgendeine Art reagieren. Das haben sie getan.*

*Sie haben mich angesprochen und mir unmissverständlich gedroht.*

*Zwei Männer, die ich in den beiden Wochen meines bisherigen Aufenthalts in Kissach kein einziges Mal zu Gesicht bekommen habe, traten plötzlich aus einer Seitengasse, als ich heute Vormittag einen Spaziergang durch das Dorf gemacht habe. Beide waren gut einen halben Kopf größer als ich und muskulös. Sie stellten sich mir in den Weg, und schon ihre Körperhaltung mit vor der Brust verschränkten Armen war eine massive Drohung.*

*Einer der beiden, ein dunkelhaariger Kerl mit tief heruntergezogenen Mundwinkeln, fragte mich, was ich in Kissach zu suchen habe. Er war augenscheinlich der Wortführer, denn der andere sagte während des gesamten Gesprächs kein einziges Wort. Er begnügte sich damit, mich feindselig anzustarren. Zwischendurch glaubte ich sogar, ein Knurren aus seinem Mund zu hören.*

*Ich erklärte dem Kerl, dass ich auf der Suche nach Außergewöhnlichem sei. Nach Dingen, die abseits der Norm stünden, und dass ich das Gefühl habe, in Kissach etwas zu finden, das meine Neugier befriedigt und meiner Neigung entspricht. Ihre Antwort war eindeutig.*

*Sie haben mich in die Gasse gezerrt und zusammengeschlagen. Als ich auf dem Boden lag, haben sie gedroht, mich umzubringen, wenn ich nicht sofort aus Kissach verschwinde.*

*Ich habe eine aufgeplatzte Lippe, ein geschwollenes Auge und wahrscheinlich einige geprellte Rippen. Mein Körper ist mit Hämatomen übersät. Es gibt fast keine Stelle, die nicht schmerzt, und doch werde ich nicht aufgeben, denn ich habe den wichtigsten, ersten Schritt getan.*

*Natürlich habe ich G. V. gleich telefonisch darüber informiert, dass es nun nicht mehr lange dauern wird. Er war hocherfreut und hat mir zum wiederholten Mal sein absolutes Vertrauen ausgesprochen.*

*Ich werde Kissach nicht verlassen und warte gespannt, aber auch ein wenig angstvoll darauf, was als Nächstes passiert.*

# 9

Der Raum war nicht sehr groß, das wenige Inventar schnell erfasst. In der hinteren Ecke stand etwas, das Bastian nicht genau erkennen konnte, bei dem es sich aber wohl um eine Campingtoilette handelte. Schräg unterhalb des Fensters war ein verrostetes Stahlrohrbett aufgebaut, mit einer nackten Matratze darin. An einer der eisernen Querverstrebungen des Kopfendes hingen metallisch glänzende Handschellen, deren zweiter Ring offen stand. Doch was Bastian einen tiefen Stich versetzte und das Blut in seinen Schläfen pochen ließ, war etwas anderes: Neben dem Bett auf dem Boden lag eine knallrote Tasche mit braunen Riemen, eines der Modelle, die man wie einen Rucksack auf dem Rücken tragen konnte. Sie war aus weichem Leder, und der Reißverschluss an der Vorderseite klemmte meist. Das wusste Bastian, weil er diese Tasche kannte. Sie gehörte Anna.

»Na, was zu sehen?«

Es kam so unvermittelt, dass Bastian vor Schreck zusammenzuckte. Seine Hand rutschte vom Rand des Lichtschachts ab, er verlor den Halt und kippte nach vorne. Bevor er die Chance hatte, sich irgendwo abzustützen, knallte er mit der Stirn gegen den groben Putz der Hauswand und schabte ein Stück daran nach oben, als das Gewicht seines Körpers nachdrückte. Als er endlich wieder Halt gefunden hatte und sich zurückdrücken konnte, fühlte seine Stirn sich an wie mit kochendem Wasser übergossen. »Verdammt«, stieß er aus und sah Safi wütend an, der mit Unschuldsmiene hinter ihm stand. »Spinnst du, dich so anzuschleichen? Du hast mich fast zu Tode erschreckt.« Vorsichtig drückte er den Handballen auf die verletzte Stelle an der Stirn und betrachtete anschließend das Blut an seiner Hand. Es war nicht viel, aber die Schürfwunde brannte höllisch.

»Tut mir leid. Aber ich habe mich gar nicht angeschlichen. Ich musste aufpassen wegen der … du weißt schon. Da bin ich auf Zehenspitzen gegangen.«

Bastian warf einen Blick auf die Waschbetonplatten und hätte Safi in diesem Moment gerne lautstark gesagt, was er von seinen dämlichen Ticks hielt, doch seine Gedanken wurden wie an einem imaginären Seil zurück in den Kellerraum gezogen, und alle Schmerzen waren nebensächlich.

»Da unten … Anna«, stammelte er und ärgerte sich, dass er vor Aufregung nicht schnell genug die Worte fand, um Safi zu beschreiben, was er gesehen hatte. »Die haben sie an ein Bett gefesselt. Mit Handschellen. Jetzt ist sie weg. Aber sie war hier, Safi. Anna war ganz sicher da unten. Ihre Tasche liegt noch auf dem Boden.«

»So ein Mist.« Safi kam näher, indem er vorsichtig einen Fuß dicht vor den anderen setzte. Als er nah genug dran war, kniete er sich so neben Bastian, dass er einen Blick durch das schmutzige Kellerfenster werfen konnte. Eine Weile bewegte er den Kopf hin und her wie ein Wackeldackel auf der Hutablage eines Autos, dann richtete er den Oberkörper wieder auf. »Das ist ja ekelhaft. Sieht wirklich danach aus, als ob da unten jemand ans Bett gefesselt war. Und du bist sicher, dass das Annas Tasche ist?«

»Ja.« Bastian nickte langsam. »Ganz sicher. Ich habe sie ihr geschenkt.«

Eine Weile starrten beide schweigend vor sich hin, dann richtete Bastian sich auf und klopfte sich den Matsch von der Jeans, so gut es ging. Als er sich dabei etwas vornüber beugte, machte die Wunde an der Stirn wieder pochend auf sich aufmerksam.

Auch Safi erhob sich und betrachtete Bastian mit einem seltsamen Blick. »Dein Gesicht verheißt nichts Gutes. Was hast du vor?«

»Ich muss irgendwie da rein.«

»Was? Bist du vollkommen übergeschnappt? Wenn dieser Kerl wirklich deine Anna entführt und da unten angekettet hat, ist er ein Schwerverbrecher. Einem, der so was macht, ist alles egal. Der bringt uns doch glatt um, wenn er uns in seinem Haus erwischt.«

»Safi«, Bastians Atem ging schneller, ohne dass er etwas dagegen unternehmen konnte. »Anna ist nicht mehr da unten. Das heißt, der Kerl hat sie entweder in einen anderen Raum gesperrt, oder …« Er konnte diese andere Möglichkeit gar nicht aussprechen. »Jedenfalls muss ich wissen, was da los ist.«

»Das verstehe ich.« Safis Stimme hörte sich jetzt an wie die eines Psychiaters. »Aber wir beide können nichts ausrichten. Viel vernünftiger und auch viel effektiver ist es, wenn wir jetzt so weit zurückfahren, bis wir wieder Empfang haben, und dann die Polizei anrufen. Du hast doch jetzt den Beweis, dass Anna zumindest hier war. Das können die nicht ignorieren.«

Bastian zögerte. Er wusste, dass Safi recht hatte, und doch wehrte sich alles in ihm dagegen, diesen Ort zu verlassen, ohne zumindest versucht zu haben, Anna zu helfen oder herauszufinden, wo sie jetzt war. Andererseits … Wenn ihnen dabei etwas passierte, gab es überhaupt keine Hilfe für Anna.

Aber es gab ja vielleicht auch noch eine andere Möglichkeit. »Was hältst du davon, wenn wir zu einem der Häuser hier gehen und fragen, ob wir ihr Telefon benutzen können?«

Safi dachte einen Moment lang nach, dann schüttelte er den Kopf. »Und was ist, wenn die mit dem Kerl unter einer Decke stecken? Dann ist er auf jeden Fall gewarnt.«

Bastian musste sich selbst zugestehen, dass diese Vermutung gar nicht so weit hergeholt war. Wenn er nur an die beiden Kerle mit den riesigen Kapuzen dachte, die sie so angestarrt hatten. Es war zum Verrücktwerden.

»Und was, wenn der Kerl zwischenzeitlich zurückkommt und alles da unten wegräumt?«, versuchte er, doch noch Argumente zu finden. »Vielleicht steht in einer dieser Bruchbuden jemand hinter der Gardine und beobachtet uns. Und erzählt dem Typen, dass jemand um sein Haus geschlichen ist.«

Statt einer Antwort zog Safi sein Smartphone aus der Gürteltasche, kniete sich wieder vor das Kellerfenster und hantierte eine Weile mit dem Gerät vor der Scheibe herum.

Als er endlich die richtige Position gefunden hatte, machte er mehrere Fotos und richtete sich wieder auf.

»So, jetzt hast du deinen Beweis.«

Bastian gab sich geschlagen. »Also gut, dann lass uns aber sofort verschwinden, damit die Polizei schnellstmöglich hier ist. Und wir kommen auch wieder hierher zurück, ist das klar?«

»Moment.« Safi hatte die Fotos durchgesehen und

machte ein betretenes Gesicht. »Es sind nur vier was geworden, ich muss noch eins machen.«

»Aber vier Fotos reichen doch.«

»Nein, es …« Safis Stimme war zögerlicher geworden. »Es müssen fünf sein. Oder zehn. Vier geht nicht.«

Endlich verstand Bastian, worum es ging, und verdrehte die Augen. »Also gut, mach schon dein Foto.« Er wusste, wenn es dieses fünfte Foto nicht gab, würde Safi keine Ruhe finden und ihn auf dem gesamten Rückweg verrückt machen. Es *mussten* fünf sein. Ebenso wie ein Telefonat entweder zehn oder zwanzig oder dreißig Minuten dauerte und man in einem Café entweder eine halbe Stunde saß oder eine Stunde oder eineinhalb. Und wenn man auch nur eine Minute drüber war, musste man wieder neunundzwanzig weitere Minuten sitzen bleiben. Manchmal gingen Safis verdammte Spleens ihm wirklich auf die Nerven.

Nachdem Safi kontrolliert hatte, dass er nun fünf verwertbare Fotos des Kellerraums hatte, machten sie sich auf den Weg zurück zum Auto. Bevor sie um die Hausecke bogen, blieben sie stehen, und Bastian prüfte mit einem schnellen Blick, dass niemand sie beobachtete. Dann hatten sie wieder die Vorderseite erreicht.

»Ich mache mir große Sorgen um Anna«, gestand Bastian, während sie nebeneinander hergingen, Safi auf dem Kopfsteinpflasterweg, er auf dem unebenen Bürgersteig.

Es nieselte wieder ganz leicht, was sie aber kaum bemerkten.

»Ja, das kann ich …« setzte Safie an, stieß dann aber plötzlich einen Schrei aus und blieb stehen.

»Verdammt!« Er hatte das Gewicht auf das linke Bein verlagert, nur die Fußspitze des rechten Fußes berührte den Boden.

»Was ist los? Bist du umgeknickt?«

»Ja, diese mistigen Lücken in dem verdammten Kopfsteinpflaster. Wieso wird so was nicht repariert? Das ist ja lebensgefährlich.« Safi bückte sich und legte die Hand auf das rechte Fußgelenk. Bastian ging zu ihm, um ihn zu stützen, falls es nötig war. »Schlimm?«

»Ach, es tut halt weh.« Mit schmerzverzerrtem Gesicht richtete Safi sich wieder auf und machte einen kleinen, humpelnden Schritt. »Geht schon. Nichts kaputt. Gehen wir weiter.«

Bastian wartete und sah Safi dabei zu, wie er humpelnd einige Schritte machte, dann schloss er zu ihm auf und ging schweigend neben ihm her.

»Was ich eben sagen wollte«, nahm Safi den Gesprächsfaden wieder auf. »Ich verstehe, dass du dir Sorgen um Anna machst.« Er stöhnte kurz auf. »Puh, das tut ganz schön weh. Was ich aber nicht verstehe, ist, warum sie ausgerechnet dich angerufen hat.«

»Was gibt es denn daran nicht zu verstehen? Sie war in Not und hat den angerufen, von dem sie sich Hilfe erhofft.«

»Bist du … autsch … bist du sicher? Hätte sie es dann nicht eher bei der Polizei versucht?«

»Warum sollte sie? Die wollen doch erst mal Name, Adresse, Geburtsdatum, Telefonnummer und was weiß ich sonst noch alles wissen, bevor sie überhaupt mit dir reden.«

Safi winkte ab. »Aber nicht wenn jemand offensichtlich in Not ist. Außerdem macht man sich in einer Notsituation darüber sicher keine Gedanken. Nein, wenn ich Todesangst hätte und nur für einen kurzen Moment ein Telefon in die Hand bekäme, würde ich die Eins-Eins-

Null wählen und nicht die Nummer meiner Exfreundin, die ich mal eben ein paar Wochen gekannt habe, als ich sie schon wieder verließ.«

Bastian blieb stehen. Was Safi da sagte, machte ihn wütend. Er hatte kein Recht, so über Anna zu reden. »Ja, du vielleicht, na und?«, schleuderte er ihm entgegen, und es klang aggressiv. »Du *musst* ja auch fünf Fotos machen. Du zählst weiße Autos oder Straßenlaternen, tänzelst auf Zehenspitzen um irgendwelche dämlichen Fugen auf dem Boden herum und kontrollierst fünfmal, ob der Herd ausgeschaltet ist, bevor du einen Fuß vor die Tür setzt. Was ist das denn für ein Maßstab?«

Was wusste Safi schon über Anna. Wie konnte er sich mit ihr vergleichen? Er hatte ihre Augen nicht gesehen, als sie gegangen war. Diese Traurigkeit.

Im nächsten Moment tat es Bastian schon wieder leid, dem Freund seine Ticks vorgehalten zu haben, für die er letztendlich nichts konnte. Zudem ahnte er, warum er so heftig reagierte. Irgendwo in den Tiefen seines Verstands hatte er sich die eine oder andere Frage schon selbst gestellt, diese Gedanken aber beiseitegeschoben.

»Worauf willst du eigentlich hinaus?«, fragte er deutlich ruhiger. Sie standen noch immer auf dem Bürgersteig.

Safi sah ihn eine Weile stumm an und schien zu überlegen, wie er auf Bastians Provokation reagieren sollte, schien sich aber dafür zu entscheiden, nicht darauf einzugehen.

»Ich weiß, dass sie dir immer noch viel bedeutet. Aber einiges an der ganzen Sache ist zumindest seltsam. Das hat dir der Polizist doch auch schon gesagt. Versteh mich bitte nicht falsch, aber … ach, wahrscheinlich höre ich einfach nur die Flöhe husten. Komm, lass uns weitergehen.«

Bastian dachte kurz über das nach, was Safi nicht ausgesprochen hatte, wurde sich dann aber wieder der Situation bewusst, in der sie sich befanden, und nickte nur stumm.

Als sie sich zum Gehen wandten, sahen sie einen Mann und eine Frau, die ihnen auf der anderen Straßenseite entgegenkamen. Bastian schätzte das Alter der beiden auf etwa sechzig, wobei er sich auch irren konnte. Vielleicht sahen sie älter aus, als sie tatsächlich waren. Sie starrten Bastian und Safi unverwandt an, während sie näher kamen. Ihre Gesichter wirkten verhärmt und wie vom Leben in diesem unwirtlichen Ort gezeichnet. Die Kleidung, die sie trugen, war dunkel und unförmig und entsprach somit der Umgebung. Der bodenlange Rock der Frau hing schwer an ihr herab. Man sah, dass er sich mit Regenwasser vollgesogen hatte. An der rechten Hand des Mannes baumelte ein brauner Sack, der beim Gehen hin und her schaukelte. Als sie fast auf gleicher Höhe waren, nickte Bastian ihnen zu und sagte laut: »Guten Tag.«

Er erhielt weder eine Antwort, noch veränderten sich die Mienen der beiden in irgendeiner Weise. Wie auf ein geheimes Kommando wandten beide plötzlich die Gesichter nach vorne und würdigten Bastian und Safi keines Blickes mehr. Bastian fand, ihre Bewegungen hatten etwas Roboterhaftes, Fremdbestimmtes.

»Ich finde es hier unheimlich«, bemerkte Safi leise, während Bastian nicht anders konnte, als sich noch einmal nach den beiden umzudrehen, die ihrerseits weiterhin stur nach vorne blickten. »Unheimlich, ja«, pflichtete er Safi bei. »Und ich habe das Gefühl, dass mit diesem ganzen verdammten Dorf etwas nicht stimmt. Du hast recht, es ist besser, wenn wir von hier verschwinden und die Polizei verständigen.«

»Sage ich doch. Außerdem schmerzt mein Fußgelenk.«

Eine knappe Minute später bogen sie um die Ecke der Scheune und gingen auf den Golf zu. Als sie noch einige Meter entfernt waren, wusste Bastian bereits, dass etwas mit dem Wagen nicht stimmte. Dann hatten sie ihn erreicht und sahen, was nicht in Ordnung war. Es waren die Reifen. In den Seitenwänden klafften große Schlitze.

# 10

»Was zum Teufel soll das?« Bastian starrte fassungslos auf die zerstochenen Reifen.

»Das ist nicht gut.« In Safis Stimme schwang ein Zittern mit, das Bastian noch nie bei ihm gehört hatte. »Das ist gar nicht gut.«

Bastian ging um den Wagen herum, betrachtete jeden einzelnen Reifen und fand überall den gleichen langen Schlitz mit glatten Rändern. Man brauchte kein Experte zu sein, um zu erkennen, dass hier ein scharfes Messer zum Einsatz gekommen war. Wieder bei Safi angekommen, fuhr er sich mit der Hand über das Gesicht. »Ich habe ja damit gerechnet, dass die uns nicht hier haben wollen, aber dass sie uns daran hindern, wieder von hier zu verschwinden, finde ich mehr als seltsam.«

»Die haben uns gesehen und die ganze Zeit beobachtet. Und während wir uns dieses Haus angesehen haben …«

»… waren die hier und haben die Reifen zerstochen«, vervollständigte Bastian den Satz. Einer spontanen Eingebung folgend, zog er sein Smartphone aus der Hosentasche, tippte darauf herum und steckte es enttäuscht wieder weg. Kein Empfang.

Er versuchte, konzentriert darüber nachzudenken, was sie nun tun konnten, doch seine Gedanken rasten wild durcheinander, erzeugten Bilder von Anna, an ein verrostetes Bett gefesselt, die Augen in panischem Entsetzen weit aufgerissen. Schreiend, weinend …

Bastian riss sich von diesen Gedanken los, warf einen erneuten Blick auf die Reifen seines Autos und wandte sich Safi zu. »Ich werde jetzt zu einem dieser Häuser gehen und fragen, ob ich mal telefonieren darf. Dann werde ich die Polizei anrufen. Kommst du mit?«

»Ehm … nein. Der Gedanke, alleine hierzubleiben, ist zwar nicht sehr verlockend, und ich würde schon gerne eines dieser Häuser mal von innen sehen, aber ich bin froh, wenn ich meinen Fuß nicht belasten muss. Ich glaube, ich setze mich lieber bei verschlossenen Türen ins Auto und warte zitternd auf dich.«

Eine Welle der Zuneigung für diesen sonderbaren Mann durchströmte Bastian und mit ihr auch die Scham über seine Reaktion kurz zuvor. Er legte Safi eine Hand auf die Schulter und nickte. »Also gut. Ich beeile mich. Und du solltest tatsächlich die Türen verriegeln.«

Safi warf einen Blick in den düsteren Himmel. »Beeil dich besser, es wird bald dunkel. Dann möchte ich nicht unbedingt alleine hier im Auto sitzen. Genau genommen möchte ich dann so weit wie möglich von hier weg sein.«

Bastian sah auf seine Armbanduhr. Es war kurz nach siebzehn Uhr. Safi hatte recht, es würde nicht mehr lange dauern, bis es dunkel war.

Nachdem er ihm den Autoschlüssel gegeben hatte, machte Bastian sich auf den Weg zu dem nächstgelegenen Haus. Wohl war ihm nicht dabei.

Das erste Haus erreichte er nach etwa zwei Minuten. Eine Klingel fand er nicht, also klopfte er mehrmals gegen die robuste Holztür. Wie offenbar alles in diesem Ort sah sie alt und schäbig aus. Als sich nach einer Weile noch nichts tat, versuchte er es erneut, gab es dann aber auf. Entweder hatte er ein unbewohntes Gebäude erwischt, oder die Bewohner waren nicht zu Hause. In dieser merkwürdigen Siedlung konnte man am Zustand der Häuser und Vorgärten nicht erkennen, ob ein Gebäude bewohnt war oder nicht.

Auf dem Weg zur nächsten Behausung überlegte Bastian, dass es auch noch eine dritte Möglichkeit gab, warum niemand ihm geöffnet hatte. Weil man ihm nicht öffnen wollte. Kurz dachte er an Safi, der jetzt neben der Scheune im Auto saß. Er hoffte, dass diese Verrückten, die zuvor die Reifen aufgeschlitzt hatten, nicht auf den Gedanken kamen, noch mal zu dem Wagen zurückzugehen.

Auch beim nächsten Haus hatte er kein Glück. Erst beim übernächsten. Nur Sekunden nachdem Bastian den Klingelknopf gedrückt hatte, hörte er das Geräusch von näher kommenden schlurfenden Schritten. Ein Gefühlsgemisch aus Hoffnung und Angst breitete sich in ihm aus. Was, wenn hier einer der Kerle wohnte, die seine Reifen aufgeschlitzt hatten?

Die Tür öffnete sich, und Bastian stand einer Frau gegenüber, deren Alter er auf etwa Mitte vierzig schätzte. Sie war füllig und hatte das dunkle, von silbernen Strähnen durchsetzte Haar im Nacken zusammengebunden. Bastian registrierte, dass in ihrem vollkommen ungeschminkten Gesicht nicht die deutliche Ablehnung zu erkennen war, die er bei dem Paar auf der Straße empfunden hatte. Allerdings war auch sonst keine Gefühlsregung darin auszumachen. Ihre Miene war absolut ausdrucklos, die bleiche Haut verlieh ihr ein wächsernes Aussehen. Geradezu unheimlich aber waren ihre Augen, die zwar auf ihn gerichtet waren, aber so aussahen, als blicke sie durch ihn hindurch.

»Entschuldigen Sie bitte die Störung.« Bastian bemühte

sich, seiner Stimme einen freundlichen Klang zu verleihen. »Ich habe ein Problem mit meinem Auto und müsste mal telefonieren. Mein Handy hat keinen Empfang. Dürfte ich bitte ihr Telefon benutzen? Ich zahle Ihnen selbstverständlich etwas dafür.«

»Das geht nicht.« Diese Stimme. Vollkommen emotionslos, monoton, wie von einem Computer gesprochen. Die Haare in Bastians Nacken richteten sich auf.

»Das Telefon funktioniert nicht.«

»Oh, das ist … schade. Dann versuche ich es mal bei Ihren Nachbarn.« Bastian wollte sich abwenden, möglichst schnell wieder gehen, als sie mit der gleichen Monotonie sagte: »Die Telefone funktionieren alle nicht.«

Bastian stockte. »Alle? Aber wie … Warum nicht?«

»Ein Leitungsschaden.«

Das konnte, das durfte einfach nicht sein. »Was? Sind Sie sicher?« Die Frau sah ihn nur weiter stumm an, was Bastian noch nervöser machte. »Ja, dann …«, stammelte er. »Danke. Auf Wiedersehen.« *Hoffentlich nie*, dachte er und verließ den kleinen Vorgarten, wobei er sich stark zusammennehmen musste, um nicht loszurennen. Als er sich nach etwa zehn Metern umdrehte, stand die Frau noch immer an der gleichen Stelle und sah ihm mit maskenhafter Miene nach.

Bastian war enttäuscht, wütend, verzweifelt. Er glaubte ihr nicht. Es konnte doch nicht sein, dass dieser Ort oder Ortsteil oder was auch immer diese beschissene Ansiedlung darstellte, komplett von der Außenwelt abgeschnitten war. Er würde es woanders versuchen. Ja, so einfach ließ er sich nicht ins Bockshorn jagen. Und er würde dafür sorgen, dass die Polizei in diesem Nest mit einer Hundertschaft anrückte. Die würden schon herausfinden, was hier nicht stimmte. Und wo Anna war. Aber erst musste er aus dem Sichtfeld dieser furchtbaren Frau verschwinden.

Mittlerweile hatte er fast wieder das Haus erreicht, in dessen Kellerraum Annas Tasche lag. Ohne länger darüber nachzudenken, überquerte er den Kopfsteinpflasterweg, ging zu der Tür, vor der er keine halbe Stunde zuvor schon einmal gestanden hatte, und drückte auf den heraushängenden Klingelknopf. Das Herz schlug ihm bis zum Hals, sein Körper war bis zur letzten Faser angespannt. Er musste auf alles gefasst sein.

Im Inneren des Hauses regte sich nichts. Bastian klingelte ein weiteres Mal. Wieder ohne Erfolg. Widerwillig wandte er sich schließlich ab, blieb auf dem unebenen Bürgersteig stehen, ließ seinen Blick über die wenigen Häuser auf der anderen Seite wandern. Er suchte nach einer Bewegung hinter einem der Fenster. Irgendeinem Anzeichen von Leben. Fand nichts dergleichen.

Also versuchte er es erneut aufs Geratewohl, überquerte wieder den Weg, ging zur Haustür schräg gegenüber, klingelte. Und erschrak, als die Tür geöffnet wurde, kaum, dass er den Finger vom Klingelknopf genommen hatte.

Ein Mann stand in der Tür, groß und schmal, fast dürr. Das braunkarierte Holzfällerhemd hing auf einer Seite aus der viel zu weiten Jeans, die mit einem uralt aussehenden, schmalen Gürtel am Herunterrutschen gehindert wurde. Ein ungepflegter Vollbart bedeckte den größten Teil seines Gesichts und machte es schwer, das Alter des Mannes zu schätzen. Er musste aber mindestens sechzig sein, vielleicht älter. Die Nase war knollig und grobporig, die Haut um die gelblich trüben Augen war von tiefen Falten durchzogen.

»Was wollen Sie?«, fragte er in einer Art, die keinen

Zweifel daran ließ, dass Bastian nicht willkommen war. Seine Stimme klang heiser.

»Ich …« Er hatte plötzlich den Drang zu schlucken und konnte nur unter großer Anstrengung einen Hustenanfall verhindern. Bastian fluchte innerlich, weil der Kerl vor ihm dadurch merkte, wie unsicher er war. Er konzentrierte sich darauf, seiner Stimme einen festen Klang zu geben, und sagte: »Ich habe ein Problem mit meinem Auto und müsste jemanden anrufen. Dürfte ich vielleicht ihr Telefon benutzen?«

»Geht nicht, ist kaputt.«

Bastian hatte seinen Atem kaum noch unter Kontrolle. »Gibt es denn sonst eine … Möglichkeit?« Trotz aller Bemühungen klang seine Stimme dünn wie die eines Sechstklässlers. »Ich meine … wie komme ich von hier weg?«

»Was weiß ich? Laufen.« Der Alte spuckte es regelrecht aus, wandte sich ab und gab der Tür im Weggehen einen Schubs, der sie mit einem dumpfen Knall ins Schloss fallen ließ.

Bastian brauchte einen Moment, bis er die Situation verarbeitet hatte und sich abwenden konnte. Es war viele Jahre her, dass er sich zuletzt so gedemütigt gefühlt hatte wie in diesem Moment. Eine nur schwer kontrollierbare Wut wühlte Bastian auf, seine Hände ballten sich wie von selbst zu Fäusten. Alles in ihm drängte danach, so lange gegen diese gottverdammte Tür zu hämmern, bis dieser Kerl wieder öffnete, und ihm dann … Mit einem wilden Ruck wandte er sich ab und stapfte los in Richtung Scheune. *Laufen* hatte der Kerl gesagt. Ja, er würde laufen. Und wenn er Stunden bis Frundow brauchte. Selbst wenn er Safi den ganzen Weg über stützen musste, es war ihm egal. Sie würden jetzt aus diesem elenden Kaff verschwinden. Aber sie würden wiederkommen und eine Menge Polizisten dabeihaben.

»Ihr denkt, ihr könnt machen, was ihr wollt, ja? Wir werden sehen, wer zuletzt lacht.« Eine innere Stimme machte Bastian darauf aufmerksam, dass er gerade Selbstgespräche führte. Es war ihm egal. Er war so wütend wie selten zuvor in seinem Leben. Diese Irren hielten seine Anna gegen ihren Willen in irgendeiner dieser Bruchbuden fest. Vielleicht hielten sie sie als eine Art Sexsklavin oder so was. Nach dem, was er in der letzten Stunde erlebt hatte, traute er ihnen alles zu. Bastian drehte sich allein bei dem Gedanken der Magen um. Aber sie würden nicht damit durchkommen.

Er hatte die Scheune erreicht und bog um die Ecke. Ohne zu wissen, womit er gerechnet hatte, war er erleichtert, den Golf noch an der gleichen Stelle vorzufinden. Er ging zur Fahrertür, öffnete sie und … stockte.

Safi war verschwunden.

# 11

»Safi?« Bastian ging um den Wagen herum und begutachtete den Boden neben der Beifahrertür, konnte aber keine Spuren entdecken, die irgendwelche Rückschlüsse auf Safis Verbleib gegeben hätten. Viel konnte er auch nicht erkennen, die Dämmerung hatte längst eingesetzt, und dunkle Wolken hingen am Himmel.

Bastians Blick fiel auf die Scheune, die sich mittlerweile als bedrohlicher, fast schwarzer Berg vor ihm auftürmte. Ob sein Freund vielleicht dort drinnen war? Er ging an dem Gebäude entlang bis zur Vorderseite und prüfte, ob sich die Tür öffnen ließ, die in das große Doppeltor eingelassen war. Das tat sie nicht. Es gab auch keinen anderen sichtbaren Eingang in die Scheune, also war Safi wohl nicht dort drinnen.

Mit einem immer stärker werdenden Druck im Magen ging Bastian zum Auto zurück. Tausend Dinge schossen ihm auf dem kurzen Weg durch den Kopf. Er konnte sich nicht vorstellen, dass Safi sich einfach so zu einem Spaziergang aufgemacht hatte, zumal sein Fußgelenk verletzt war. Er war ihm auch nicht nachgekommen, sonst hätte Bastian ihn sehen müssen.

Aber was blieb dann noch? Waren diejenigen, die sich an den Reifen zu schaffen gemacht hatten, etwa zurückgekehrt? Menschen, die eine junge Frau entführten und Autoreifen aufschlitzten, die so lebten und sich so benahmen wie die, die er bisher hier gesehen hatte … wozu waren die noch in der Lage?

Mit klopfendem Herzen öffnete Bastian die Kofferraumklappe und schloss sie erleichtert wieder, als er außer der schwarzen Tasche, in der er stets für alle Fälle frische Wäsche und die wichtigsten Toilettenartikel dabeihatte, nur das übliche Durcheinander an Werkzeugen sah.

Wieder blickte er sich um. Er rief den Namen seines Freundes und lief den Feldweg in Richtung Waldrand entlang, bis er die Rückseite der Scheune erreicht hatte. Dort lagen großflächig schmutzige, eingerissene Planen, die mit alten Autoreifen bedeckt und mit einer schwarzen, in der fortgeschrittenen Dunkelheit nicht identifizierbaren Schicht bedeckt waren. Das Ganze verströmte einen unangenehmen Geruch, und Bastian glaubte zu erkennen, dass die Planen schon eine Ewigkeit nicht mehr bewegt worden waren. Er wollte gar nicht wissen, was sich darunter befand.

Daneben lag ein großes, verrostetes Gerät, das wohl früher hinter einem Traktor hergezogen worden war. Sonst gab es nichts.

Wieder und wieder rief Bastian Safis Namen, schrie ihn in alle Richtungen … bekam keine Antwort.

Mit hängenden Schultern trottete er zum Auto zurück und lehnte sich mit einem Seufzer dagegen. Er fühlte sich mut- und kraftlos, es war, als hätte man seinem Körper sämtliche Energie entzogen.

Um die trostlose Situation zu komplettieren, prasselten wieder dicke Regentropfen herab. Bastian schlang die Arme um seinen Körper. Bleierne Müdigkeit schlug wie eine Welle über ihm zusammen. Er fror und ergab sich schließlich völlig dem Gefühl der Verzweiflung.

Wie hatte er nur so verrückt sein können zu denken, er brauche nur hierherzufahren, dann würde sich alles schon finden. Er hatte Anna helfen wollen und stattdessen seinen Freund in Gefahr gebracht. Er, Bastian Thanner, hatte Safi in diese Situation gebracht, und er allein würde die Schuld daran tragen, wenn Safi etwas passiert war.

*Wenn Safi etwas passiert war.*

Bastian versuchte, gedanklich auszuformulieren, was das bedeutete. Was konnte Safi passiert sein? Im schlimmsten Fall …

»Sie dürfen nicht hier stehen bleiben.«

Bastian fuhr so sehr zusammen, dass er seitlich am Auto abrutschte und fast zu Boden gefallen wäre. Binnen einer Sekunde begann sein Puls zu rasen und das Blut pochend gegen seine Schläfen zu drücken.

Ein paar Meter hinter dem Wagen stand eine schlanke Frau im Regen. Unbeweglich, mit hängenden Armen und am Kopf klebenden blonden Haaren. Sie sah ihn an, aber ihr Blick war anders als der der anderen in diesem Kaff. Zumindest hatte Bastian das Gefühl, dass sie nicht durch ihn hindurch sah. Sie war verhältnismäßig jung, vielleicht Mitte dreißig. Das geblümte Kleid, das wie ein nasser Sack an ihr hing, wirkte ebenso altmodisch wie die klobigen Schuhe darunter. Bastian machte einen Schritt auf sie zu, um sie deutlicher sehen zu können. »Wer sind Sie?«

»Sie dürfen wirklich nicht hierbleiben«, wiederholte sie und blieb ihm die Antwort auf seine Frage schuldig. »Das ist nicht gut.«

»Ich kann nicht hier weg. Jemand hat die Reifen meines Autos zerstochen.«

»Sie müssen trotzdem hier weg.«

Bastian atmete schnaubend aus. Standen denn alle in diesem verdammten Ort unter Drogen?

»Haben Sie nicht verstanden, was ich gesagt habe? Ich

kann hier nicht weg, meine Reifen sind aufgeschlitzt worden. Alle. Außerdem ist mein Freund verschwunden. Er saß hier im Auto, während ich … Moment, seit wann sind Sie schon hier? Haben Sie gesehen, was passiert ist?«

Wenn die Frau verstanden hatte, was er sagte, so ließ sie sich das nicht anmerken. Sie legte den Kopf ein wenig schief, die Regentropfen prasselten nun verstärkt auf ihre Wange. Sie schien es nicht zu bemerken. »Mia hat ein Zimmer frei, da können Sie übernachten.«

»Herrgott nochmal, ich möchte hier nicht übernachten«, brach es aus Bastian heraus. Die Frau zuckte zusammen und machte einen Schritt zurück. Bastian hob eine Hand und fuhr sich mit der anderen über das nasse Gesicht. Er war am Ende seiner Belastbarkeit angelangt. »Es tut mir leid. Ich wollte Sie nicht anschreien. Es ist nur …« Er machte zwei vorsichtige Schritte auf die Frau zu. »Hören Sie, mein Freund ist verschwunden. Er saß eben noch hier in diesem Auto. Ich habe versucht, ein Telefon zu finden. Ich war nur ein paar Minuten weg, aber als ich zurückkam, war er nicht mehr hier. Ich muss ihn finden. Und dann möchte ich mit ihm zusammen Frundow verlassen. Verstehen Sie?«

»Frundow verlassen?«

Bastian nickte mehrmals und spürte Hoffnung in sich aufsteigen. Es war das erste Mal, dass die Frau direkt auf etwas einging, das er sagte.

»Ja, Frundow. Das hier gehört doch zu Frundow.« Er beschrieb mit der Hand einen Bogen in der Luft. In ihrem Gesicht war Unverständnis zu erkennen. »Nein, Kissach. Nicht Frundow.«

Bastian glaubte, der Boden unter seinen Füßen beginne sich zu bewegen. Er machte einen Schritt zurück und stützte sich am Heck des Autos ab. »Was sagen Sie da? Das ist nicht Frundow?«

»Nein, Kissach«, wiederholte sie geduldig. Oder stoisch. »Aber …« Bastian beugte sich vornüber, stützte die Hände auf den Oberschenkeln ab und schüttelte mehrmals den Kopf, als könne er damit das Durcheinander seiner Gedanken ordnen.

Er sah zu der Frau auf, die noch immer unbeweglich dastand und ihn betrachtete, und senkte wieder den Kopf.

Das war nicht Frundow. Aber Anna hatte am Telefon Frundow erwähnt, auch wenn er Frundorf verstanden hatte. Und im Keller dieses Hauses hatte er Annas Tasche liegen sehen. Der Taxifahrer hatte ihnen ebenfalls erklärt, dies sei ein Ortsteil von Frundow.

Das konnte nur eines bedeuten … Mit einem Ruck richtete er sich wieder auf und hätte sich selbst für seine Dummheit ohrfeigen können. Hatte er denn vergessen, was hier los war? Er ging auf die Frau zu und sah ihr dabei in die Augen. »Sie gehören auch zu denen, nicht wahr? Aber Sie sind cleverer, Sie machen es nicht so offensichtlich wie die anderen. Natürlich ist hier Frundow. Sie möchten mich ablenken, habe ich recht? Ich soll an meinem Verstand zweifeln. Ist es das? Ja? Wollt ihr, dass ich denke, ich werde verrückt?«

Zum ersten Mal, seit die Frau aufgetaucht war, wandte sie sich von ihm ab, sah sich sichtlich nervös um, bevor sich ihre Blicke wieder trafen. »Sie müssen hier weg. Schnell.« Es klang jetzt beschwörend.

Bastian wusste nicht mehr, was er von alledem halten sollte. Er hatte das Gefühl, gar nichts mehr zu wissen.

»Hören Sie, es ist mir egal, wie das hier heißt, ich bin hergekommen, weil meine Freundin mich angerufen und mir gesagt hat, sie werde gegen ihren Willen hier festgehalten. Sie heißt Anna und ist Mitte zwanzig. Sie hat volles braunes Haar und ist sehr hübsch. Haben Sie sie vielleicht irgendwo hier gesehen? Heute oder in den letzten Tagen?«

Im Gesicht der Frau zuckte es, das konnte Bastian deutlich sehen. »Gehen Sie zu Mia. Sie wird Ihnen helfen.«

Bastian nickte resigniert. Was konnte es schaden? »Okay, wo wohnt sie?«

Vielleicht wusste diese Mia tatsächlich etwas oder hatte zumindest ein funktionierendes Telefon. An diesen ominösen Leitungsschaden glaubte Bastian nicht mehr.

Ohne ein weiteres Wort drehte die Frau sich um, machte ein paar Schritte in die entgegengesetzte Richtung und sah ihn dann über die Schulter hinweg auffordernd an.

Bastian warf einen Blick auf den Golf und dachte daran, dass Safi jetzt irgendwo steckte und vielleicht seine Hilfe brauchte. Es würde Safi allerdings sicher nicht helfen, wenn er immer wieder um den Wagen herumlief und seinen Namen rief. Also würde er sich diese Mia einmal ansehen.

Er folgte der Frau bis zur Vorderseite der Scheune, wo sie nicht in die Richtung abbog, in der das Haus mit Annas Tasche darin stand, sondern nach rechts.

Viele Fragen brannten Bastian unter den Nägeln, nicht zuletzt, was dieser Blödsinn mit den Ortsnamen sollte, aber er hob sie sich für *Mia* auf. Von der Frau, die da regendurchnässt vor ihm herging, würde er keine brauchbaren Antworten bekommen.

Nach etwa 200 Metern, die sie an wildwachsenden Sträuchern und einer Hausruine mit eingestürztem Dach vorbeigingen, bogen sie nach links in einen noch schmaleren Weg ein. Straßenlaternen gab es hier keine, und die Dämmerung war mittlerweile so weit fortgeschritten, dass man nur noch hundert Meter weit sehen konnte.

Vor dem ersten Haus, an dem sie in dieser Gasse vorbeikamen, stand eine seltsame, halbverrottete Holzfigur. Sie war etwa eineinhalb Meter hoch und bestand aus einem großen Block, der wie ein umgekehrtes U aussah. Darauf saß ein quadratischer Klotz, in den ein seltsames Gesicht eingeschnitzt war. Die Augen waren als schmale schwarze Schlitze zentimetertief ausgestanzt, die Nase wirkte knollig, die Lippen fest zusammengepresst. Trotz der groben Art, mit der das Gesicht ins Holz geschnitzt war, drückte es auf eine unheimliche Art starke Schmerzen und Leid aus.

Die Figur hielt Bastians Blick gefangen, und es kostete ihn einige Mühe, wieder nach vorne zu schauen und weiterzugehen. Er wollte die Frau vor sich fragen, was diese Figur darstellte, verkniff es sich aber. Sie würde ihm wahrscheinlich sowieso nicht antworten. Zudem hatte er im Moment wichtigere Probleme. Sie gingen noch an vier weiteren Gebäuden vorbei und erreichten mit dem letzten Haus auch das Ende des Ortes auf dieser Seite. Die Frau blieb stehen und wartete, bis Bastian zu ihr aufgeschlossen hatte.

»Da wohnt Mia. Sie wird Ihnen helfen. Sie weiß, dass Sie hier sind.«

»Wie?«, machte Bastian überrascht. »Woher weiß sie das?«

Die Frau sah ihn verwundert an. »Jeder hier weiß das.«

Damit ließ sie ihn stehen und ging in die Richtung davon, aus der sie gerade gekommen waren.

Bastian sah ihr noch einen Moment nach und betrachtete dann die Umgebung des Hauses. Soweit er noch erkennen konnte, verlief der schmale Weg hinter dem Haus durch ein freies Feld. Was dahinter kam, war nicht mehr auszumachen.

Etwa dreißig Meter hinter dem Haus stand ein rechteckiges Schild. Bastian konnte nur die Rückseite erkennen, ging aber davon aus, dass es sich dabei um ein Ortsschild handelte. Ohne lange darüber nachzudenken, ging er mit schnellen Schritten darauf zu. Nun würde sich zumindest eine Frage klären.

Das Blech war verbeult, die gelbe Farbe der Vorderseite stark mit Rostflecken durchsetzt, der Schriftzug ausgebleicht. Und doch war der Name, der dort aufgemalt war, deutlich zu lesen: Kissach.

## Entwurf
## Tag 20

*Sie haben sich wieder bei mir gemeldet. Erst flog vorgestern Nacht ein Stein durch das Fenster meines gemieteten Zimmers. Er war in ein Blatt Papier eingewickelt, auf dem eine Botschaft für mich stand:*

> Wir warnen dich nicht ein weiteres Mal. Wenn du morgen nicht verschwunden bist, werden wir dir deinen Wunsch nach etwas Außergewöhnlichem erfüllen. Es wird dir nicht gefallen.

*Ich gestehe, nach dieser Botschaft lange wach gelegen und darüber nachgedacht zu haben, tatsächlich aus Kissach zu verschwinden. Immerhin kann man das, was ich da erhalten habe, als Morddrohung auffassen. Dann jedoch sagte ich mir, dass alles umsonst war, was ich bisher auf mich genommen habe. Die monatelange Vorbereitung, die Zeit in diesem unheimlichen Dorf, die tagtäglichen, anstrengenden Versuche, etwas von den Bewohnern zu erfahren …*

*Ich habe mich in dieser Nacht entschlossen, so lange weiter zu machen, bis ich mein Ziel erreicht habe, auch wenn das bedeutet, dass ich mich in große Gefahr begebe.*

*Gestern Abend haben mich die beiden Männer abgefangen, als ich von einem Spaziergang auf dem Rückweg in mein Zimmer war. Sie sagten mir, ich hätte meine Chance vertan und müsse nun die Konsequenzen tragen. Ich solle mich bereithalten, denn bald würde ich erfahren, was ich wissen wolle.*

*Heute Morgen habe ich festgestellt, dass die Reifen meines Autos aufgeschlitzt wurden. Man hat mir also die einfachste Möglichkeit genommen, das Dorf zu verlassen. Sie meinen es offensichtlich ernst.*

*Seitdem schwanke ich hin und her zwischen dem Triumph, meinem Ziel schon so nahe gekommen zu sein, und der Angst davor, was das letztendlich für mich bedeuten kann. Und ich beginne zu ahnen, dass ich einen hohen Preis zahlen werde.*

# 12

Die Frau, die auf Bastians Klingeln hin die Tür öffnete, mochte sechzig sein, vielleicht auch ein paar Jahre älter.

Die fast weißen Haare fielen ihr glatt bis über die Schultern. Sie trug eine Jeans, die ihre schlanke Gestalt unterstrich und ihr in Verbindung mit einem blauen Sweatshirt und schwarzen Halbschuhen ein fast jugendliches Aussehen gab. Lediglich die Falten in ihrem Gesicht ließen ihr wahres Alter erahnen.

Sie schien keinen Augenblick überrascht zu sein, einen fremden Mann vor ihrer Haustür zu sehen. Im Gegenteil wirkte sie auf Bastian, als hätte sie ihn erwartet. Mit sorgenvollem Gesicht warf sie einen Blick an ihm vorbei nach draußen und nickte ihm dann zu. »Kommen Sie rein.«

Verblüfft kam Bastian der Aufforderung nach, ließ sie aber keine Sekunde aus den Augen. Mittlerweile traute er niemandem mehr.

»Sie haben Glück«, raunte sie ihm zu, als sie an ihm vorbeiging und ihn durch den Flur ins Wohnzimmer führte. Der etwa zwanzig Quadratmeter große Raum war altmodisch eingerichtet, das Mobiliar wirkte wie bunt zusammengewürfelt. Aber er machte zumindest einen sauberen Eindruck und hob sich damit angenehm von allem ab, was Bastian bisher in diesem Ort gesehen hatte. Zudem herrschte eine wohlige Wärme in dem Zimmer. Nur zu dem Äußeren der Frau wollten die alten Möbel nicht passen.

Von irgendwoher nahm Bastian ein dumpfes Brummen

wahr, ohne bestimmen zu können, aus welcher Richtung es gekommen war.

»Die Reifen meines Autos sind aufgeschlitzt worden, und mein Freund ist verschwunden«, entgegnete Bastian und sah sie an. »Ich würde meine Situation nicht unbedingt als glücklich einstufen. Haben Sie ein Telefon?«

»Ja, aber das funktioniert nicht. Die Leitung ist seit Tagen tot. So was kann hier Wochen dauern.«

Also stimmte es doch. »Mist. Sind Sie Mia?«

Sie nickte. »Ja, und sie *haben* Glück, glauben Sie mir.« Sie deutete auf einen weinroten Sessel mit dünnen runden Holzbeinen, ein Relikt der siebziger Jahre. »Setzen Sie sich bitte.« Während Bastian der Aufforderung nachkam, ging sie zu einer Vitrine aus dunkler Eiche, wo sie eine der Türen öffnete und zwei Weingläser herausnahm.

»Wie ist Ihr Name?«

»Bastian Thanner.«

»Bastian Thanner«, wiederholte sie auf eine eigentümliche Art.

»Was ist mit Ihnen? Man könnte meinen, der Name sagt Ihnen etwas. Kennen Sie mich?«

»Nein, ich kenne Sie nicht, Bastian. Woher auch? Wenn Franziska Sie nicht hergebracht hätte, wäre es Ihnen wahrscheinlich so ergangen wie Ihrem Freund.«

Bastians Körper straffte sich. »Wie meinem Freund? Was heißt das? Was ist mit Safi?«

Mia setzte sich in den Sessel ihm gegenüber, griff nach einer Flasche, die neben dem niedrigen Couchtisch auf dem Boden stand, und begann, ihre Gläser mit der dunklen Flüssigkeit zu füllen. »Das kann ich Ihnen nicht sagen. Ich habe Franziska eben auf der Straße getroffen. Sie erzählte mir, dass die Männer ihn mitgenommen haben.

Ich habe ihr gesagt, sie soll Sie suchen und zu mir bringen. Mehr weiß ich nicht.«

Bastian hielt es nicht mehr auf dem Sessel. Er sprang auf. »Mitgenommen? Was heißt das? Und wer sind diese *Männer*?«

Mia ließ sich offensichtlich nicht von seiner Aufregung beeindrucken, sondern nahm ruhig ihr Glas und trank einen kleinen Schluck. Bastian hätte sie am liebsten an den schmalen Schultern gepackt und durchgeschüttelt. Nervös fuhr er sich durch die Haare und schlug dann flehend die Hände zusammen. »Nun reden Sie endlich. Können Sie sich nicht vorstellen, wie durcheinander ich bin? Was ist denn nur mit euch hier los?«

Mia sah zu ihm auf und sagte mit ruhiger Stimme: »Setzen Sie sich. Sie können im Moment nichts tun, glauben Sie mir.«

»Warum sollte ich Ihnen glauben? Ich kenne Sie nicht, und ausnahmslos alles, was ich bisher in diesem gottverdammten Ort erlebt habe, spricht dagegen, überhaupt jemandem etwas zu glauben. Und was heißt, ich kann nichts tun? Irgendjemand in diesem Dorf muss doch ein Auto haben. Der kann mich nach Frundow fahren oder sonst wohin, wo ich wieder telefonieren kann. Ich zahle es von mir aus auch.«

Mit einem mitleidigen Blick schüttelte Mia den Kopf. »Nur wenige Leute aus dem Dorf haben ein Auto, und von denen wird Sie keiner irgendwohin fahren.«

Bastian fasste sich an den Kopf. »Was? Aber … das kann doch nicht sein. Mein Freund ist entführt worden, das ist ein Verbrechen. Irgendjemand muss mir doch helfen, dass ich die Polizei verständigen kann. Was reden Sie denn da?«

»Ich meine es gut mit Ihnen, wären Sie sonst hier?«

Unschlüssig ließ Bastian sich wieder auf den Sessel sinken. Es war zum Verzweifeln. Er wollte dieser Frau ja glauben. Sie war der erste Mensch, den er in diesem seltsamen Ort traf, der einen halbwegs normalen Eindruck auf ihn machte.

Aber es konnte doch nicht sein, dass sich im ganzen Dorf niemand darum scherte, dass ein Mensch entführt wurde.

Als Bastians Blick auf das Glas auf dem Tisch fiel, bemerkte er, dass seine Kehle furchtbar trocken war. Zudem fiel ihm auf, dass der dicke, nasse Pullover sich sehr unangenehm anfühlte.

Das Getränk schmeckte nach Portwein. Es erzeugte ein leichtes Brennen auf dem Weg durch Bastians Kehle und hinterließ ein Gefühl der Wärme. Bastian trank es in mehreren kleinen Schlucken aus und stellte das Glas zurück. »Haben Sie was dagegen, wenn ich meinen nassen Pullover ausziehe?«

Mia schüttelte den Kopf. »Nein, hängen Sie ihn einfach über eine Stuhllehne.«

Während er der Aufforderung nachkam, fiel ihm das undefinierbare Brummen wieder auf. »Hören Sie dieses andauernde Geräusch auch? Was ist das?«

»Das ist der Generator. Mit dem Telefon ist auch der Strom ausgefallen. Wir kennen das hier schon, die meisten von uns haben einen Notstromgenerator im Keller. Manchmal sind wir wochenlang auf die Dinger angewiesen.«

Das überraschte Bastian nicht.

Als er wieder saß, sah er die Frau ernst an. »Wir sind hergekommen, weil meine Exfreundin mich angerufen hat. Anna. Sie hatte Todesangst und sagte, sie werde hier festgehalten. Und dass sie glaubt, man wolle sie töten. Sie ist Mitte zwanzig, hat dunkles Haar und ist sehr hübsch. Haben Sie sie vielleicht irgendwo gesehen? Sie muss hier sein. Ich habe ihre Handtasche im Kellerraum eines Hauses in der Nähe gesehen. Neben einem Bett, an dem Handschellen befestigt waren. Eine halbe Stunde später ist mein Freund spurlos verschwunden. Wenn Sie es wirklich gut meinen, dann sagen Sie mir jetzt bitte endlich, was hier los ist.«

Mia legte die Hände zusammen und betrachtete sie. »Ich weiß es nicht genau.« Bastian spürte, dass sie sehr wohl etwas wusste.

»Ich kann Ihnen nur anbieten, heute Nacht hierzubleiben. Ich habe ein Gästezimmer, in dem alle paar Jahre mal jemand übernachtet. Das können Sie für zwanzig Euro haben, wenn Sie möchten. Und wenn nicht, dann gehen Sie eben wieder und sehen zu, wo Sie die Nacht verbringen.«

Bastian hätte schreien können. Was war das für ein Albtraum? Anna und Safi waren verschwunden und wurden mit ziemlicher Sicherheit irgendwo in seiner Nähe festgehalten. Gegen ihren Willen. Und er saß gemütlich bei einem Glas Portwein und konnte rein gar nichts tun. Aber letztendlich hatte diese Mia recht. Mittlerweile war es stockdunkel draußen. Wo sollte er hin? Was konnte er jetzt unternehmen? Es war wohl vernünftiger, das Angebot der Frau anzunehmen. Am nächsten Morgen konnte er dann im Hellen losziehen und versuchen, herauszufinden, wo Anna und Safi steckten. Und wenn das auch keinen Erfolg hatte, konnte er zur Not auch zu Fuß bis Frundow laufen und von dort die Polizei verständigen. Die würden in diesem Horrordorf schon aufräumen.

»Also gut, ich bleibe hier«, sagte er ruhig. »Würden Sie mir dann wenigstens das erzählen, was Sie wissen? Sie sagten doch gerade, irgendwelche Männer hätten meinen Freund Safi mitgenommen. Also wissen Sie doch etwas. Was sind das für Männer?«

»Franziska sagte das. Alles, was ich weiß, ist, dass hier in letzter Zeit wieder seltsame Dinge geschehen. Nach so vielen Jahren ... Und dass die meisten Leute hier keine Fremden mögen.«

»Was sind das für Dinge, die hier geschehen? Und wieso wieder?«

Mia senkte den Blick und starrte auf eine Stelle des Couchtischs. Bastian beugte den Oberkörper nach vorne und sagte mit eindringlicher, aber ruhiger Stimme: »Mia, bitte helfen Sie mir. Es geht um meine Freundin und meinen Freund. Wissen Sie etwas, das mir weiterhelfen könnte?«

»Sie sind vor ein paar Wochen wiedergekommen.« Mias Stimme war so leise, dass Bastian sich konzentrieren musste, um sie verstehen zu können. Er unterbrach sie aber nicht, weil er befürchtete, sie würde dann nicht weiterreden.

»Die meisten von ihnen haben früher mal hier gewohnt, viele sind sogar hier geboren.«

Sie griff nach ihrem Glas und nahm einen Schluck, stellte es wieder ab, atmete tief durch und richtete den Blick wieder auf den Tisch.

»Vor etwa fünfundzwanzig Jahren geschahen merkwürdige Dinge in Kissach. Immer wieder verschwanden einige der jungen Männer aus dem Dorf für mehrere Tage. Wenn sie zurückkamen, hatten sie meist einen oder zwei Fremde dabei, junge Männer oder Frauen. Diese Fremden sahen nie sehr glücklich aus, wenn wir sie mal kurz zu Gesicht bekamen. Sie wirkten abwesend, ihre Augen waren meist glasig, als hätten sie Drogen genommen. Nachts trafen sie sich manchmal in einer Scheune, da fand dann irgendetwas Geheimnisvolles statt. Etwas, von dem wir anderen Dorfbewohner nichts wissen durften. Mein damaliger Freund hat sich in einer Nacht herangeschlichen, um herauszufinden, was die in der Scheune trieben. Er hat nicht viel gesehen, nur, dass die dort im Kreis standen und sich seltsam benahmen. Stefan erzählte später, sie hätten alle etwas gemurmelt, das er nicht verstand. Und er glaubte, gesehen zu haben, dass eine nackte Person in ihrer Mitte auf einem Tisch lag. Dann haben sie ihn erwischt und halb totgeprügelt. Und sie haben ihm einen Zettel mit einer Reißzwecke auf die Brust geheftet. Darauf stand, dass man sich in Gefahr begibt, wenn man sich um Dinge schert, die einen nichts angehen. Ein paar Tage später ist Stefan spurlos verschwunden. Er tauchte nie wieder auf.«

Sie hob den Kopf und sah Bastian an. »Wir haben verstanden. Für Sie klingt es heute vielleicht feige, aber wir haben uns nicht mehr darum geschert, was in der Scheune passierte.«

»Aber … Moment mal. Was war mit der Polizei? Wenn Ihr Freund doch verschwunden ist … haben Sie nicht die Polizei gerufen?«

Mit einem humorlosen Lachen griff Mia erneut nach ihrem Glas, trank aber nicht gleich, sondern hielt es nur in der Hand und starrte auf die dunkelrote Flüssigkeit. »Natürlich haben wir das. Die kamen ein paarmal hierher, haben wichtiggetan und Fragen gestellt. Von verschiedenen Männern aus dem Dorf hörten sie dann, Stefan hätte schon lange aus Kissach wegwollen und dass er in den Wochen vor seinem Verschwinden Andeutungen gemacht hätte, er würde bald alle Zelte abbrechen und irgendwohin gehen, wo es den Menschen besserging.

Damit war für die Polizei klar, dass Stefan in den Westen abhauen wollte. Sie sind verschwunden und haben Stefans Eltern mitgenommen. Als die nach ein paar Wochen zurückkamen, hatten sie sich verändert. Sie redeten kaum noch mit uns, und obwohl sie es besser wussten, waren sie plötzlich angeblich davon überzeugt, dass ihr Sohn in den Westen geflüchtet war.«

»Hm«, machte Bastian. »Hat denn niemand den Polizisten etwas von diesen Treffen in der Scheune erzählt und dass Ihr Freund zusammengeschlagen worden war, bevor er verschwand?«

»Nein. Wir hatten Angst vor dem, was kommen würde, wenn die Polizei wieder weg ist. Außerdem hätte die das wahrscheinlich sowieso nicht gekümmert. Sie wissen nicht, wie das damals war. Wenn die Vopos den Verdacht hatten, dass jemand in den Westen geflüchtet war, unternahmen die nichts mehr. Dann kam die Stasi ins Spiel, und das wollte niemand.«

Bastian gestand sich ein, dass er wirklich nicht wusste, wie es damals gewesen war, und er war froh darum. »Ich verstehe. Bitte, erzählen Sie weiter.«

Der Blick, mit dem Mia ihn daraufhin bedachte, hatte etwas Mitleidiges. »Ich bezweifle, dass Sie das verstehen. Zwei Tage nachdem Stefans Eltern wieder im Dorf waren, ist jemand nachts in ihr Haus eingebrochen und hat beide schrecklich zugerichtet. Es hat Wochen gedauert, bis ihre Wunden halbwegs verheilt waren.

Die nächtlichen Zusammenkünfte in der Scheune gingen nach einiger Zeit weiter wie zuvor. Wie ich schon sagte, bekamen wir manchmal mit, wie sie einen Fremden mitbrachten. Wann und wie diese Menschen das Dorf wieder verlassen haben, hat aber nie jemand von uns gesehen.«

Bastian hielt es fast nicht mehr aus. Er wollte endlich erfahren, was diese alte Geschichte mit Safi und Anna zu tun hatte. Da war eine Ahnung, die ihm speiübel werden ließ. »Sie sagten eben, sie sind vor ein paar Wochen wiedergekommen. Heißt das …«

»Einen Moment noch, junger Mann. Wenn Sie die Geschichte von mir hören möchten, müssen Sie mich schon alles erzählen lassen, was ich für wichtig halte.«

Als Bastian ergeben nickte, fuhr Mia fort.

»Nach dem, was mein Freund beobachtet hatte, waren wir sicher, dass es sich bei diesen Treffen in der Scheune um so was wie Sexorgien handelte. Oder sexuelle Rituale. Perverses Zeug. Vielleicht hätten wir damals wirklich etwas unternehmen müssen, aber wir sind hier meist auf uns selbst gestellt. Heute genauso wie damals.

Es war eine düstere Zeit, die immerzu beherrscht war von der Angst, sie könnten sich doch jemanden aus dem Dorf aussuchen für ihre nächtlichen Rituale. Aber wir dachten, solange wir sie in Ruhe ihre … *Treffen* abhalten ließen und sie nicht störten, ließen sie uns auch in Ruhe.«

Sie hob die Flasche. »Möchten Sie noch etwas?«

Bastian schob sein leeres Glas näher zu ihr herüber. Auf eine seltsame Art faszinierte ihn diese Geschichte, aber noch mehr beunruhigte sie ihn.

»Sie dachten, Sie würden in Ruhe gelassen? Was heißt das? War es doch nicht so?«

Mias Augen begannen, feucht zu glänzen, und Bastian spürte, dass es ihr schwerfiel, weiterzusprechen.

»Irgendwann genügten ihnen die Fremden offensichtlich nicht mehr. Plötzlich verschwand alle paar Monate jemand aus dem Dorf, meist waren es Männer, aber es war auch eine Frau dabei.«

»Und diese Menschen sind nie wieder aufgetaucht?«, platzte es aus Bastian heraus. »Und niemand von Ihnen hat die Polizei verständigt?«

»Nein. Wir alle hatten noch zu gut in Erinnerung, was nach Stefans Verschwinden passiert war.«

Bastian rieb sich mit beiden Händen über das Gesicht. Diese Geschichte war so ungeheuerlich …

»Dann, es war kurz nach der Wende, kam ein Mann nach Kissach, ein Westdeutscher, der nicht viel redete. Er sagte nur, er brauche Ruhe zum Arbeiten. Ab und zu sah man ihn durch das Dorf spazieren, die meiste Zeit des Tages verbrachte er aber damit, in seinem Zimmer zu sitzen und zu arbeiten. Nachts war das anders. Manchmal war er fast die ganze Nacht verschwunden. Ich habe mich oft gefragt, was man nachts in Kissach macht, wenn man nicht in seinem Bett liegt. Es gab auch damals nichts hier, wohin man gehen konnte. Nachts gab es nur diese geheimen Treffen in der Scheune.«

»Woher wussten Sie, dass er nachts weg war?«

»Oh, er hat hier bei mir gewohnt, sagte ich das nicht? In dem Zimmer, in dem Sie auch schlafen werden. Falls Sie möchten.«

Ohne zu wissen, warum, bereitete der Gedanke Bastian ein ungutes Gefühl. Andererseits hatte sich seit einigen Stunden ein ungutes Gefühl nach dem anderen eingestellt.

»Und Sie haben den Mann nie danach gefragt?«

Mia warf ihm einen verwunderten Blick zu. »Nein. Es

ging mich nichts an. Ich dachte damals oft an den Zettel, den die Kerle meinem Freund auf die Brust geheftet hatten. *Man begibt sich in Gefahr, wenn man sich um Dinge schert, die einen nichts angehen.*«

Für einen kurzen Moment schien Mia in der Vergangenheit zu verweilen. Ihre Augen wurden glasig. »Ich habe mir später überlegt, dass der Mann vielleicht ein Detektiv war. Vielleicht war er von der Familie eines der armen Opfer beauftragt worden, die von diesen Kerlen hier angeschleppt wurden.«

»Glauben Sie das wirklich? Wie kommen Sie zu der Annahme?«

»Der Mann war ungefähr zwei Monate hier, dann verschwand er so plötzlich, wie er gekommen war.«

Mia sah Bastian in die Augen, und dieser Blick war so eindringlich, dass er fast hypnotisierend wirkte.

»Zur gleichen Zeit hörten die nächtlichen Treffen in der Scheune auf, und die Männer, die sie abgehalten hatten, verschwanden aus dem Dorf.«

# 13

»Vor wenigen Wochen sind sie wieder hier aufgetaucht. Es sind nicht mehr nur die Männer von damals. Die meisten von ihnen stammen zwar hier aus dem Dorf, aber es sind auch einige Fremde dabei. Sie machen wieder genauso weiter wie vor fünfundzwanzig Jahren.«

»Die nächtlichen Treffen in der Scheune?«

»Ja. Und wir haben wieder Angst. Und bitte, fangen Sie jetzt nicht wieder mit der Polizei an. Selbst wenn die hierherkäme – was sollte sie finden?«

*Sexorgien … Anna …* Bastian hatte das Gefühl, schreien zu müssen. »Wissen Sie, wo diese Scheune ist?«

»Franziska sagte, Ihr Auto steht daneben.«

Natürlich war es *diese* Scheune. Bastian hatte es geahnt. Hatte Safi sich doch nicht ins Auto gesetzt, während Bastian eine Möglichkeit zum Telefonieren gesucht hatte? War er vielleicht trotz seines schmerzenden Fußgelenks um die Scheune herumgegangen? War er dabei von diesen Männern erwischt worden? Und was war mit Anna?

»Mia, sagen Sie mir jetzt bitte: Wissen Sie etwas über meine Freundin Anna?«

Mia nickte. »Ich glaube schon. Franziska erzählte mir gestern, sie hätte hier im Ort eine junge Frau gesehen, auf die Ihre Beschreibung passt.«

Endlich. »Wo?«

»Ich weiß es nicht. Franziska sagte, sie stieg aus einem Auto und ging mit zwei Männern zu einem Haus. Die Männer gehören zu … denen.«

Eine wütende Faust bohrte sich in Bastians Magen und wühlte darin herum. Er dachte an die Angst, die er am Morgen in Annas Stimme gehört hatte. Am Morgen … war das wirklich erst ein paar Stunden her?«

»Mit zwei Männern? Was heißt das? Ist sie freiwillig mitgegangen, oder hat es so ausgesehen, als ob die Männer sie gezwungen haben? Und das Haus … wo genau ist das?«

»Das weiß ich nicht. Das müssen Sie Franziska fragen.«

»Gut, dann frage ich Franziska. Wo wohnt sie?«

»Wollen Sie jetzt noch zu ihr?«

»Natürlich. Ich kann doch nicht einfach hier herumsitzen und nichts tun. Verstehen Sie das denn nicht? Sie müssen mir helfen, Mia. Denken Sie doch mal daran, wie das damals war, als Ihr Freund verschwunden ist.«

Mia stand auf und ging um den Tisch herum. »Ja, ich weiß noch gut, wie sich das angefühlt hat. Kommen Sie, wir gehen zu Franziska.«

Als sie das Haus verließen, war es inzwischen nahezu stockfinster geworden. Sie wandten sich in die Richtung, aus der er mit Franziska gekommen war. Bastians Augen mussten sich erst an die Dunkelheit gewöhnen, dann wurde es plötzlich schräg vor ihm hell, und ein Lichtkegel begann, im Rhythmus ihrer Schritte auf dem Boden zu tanzen. Mia hatte eine Taschenlampe eingeschaltet.

»Franziska ist ein wenig seltsam geworden, seit diese Kerle wieder hier aufgetaucht sind. Das müssen Sie ihr nachsehen.« Mia sprach leise, und überflüssigerweise fiel Bastian in diesem Moment ein, dass Menschen grundsätzlich dazu neigten, leiser zu sprechen, sobald es um sie herum dunkler wurde. Wie kam er ausgerechnet jetzt auf diesen Gedanken?

»Ja«, sagte er, ebenfalls leise. »Das habe ich gemerkt.«

»Sie hat damals sehr lange gebraucht, um Stefans Verschwinden halbwegs zu verkraften. Damit abgeschlossen hat sie nie. Als diese Typen jetzt wieder in Kissach auftauchten, brach alles wieder auf.«

»Kissach. Ein Taxifahrer hat uns hierhergebracht und behauptet, dass dieser Ort keinen eigenen Namen hat und zu Frundow gehört. Können Sie sich das erklären?«

Sie hatten das Ende der Gasse erreicht, und Mia deutete an, dass sie nach rechts abbiegen müssen. Damit blieben sie auf dem Weg, den Bastian zuvor mit Franziska in die entgegengesetzte Richtung gegangen war. Es war außerdem der Weg, der weiter hinten an dem Haus vorbeiführte, in dessen Keller Annas Tasche lag.

Hier gab es zwei Straßenlaternen, die jedoch so weit auseinanderstanden und so schwach leuchteten, dass Mia die Taschenlampe weiterhin angeschaltet ließ.

»Nach der Wende wurde Kissach von Frundow eingemeindet. Das blieb so bis vor zwei Jahren, dann hat man entschieden, uns den alten Ortsnamen wieder zurückzugeben. Die meisten Leute haben sich aber so daran gewöhnt, dass sie entweder vergessen, dass wir wieder einen eigenen Ortsnamen haben, oder es einfach übergehen. Meist sind das Einwohner von Frundow selbst.«

Bastian fand es zwar seltsam, dass das einem Taxifahrer passierte, gab sich aber damit zufrieden. Zumindest war das eine halbwegs logische Erklärung, auch dafür, dass Anna bei ihrem Anruf den Namen Frundow nannte.

Nach 200 Metern führte Mia ihn in eine weitere Seitengasse, und eine Minute später standen sie vor dem Haus, in dem Franziska wohnte.

Mia sah Bastian von der Seite an. »Also, bitte sehen Sie

es Franziska nach, wenn sie etwas seltsam ist. Und ihrem Mann auch. Er mag keine Fremden, und seit diese Kerle wieder da sind, ist es noch viel schlimmer geworden.«

Bastian dachte, dass er sich in diesem Kaff über gar nichts mehr wundern würde, und deutete Mia an, zum Eingang vorzugehen.

Die Klingel war schrill und so laut, dass Bastian zusammenzuckte. Er war versucht nachzusehen, ob sie irgendwo außen angebracht war statt im Hausinneren. Der Mann, der die Tür öffnete, war groß und untersetzt. Er füllte fast den gesamten Türrahmen aus, als er Bastian von oben bis unten mit einem missbilligenden Blick musterte. Die dunklen Haare waren stoppelig kurz, die Gesichtshaut grobporig, besonders über der knolligen Nase.

Als er seinen Blick endlich von Bastian abwendete, fühlte der sich so erleichtert, als hätte man ein Gewicht von seinen Schultern genommen.

»Was schleppst du uns diesen Fremden hier an?«, wandte der Mann sich an Mia, gerade so, als könne Bastian nicht verstehen, was er sagte. Seine Stimme klang heiser. »Haben wir nicht schon Sorgen genug?«

»Er gehört nicht zu denen, Hans.« Mias Stimme klang nachsichtig und ruhig. »Er ist auf der Suche nach seiner Freundin, und sein Freund ist auch von den Kerlen verschleppt worden. Franziska hat es gesehen. Und seiner Freundin ist sie auch begegnet, das war gestern. Deswegen sind wir hier. Er möchte sich nur kurz mit ihr unterhalten.«

Wieder richteten sich die dunklen Augen des Mannes auf Bastian. Der trat die Flucht nach vorne an und streckte dem Mann die Hand entgegen. »Mein Name ist Bastian Thanner. Bitte entschuldigen Sie die Störung, aber ich muss mich unbedingt mit Ihrer Frau unterhalten. Es dauert nicht lange, dann gehen wir wieder.«

Drei, vier Sekunden lang sahen sie sich in die Augen, denn machte der Mann einen Schritt zur Seite und gab unwillig den Eingang frei. »Also gut, kommen Sie rein. Fünf Minuten, danach verschwinden Sie wieder. Meine Frau fühlt sich nicht wohl.«

Die Einrichtung des Hauses hatte Ähnlichkeit mit der in Mias Wohnzimmer. Alte Möbel, die wie lieblos zusammengewürfelt wirkten, gerade so, als sei es den Bewohnern egal, wie es aussah. Bastian hatte Mühe, sich vorzustellen, dass man sich in einer solchen Umgebung wohl fühlen konnte. Andererseits hatte er auch nicht den Eindruck, dass sich irgendeiner der Menschen, die er bisher in dem Ort getroffen hatte, hier wohl fühlte.

Franziska saß auf einem unmodernen beigefarbenen Sofa, als sie den Raum betraten. Sie trug noch das gleiche geblümte Kleid wie zuvor. Es schien wieder trocken zu sein. Die Hände lagen auf den Oberschenkeln, der Oberkörper war aufgerichtet. Es sah gestellt aus, als wäre sie für ein Foto in diese Position dirigiert worden. Bequem konnte das jedenfalls nicht sein.

»Hier möchte dir jemand ein paar Fragen stellen«, erklärte Hans und blieb neben der Couch mit verschränkten Armen stehen. Er bot weder Bastian noch Mia einen Platz an, also machte Bastian zwei Schritte, stützte die Hände auf der Rückenlehne eines Sessels ab und sah zu Franziska hinüber.

»Mia sagte mir, sie hätten gestern eine junge Frau gesehen, mit langen braunen Haaren, die mit zwei Männern zusammen in ein Haus gegangen ist. Können Sie mir sagen, wann und wo das war?«

Bevor Franziska antwortete, sah sie zu ihrem Mann hinüber, der ihren Blick mit ausdrucksloser Miene erwiderte.

»Das war gestern Nachmittag im Merlower Weg.« Ihre Stimme jagte Bastian einen unangenehm kalten Schauer über den Rücken. Ihr fehlte jede Melodie, die Worte aus ihrem Mund klangen wie aus einem Computerlautsprecher. Monoton. Emotionslos.

»Wo ist dieser Merlower Weg?«

»Wir sind ihn eben ein Stück entlanggegangen«, erklärte Mia. Bastian nickte und wandte sich wieder an Franziska. »Würden Sie mir beschreiben, was genau Sie gesehen haben?«

»Die Frau stieg aus dem Auto. Zwei von den Männern auch. Die haben sie in die Mitte genommen und an den Armen gepackt. Ihr Gesicht war blass. Sie hat vor sich hin gestarrt.«

»Können Sie das Haus beschreiben? Oder noch besser, uns zeigen?«

»Ich weiß …«

»Zeigen kommt nicht in Frage«, fuhr Franziskas Mann dazwischen. »Sie können Ihre Fragen stellen, aber niemand von uns wird mit Ihnen durchs Dorf gehen.«

»Das Dach«, sagte Franziska leise.

»Das Dach? Was ist mit dem Dach?« Bastian ahnte, was nun kommen würde.

»Es ist kaputt. Sie haben eine Plane draufgelegt.«

Das war ohne Zweifel das Haus, dessen Kellerraum Bastian schon gesehen hatte. Er konnte nichts gegen seine Aufregung tun, richtete sich auf und legte die Hände zusammen. »Wissen Sie, wer da wohnt?«

»Es stand leer. Viele Jahre. Jetzt sind ein paar von den Männern da eingezogen.«

»Danach haben Sie Anna nicht mehr gesehen?«

Franziska sah ihn verständnislos an. »Anna?«

»Ja, die Frau, die Sie gestern gesehen haben. Sie heißt Anna Sie ist meine Freundin.«

Bastian fand es in Ordnung, Anna als seine Freundin zu bezeichnen. Was sollte es bringen, diesen Menschen die komplizierten Hintergründe zu erklären?

»Nein, danach habe ich sie nicht mehr gesehen.«

»Können Sie mir bitte noch sagen, was Sie eben gesehen haben, als mein Freund verschwand?«

Wieder wanderte Franziskas Blick zu ihrem Mann hinüber, und ebenso wie zuvor konnte Bastian keine Regung in dessen Gesicht erkennen. Und doch hatte er das Gefühl, die beiden hätten sich auf eine ihm nicht ersichtliche Art verständigt.

»Nichts.«

»Nichts?«, stieß Bastian heftiger aus, als er beabsichtigt hatte. »Aber Sie sagten vorhin dort draußen, ich könne nicht dableiben. Warum? Warum konnte ich nicht dableiben? Sie waren doch da, Sie müssen doch was gesehen haben.« Bastian registrierte, dass er immer lauter geworden war, aber er konnte nichts dagegen tun. Er hatte das deutliche Gefühl, dass Franziska mehr wusste, als sie sagte. Sie verschwieg ihm etwas, wahrscheinlich weil dieser Kerl neben der Couch ihr verboten hatte, ihm zu helfen. Mit einem Ruck wandte Bastian sich von Franziska ab und ihrem Mann zu.

»Verdammt nochmal, was ist denn hier los? Was ist mit *euch* los? Ich habe euch doch erklärt, dass meine Freundin und mein Freund verschwunden sind. Und ihr wollt mir nicht helfen? Sie haben ihr verboten, mir zu erzählen, was Sie gesehen hat? Ist es nicht so? Warum, verdammt?«

Zum ersten Mal, seit sie das Wohnzimmer betreten hatten, kam wieder Bewegung in Franziskas Mann, den Mia Hans genannt hatte. Er ließ die Arme hängen und ging mit langsamen Schritten auf Bastian zu. »Verschwinden Sie jetzt.« Seine Körperhaltung wirkte bedrohlich.

Bastian sah zu Mia hinüber, dann zu Franziska. »Bitte Franziska, helfen Sie mir. Sie wissen doch, wie es sich anfühlt, wenn ein Mensch verschwindet. Ihnen hat damals niemand geholfen, aber Sie können mir jetzt …«

»Schluss jetzt. Gehen Sie.« Eine starke Hand packte Bastian am Oberarm und zog ihn zurück. In einem instinktiven Reflex wollte er nach dem dazugehörigen Arm schlagen, doch er besann sich im letzten Moment eines Besseren. Bei einer körperlichen Auseinandersetzung mit Hans konnte er nur den Kürzeren ziehen. Mia tauchte neben ihm auf und deutete mit dem Kopf zur Tür. »Kommen Sie.«

Als die Haustür sich hinter ihnen geschlossen hatte, stieß Bastian einen Fluch aus und sah in der Dunkelheit auf die verwaschene Fläche, die Mias Gesicht sein musste. »Warum zum Teufel hilft sie mir nicht?«

Mia setzte sich in Bewegung. Als er sie eingeholt hatte, sagte sie: »Sie möchte am Leben bleiben.«

## Entwurf
## Tag 23 – morgens um drei Uhr

*Es fällt mir schwer, halbwegs klare Gedanken zu fassen, und noch schwerer, diese Gedanken zu Papier zu bringen. Die Hand, die den Stift hält, zittert so sehr, dass es mir fast unmöglich ist, leserlich zu schreiben. Und doch muss das, was ich soeben erlebt habe, sofort niedergeschrieben werden. Wer weiß, ob ich später noch die Gelegenheit dazu haben werde.*

*Ich weiß jetzt, es war ein großer Fehler, hierherzukommen. Mein Gott, worauf habe ich mich da nur eingelassen? Was sind das für Menschen? Kranke Geister, bar jeden Anflugs ethischer oder moralischer Grenzen. Psychopathen, denen das Leben anderer Menschen nichts bedeutet, die sich an unsagbarem Leid ergötzen.*

*Mein Gewissen trägt schwer an dem, was ich gesehen, aber noch schwerer an dem, was ich wohl verursacht habe.*

*Sie sind am frühen Abend zu mir gekommen und haben mich aufgefordert, einem Ritual beizuwohnen. Natürlich habe ich angenommen, deshalb bin ich hier. Sie haben mir schlimmste Dinge angedroht, wenn ich auch nur ein Wort über das verliere, was ich an diesem Abend sehen würde.*

*Natürlich bin ich zum Schein darauf eingegangen. Nein, das ist falsch. Ich* dachte, *ich ginge nur zum Schein darauf ein, aber diese Bestien in Menschengestalt haben mich eines Besseren belehrt und mir gezeigt, wie teuflisch sie tatsächlich sind.*

*In den vergangenen Stunden habe ich einen Menschen unter unsäglichen Qualen sterben sehen. Die Art, wie dieser Mann gestorben ist, war so schrecklich, dass ich es in diesem Moment nicht schaffe, auch nur darüber nachzudenken, geschweige denn, es in Worte zu fassen und niederzuschreiben.*

*Sie haben ihn in abartigen Riten zu Tode gequält, und ich konnte nichts dagegen tun, weil diese Teufel mehrere Kinder aus dem Dorf entführt haben und sie alle umbringen werden, wenn ich einem einzigen Menschen erzähle, was ich gesehen habe.*

# 14

Als sie den Weg erreicht hatten, der an der Scheune vorbeiführte, fiel Bastian ein, dass er seine Tasche mit den wichtigsten Übernachtungsutensilien noch aus dem Kofferraum holen wollte. Er sagte es Mia, die daraufhin stehen blieb. »Das ist keine gute Idee. Ich werde jetzt nicht dorthin gehen, und Sie sollten im Dunkeln auch nicht in der Nähe der Scheune sein.«

Bastian dachte daran, was mit Safi geschehen war, und kam zu dem Schluss, dass er auf die Tasche verzichten konnte. Er war kein Feigling, aber dieses Dorf machte ihm Angst.

»Ja, da haben Sie wahrscheinlich recht«, pflichtete er ihr bei. »Gehen wir zurück zu Ihrem Haus.«

Unterwegs sprachen sie kein Wort. Bastians Gedanken drehten sich um Safi und die Frage, warum Franziskas Mann offensichtlich verhindern wollte, dass Bastian erfuhr, was mit seinem Freund geschehen war. Er war sicher, Franziska hatte etwas gesehen oder wusste zumindest mehr, als sie zugegeben hatte. Gehörte ihr Mann vielleicht sogar zu denen? Sagte Franziska Bastian nicht, was sie gesehen hatte, weil ihr Mann daran beteiligt gewesen war? Vielleicht sogar an Annas Entführung?

Hatten diese Kerle Safi etwas angetan? Oder hatten sie ihn nur entführt, um ihnen klarzumachen, dass es besser war, wenn sie damit aufhörten, im Dorf herumzuschnüffeln? Falls es so war, würde er Safi dann am nächsten Tag irgendwo finden? Verprügelt und mit einer Botschaft auf der Brust?

*Man begibt sich in Gefahr, wenn man sich um Dinge schert, die einen nichts angehen.*

Zurück in Mias Haus, fragte sie Bastian, ob er etwas essen wolle. Da erst fiel ihm auf, dass er den ganzen Tag noch nichts gegessen hatte. Entsprechend leer fühlte sich sein Magen an.

»Ja, gerne, das ist nett«, antwortete er und setzte sich auf den gleichen Platz, auf dem er zuvor schon gesessen hatte.

»Ich habe nicht viel im Haus, aber Rühreier mit Speck könnte ich machen.«

»Das ist prima, danke.«

Als Bastian alleine im Wohnzimmer war, suchte er die Flasche mit dem Portwein und fand sie auf dem Boden neben dem Tisch. Er goss sein Glas halb voll und nahm einen großen Schluck. Anschließend ließ er seinen Blick durch den Raum wandern. Neben dem Eichenschrank, aus dem Mia die Gläser genommen hatte, stand ein weiterer, hüfthoher Schrank aus etwas dunklerem Holz. Allerdings sah man den Türen schon von weitem an, dass sie nicht massiv, sondern lediglich furniert waren.

Die Wand neben der Couch war komplett leer bis auf einen kitschigen Druck in einem breiten, verschnörkelten Goldrahmen. Er zeigte einen röhrenden Hirsch vor einer Bergkulisse.

Gegenüber stand ein alter Ofen, daneben ein leerer Blecheimer. Die braune Tapete sah sehr alt aus und war fleckig oder sogar beschädigt. Über der Stelle, an der das Ofenrohr in der Mauer verschwand, war sie zudem fast bis zur Decke verrußt. Der Raum wirkte deprimierend, und nach einem erneuten Rundumblick merkte Bastian, was ihn am meisten störte. Nirgendwo war etwas von den Dingen zu sehen, die in jeder Wohnung herumstanden. Bilderrahmen, Bücher, Vasen … Nichts von alledem gab es in Mias Wohnzimmer. Nicht einmal ein Regal oder einen Fernseher. Auf den Schränken standen zwei schmucklose Holzkästchen, das war alles. Bastian fragte sich, ob Mia je verheiratet gewesen war und ob sie Kinder hatte. Und warum es nirgendwo ein Foto von jemandem aus ihrer Familie gab.

Als Mia ins Wohnzimmer zurückkam, wischte er diese Gedanken erst einmal beiseite, denn der Duft, der von dem Teller ausging, ließ ihm im wahrsten Sinne des Wortes das Wasser im Mund zusammenlaufen.

Die Rühreier schmeckten köstlich. Während er aß, saß Mia daneben und schaute ihm zu. Es störte ihn nicht. Als er das Besteck auf dem leeren Teller ablegte und ihn zurückschob, fragte sie, ob er noch mehr wolle, doch er lehnte dankend ab.

»Warum ist dieses Dorf so seltsam?«, fragte er stattdessen unvermittelt, woraufhin Mia ihn fragend ansah.

»Ich habe Ihnen doch erzählt …«

Bastian winkte ab. »Ja, das haben Sie, aber … mein Gott, wir leben im einundzwanzigsten Jahrhundert. Das meiste, was ich bisher in Kissach gesehen habe, macht auf mich den Eindruck, als wäre hier die Zeit irgendwann stehengeblieben.«

»Ich verstehe nicht, was Sie meinen.«

»Nehmen wir zum Beispiel Ihr Wohnzimmer.« Mit einer umfassenden Geste schwenkte Bastian den Arm im Halbkreis. »Bitte nehmen Sie es mir nicht übel, aber so sieht heute doch kein Wohnzimmer mehr aus. Kein Fernseher, keine Bücher, keine Fotos, nichts. Nicht einmal eine Heizung gibt es hier, sondern einen Kohleofen. Alles ist braun, dunkel … es gibt keine Farbtupfer, einfach nichts, was dazu beiträgt, dass man sich wohl fühlt.«

Mia sah sich in ihrem Wohnzimmer um, als betrachte sie es zum ersten Mal unter diesem Aspekt.

»Ich verstehe Sie immer noch nicht. Ich fühle mich wohl in meinem Haus.«

Bastian gab es auf. Sie schien sich in ihrem Haus tatsächlich wohl zu fühlen.

»In den letzten Wochen damals wurde es ganz schlimm«, sagte Mia so unvermittelt, dass Bastian erst nicht wusste, was sie damit meinte. Ihr Blick war glasig geworden, die Augen schienen auf Dinge gerichtet zu sein, die nur sie sehen konnte. Bevor Bastian nachfragen konnte, erzählte sie weiter. »Vielleicht waren die Kerle der Meinung, jemand von uns könnte etwas von dem verraten, was sie da in unserem Dorf trieben. Vielleicht war es aber auch nur, weil sie einfach böse waren und es ihnen Spaß gemacht hat, uns zu quälen.« Mia richtete den Blick auf Bastian. In den Augen der Frau lag so viel Schmerz, dass Bastian sie am liebsten in die Arme genommen hätte.

»Sie haben sieben Kinder aus dem Dorf entführt.«

»Was?«, stieß Bastian aus. »Was heißt entführt? Haben sie sie …?«

»Sie haben sie irgendwo versteckt. Sie haben den Eltern und uns allen gesagt, dass den Kindern nichts geschieht, solange sich jeder von uns um seine Angelegenheiten kümmert.«

Tränen lösten sich aus Mias Augenwinkeln und rannen ihr über die Wangen. »Sie haben gelogen.«

Da war wieder die Faust, die sich unbarmherzig in Bastians Magen bohrte. »Haben Sie den Kindern etwas angetan?«

Mit einer langsamen Bewegung wischte Mia die feuchtglänzenden Spuren aus ihrem Gesicht. »Ja. Sie haben die Kinder gezwungen, an ihren Ritualen teilzunehmen. Niemand von uns weiß, was sie dort gesehen haben, aber als das alles endlich vorbei war und sie zu ihren Eltern zurückkamen, waren sie seelische und geistige Wracks. Kein einziges dieser Kinder hat je erzählt, was es dort gesehen hat.«

»Was sind das nur für Menschen, die so etwas tun?«

Der Blick, mit dem Mia ihn daraufhin anschaute, war auf eine nicht erklärbare Weise so seltsam, dass er Bastian durch Mark und Bein fuhr.

»Das waren keine Menschen. Das waren Monster.«

»Und die gleichen Kerle sind jetzt wieder hier aufgetaucht und fangen wieder von vorne an?«

»Nicht alle. Nur einige von ihnen sind wieder hier.«

Bastian versuchte sich vorzustellen, was diese Kinder damals hatten durchmachen müssen, und befürchtete, er würde es wahrscheinlich nicht annähernd erahnen. Er spürte, wie Wut in ihm aufstieg über die Untätigkeit der Dorfbewohner, Mia eingeschlossen.

»Warum zum Teufel haben Sie alle sich so feige verhalten? Sie hätten die Polizei doch schon viel früher verständigen müssen. Dann wäre es wahrscheinlich gar nicht erst so weit gekommen.«

Mias Züge verhärteten sich. »Sie wissen zu wenig, um über uns zu urteilen.«

Bastian wusste, dass Mia recht damit hatte, und doch konnte er nichts gegen den Ärger tun, den er empfand.

»Ja, vielleicht. Wie ging es weiter? Sie sagten, die Kerle sind verschwunden, nachdem dieser Mann abgereist ist.«

»Ja, sie verschwanden über Nacht. Die Kinder fanden wir nach einer großen Suche im Keller eines baufälligen Hauses.«

*Was der Beschreibung nach so ziemlich auf jedes Haus dieses Kaffs zutrifft*, dachte Bastian.

»Haben Sie wenigstens die Polizei informiert, als Sie die Kinder wieder zurückhatten?«

Mias Blick senkte sich. »Nein, wir haben befürchtet, dass die dann wieder zurückkommen und sich rächen, wenn wir etwas verraten. Und wir wollten vermeiden, dass die Kinder von irgendwelchen Beamten immer wieder verhört wurden. Sie hatten genug durchgemacht. Sie waren noch am Leben, das war das Wichtigste.«

Bastian stieß ein bitteres Lachen aus. »Ach ja? Als seelische Krüppel, wie Sie selbst sagten. Tut mir leid, aber ich verstehe das nicht.«

Mia nickte müde. »Ich weiß.« Und nach ein paar Lidschlägen fügte sie hinzu: »Franziska war eins der entführten Kinder.«

# 15

Eine halbe Stunde später erklärte Mia, sie sei sehr müde und wolle schlafen gehen. Es war erst kurz vor einundzwanzig Uhr und damit eine Zeit, in der für Bastian der Abend normalerweise erst begann, doch er fühlte sich selbst ausgelaugt und müde. Zudem brauchte er Zeit zum Nachdenken, und dafür war in diesem Moment ein Bett sicherlich der geeignete Ort.

Das Zimmer lag im Erdgeschoss und hatte ein Fenster zur Hinterseite des Hauses. Vom Garten konnte Bastian in der Dunkelheit, die draußen herrschte, allerdings nichts erkennen. Die Einrichtung des Raums entsprach in etwa Bastians Erwartungen.

Nachdem Mia Bastian eine gute Nacht gewünscht hatte, blieb sie noch einen Moment mit der Türklinke in der Hand stehen und sah ihn stumm an. Ihr Blick fühlte sich seltsam, fast unheimlich an. Als Bastian das Gefühl hatte, diesen Ausdruck in ihren Augen nicht mehr ertragen zu können, sagte er: »Möchten Sie noch etwas sagen?« Mia zuckte zusammen, als hätte er sich unbemerkt an sie herangepirscht, und verließ ohne ein weiteres Wort das Zimmer. Bastian starrte auf die Tür und fragte sich, ob er Mia trauen konnte, schüttelte aber im nächsten Moment über sich selbst den Kopf. Mia war bisher die einzige Person in diesem gottverdammten Ort, die ihn freundlich behandelt hatte. Und doch …

Er wartete so lange, bis er davon ausgehen konnte, dass Mia nicht mehr in der Nähe war, dann ging er zur Tür und drehte vorsichtig den Schlüssel, bis das Schloss eingerastet war. Sicher war sicher.

Zumindest ein wenig erleichtert wandte er sich um und begutachtete sein Quartier. Ein altes, massives Bett aus dunklem Holz. Die Matratze würde wahrscheinlich beim Draufsetzen so sehr nachgeben, dass man Mühe hatte, sich beim Aufstehen wieder aus der weichen Umklammerung zu befreien.

Die gebogene Lampe auf einem kleinen Nachttisch rechts daneben hatte eine gelbliche Glaskugel von der Größe eines Handballs als Schirm. Eingravierte, handtellergroße Rosenblüten auf der Oberfläche verliehen der Lampe den Anstrich altbackener Kitschigkeit.

Bastian schaltete sie an und sah sich weiter um.

Auf der anderen Seite des Betts, etwa einen Meter entfernt, stand ein brauner Sessel mit langen Fransen an der Unterkante. Sie reichten bis wenige Millimeter über den Boden.

Der Kleiderschrank neben dem Fenster wirkte in sich schief, der Spalt zwischen den beiden Türen war oben mindestens doppelt so breit wie unten. Die Schubladen darunter schlossen beide nicht mehr richtig. Gleich daneben stand ein Regal, etwa einen Meter breit und zwei Meter hoch. Leer bis auf eine Porzellanpuppe mit weißer Spitzenhaube und dunkelrotem Brokatkleid. Sie saß auf dem obersten Regalbrett, die Unterschenkel der Puppenbeine hingen herab.

Das ganze Zimmer strahlte den Muff düsterer Vergangenheit aus, und der Gedanke daran, in diesem Bett die Augen zu schließen, erzeugte einen unangenehmen Schauer in Bastian.

Er ging zum Fenster und suchte nach einem Rollladengurt, schalt sich aber im nächsten Augenblick einen Narren. Natürlich hatte auch dieses Haus ebenso wie alle anderen in Kissach Klappläden. Er schob die uralten, früher wahrscheinlich einmal weißen Gardinen ein Stück zur Seite und öffnete das Fenster.

Draußen herrschte eine fast absolute Stille. Es schien, als gelänge es keinem Ton, sich durch die Schwärze dort draußen bis zu Bastians Ohren hindurchzudrücken. Mit einem Frösteln, das nicht nur durch den kalten Luftzug erzeugt wurde, der aus der Nacht zu ihm hereinwehte, beugte er sich hinaus und versuchte, die hölzernen Läden zuzuziehen. Es gelang ihm nicht, also tastete er an der Unterkante entlang und suchte einen Riegel, der die Läden am Zuschlagen hinderte.

Nach wenigen Sekunden hielt er inne. Da waren Geräusche gewesen, irgendwo seitlich des Fensters. Zu nahe, als dass er sich hätte täuschen können. Mit angehaltenem Atem verharrte Bastian mit noch immer nach vorne gebeugtem Oberkörper und lauschte.

Da war es wieder. Ein schleifendes Rascheln, zu langsam, um von einem kleinen Tier verursacht worden zu sein. Es schien näher zu kommen, und noch während sein Verstand versuchte, eine harmlose Erklärung dafür zu finden, richtete Bastian sich wie ferngesteuert auf, schloss mit einer hastigen Bewegung das Fenster und zog mit einem Ruck die Gardine vor. Er blieb angestrengt lauschend stehen und machte zwei Schritte in den Raum zurück. Als ihm ein paar Herzschläge später bewusst wurde, dass er in einem erleuchteten Zimmer vor einem Fenster stand, ging er zur Zimmertür und betätigte den Schalter daneben. Die Deckenlampe erlosch, der Raum wurde nun nur noch von der Nachttischlampe erhellt. Das wenige, gelblich trübe Licht, das diese Lampe spendete, erreichte nur mit Mühe das Fenster und erzeugte durch die Gravierungen darauf ein verwaschenes Muster an den kahlen Wänden.

Bastian blieb neben der Tür an die Wand gelehnt stehen und starrte auf die Gardinen, als müsse jeden Moment eine Hand dahinter auftauchen und sie zur Seite drücken.

Nichts dergleichen geschah.

Irgendwann löste er sich aus seiner Position und ging zum Bett, wobei er einen weiten Bogen um das Fenster herummachte. Langsam setzte er sich auf die Bettkante und begann, seine Schnürsenkel zu lösen. Er würde keinen weiteren Versuch machen, die Klappläden zu schließen, das stand für ihn fest.

Stattdessen würde er ... Ein hohles Klopfen ließ ihn zusammenfahren. Gleich darauf klopfte es erneut, dann hörte er Mias gedämpfte Stimme durch die Tür: »Hallo? Entschuldigen Sie.«

»Moment bitte.«

Bastian stand auf, ging zur Tür und legte eine Hand auf die Klinke, die andere umfasste den Schlüssel. Als er die Klinke herunterdrückte, drehte er gleichzeitig den Schlüssel um, so dass Mia nicht hören konnte, dass abgeschlossen war.

Er öffnete die Tür ein Stück weit und sah Mias schmale Gestalt vor sich. Sie trug noch ihre Tageskleidung.

»Ich habe ganz vergessen Ihnen zu sagen, dass die Läden vor Ihrem Fenster klemmen. Man muss sie von außen schließen. Ich werde das jetzt tun und wollte Ihnen nur vorher Bescheid geben, damit Sie sich nicht erschrecken. Sie müssten die Läden dann nur noch von innen mit dem Haken verriegeln.«

Bastian nickte. »Ja, das habe ich schon gemerkt. Ich habe gerade versucht, die Läden zu schließen. Waren Sie eben schon da draußen?«

Wieder bedachte Mia ihn mit einem ihrer undeutbaren Blicke. »Nein, warum?«

»Ach, ich dachte, ich hätte ein Geräusch da draußen gehört.«

Sie zuckte mit den Schultern und wandte sich ab. »Ach, hören Sie«, rief Bastian ihr nach. Mia sah sich noch mal zu ihm um.

»Von mir aus brauchen Sie die Läden nicht zu schließen.«

Sie betrachtete das Fenster, dann wieder ihn. »Es ist besser, wenn sie geschlossen sind. Gute Nacht.«

Bastian sah ihr nach, bis sie um die Ecke des kleinen Flurs verschwunden war. *Es ist besser, wenn sie geschlossen sind.* Was sollte das bedeuten? Hatte das etwas mit dem Geräusch zu tun, das er gehört hatte? Er schloss die Tür und drehte den Schlüssel wieder um. Zurück am Bett zog er die Schuhe aus und schob sie zur Seite. Während er sich anschließend seiner Kleidungsstücke entledigte, spürte er wieder den starken Wunsch, das Haus und diesen schrecklichen Ort zu verlassen und einfach loszulaufen, so lange, bis er in einem normalen Dorf ankam mit normalen Menschen.

Obwohl er mit dem lauten Klappern, das plötzlich direkt vor dem Fenster zu hören war, hätte rechnen müssen, fiel ihm vor Schreck die Jeans aus der Hand, die er gerade über die Lehne des Sessels legen wollte. Mia. Sie hatte wie angekündigt die Läden geschlossen. In Unterhose und Unterhemd ging Bastian zum Fenster und öffnete es. Der kleine Riegel, mit dem die nun geschlossenen Läden miteinander verbunden wurden, befand sich in der Mitte und ließ sich problemlos umlegen. Bastian schloss das Fenster und lag eine Minute später auf der ausgeleierten Matratze. Das Bettzeug roch muffig, und Bastian wollte lieber nicht darüber nachdenken, wann es zum letzten Mal gewaschen worden war. Aber immerhin hielt es warm. Er warf einen Blick auf seine Armbanduhr. Zwanzig vor zehn. Er konnte sich nicht erinnern, wann er zum letzten Mal so früh im Bett gewesen war. Und doch war er so müde, als sei es schon weit nach Mitternacht. Die Lampe auf dem Nachttisch wollte er erst ausschalten, wenn er merkte, dass ihm die Augen zufielen.

Er merkte es nicht.

Als Bastian aufwachte, musste er trotz des nur schwachen Lichtscheins ein paarmal blinzeln, bis seine Augen sich wieder an die Helligkeit gewöhnt hatten. Es war zehn nach zwei in der Nacht. Bastian fühlte sich bleiern müde und fragte sich, wovon er aufgewacht war. Vielleicht, weil es zu hell in dem Raum war. Gerade wollte er sich umdrehen, um die Nachttischlampe auszuschalten, als sein Blick von einer Bewegung angezogen wurde, die er aus den Augenwinkeln wahrnahm. Im Zeitlupentempo drehte er den Kopf in diese Richtung. Was er sah, ließ ihm das Blut in den Adern gefrieren.

Langsam und mit einem kaum wahrnehmbaren Geräusch wurde die Türklinke heruntergedrückt.

## Entwurf
## Tag 25

*Gott hilf mir! Ich weiß nicht, wie lange ich die Kraft habe, das durchzustehen.*

*In den letzten beiden Tagen war ich nicht in der Lage, mein Zimmer zu verlassen. Ich empfinde Angst von einer Intensität, wie ich sie niemals zuvor erlebt habe. Es ist die Erkenntnis, dass ich zum ersten Mal Menschen erlebe, die diese Bezeichnung nicht verdienen, weil ihnen die grundsätzlichen Werte fehlen, die zum Menschsein nach unserer allgemeinen Definition dazugehören. Es sind Grenzen, die ein Mensch mit einem halbwegs normal ausgeprägten Verstand nicht überschreitet. Weil er sie nicht überschreiten* kann. *Diese letzte Instanz, die uns vor wahrhaft unmenschlichem Handeln bewahrt, sie fehlt bei diesen Bestien.*

*Zwei Tage habe ich nun gebraucht, die Kraft zu sammeln, die nötig sein wird, um das, was ich niederschreiben möchte, in Worte zu fassen.*

*Es geht bei diesen Ritualen um Schmerz und um Tod. Geleitet werden sie von einem Mann, dessen Namen ich nicht kenne und dessen Gesicht ich nicht gesehen habe, weil er eine Maske trug. Wenn die anderen von ihm sprechen, erwähnen sie seinen Namen nicht. Sie reden nur von IHM.*

*Er trägt bei seinem abartigen Tun ein purpurnes Gewand, das mich fern an das eines katholischen Priesters erinnert.*

*Das Furchtbare, das Unfassbare ist, dass er sich bei seinem Handeln auf Jesus Christus, unseren Herrn, beruft.*

*Dem, der sich vor über 2000 Jahren für uns hingegeben hat, versucht er nachzueifern, wenn er Menschen quält und in den Tod schickt, so, wie damals Jesus qualvoll für die Menschen gestorben ist. Ich bin ein gläubiger Mensch, doch ich bin sicher, selbst Jesus Christus musste nicht so sehr leiden wie diese armen verlorenen Seelen.*

*Das Opfer war ein junger Mann. Er wurde für das Ritual nackt in der Mitte einer Scheune auf einen Tisch gelegt, den die Sekte für ihr abartiges Treiben benutzt. Sie hatten ihn vorher bewegungsunfähig gemacht, wahrscheinlich durch die Vergabe von Drogen.*

*Sie bildeten einen Kreis um diesen nackten Menschen, in dem auch ich stand. Die Zeremonie begann mit einem seltsamen, gutturalen Singsang, der allein schon ausreichte, mich schaudern zu lassen. Danach folgte eine Art Predigt von IHM, in der alles pervertiert wurde, was unseren Glauben ausmacht. Selbst das Vaterunser hat dieser Teufel für seine Zwecke umgetextet. Und ich musste zu alledem Zustimmung heucheln, damit meine Tarnung nicht auffliegt.*

*Wenn ich Andeutungen glauben kann, die man mir gegenüber gemacht hat, werden Frauen, die zum Opfer auserkoren sind, während der Zeremonie von mehreren Mitgliedern rituell vergewaltigt. Danach sollen sie dem Wahnsinn schon so nahe sein, dass sie kaum noch etwas von den Dingen mitbekommen, die er anschließend mit ihnen tut. Irgendwann, ich weiß nicht mehr, nach welcher Zeitspanne dieser albtraumhaften Zeremonie, befahl ER, das Opfer dem Schmerz zu übergeben.*

*Ich hatte das Gefühl, nicht alle Anwesenden waren einverstanden mit dem Unfassbaren, das dann geschah. Und doch sagte niemand etwas dagegen.*

*Vielleicht, weil ihnen die Kraft dazu fehlte angesichts dessen, was sie irgendwann einmal zum ersten Mal geduldet und mitgetragen haben. Vielleicht aber auch, weil er es geschafft hat, sie hörig zu machen. Denn trotz seines diabolischen Tuns geht von diesem Mann eine gewisse Faszination aus. Oder ist es nicht trotz, sondern eben wegen seines brutalen, unmenschlichen Handelns?*

*Das Opfer wurde in eine Ecke der Scheune gebracht, in der ein Tisch mit einer schweren Marmorplatte stand. Er erinnerte mich an einen Altar.*

*Ich habe die schwarz verkrusteten Flecken darauf gesehen, eingetrocknete Überbleibsel der letzten Zeremonie. Und ich habe auf dem Boden daneben etwas entdeckt, das mich hat ahnen lassen, was folgen würde. Und doch habe ich es nicht für möglich gehalten, war mir sicher, dass ich mich trotz allem irren musste.*

*Ich habe mich nicht geirrt. Ich … ich kann nicht weiterschreiben. Nicht jetzt. Es gibt eine Stufe des Grauens, die uns handlungsunfähig macht. So wie mich jetzt.*

# 16

Bastian wagte nicht, zu atmen. Er hatte das Gefühl, gelähmt zu sein.

Als die Klinke den tiefsten Punkt erreicht hatte, verharrte sie dort für einige Augenblicke, bevor sie sich wieder hob, einen Moment ruhig stehen blieb und erneut heruntergedrückt wurde. Alles geschah in Zeitlupentempo, und doch nicht geräuschlos. Bastian schickte ein Stoßgebet zum Himmel, weil er daran gedacht hatte, abzuschließen. Wer immer gerade versuchte, in sein Zimmer zu gelangen, hätte es sonst wahrscheinlich geschafft, ohne dass er dabei aufgewacht wäre.

Ein weiteres Mal wurde die Türklinke heruntergedrückt.

Fieberhaft überlegte Bastian, was er tun solle. War es Mia, die dort vor der Tür stand? Aber was wollte sie um diese Uhrzeit in seinem Zimmer? Und hätte sie nicht geklopft, wenn sie etwas von ihm wollte? Falls es aber nicht Mia war, wer stand dann dort vor seiner Zimmertür? Die Klinke war wieder in der Ausgangsstellung angekommen und bewegte sich nicht mehr. Hatte der, der dort draußen stand, es aufgegeben? Nein, erneut wurde versucht, die Tür zu öffnen, nun aber mit etwas mehr Nachdruck. Neben dem leisen, schleifenden Geräusch der Klinke hörte Bastian noch etwas anderes, und er brauchte nicht lange zu überlegen, was dieses metallische Kratzen zu bedeuten hatte. Bastians Herzschlag steigerte sich zu einem wilden Staccato, als wolle es ihm zum Hals herausspringen. Der nächtliche Besucher stocherte mit etwas im Schloss herum. Zum Glück steckte der Schlüssel noch, so dass es nicht möglich sein würde, das Schloss zu entriegeln. Es sei denn, es gelang, den Schlüssel aus der Öffnung zu stoßen.

Bastian fasste einen Entschluss und schlug die Bettdecke zurück. Trotz seiner Müdigkeit war er nun hellwach. Sein Blick streifte durch den Raum, hielt Ausschau nach etwas, das er als Waffe benutzen konnte. Er fand nichts dergleichen.

Es nutzte nichts, er musste die Flucht nach vorne antreten, ob er nun bewaffnet war oder nicht. Vielleicht hatte er ja Glück und konnte denjenigen vertreiben, der vor der Tür stand. Jedenfalls war alles besser, als zu warten, bis der Schlüssel zu Boden fiel.

»Mia?«, rief Bastian laut und achtete darauf, seiner Stimme einen festen Klang zu geben. »Sind Sie das? Was wollen Sie?«

Direkt vor der Tür fiel etwas zu Boden. Es schien nicht allzu schwer zu sein. Dann waren Schritte zu hören, die sich schnell entfernten.

Bastians Körper entspannte sich ein wenig. Wer immer dort vor seiner Tür gestanden hatte, schien es tatsächlich vorgezogen zu haben, zu verschwinden.

Er lauschte angestrengt, während er den Blick nicht von der Türklinke abwenden konnte. Mit vorsichtigen Schritten näherte er sich der Tür, erreichte sie, drückte ein Ohr auf das Holz. Wartete. Schließlich drehte er mit einer schnellen Bewegung den Schlüssel um und zog die Tür mit einem Ruck auf, bereit, sich wie ein Rammbock gegen jeden zu werfen, der dort stand. Doch da war niemand.

Bastian suchte nach einem Lichtschalter, fand ihn auf der linken Seite und schaltete die Lampe des kurzen Flurs an. Nichts. Niemand, der sich in eine der beiden weiteren Türnischen drückte, keine Gestalt, die um eine Ecke huschte. Er atmete tief durch und schaltete das Licht wieder aus. Gerade als er sich dem Zimmer zuwenden wollte, entdeckte er etwas, das auf dem Boden vor ihm im Schein der Lampe aus seinem Zimmer glänzte. Ein Schraubenzieher. Er war mit ziemlicher Sicherheit dazu benutzt worden, in dem Schloss herumzustochern. Als Bastian Mias Namen gerufen hatte, war er dem verhinderten Einbrecher wohl vor Schreck aus der Hand gefallen. Bastian bückte sich und hob ihn auf, und als er nun genauer hinsah, erkannte er, dass das untere Ende bearbeitet worden war. Es war nadelspitz zugeschliffen worden.

Jemand hatte mitten in der Nacht versucht, in sein Zimmer einzudringen und dafür einen spitz zugeschliffenen Schraubenzieher benutzt. War das bearbeitete Werkzeug wirklich nur dafür gedacht, die Tür nötigenfalls gewaltsam zu öffnen? Oder sollte es anschließend auch als Waffe gebraucht werden? Um ihn zu bedrohen. Oder um ihn … Plötzlich glaubte Bastian, beobachtet zu werden. Er sprang förmlich in sein Zimmer zurück, schloss die Tür mit Schwung und verriegelte sie.

Erneut betrachtete er den Schraubenzieher in seiner Hand und stellte sich dabei die Frage, wie sicher sich jemand fühlen musste, wenn er ein Werkzeug, das er bei einem versuchten Einbruch benutzte, einfach so liegen ließ. Bastian ging zum Bett, öffnete die Nachttischschublade und legte den Schraubenzieher hinein. Zumindest hatte er selbst jetzt eine Waffe, falls wieder jemand versuchen sollte, in sein Zimmer zu gelangen.

Nachdem er sich wieder hingelegt und zugedeckt hatte, beschloss er, die Nachttischlampe für den Rest der Nacht angeschaltet zu lassen. Er lag so, dass er die Tür beobachten konnte. Während sein Blick auf der Türklinke verharrte, versuchte er, sich ein Bild von der Situation und davon zu machen, was das alles zu bedeuten hatte.

Auslöser von alledem war Anna. Seine Exfreundin. Eine geradezu unglaublich gutaussehende junge Frau, die ihm zufällig in einer Kneipe über den Weg gelaufen war und ihn gefragt hatte, ob sie sich zu ihm stellen durfte. Zu ihm, Bastian Thanner, der schon als Jugendlicher immer eher derjenige war, der mit den anderen übriggebliebenen Kumpels einen getrunken hatte, nachdem sich im Laufe des Abends die Pärchen gebildet hatten.

Er war sicher nicht unansehnlich, aber ganz bestimmt auch nicht der Mann, dem Frauen hinterhersahen. Bastian hatte eine halbwegs normale, nicht gerade sportliche Figur. Um seine Hüften hatten sich im Laufe der Jahre einige Kilos angesiedelt. Seine Nase war nicht ganz gerade und vielleicht ein wenig zu groß, die Lippen fand er immer schon ein bisschen dünn. Alles in allem fand er, dass er ziemlich durchschnittlich aussah.

Es war ja nicht so, dass er nie eine Freundin gehabt hätte, und auch den einen oder anderen One-Night-Stand hatte es gegeben. Aber er war eben nicht der Typ Mann, der normalerweise zum Beuteschema einer Frau wie Anna gehörte. Anna konnte sich die Typen aussuchen, das hatte er jeden Tag aufs Neue bemerkt, wenn er mit ihr unterwegs gewesen war. Die Kerle hatten sich noch nicht einmal daran gestört, dass sie in Bastians Arm durch die Stadt schlenderte, wenn sie ihr zulächelten oder sie von oben bis unten anzüglich musterten.

Warum also hatte diese Frau sich ausgerechnet ihn ausgesucht? Und warum hatte sie ihm so wenig über sich erzählt, bevor sie ihn nach ein paar Wochen von einem Tag auf den anderen wieder verließ? Und warum hatte sie offensichtlich selbst bei dem wenigen, das sie von sich preisgab, nicht die Wahrheit gesagt?

Weil es geplant war, ihn in dieses Kaff zu locken?

Alles in Bastian bäumte sich gegen diese Vorstellung auf. Warum sollte jemand einen solchen Aufwand betreiben, um ausgerechnet ihn nach Kissach zu locken? Und selbst wenn – warum entführte man dann nicht ihn, sondern seinen Freund, wenn er schließlich angekommen war? Das ergab doch alles keinen Sinn.

Er würde wohl erst eine Antwort bekommen, wenn er Anna gefunden hatte. Und Safi. Bastian stieß bei dem Gedanken einen Zischlaut aus und erschrak selbst darüber. Wie sollte er, Bastian Thanner, ein kleiner Lokalredakteur, es schaffen, zwei entführte Personen zu finden und zu befreien? In einem Dorf am Arsch der Welt, in dem bis auf eine ältere Frau offenbar alle Bewohner latente Psychopathen oder zumindest Fremdenhasser waren?

Die Erkenntnis darüber, in welch verzweifelter Lage er sich befand, traf Bastian mit einer solchen Wucht, dass sie ihm die Tränen in die Augen trieb.

Mit dem Gefühl, nie zuvor in seinem Leben in einer auswegloseren Situation gewesen zu sein, schlief er irgendwann ein.

# 17

Das dumpfe Wummern schien direkt in seinem Kopf zu entstehen. Bastian zog die Bettdecke höher, wollte sich darunter verkriechen, knautschte das Kissen zusammen, und als das nichts nützte, drückte er es gegen seine Ohren. Er registrierte, dass etwas anders war. Das Kissen roch seltsam fremd, die Matratze war ausgeleiert und gab bei jeder kleinsten Bewegung nach.

Er lag nicht in seinem Bett.

Gleichzeitig mit dieser Erkenntnis kam die Erinnerung zurück, wo er sich befand. Bastian riss die Augen auf, starrte gegen eine fleckige Wand. Mit Schwung drehte er sich um, richtete den Oberkörper auf und starrte zur Tür und anschließend zum Fenster, hinter dem es dunkel war.

Er erinnerte sich. Die Klappläden waren geschlossen, das schummrige Licht im Raum kam von der Nachttischlampe.

Etwas pulsierte schmerzhaft in seinem Kopf, schien sich dem Rhythmus des erneuten Klopfens anzupassen. Er hörte die Stimme einer Frau. Mia.

»Sind Sie wach?«, drang es dünn durch die Tür. »Es ist schon spät, ich habe Ihnen Frühstück gemacht. Warum haben Sie abgeschlossen?«

Er sah auf seine Armbanduhr. Fünf Minuten nach acht. *Was man so spät nennt*, dachte er, rief aber: »Ja, ich bin wach. Ich komme gleich.« Seine Stimme klang krächzend und fremd.

Es war schweinekalt im Zimmer. Bastian legte sich wieder auf die Matratze und zog die Decke höher. Sie war noch warm und gaukelte ihm für einen kurzen Moment die Illusion von Geborgenheit vor. Dann kamen die Gedanken an Anna zurück, an Safi und an die vergangene Nacht, in der jemand versucht hatte, in sein Zimmer einzudringen. Schlagartig war jeder Hauch eines angenehmen Gefühls verschwunden, kam die Kälte in seinem Inneren zurück und das Gefühl einer Einsamkeit, wie er sie zuletzt als Jugendlicher in einem der unzähligen Heime erlebt hatte.

Er durfte sich diesem Gefühl nicht hingeben, sondern musste überlegen, was er unternehmen konnte, um Anna und Safi zu helfen. Die beiden schwebten wahrscheinlich in großer Gefahr und waren auf ihn angewiesen.

Er würde versuchen, in diese Scheune zu gelangen. Und er würde jemanden finden müssen, der ihn mit dem Auto ins nächste Dorf brachte, damit er die Polizei verständigen konnte. Falls sich tatsächlich niemand fand, würde er eben zu Fuß gehen. Er traute sich zu, den Rückweg bei Tageslicht zu finden. Selbst wenn er drei Stunden brauchte, er würde sich an diesem Tag von niemandem bequatschen lassen und dafür sorgen, dass dieser Albtraum ein Ende fand.

Bastian schlug die Decke zurück und griff nach seiner Kleidung, die sich ebenfalls kalt und sogar ein wenig klamm anfühlte.

Er zog sich an und rieb sich fröstelnd die Oberarme, öffnete das Fenster und die Verriegelung der Läden. Der Regen hatte wohl irgendwann in der Nacht aufgehört, die Wolkendecke war zumindest ein wenig aufgerissen. Hier und da waren sogar kleine blaue Flecken zu sehen.

Der Garten hinter dem Haus sah verwildert aus, so, als hätte sich schon lange Zeit niemand mehr darum gekümmert. Sträucher wucherten überall, unkrautdurchsetzt und teilweise meterhoch. Dazwischen faulten abgeknickte Pflanzen vor sich hin. Bastian fand das seltsam und fragte sich, wie man so leben konnte. Aber andererseits – was an diesem Dorf war nicht seltsam?

Er schloss das Fenster und verließ das Zimmer. Aus einer Tür am Ende des kurzen Flurs hörte er klappernde Geräusche.

Mia stellte gerade ein Glas Marmelade aus dem Supermarkt auf den Tisch und sah auf, als er die Küche betrat. Sie trug die gleiche Jeans wie am Vortag, hatte aber einen anderen Pullover übergezogen. Die Haare hatte sie zu einem Pferdeschwanz gebunden, der sie noch ein wenig jünger aussehen ließ.

»Guten Morgen«, bemühte sich Bastian um ein Mindestmaß an Freundlichkeit. Mia nickte ihm wortlos zu und deutete auf einen der beiden Stühle, die links und rechts eines kleinen Tisches aus Kiefernholz standen. »Setzen Sie sich.«

Bastian stellte fest, dass das Frühstück nicht eben üppig ausfallen würde. Außer der Marmelade stand nur noch eine Packung Butter und eine winzige Plastikschale auf dem Tisch, die wohl Honig enthielt. Der Boden der Tasse, die vor Bastian stand, war fingerhoch mit Kaffeepulver bedeckt. Auf dem uralten Elektroherd dampfte ein verbeulter Wasserkessel vor sich hin. Alles in Mias Küche war alt, das meiste sah schon recht mitgenommen aus. Erneut fühlte sich Bastian, als hätte er eine Reise in die Vergangenheit unternommen.

»Sagen Sie«, wandte er sich an Mia, während sie das

Pulver in seiner Tasse mit heißem Wasser aufgoss. »Waren Sie heute Nacht an meiner Zimmertür?«

»Ja, aber das war gestern Abend, um Ihnen zu sagen, dass ich die Läden schließe. Aber das wissen Sie ja.«

»Nein, das meine ich nicht. Ich rede von etwa zwei Uhr heute Nacht.«

Mia zog die Stirn kraus. »Nein, da habe ich im Bett gelegen und geschlafen.«

»Aber es war jemand an meiner Zimmertür, da bin ich ganz sicher. Ich habe gesehen, dass die Klinke sich bewegt hat, mehrfach sogar. Und dann hat jemand versucht, das Schloss mit einem Schraubenzieher zu öffnen.«

Mia stellte den Wasserkessel zurück, lehnte sich gegen die Herdkante und schüttelte den Kopf. »Sie müssen sich irren. Wie schon gesagt habe ich geschlafen, und die Haustür war abgeschlossen. Das war sie auch noch, als ich heute Morgen aufgestanden bin. Da konnte also niemand rein.«

»Vielleicht durch ein Fenster?«

»Nein, das kann auch nicht sein. Alle Fenster waren geschlossen außer dem in meinem Schlafzimmer, und das war nur gekippt. Vielleicht haben Sie geträumt?«

Bastian trank einen vorsichtigen Schluck aus seiner Tasse. Die bittere Brühe darin war ungenießbar.

»Nein, sicher nicht«, beharrte er. »Ich weiß nicht, wie jemand es geschafft hat, ins Haus zu kommen, aber ich weiß, dass heute Nacht irgendwer an meiner Zimmertür war.«

Mia öffnete den Küchenschrank, nahm einen Korb mit aufgeschnittenem Brot heraus und stellte ihn vor Bastian auf den Tisch. »Also gut, ich schaue mal nach, ob vielleicht ein Fenster offen oder beschädigt ist.« Mit dem

Kinn deutete sie zum Tisch. »Ich kann Ihnen leider nicht mehr anbieten als das, was da steht. Ich frühstücke so gut wie nie und habe nicht mit einem Gast gerechnet.«

Bastian winkte ab. »Schon gut, das reicht mir.«

Als Mia nach wenigen Minuten zurückkam, hatte er eine Scheibe Brot mit Marmelade gegessen und war gerade im Begriff, das Frühstücksbrettchen und die noch volle Kaffeetasse in die Spüle zu stellen. Erwartungsvoll sah er ihr entgegen. »Und?«

Mia zuckte mit den Schultern. »Alle Fenster sind geschlossen, beschädigt ist auch keines. Die Kellertür ist wie immer abgeschlossen. Ich wüsste nicht, wie jemand hereingekommen sein sollte.«

»Aber das kann doch nicht sein. Ich bin aufgewacht und habe genau gesehen, wie mehrmals die Türklinke heruntergedrückt wurde.«

»Ich denke, Sie haben schlecht geträumt. Verwunderlich ist es ja nicht, nachdem Ihr Freund verschwunden ist.«

Bastian erinnerte sich an den Schraubenzieher, den er in die Nachttischschublade gelegt hatte. »Warten Sie, ich zeige Ihnen was. Der Einbrecher hat den Schraubenzieher liegenlassen, als er geflüchtet ist. Er ist am unteren Ende spitz zugeschliffen worden. Vielleicht kann man sogar herausfinden, wem er gehört.«

Er ging zu dem Zimmer, in dem er geschlafen hatte, und öffnete die Schublade des Nachttisches. Er tastete mit der Hand bis in den hintersten Winkel darin herum, bückte sich, sah hinein und richtete sich fassungslos wieder auf.

Die Schublade war definitiv leer.

Er suchte den Boden neben dem Nachttisch ab, kniete sich hin und warf einen Blick unter das Bett. Nichts.

Langsam ging er zur Küche zurück. In seinem Kopf

herrschte Chaos. Mia saß am Tisch und blickte ihm fragend entgegen.

»Ich verstehe das nicht.« Bastian ließ sich auf den freien Stuhl sinken. »Ich hatte den Schraubenzieher ganz sicher in die Schublade gelegt. Ich weiß es genau.«

»Und ich bin mittlerweile sicher, Sie haben geträumt.« Mias Stimme klang ruhig und sachlich.

Bastian konnte das nicht glauben. Das war kein Traum gewesen. Er wusste, wie Träume sich anfühlten. Und doch …

Er ließ die Hand geräuschvoll auf den Tisch fallen und zwang sich, die Gedanken über die letzte Nacht beiseitezuschieben. Es gab im Moment Wichtigeres.

»Ich weiß langsam nicht mehr, was ich glauben soll. Aber dazu komme ich später. Ich werde jetzt als Erstes zu Franziska gehen und dort erst wieder verschwinden, wenn sie mir gesagt hat, was sie weiß. Ich hatte gestern Abend das deutliche Gefühl, dass sie etwas verschwiegen hat, weil ihr Mann ihr verboten hat, mit mir zu reden. Haben Sie nicht bemerkt, wie er sie angesehen hat?«

Mia legte den Kopf ein wenig schief und kniff die Augen kurz zusammen. »Was soll ich bemerkt haben?«

»Den Blick, den Franziskas Mann ihr zuwarf, als ich sie gefragt habe, was sie gesehen hat.«

»Ich verstehe nicht …«

»Mein Gott.« Langsam wurde es Bastian zu bunt. Stellten sich alle in diesem Dorf nur blöd, oder waren sie es tatsächlich?

»Also gut, dann so, dass Sie es verstehen. Sie waren doch gestern Abend mit mir zusammen bei Franziska. Wir waren in ihrem Haus, in ihrem Wohnzimmer. Franziska, ihr Mann, Sie und ich. Stimmt's?«

Mia stand auf, machte zwei Schritte zurück und verschränkte die Arme fest vor der Brust, als friere sie. Ihr Blick drückte Unbehagen aus. »Nein, waren wir nicht. Wir haben das Haus nicht mehr verlassen, nachdem Franziska Sie hierhergebracht hat. Was ist denn nur los mit Ihnen?«

Der Tisch vor Bastian schien in Bewegung zu geraten. Er hatte plötzlich das dringende Bedürfnis, ins Freie zu rennen, irgendwohin, nur raus aus der engen Küche. Mit einem Ruck stand er auf und stieß den Stuhl heftig zurück. Das Poltern, mit dem er hinter ihm umfiel, registrierte er nur am Rande.

»Was reden Sie da? Natürlich waren wir gestern Abend bei Franziska. Wir sind zusammen dorthin gegangen, gleich nachdem sie mir erzählt haben, Franziska hätte Anna vor zwei Tagen hier irgendwo gesehen. Mit zwei Männern. Oder wollen Sie mir weismachen, das hätten Sie mir auch nicht erzählt?«

Mia wich noch einen weiteren Schritt vor Bastian zurück. »Nein, das habe ich tatsächlich nicht.«

»Verdammt nochmal, was soll denn dieser Mist? Woher sollte ich dann wohl wissen, dass Franziska Anna angeblich gesehen hat? Und was ist mit allem anderen, das Sie mir erzählt haben? Von den Kerlen, die vor fünfundzwanzig Jahren hier ihre perversen Rituale abhielten und die jetzt wiedergekommen sind. Von den entführten Kindern und dass Franziska eines von ihnen war. Und von dem Mann, der hier bei Ihnen gewohnt hat. Bilde ich mir das alles nur ein?«

»Nein, das stimmt. All das habe ich Ihnen erzählt. Aber nicht, dass Franziska Ihre Freundin gesehen hätte. Und wir waren auch nicht bei ihr zu Hause. Sie ebenso wenig wie ich. Sie sind offenbar sehr verwirrt.«

Bastian schlug sich mit der Hand vor die Stirn. Dass er daran nicht sofort gedacht hatte. »Wenn wir gestern Abend nicht in Franziskas Haus waren, kann ich auch nicht wissen, wo sie wohnt, stimmt's?«

Mia nickte zögernd. »Ja, das stimmt. Es sei denn, Sie waren mit ihr schon dort, bevor sie Sie zu mir gebracht hat.«

»Ach, Blödsinn. Sie kennen Franziska. Für wie wahrscheinlich halten Sie es, dass sie mich mitgenommen hätte.«

»Für nicht sehr wahrscheinlich.«

»Eben. Also los, gehen wir.«

Ohne sich noch mal nach Mia umzusehen, verließ Bastian das Haus. Erst draußen wartete er, bis sie zu ihm aufgeschlossen hatte.

»Ich weiß nicht, was hier los ist und warum Sie jetzt auch noch anfangen, Dinge zu behaupten, die nicht stimmen, aber das werden wir jetzt klären.« Bastian war wütend. Stinkwütend. Er würde jetzt beweisen, dass er am Vorabend gemeinsam mit Mia in Franziskas Haus war. Und er würde nicht eher wieder von dort verschwinden, bis er erfahren hatte, was er wissen wollte. Auch ihr schlechtgelaunter Mann würde ihn nicht vertreiben können.

Am Ende der Gasse bog er wie am Vorabend ab und folgte der Kopfsteinpflasterstraße, die in ihrem weiteren Verlauf erst an der Scheune vorbeiführte und dann zu dem Haus, in dessen Keller er Annas Tasche gesehen hatte.

Als sie die Höhe der Scheune erreichten, warf Bastian einen Blick nach links und registrierte halbwegs erleichtert, dass der Golf noch an der gleichen Stelle stand.

Kurz danach bog er rechts in die nächste Gasse ein und stand eine Minute später vor dem Haus, in dem Franziska wohnte.

Er wollte zur Haustür gehen, doch Mia sah ihn sichtlich verstört an. »Hier?«

Bastian hob die Hände und ließ sie gegen die Hosenbeine fallen. »Ja, natürlich hier. Wo denn sonst?«

»Aber … Franziska wohnt hier nicht. Ihr Haus ist zwei Straßen weiter.«

Das wurde ja immer verrückter. Bastian zwang sich, nicht darauf zu reagieren. Er stampfte wütend zur Haustür und drückte den Klingelknopf. Erst nach einigen Sekunden erinnerte er sich daran, dass er sich am Vorabend erschrocken hatte, weil der Klingelton so unglaublich schrill und laut gewesen war. Wieder drückte er auf den Knopf, fester und länger, doch es war nicht der leiseste Ton zu hören.

»Kann sein, dass offen ist«, erklärte Mia, die nun neben ihm auftauchte. Sie drückte gegen die Tür, die mit einem knarrenden Geräusch nachgab.

Ohne nachzudenken, stieß Bastian sie mit einer schwungvollen Bewegung weiter auf und betrat das Haus. Wie ein Schlafwandler ging er geradewegs auf das Wohnzimmer zu und blieb am Eingang ruckartig stehen. Er musste sich am Türrahmen festhalten.

Keine Franziska, keine Möbel, nichts. Dafür Schmutz und Müll auf dem Boden, Schmierereien an den Wänden …

Das Haus war unbewohnt.

## Entwurf
## Tag 27

*Ich bin ein Gefangener dieses Dorfs. Und doch muss ich so tun, als sei ich mit alledem einverstanden, weil ich ein vollwertiges Mitglied der Sekte werden möchte.*

*Ich stehe morgens vor dem Spiegel und möchte das Gesicht anspucken, in das ich schaue, aber es gibt kein Zurück mehr für mich. Ich habe keine andere Chance, als dieses perverse Spiel mitzuspielen, bis mir die Flucht gelingt. Aber ich muss dabei sehr vorsichtig sein. Wenn sie mich außerhalb des Dorfs erwischen, bin ich wahrscheinlich verloren. Es hätte mir klar sein müssen, als die Kerle die Kinder entführten. Aber ich wollte nicht glauben, dass sie das wirklich getan haben, um mich unter Druck zu setzen. Und doch ist es so. Sie haben damit gedroht, die Kinder umzubringen, wenn ich etwas von dem verrate, was ich gesehen habe, oder versuche, das Dorf zu verlassen.*

*Ich frage mich, ob ich der Einzige bin, den sie auf diese Art im Dorf halten. Ich habe ihre Gesichter gesehen, während wir im Kreis um diesen bedauernswerten Menschen gestanden haben. In manchen dieser Gesichter glaube ich den Schrecken gesehen zu haben, den diese Männer empfanden.*

*Wie viele Bewohner dieses Dorfs gehören tatsächlich zu dieser perversen Sekte? Wie viele Fremde? Und wie viele von ihnen sind freiwillig dabei? Wichtige Fragen, auf die ich unbedingt Antworten finden muss, aber das gestaltet sich als extrem schwierig.*

*Ich werde ständig beobachtet. Es ist mir nicht möglich, auch nur einen Schritt zu machen, den die nicht kennen. Sie bemühen sich nicht einmal, sich zu verstecken, wenn sie mich verfolgen. Und dabei sind es nicht nur diese Psychopathen, die jeden meiner Schritte überwachen. Nein, durch die Entführung der armen Kinder haben diese Wahnsinnigen auf subtile Art etwas Zusätzliches erreicht: Auch deren Eltern und die anderen Dorfbewohner achten darauf, dass ich nicht fliehen kann, weil sie im Falle meiner Flucht befürchten müssen, dass ihre Kinder umgebracht werden.*

*Die große Frage, die über alledem steht, lautet aber: Habe ich manche Dinge, als ich in das Dorf kam, erst ausgelöst? Handlungen, die ohne mein Zutun gar nicht geschehen wären? Trage ich aus diesem Grund eine Mitschuld an dem, was in den letzten Tagen passiert ist und vielleicht noch passieren wird? Ich weiß es nicht, aber diese Gedanken sind schrecklich. Sie belasten und verfolgen mich ständig.*

*Ich muss fliehen, ich muss das, was hier geschieht, an die Öffentlichkeit bringen. Aber ich bin selbst ein Gefangener.*

*Diese Bilder. Ich bekomme die Bilder nicht aus dem Kopf. Sie beherrschen meine Träume im Schlaf und meinen Verstand, wenn ich wach bin. Ich weiß, die Bilder werden mich mein ganzes Leben lang nicht mehr verlassen. Und auch die Schreie nicht.*

# 18

Bastian zuckte zusammen, als eine Hand sich auf seine Schulter legte. »Das Haus steht seit langem leer.«

Er hatte nicht gehört, dass Mia ihm nachgekommen war. Zu sehr war er mit dem Versuch beschäftigt, das Chaos in seinem Kopf zu sortieren. Es gelang ihm nicht. Sein Verstand wehrte sich mit aller Kraft gegen das, was seine Augen ihm übermittelten.

Bastian war absolut sicher gewesen, einige Stunden zuvor in diesem Wohnzimmer gesessen und mit Franziska und ihrem seltsamen Mann geredet zu haben. Ebenso wie er geschworen hätte, dass in der Nacht jemand versucht hatte, in sein Zimmer zu gelangen. Und er glaubte beides noch immer.

Mit einem Ruck drehte er sich um. Mias Hand rutschte von seiner Schulter, sie sah ihn erschrocken an.

»Ich glaube Ihnen nicht. Ich weiß nicht, welche Rolle Sie in diesem seltsamen Spiel spielen, aber ich glaube Ihnen nicht. Es kann einfach nicht sein, dass ich mir das alles nur einbilde. Und das lasse ich mir auch von Ihnen nicht einreden.«

Mias Miene wurde sorgenvoll. »Es tut mir leid, dass Sie mir nicht glauben und dass Sie denken, ich würde irgendeine Rolle spielen. Ich kann verstehen, wenn Sie verwirrt sind, aber ich kann Ihnen nichts anderes sagen. Wir waren gestern Abend nicht in diesem Haus und auch in keinem anderen außer in meinem. Aber …« Sie stockte, starrte in den leeren Raum.

Bastian horchte auf. »Was?«

»Es ist seltsam, aber es gibt tatsächlich eine enge Verbindung zwischen diesem Haus und Franziska.«

Ihre Augen richteten sich wieder auf Bastian. »Das Haus gehörte ihren Eltern. Franziska wurde hier geboren und hat ihre Kindheit hier verbracht.«

Bastians Gedanken rasten, versuchten, diese Information zu verwerten und einen Zusammenhang herzustellen zu dem, was er erlebt hatte. Es gelang ihm nicht. Es war zum Verrücktwerden.

»Es ist mir scheißegal, wem dieses Haus gehörte oder noch gehört. Ich weiß nur, dass ich gestern Abend genau hier war, und da war es nicht unbewohnt. Die Wände waren nicht beschmiert, es standen Möbel hier, und Franziska saß auf einem Sofa, das da stand.« Er zeigte mit dem Finger auf die Stelle. Mia schüttelte traurig den Kopf. »Merken Sie denn nicht selbst, wie … verrückt das klingt?«

»Ach, hören Sie doch auf«, sagte Bastian wütend und wandte sich ab, um sich gleich darauf wieder zu Mia umzudrehen. »Sie sagten, Franziska wohnt zwei Straßen weiter.«

»Ja.«

»Gut. Gehen wir.«

Mia hob die Schultern und nickte. »Ja, gehen wir zu ihr. Wenn sie Ihnen bestätigt, dass wir gestern Abend nicht bei ihr waren, glauben Sie mir vielleicht.«

»Wir werden sehen.« Mit einer entschlossenen Handbewegung forderte Bastian sie auf, vorauszugehen.

Sie legten den Weg schweigend zurück. Bastian verspürte keine Lust, sich mit Mia zu unterhalten, bis er mit Franziska gesprochen hatte. Er traute ihr nicht mehr, obwohl sie ihn bei sich aufgenommen hatte. Vielleicht gehörte es ja zum Plan dieser Irren, wer immer die auch waren, dass er Mia vertraute. Worin auch immer der Sinn liegen mochte. Aber die Wahrheit würde sich ja hoffentlich bald finden.

Nachdem sie die Gasse verlassen hatten, bogen sie erst nach rechts und dann nach links ab. Der Weg war ebenso schmal wie der, in dem das leere Haus stand, aus dem sie gerade kamen, aber es gab nur drei Häuser dort. Gleich vor dem ersten blieb Mia stehen und deutete mit dem Kopf zur Haustür. »Hier ist es. Bitte, gehen Sie behutsam mit ihr um. Franziska ist seit damals … Aber Sie haben sie ja schon kennengelernt, sie hat Sie gestern Abend ja zu mir gebracht.«

»Ja, und ich habe mich anschließend in dem Haus da drüben mit ihr unterhalten«, knurrte Bastian und ging durch den winzigen Vorgarten zur Tür.

Es war nicht Franziskas Mann, der ihnen öffnete. Dieser hier sah weitaus freundlicher aus als der unsympathische Kerl vom Vorabend. Er hatte etwa Bastians Größe, war schlank und durfte um die vierzig sein. Die blonden Haare ragten zur Hälfte über die Ohren. Vielleicht ein Verwandter.

»Hallo, Georg«, sagte Mia neben ihm, bevor Bastian den Mund aufmachen konnte. »Das ist Herr Thanner. Wir würden gerne kurz mit Franziska sprechen.«

Eine feingliedrige Hand streckte sich Bastian entgegen. »Hallo, mein Name ist Georg Braun.«

Bastian erwiderte den überraschend festen Händedruck des Mannes und nickte ihm zu. »Hallo.«

»Bitte, kommen Sie rein.«

Georg Braun führte sie durch eine im Verhältnis zur

Hausgröße sehr geräumige Diele. Wie offenbar jeder Raum in jedem Haus dieses Dorfs war sie mit nur wenigen, aber alten, teilweise ziemlich ramponierten Möbeln ausgestattet.

Das Zimmer, in das Braun sie führte, war nicht besonders groß und ebenfalls spartanisch eingerichtet. In der Mitte stand ein alter Tisch mit sechs Holzstühlen darum, an einer Wand eine Vitrine. Es schien sich um eine Art Esszimmer zu handeln. Am Kopfende saß eine dunkelhaarige, füllige Frau Anfang dreißig und sah ihnen entgegen.

»Mia möchte dich gerne sprechen«, sagte Georg Braun liebevoll, während er auf sie zuging. Als er sie erreicht hatte, legte er ihr eine Hand auf die Schulter. »Und Herrn Thanner kennst du ja, glaube ich, schon.«

Bastian sah zu Mia herüber, die neben ihm vor dem Tisch stehen geblieben war. Da zog etwas in ihm auf, etwas, das nicht gut war. Es langte mit eisigem Griff nach seinem Verstand, und er ahnte, gleich würde es erbarmungslos zudrücken.

Bastian sah, wie Mias Mund sich wie in Zeitlupe bewegte. Er hörte die Worte, die herauskamen. Sie klangen, als hätte jemand ihre Geschwindigkeit verringert. »Hallo, Franziska, wie geht es dir?«

Mia schien hin und her zu schaukeln. Bastian blinzelte mehrmals hintereinander, um die Schlieren zu vertreiben, die sich über das Bild legten, das seine Augen lieferten. Seine Hand tastete ohne sein bewusstes Zutun nach dem Tisch, stützte sich darauf ab. Bastian bemerkte es, als gehöre diese Hand nicht zu seinem Körper. Diese Frau … Franziska …

»Was ist mit Ihnen? Ist Ihnen nicht gut?«

Wem gehörte diese Stimme? Mia? Georg Braun? Dieser Frau?

»Bastian? Was ist denn los?« Eine Hand an seinem Arm, Geräusche, eine weitere Hand auf seiner Schulter. Sie drückte ihn herunter, seine Beine gaben nach, dann saß Bastian auf einem Stuhl. Seine Umgebung bekam wieder schärfere Konturen, der Schwindelanfall schien vorbei zu sein.

Bastian sah zu der dunkelhaarigen Frau hinüber, die ihn besorgt beobachtete. »Wer sind Sie?« seine Stimme klang heiser. Die Frau sah fragend zu Georg Braun hoch, der noch immer schräg neben ihr stand und nun den Kopf schüttelte.

»Was ist mit Ihnen? Ich verstehe die Frage nicht. Das ist Franziska, meine Frau. Ich dachte, Sie kennen sich?«

Bastians Blick pendelte zwischen den beiden hin und her. »Sie sind Franziska? Und … Sie sind ihr Mann? Aber … die Frau, die mich gestern an meinem Auto angesprochen und mich dann zu Mia geführt hat … das waren nicht Sie.«

»Moment«, mischte Mia sich ein. »Natürlich ist das Franziska.«

»Aber … was sagen Sie da?« Auch Franziska wirkte verirrt. »Ich habe Ihnen gestern an Ihrem Auto gesagt, dass sie nicht bleiben dürfen. Dass Mia Ihnen helfen wird, weil Mia weiß, dass Sie da sind. Erinnern Sie sich nicht? Sie haben mich gefragt, woher sie das weiß. Ich sagte, jeder im Dorf weiß das.«

»Nein, nein, nein. Das waren nicht Sie.« Bastian sprang auf, ging zur Zimmertür und wieder zurück, stützte die Hände auf der Rückenlehne des Stuhls ab und senkte den Kopf. Das war verrückt. Absolut irre. Aber er musste nachdenken. Einen klaren Kopf behalten. Irgendetwas lief gehörig falsch seit gestern. Seit Annas Anruf. Ihm war nach Schreien zumute und gleichzeitig nach Heulen. Wut und Verzweiflung bildeten eine explosive Mischung in ihm. Er hatte das dringende Bedürfnis, alles in diesem Raum, in diesem ganzen verfluchten Dorf kurz und klein zu schlagen. Sein Verstand fühlte sich an wie in Watte gepackt. Waren das die Vorboten des Wahnsinns? Wurde er gerade verrückt? Und vor allem: Erlebte er das in diesem Moment wirklich? Oder würde ihm Mia in einer Stunde wieder erzählen, sie seien nicht in diesem Haus gewesen, in dem sie gerade stehen?

Sein Blick wanderte von Franziska zu Georg, weiter zu Mia und wieder zurück. Dabei streifte er die Vitrine, zwei Fotos, die dort standen. Er blieb an einem von ihnen hängen.

Mit drei großen Schritten stand er vor dem Möbelstück, starrte durch die Glastür auf das rechte der beiden Fotos.

Es zeigte eine traurig blickende blonde Frau. Sie trug ein geblümtes Kleid und klobige Schuhe. Ohne zu zögern, öffnete Bastian die Tür, hörte, dass jemand ihm etwas zurief, während er das Foto griff, drehte sich um und starrte diese Frau am Tisch an, die behauptete, Franziska zu sein.

»Das hier«, rief er ihr triumphierend entgegen und klopfte dabei mit dem Finger auf das Glas des Bilderrahmens. »Das ist Franziska. Sie hätten das Foto nicht dort stehen lassen dürfen. Das war ein Fehler. Jetzt fällt der ganze Schwindel auf.« Bastian erkannte seine eigene Stimme nicht mehr. Klang sie … irre? Es war ihm egal. Er war nicht verrückt. Nein, er war vielmehr der einzig normale Mensch in diesem Raum. Wahrscheinlich sogar in dem ganzen elenden Dreckskaff Kissach. *Pissach*, dachte er und hörte sich selbst wegen dieser treffenden Wortspielerei leise kichern.

Er nahm die anderen im Raum wieder wahr, sah, wie die dunkelhaarige Frau aufstand und langsam auf ihn zukam. Schon kurz bevor sie ihn erreicht hatte, streckte sie die Hand aus.

»Geben Sie mir das Foto, bitte.«

»Geben Sie zu, dass die Frau auf dem Foto Franziska ist?«

Langsam bewegte sie den Kopf hin und her, die Zeitlupenversion einer Verneinung. »Nein, das ist nicht Franziska. Ich bin Franziska.«

»Ach ja?« Noch immer hielt Bastian das Foto fest in der Hand und tippte nun wieder darauf. »Diese Frau hat mich gestern Abend von meinem Auto zu Mia geführt. Bei dieser Frau war ich gestern Abend zu Hause, in dem Haus, das jetzt seltsamerweise leer steht. Ich habe mit ihr und ihrem Mann gesprochen. Wer bitteschön soll das denn sein, wenn Sie Franziska sind?«

Die Frau tauschte einen langen, besorgten Blick mit Mia und wandte sich wieder Bastian zu. Leise sagte sie: »Diese Frau kann Sie gestern Abend nicht begleitet haben. Das ist meine Mutter. Das Foto ist vor fünfundzwanzig Jahren aufgenommen worden. Sie ist seit fast zwanzig Jahren tot.«

## Entwurf
## Noch immer Tag 27
## dreiundzwanzig Uhr

*Ich hatte gerade Besuch. Sie waren wieder zu zweit. Ich habe schon im Bett gelegen, als es an meinem Fenster klopfte. Mein Zimmer liegt im Erdgeschoss, das Fenster zum Garten hin. Die Läden waren offen und das Fenster gekippt. Ich brauche nachts frische Luft, sonst finde ich keinen Schlaf.*

*Ich bin aufgestanden, um nachzusehen, was los ist. Sie haben direkt hinter der Scheibe gestanden. Der eine sagte, ich solle das Fenster ganz öffnen und sie hereinlassen. Sie müssten mit mir reden. Was sollte ich tun? Hätte ich ihnen den Zutritt verweigert, wäre ihnen klar gewesen, dass mein Interesse an ihrer Sekte einen anderen Grund hat als den, den ich vorgab.*

*Ich habe ihnen also geöffnet, und sie sind in mein Zimmer gekommen. Sie sagten mir, ich solle mich ruhig verhalten, wenn ich ernst meinte, was ich ihnen gesagt habe. Sie müssten sich absichern. Und ich wisse ja, dass es da auch noch eine weitere Sicherheit für sie gäbe. Ich solle mich also ruhig verhalten, wenn ich nicht dabei zusehen wolle, wie eines der entführten Kinder die Hauptattraktion der nächsten Nacht in der Scheune wird.*

*Unmenschliche Bestien.*

*Sie haben mein ganzes Zimmer durchsucht, nichts haben sie ausgelassen. Sogar die Matratze haben sie aufgeschnitten, diese Wahnsinnigen.*

*Ich bin sicher, sie haben nach diesen Aufzeichnungen gesucht.*

*Wenn sie sie gefunden hätten, wäre es mein sicheres Ende gewesen. Aber sie haben nichts gefunden. Wenn es auch zweifelsfrei eine große Dummheit von mir war, überhaupt in dieses Dorf zu kommen und so zu tun, als wolle ich Mitglied ihrer Sekte werden, so bin ich dennoch Profi genug, dass etwas nicht gefunden werden kann, das nicht gefunden werden soll. Ich habe dieses Buch natürlich nicht in meinem Zimmer versteckt, sondern an einer anderen, sicheren Stelle im Haus, wo niemand danach suchen wird.*

*Nachdem sie mein Zimmer zerlegt hatten, wollten die beiden von mir wissen, ob ich irgendwelche Aufzeichnungen habe. Ich gab vor, nicht zu wissen, wovon sie reden, und versuchte, sie erneut davon zu überzeugen, dass mir nichts wichtiger ist, als Mitglied ihrer Gruppe zu werden.*

*Daraufhin sagten sie mir, ER wolle mich bald sehen, um mich persönlich auf meine Eignung hin zu prüfen. Sie würden mich bald holen kommen und zu ihm bringen.*

*Ich habe Angst.*

*Große Angst.*

# 19

Bastian konnte nicht mehr denken. Um ihn herum wurde gesprochen, ohne dass er ein einziges Wort davon verstand. Etwas zog an ihm, seine Hand, die gerade noch das Foto gehalten hatte, fiel kraftlos herab. Sein Kopf war leer.

Er wurde verrückt, daran gab es kaum noch einen Zweifel. Er war nicht mehr in der Lage, zwischen Realität und Traum, zwischen Wahrheit und Wahnvorstellungen zu unterscheiden. Er wusste nicht einmal mehr, ob es Anna je wirklich gegeben hatte oder ob der schleichende Wahnsinn ihn schon vor Wochen gepackt und ihm Annas Existenz nur vorgaukelt hatte.

War es nicht so, dass alles, was er der Polizei gesagt hatte, nicht überprüfbar oder sogar unmöglich war? Niemand seiner Freunde kannte Anna, außer Safi. Und der war selbst verschwunden. Bastian wiederum kannte niemanden aus Annas Umfeld, weder Freunde noch Familie. Die, anders als sie behauptet hatte, in Berlin nicht existierte. Es blieben also zwei Möglichkeiten. Entweder Anna hatte ihn belogen, oder das war gar nicht möglich, weil sie nicht existierte.

Jemand schüttelte ihn, er versuchte, dem Griff zu entkommen, blickte dabei in die Gesichter dieser Menschen. Sie schienen zu Fratzen verzerrt …

Mit einem Ruck riss Bastian sich los, orientierte sich und stürmte los, als er seine Umgebung wieder klar erkennen konnte. Er musste weg, rannte aus dem Raum, durch die Diele, ins Freie.

Ohne sich umzudrehen, lief er weiter, den Weg zurück, den er mit dieser Frau gekommen war, die sich Mia nannte.

Bastian dachte nicht darüber nach, wohin er lief. Wie fremdbestimmt setzten sich seine Füße in schnellem Rhythmus abwechselnd voreinander, trugen ihn Meter um Meter weiter weg von dem Haus mit Mia, Georg und der angeblichen Franziska. Und dem Foto ihrer Mutter, die seit fast zwanzig Jahren tot war und die ihn trotzdem am Vorabend zu Mia gebracht hatte.

Immer wieder kamen irgendwelche Laute aus seinem Mund. Worte, die er gar nicht sagen wollte. Erst als er die große Scheune vor sich sah, wurde ihm bewusst, dass er auf sein Auto zusteuerte. Ohne eine Vorstellung davon zu haben, was er tun würde, wenn er den fahrunfähigen Wagen erreicht hatte, verringerte er die Geschwindigkeit und ging in normalem Schritttempo weiter. Das riesige Gebäude türmte sich düster wie eine Stein gewordene Drohung neben ihm auf.

Bastian hatte den Wagen fast erreicht, als zwei Männer hinter der Scheune hervortraten und langsam auf ihn zukamen. Er glaubte, sie zu erkennen, obwohl er ihre Gesichter nicht sehen konnte. Sie trugen die gleichen schwarzen Regenmäntel wie am Vortag, als Bastian mit Safi im Dorf angekommen war. Ihre Köpfe verschwanden fast vollständig unter den großen Kapuzen. In den Händen der Männer konnte Bastian deutlich lange Messerklingen blitzen sehen. Sie gaben sich offensichtlich keine Mühe, sie zu verstecken.

Bastian unternahm erst gar keinen Versuch, die Männer anzusprechen. Zudem war er so durcheinander, dass er wahrscheinlich kein einziges Wort herausgebracht hätte.

Er machte auf dem Absatz kehrt und rannte zurück, um die Ecke der Scheune herum, die Kopfsteinpflasterstraße entlang auf das Haus zu, in dessen Keller er Annas Tasche gesehen hatte. Er hielt nicht an, als er es erreichte, sondern bog in einen anderen Weg ein, dann rechts auf eine etwas breitere Straße. Von irgendwo nahm er dumpfe Geräusche wahr, wie von Motoren, doch er kümmerte sich nicht darum.

Er würde so lange laufen, bis er keine Luft mehr bekam, und noch weiter. Laufen, bis er irgendwo umfiel. Was dann kam, war ihm egal. Es gab kein Gestern mehr und kein Morgen, keine Realität und keinen Traum. Alles war auf eine undurchschaubare Weise ineinandergeflossen. Seit er in diesem Dorf angekommen war, taumelte er durch einen dichten Brei aus Zeiten und Orten, tauchte ab und zu daraus auf, ohne sicher sein zu können, ob er sich in einem Traum oder in der Realität bewegte.

Er bemerkte erst, dass er das Dorf verlassen hatte, als das letzte Haus schon ein gutes Stück hinter ihm lag. Ohne anzuhalten, sah er zurück und glaubte sich zu erinnern, diesen Weg hinter dem Taxifahrer hergefahren zu sein.

Der Anflug eines Glücksgefühls durchströmte ihn, er hatte den Eindruck, mit jedem Meter, den er zwischen sich und dieses verfluchte Dorf brachte, klare sein Verstand weiter auf.

Die Bäume rückten näher, er erreichte den Waldrand. Sein Atem ging stoßweise und keuchend, es fiel ihm immer schwerer, den dringend benötigen Sauerstoff in seine Lungen zu pumpen. Die Erschöpfung mahnte ihn, stehen zu bleiben, doch er zwang sich weiter, ein Stück weit würde es noch gehen. Er war vielleicht hundert Meter in den Wald eingetaucht, als der erste Schuss fiel.

Bastian hörte den Knall erst, als er seine Auswirkung schon zu spüren bekam. Kurz vor ihm war der Boden aufgepeitscht worden, und kleine, umherfliegende Steinchen trafen ihn schmerzhaft am Körper.

Bastian stoppte abrupt, sah sich um, überlegte fieberhaft, dass er in Deckung gehen musste, als schon die nächsten Schüsse fielen. Sie hallten von allen Seiten wieder, es war für Bastian nicht auszumachen, von wo sie kamen. Er rannte geduckt zur Seite, zu einem Baum mit dickem, bemoostem Stamm, und presste sich mit dem Rücken dagegen. Noch nie zuvor war auf ihn geschossen worden.

Der nächste Schuss schlug links neben ihm in den Boden ein, ein weiterer auf der anderen Seite. Die Schützen schienen überall zu sein.

»Hören Sie auf, verdammt. Was wollen Sie?«, schrie er, so laut es seine vor Angst zitternde Stimme vermochte. Als Antwort fielen weitere Schüsse.

Ein Kloß in Bastians Hals wollte ihn am Schlucken und Atmen hindern. Sein Körper zitterte so stark, dass er sich nur mit Mühe auf den Beinen halten konnte. Er schwitzte, und gleichzeitig war ihm kalt. Er wollte weglaufen, doch er wagte nicht, sich auch nur einen Zentimeter von dem Baum zu lösen, obwohl ihm klar war, dass der ihm keinen Schutz bieten konnte.

»Bitte«, stammelte er heiser und leise. »Bitte lassen Sie mich gehen. Ich … ich verrate niemandem etwas von diesem Ort. Ich weiß ja, dass ich mir das meiste nur eingebildet habe. Mein Kopf … ich werde verrückt, verstehen Sie? Bitte nicht, bitte.« Mit dem letzten Wort drückte er sich vom Baumstamm ab und rannte los. Er hatte es nicht vorgehabt, nicht einmal daran gedacht. Seine Muskeln hatten sich einfach so ohne sein Zutun in Bewegung gesetzt. Mit jedem Schritt, den er machte, wartete er auf den Knall des Schusses, der ihn in den Rücken treffen und seinem Leben ein Ende setzen würde.

Ihm fiel ein, dass der Schall wahrscheinlich langsamer war als die Kugel und er wohl zuerst den Schuss in seinem Rücken und erst dann den Knall wahrnehmen würde. Aber wenn eine Kugel ihn getroffen hatte, hörte er dann überhaupt noch etwas von dem Schuss? Im nächsten Moment fragte er sich, wie er sich in dieser Situation über solche Dinge Gedanken machen konnte. Verrückt.

Bastian schlug nicht die gleiche Richtung ein wie zuvor. Er lief zum Dorf zurück, und als nach etwa 300 Metern noch immer kein Schuss auf ihn abgefeuert worden war, wurde ihm klar, dass er nicht mehr leben würde, hätte er weiter versucht, vom Dorf wegzukommen.

Sie hatten ihn nicht töten wollen. Noch nicht. Sie wollten ihn nur zurücktreiben. So, wie es früher die Cowboys mit den Rindern gemacht hatten.

Als Bastian die ersten Häuser erreichte, gab er dem Drängen seines überanstrengten Körpers nach und blieb nach Luft japsend stehen. Er beugte sich vornüber und stützte die Hände auf den Oberschenkeln ab. Sein ganzes Bewusstsein war dabei auf die simple Formel von Ein- und Ausatmen reduziert.

Er musste krampfartig husten, spuckte einen schleimigen Klumpen aus, räusperte sich, atmete. Atmete.

Wie lange er so gestanden hatte, bis sein Denken wieder einsetzte, konnte er nicht abschätzen. Seine in der Gier nach Sauerstoff verkrampfte Lunge hatte sich wieder etwas entspannt, und er wagte es, sich aufzurichten. Er drehte sich um, sah in die Richtung, aus der er gerade gekommen war. Niemand zu sehen, der ihn verfolgte.

Als er die ersten Schritte unternahm, überlegte er, wohin er nun gehen sollte, und kam zu der bitteren Erkenntnis, dass er zu niemandem konnte außer zu Mia. Den vergangenen Abend in Franziskas Haus, das in Wirklichkeit das Haus ihrer seit langem toten Mutter war, seine Unterhaltung mit dieser toten Mutter, die genauso ausgesehen hatte wie auf dem fünfundzwanzig Jahre alten Foto, den Einbruchsversuch in sein Zimmer in der Nacht – all das blendete Bastian vollständig aus, weil er seinen Verstand davor bewahren musste, Schaden zu nehmen.

Er würde zu Mia zurückgehen und sie bitten, ihm alles zu sagen, was sie wusste. Über die Zeit damals und über das, was gerade passierte. Ob sie ihm die Wahrheit sagte, konnte er nicht wissen, aber zumindest hatte sie bisher nicht versucht, ihn umzubringen.

Es fiel Bastian schwer, sich wieder in Bewegung zu setzen. Seine Lunge brannte noch immer, die Füße hoben sich nur schwer vom Boden. Er war vielleicht fünfzig Meter weit gekommen, als er neben sich eine Stimme hörte.

# 20

Erst glaubte Bastian, sich verhört zu haben, zu sehr war er noch damit beschäftigt, seinen ausgelaugten Körper zum Weitergehen zu zwingen, doch dann machte es neben ihm deutlich hörbar: »Pssst.«

Er blieb stehen, wandte sich nach links, von wo das Geräusch gekommen war. Sein Blick tastete über die Fassade des halbverfallenen Hauses. Zwei glaslose Fenster starrten ihn an wie die Augen eines Toten, die Tür dazwischen hing schief in den Angeln, das Dach war bis auf wenige morsche Balken eingestürzt.

»Kommen Sie, ich muss mit Ihnen reden«, die männliche Stimme kam aus dem Haus. Bastian machte reflexartig zwei Schritte zurück.

»Nein, nicht weggehen. Ich will Ihnen helfen.«

»Wer sind Sie?« Bastian schaffte es, so laut zu sprechen, dass der Mann ihn hören musste.

»Leise! Wenn einer von denen Sie hört, sind wir beide geliefert. Nun kommen Sie schon, ich erkläre es Ihnen.«

In Bastian entbrannte ein erbitterter Kampf. Eine Stimme in seinem Kopf schrie ihn an, er solle sofort die Beine in die Hand nehmen und verschwinden. Eine andere, ruhigere, riet ihm, sich den Kerl zumindest mal anzusehen. Seine Situation war so verworren und ausweglos, dass es nicht mehr viel schlimmer werden konnte. Und Hilfe würde er weiß Gott gut brauchen können.

Er versicherte sich nach beiden Seiten, dass niemand

ihn beobachtete, und ging mit vorsichtigen Schritten auf die schiefe Haustür zu.

»Gehen Sie rechts am Haus vorbei in den Garten«, flüsterte die Stimme. Sie war nun dicht vor ihm. »Dort nehmen Sie die Hintertür. Aber Vorsicht, Sie sehen ja, in welchem Zustand das Haus ist.«

Bastian wandte sich nach rechts zu dem etwa eineinhalb Meter schmalen Durchgang zwischen der Ruine und dem nächsten Haus. Vorsichtig ging er über mit Unkraut und Moos bewachsene Sandsteinplatten bis zum verwahrlosten Garten. Die ehemalige Terrassentür lag zwei Meter neben dem Hintereingang auf dem Boden. Der Rahmen war gebrochen, spitze Holzsplitter stachen daraus hervor.

Bastian betrat das Haus, und während er vorsichtig über zerbrochene Ziegel, Steine und zersplitterte Holzbalken des eingestürzten Daches kletterte, überlegte er, dass es in zweierlei Hinsicht gefährlich war, was er tat. So, wie es aussah, konnte der restliche Teil des Daches jederzeit runterkommen. Außerdem wusste er nicht, wer der Kerl war, zu dem er sich gerade durchkämpfte. Er würde keine Möglichkeit haben, schnell aus dem Haus zu verschwinden, falls es nötig wäre.

»Seien Sie vorsichtig, ich habe mir eben schon das Schienbein gestoßen.« Der Mann stand am Durchgang zu einem der vorderen Zimmer. Er trug einen Dreitagebart, seine blonden Haare fielen bis fast auf die Schultern. Er war sehr schlank und etwas kleiner als Bastian, der stehen blieb und den Mann von oben bis unten musterte. Er schätzte ihn auf Ende dreißig.

»Wer sind Sie?«

»Sie sind in Gefahr«, wich der Blonde aus.

»Ja, das Gefühl hatte ich auch schon. Man hat gerade

auf mich geschossen. Aber das beantwortet nicht meine Frage.«

Der Mann betrachtete Bastian, als überlege er, ob er ihm trauen konnte. Schließlich nickte er und sagte leise:

»Mein Name ist Stefan. Sie sind wegen der jungen Frau hier, richtig? Anna.«

»Ja«, antwortete Bastian schnell. »Was wissen Sie über sie? Geht es ihr gut?«

»Soweit ich weiß, lebt sie zumindest noch. Und Ihr Freund auch, denke ich.«

»Safi? Woher wissen Sie von ihm? Und wer sind Sie? Gehören Sie zu denen? Wenn Sie mir was erzählen wollen, dann tun Sie es endlich, verdammt nochmal.«

»Ich bin auf Ihrer Seite, glauben Sie mir. Ich habe gesehen, wie Sie aus dem Dorf gelaufen sind. Und dann sind ein paar von denen mit Cross-Maschinen losgefahren. Sie hatten Gewehre dabei. Da war mir klar, dass Sie bald wieder hier auftauchen würden. Ich habe auf Sie gewartet.«

»Na wunderbar! Jetzt sagen Sie mir endlich, was Sie von mir wollen!«

Der Mann kletterte über ein paar Steine und einen Balken und stand nun unmittelbar vor Bastian. »Vor einigen Wochen tauchten diese Kerle bei uns auf. Ein paar von ihnen stammen sogar von hier. Jedenfalls sind sie in einige der leerstehenden Häuser eingezogen. Seitdem verschwinden sie häufig in der großen Scheune. Meist nachts. Früher haben sie dort schwarze Messen abgehalten. Sie entführten Kinder aus dem Dorf, als Druckmittel, damit die Bewohner den Mund hielten. Das war eine furchtbare Zeit, die viel Leid über die Menschen im Dorf gebracht hat. Es sieht so aus, als wollten sie das jetzt wiederholen.«

Zumindest war das die gleiche Geschichte, die Mia ihm erzählt hatte. »Ja, ich habe davon gehört.«

»Von Mia, stimmt's?«

»Ja.«

»Sie können ihr vertrauen. Mia hat das damals auch miterlebt, sie weiß genau, wovon sie redet.«

Bastian nicke ungeduldig. »Ja, ich weiß. Aber was wissen Sie über Anna und Safi?«

»Was mit Ihrem Freund ist, kann ich Ihnen nicht mit Sicherheit sagen. Ich weiß nur, dass die ihn geschnappt haben. Das ganze Dorf weiß das.«

»Ach ja?«, brauste Bastian auf. »Und keiner unternimmt etwas dagegen? Was sind das denn für Feiglinge hier? Das ist doch zum Kotzen.«

»Bitte, bleiben Sie ruhig, und seien Sie vor allem leise.« Stefan wartete ein paar Sekunden, in denen er zu lauschen schien, ob irgendwo Schritte zu hören waren.

»Sie verstehen das nicht. Die Menschen hier sind meist auf sich alleine gestellt. Sie haben große Angst, dass wieder so etwas passiert wie damals. Sie wissen schon, mit den Kindern. Die junge Frau und Ihr Freund sind Fremde, verstehen Sie? Niemand hier wird sich und seine Familie oder sogar das ganze Dorf in Gefahr bringen, um einem Fremden zu helfen. Das klingt für Sie vielleicht feige, aber Sie leben auch nicht hier.«

»Ja, stimmt. Es klingt für mich feige. Und Gott sei Dank lebe ich nicht hier.« Bastian machte keinen Hehl aus seiner Wut. »Immerhin geht es hier um das Leben von zwei Menschen. Was ist mit Anna? Was wissen Sie über sie?«

Der blonde Mann senkte den Blick. »Ich bin nicht sicher, aber ich glaube, sie wollen sie ...« Seine Augen richteten sich wieder auf Bastian. »Ich befürchte, sie werden sie töten.«

Bastian gefror das Blut in den Adern. »Woher wissen Sie das? Woher wissen Sie überhaupt so viel? Sie müssen doch irgendwas mit diesen Kerlen zu tun haben.«

»Ja, das habe ich. Aber anders, als Sie denken.«

»Aha. Das heißt was?«

»Ich habe das damals am eigenen Leib miterlebt.«

Bastian rechnete kurz nach. »Da müssen Sie selbst noch ein Kind gewesen sein. Moment mal … waren Sie etwa eins der entführten Kinder? So wie Franziska?«

Der Mann blieb ihm die Antwort darauf schuldig, aber Bastian sah, dass seine Augen feucht glänzten.

»Ihr Name ist Thanner, nicht war?«

»Ja. Woher wissen Sie das?«

»Es spricht sich alles schnell herum in einem Dorf wie Kissach. Vor allem Ihr Name. Die wissen auch, wer Sie sind.«

»Auch wenn die meinen Namen kennen, was macht das für einen Unterschied?«

»Es macht einen Unterschied, glauben Sie mir. Mia wird Ihnen diesen Unterschied erklären können. Ich habe beobachtet, dass sie Vorbereitungen in der Scheune treffen. Es kann nicht mehr lange dauern, dann werden sie nach all den Jahren wieder eine schwarze Messe im Dorf abhalten. Und dann wird alles von vorne losgehen.«

Mit einer vorsichtigen Bewegung legte der blonde Mann Bastian eine Hand auf die Schulter. Seine Stimme klang mitfühlend. »Ich glaube, Ihre Anna soll das erste Opfer werden. Sie sind zwangsläufig das nächste. Die können Sie nicht mehr aus dem Dorf herauslassen. Aber ich werde versuchen, Ihnen zu helfen. Ob es mir gelingt, weiß ich nicht.«

Hörte dieser Albtraum denn nie auf? »Verdammt nochmal, wie oft soll ich Sie denn noch fragen, woher Sie das alles wissen und wer Sie sind? Und was ist mit der Polizei? Warum zum Teufel ruft niemand in diesem Kaff die Polizei, wenn alle so genau wissen, was hier läuft? Mein Gott, wir leben doch nicht mehr im Mittelalter.«

»Was soll die Polizei denn tun?«

»Na, zum Beispiel Anna befreien und Safi.«

»Zwei Fremde, die irgendwo versteckt sein können. Die Polizisten würden keinen einzigen Hinweis finden. Und wenn sie wieder verschwinden, sind die Dorfbewohner allein mit diesen Kerlen, die zu allem imstande sind. Glauben Sie mir, die Polizei kann hier nichts ausrichten, dazu sind die zu schlau. Und zu brutal.«

»Und was ist mit der Scheune? Sie sagten doch, sie treffen Vorbereitungen in der Scheune. Das würden die Polizisten doch auch sehen.«

»Vielleicht richten sie sie für eine Feier her?«

»Gott … Und warum ausgerechnet Anna?«

»Fragen Sie Mia. Sie wird es Ihnen sagen.« Damit wandte der blonde Mann sich ab und kletterte an Bastian vorbei über die Trümmer nach draußen.

Es war also kein Zufall gewesen. Es gab einen Grund, warum Anna entführt worden war.

Ja, Bastian würde Mia fragen.

Er wusste nicht, warum, aber er fürchtete sich vor der Antwort.

## Entwurf
## Tag 28

*Heute Abend ist es so weit. Ich soll IHN kennenlernen.*

*Endlich habe ich mein wichtigstes Ziel erreicht.*

*Ich werde heute Abend der beste Schauspieler sein müssen, um ihn zu überzeugen, dass ich unbedingt Mitglied seiner Sekte werden will. Und selbst dann ist es fraglich, ob ich den Abend überlebe.*

*Sie sagten, ich solle in meinem Zimmer warten, bis sie mich holen kommen. Ich werde versuchen, mich über den Tag auf dieses Treffen vorzubereiten. Es darf mir kein einziger Fehler unterlaufen, denn es würde mein letzter sein.*

*Könnte ich doch nur ein Diktiergerät mitnehmen und unser Gespräch aufzeichnen. Oder eine Minikamera. Aber das geht nicht, denn sie werden mich mit Sicherheit penibel durchsuchen, bevor sie mich zu ihm bringen. Ich muss mich also auf mein Gedächtnis verlassen, wenn es darum geht, ihn und das, was er sagt, zu beschreiben. Und auch, wenn es in der Zukunft zu einer Gegenüberstellung kommt. Wenn ich ihm gegenübergestanden, wenn ich mit ihm geredet habe, werde ich genügend Material zusammengetragen haben, um diese Sekte auffliegen zu lassen.*

*Ich hoffe inständig, man wird mir verzeihen, wessen ich mich schuldig gemacht habe, weil ich nicht sofort versucht habe, diesen Menschen zu retten, auch wenn es mein sicherer Tod gewesen wäre.*

*Ich hoffe inständig, ich werde heute Abend weiterschreiben können, bevor ich versuchen werde zu fliehen.*

*Ich hoffe inständig, ich werde diesen Abend überleben.*

# 21

Bastian wartete noch einen Moment, bevor auch er das Haus verließ. Sollte er draußen auf jemanden treffen, war es sicher besser, wenn er nicht mit diesem Stefan zusammen gesehen wurde.

Vor dem Haus sah er sich nach allen Seiten um, konnte aber niemanden entdecken. Zum wiederholten Mal fragte er sich, wie es sein konnte, dass man in diesem Kaff so gut wie nie einen Menschen im Freien antraf. Saß die Angst vor den Kerlen nach all den Jahren wieder so tief, dass die Dorfbewohner sich nicht einmal mehr aus dem Haus wagten?

Als solle er postwendend vom Gegenteil überzeugt werden, begegneten ihm auf dem Weg zu Mias Haus auf der anderen Straßenseite ein Mann und eine Frau. Sie starrten ihn stumm an, bis sie an ihm vorbeigegangen waren. Bastian unternahm gar nicht erst den Versuch, mit ihnen zu reden.

Er dachte darüber nach, wer dieser Stefan wohl war und warum er ihm das alles gesagt hatte. Wo doch angeblich alle Dorfbewohner so große Angst hatten, Fremden zu helfen. Er hoffte, Mia würde ihm eine Erklärung dafür geben können. Je näher er ihrem Haus kam, umso mehr kreisten seine Gedanken wieder um die Situation, vor der er geflüchtet war. Franziska. Franziskas Mutter. Was war mit ihm los? Er war fest davon überzeugt, in diesem Haus gewesen zu sein und mit Franziska geredet zu haben. Und dann stellte sich heraus, dass das Haus unbewohnt war, dass es früher Franziskas Mutter gehört hatte, die aber seit langem tot war. Und dass Franziska gar nicht Franziska gewesen war, sondern ihre tote Mutter. So, wie sie vor zwei Jahrzehnten ausgesehen hatte. Es war zum Verrücktwerden. Hatte er Halluzinationen gehabt? Woher aber hatte er dann gewusst, wie Franziskas Mutter damals ausgesehen hatte? Das konnte er nicht wissen. Wie aber konnte er sie dann auf dem Foto wiedererkennen? Also hatte er mit dieser Frau gesprochen. Oder er glaubte nur, sie wiederzuerkennen. Es war tatsächlich zum Durchdrehen.

Und dann war da ja auch jemand, der in der Nacht versucht hatte, in sein Zimmer zu kommen. Die Türklinke, die sich bewegt hatte. Die davoneilenden Schritte, der zugespitzte Schraubenzieher in seiner Nachttischschublade, der plötzlich verschwunden war. Mia, die behauptet hatte, es könne unmöglich jemand im Haus gewesen sein.

Sollte Mia ihre Finger im Spiel haben? Aber warum? Warum sollte sie so tun, als wolle sie ihm helfen, um ihm dann weiszumachen, er habe Wahnvorstellungen. Und was war mit den anderen? Franziska, ihr Mann? Spielten sie alle mit bei diesem Spiel? Wie wahrscheinlich war das? Der Weg vor Bastian schien ein wenig zu schaukeln. Er spürte einen dumpfen Druck im Kopf und schüttelte ihn zwei-, dreimal, um ihn zu vertreiben. Was war nur mit ihm los? Lag es an der außergewöhnlichen Situation, in der er sich befand? Schufen sich der Stress und die Angst um Anna und Safi und letztendlich auch um sein eigenes Leben auf diese Art ein Ventil?

Fast wäre Bastian an Mias Haus vorbeigelaufen. Er ging zur Haustür und wunderte sich, dass er, ohne nachzudenken, den richtigen Weg gewählt hatte.

Es dauerte nur wenige Sekunden, bis die Tür sich auf sein Klingeln hin öffnete und Mia ihn ernst ansah.

»Da sind Sie ja wieder. Ich habe mir schon Sorgen gemacht. Kommen Sie rein, bitte.«

Bastian folgte ihr ins Wohnzimmer und ließ sich dort unaufgefordert auf einen Sessel fallen.

»Warten Sie. Ich habe mir eben einen köstlichen Tee gemacht. Der wird Ihnen auch guttun.«

Ohne ihm die Chance zu einer Antwort zu geben, verschwand sie aus dem Zimmer und kehrte nach kurzer Zeit mit einer dampfenden Tasse wieder zurück, die sie vorsichtig vor ihm abstellte. »Trinken Sie, solange er noch heiß ist. Der ist nicht nur lecker, sondern auch sehr gesund.«

Mia ging um den Tisch herum und setzte sich ihm schräg gegenüber, während Bastian nach der Tasse griff und einen Schluck probierte. Sie hatte recht, der Tee war wirklich lecker und leicht süß.

Sie wartete, bis er einen weiteren Schluck genommen und die Tasse wieder abgestellt hatte. »Was war denn vorhin nur mit Ihnen los? Sie waren ja vollkommen verwirrt.«

»Ja, und das bin ich immer noch. Man hat gerade mehrfach auf mich geschossen.«

Mias Augen wurden groß. »Was?«

»Ich bin aus dem Dorf gelaufen. Ich war so durcheinander, dass ich nur noch wegwollte, weg von hier. Bis zum Waldrand bin ich gekommen, dann haben diese Kerle von allen Seiten auf mich geschossen.«

Mia beugte sich nach vorne, musterte ihn von oben bis unten, soweit sie ihn sehen konnte. »Sind Sie verletzt?«

»Nein.«

»Die wollten Sie daran hindern, das Dorf zu verlassen.«

»Ja. Das hat dieser Stefan auch gesagt. Es ist ihnen ja auch gelungen.«

Mia zuckte zusammen. »Stefan?«

»Ja, Stefan. Wissen Sie, wer das ist?«

Ein ungläubiger Ausdruck legte sich auf Mias Gesicht. »Nein, ich … ich kenne nur einen Stefan. Ich habe Ihnen doch von ihm erzählt. Er war damals …«

»Nein, jetzt, heute und hier. Ein Mann aus dem Dorf. Ende dreißig vielleicht. Etwas kleiner als ich, blonde, längere Haare. Trägt einen Dreitagebart. Er tat so, als ob er Sie kennt.«

Mias Augen verengten sich zu Schlitzen. »Was soll das, Bastian? Was haben Sie vor? Wollen Sie mich quälen? Warum tun Sie das?«

»Was? Warum tue ich was?«

Sie sah ihm unangenehm lange in die Augen. »Das versuche ich gerade herauszufinden. Wie war das mit Franziskas Mutter?«

»Was hat die jetzt damit zu tun? Es geht um …«

»Sagen Sie mir, Bastian: Glauben Sie wirklich, sich mit Franziskas toter Mutter unterhalten zu haben?«

»Ach verdammt, ich weiß, dass ich mich mit einer Frau unterhalten habe, die so aussieht wie Franziskas tote Mutter.«

Mias Blick verfinsterte sich. »In einem Haus, das unbewohnt ist. Die Frau auf dem Foto *war* Franziskas Mutter. Bastian. Sie bleiben dabei, dass Sie sich mit einer Frau unterhalten haben, die seit rund zwanzig Jahren tot ist?«

»Natürlich ist mir klar, dass das verrückt klingt«, gab Bastian barsch zurück. Sie brauchte ihn nicht zu behandeln, als wäre er ein Schwachkopf. »Aber es muss eine logische Erklärung dafür geben. Hatte Franziskas Mutter vielleicht eine Zwillingsschwester? Oder eine Schwester oder nahe Verwandte, die ihr sehr ähnlich gesehen haben?«

Mia legte die Stirn in Falten, senkte den Blick und schien einen Augenblick nachzudenken, bis sie die Schultern hob. »Nicht dass ich wüsste. Aber selbst wenn – denken Sie nicht, Franziska hätte das dann in Betracht gezogen? Nein, das kann ich mir nicht vorstellen. Ich habe Franziskas Mutter gekannt. Davon hätte ich etwas gewusst.«

Bastian sah den Strohhalm davontreiben, an den er sich klammern wollte.

»Ich war trotz allem geneigt, Ihnen zu glauben, und habe die ganze Zeit versucht, eine vernünftige Erklärung zu finden. Bis gerade.«

Sie stand auf und verließ ohne ein weiteres Wort das Wohnzimmer. Bevor Bastian sich einen Reim darauf machen konnte, war sie auch schon wieder zurück. In der Hand hielt sie einen Bilderrahmen. Sie kam damit zu Bastian und legte ihn vor ihm auf den Tisch. Bastian musste sich ein Stück weit nach vorne beugen, weil das Glas spiegelte, doch dann erkannte er, wer auf diesem Foto abgebildet war. Die langen Haare, der Dreitagebart …

»Ja, genau. Das ist der Mann. Das ist Stefan.«

Eine einzelne Träne löste sich aus Mias Augenwinkel. Bastian konnte nicht anders, als fasziniert zu beobachten, wie sie in einer bogenförmigen Bahn über ihre Wange zum Mundwinkel lief und sich dort einnistete.

»Ja, das ist Stefan. Mein Stefan, der damals spurlos verschwunden ist. Dieses Bild ist ein paar Wochen vor seinem Verschwinden aufgenommen worden. Warum tun Sie mir das an?«

Der letzte Satz war nur noch ein heiseres Flüstern.

»Nein.« Bastian sprang auf, stand nun unmittelbar vor ihr, doch Mia zuckte mit keiner Wimper. »Nein, verdammt nochmal, ich tue Ihnen gar nichts an. Sie sind es doch, die mir etwas antut. Erst die Sache mit Franziska oder ihrer Mutter, und jetzt das hier. Erzählen Sie mir nicht, ich …« Plötzlich fiel Bastian etwas ein. »Woher sollte ich denn wissen, wie Stefan aussieht? Ich habe ihn eben genau so beschrieben, wie er aussieht.« Mit einer ausladenden Bewegung beschrieb seine Hand einen Halbkreis. »Es gibt kein einziges verdammtes Foto in Ihrem Haus. Vielleicht in Ihrem Schlafzimmer, aber ich kann Ihnen versichern, dass ich dort nicht war. Woher also soll ich wissen, wie Ihr Stefan damals ausgesehen hat? Na?«

»Das fragen Sie mich wirklich? Ich verstehe Sie nicht. Was habe ich Ihnen denn getan? Ich wollte Ihnen doch wirklich nur helfen. Ich möchte jetzt nicht mehr mit Ihnen reden. Ich kann nicht. Später vielleicht. Aber jetzt nicht.«

Mit hängenden Schultern wandte Mia sich ab, verließ das Wohnzimmer und schloss leise die Tür hinter sich.

Bastian blieb noch eine Weile stehen, verwirrter als je zuvor. Gedanken schossen ihm durch den Kopf. Er versuchte, sie aufzugreifen, doch bevor er einen Gedanken fertigdenken konnte, wurde er von einem anderen abgelenkt. Er sah sich in Mias kahlem Wohnzimmer um. Die Möbel schienen sich zu drehen. Schwarze Punkte tanzten vor Bastians Augen, während der Puls an seinen Schläfen pochte. Wann hatte er Mia zum ersten Mal gesehen? War es einen oder zwei Tage her? Aber er hatte doch nur einmal … Safi. Anna. Was war mit ihnen? Existierten sie überhaupt? Und wenn, waren sie dann in diesem Dorf?

In dem Bastian sich schon zum zweiten Mal mit jemandem unterhalten hatte, der vor fünfundzwanzig Jahren dort gelebt hatte und schon lange tot war? Griff der Wahnsinn immer schneller und fordernder nach seinem Verstand? Aber wie war das möglich? Er hatte doch bisher ein halbwegs normales Leben geführt. Wenn man vom frühen Tod seiner Eltern absah. Ein Satz fiel Bastian ein, den der ehemalige Chef seines Vaters, Gerhard Vogelbusch, damals zu ihm gesagt hatte, als sie sich über seinen Vater unterhielten: Horst Thanner sei in manchen Dingen sehr eigen gewesen, manchmal schwierig, regelrecht seltsam, aber auch genial.

Manchmal schwierig? Regelrecht seltsam? Hatte er die Veranlagung zur Seltsamkeit von seinem Vater geerbt? Und war sie bei Bastian vielleicht noch viel ausgeprägter, als sie es bei seinem Vater jemals war? So ausgeprägt, dass er Wahnvorstellungen hatte?

Wurde er verrückt? Oder war er es schon?

Der Verzweiflung nahe, verließ auch Bastian das Wohnzimmer. Er musste sich an der Wand abstützen. Ihm war schwindlig, er war müde. Er würde sich ein wenig hinlegen. Danach konnte er vielleicht auch wieder einen klaren Gedanken fassen.

Wie ein Schlafwandler ging er durch den kurzen Flur und öffnete die Tür. Er hatte den ersten Fuß noch nicht in den Raum gesetzt, da hielt er inne und zweifelte endgültig an seinem Verstand.

## *Entwurf*
## *Tag 28*
## *Gegen zwei Uhr*

*Ich habe ihn getroffen. Ich werde das Dorf noch in dieser Nacht verlassen müssen, sofern meine Kraft dazu ausreicht.*

*Die beiden Männer kamen am Abend zu mir nach Hause, so, wie sie es angekündigt hatten. Wir verließen das Haus und schlugen den Weg zur Scheune ein. Mit jedem Schritt, den wir dem dunklen Gebäude näher kamen, wuchs meine Angst davor, was ich zu erwarten hatte.*

*Wir passierten den bewachten Eingang und durchquerten die ganze Scheune. Durch eine Tür in der Rückwand verließen wir sie wieder und standen auf einem rundum eingezäunten Platz, auf dem zwölf seltsame Stühle im Kreis standen. Nun sollte ich den Sinn dieses Platzes kennenlernen.*

*Anders, als ich gehofft habe, weiß ich noch immer nicht, wer ER ist, denn auch bei diesem Treffen trug er Maske und Umhang. Und er war nicht allein. Auf den zwölf Stühlen saßen Männer, die ebenfalls Masken trugen. Er thronte über allen in der Mitte.*

*Als ich aus der Scheune ins Freie trat und dieses Bild vor Augen hatte, umklammerte eine eiserne Hand mein Herz, denn ich musste damit rechnen, nun einer weiteren Zeremonie beizuwohnen, dieses Mal allerdings nicht als Gast, sondern als Opfer.*

*Doch dem war nicht so. Er deutete mir wortlos an, in den Kreis zu treten, was ich auch tat. Ich stand, von zwölf Augenpaaren beobachtet, nur einen Meter entfernt von ihm und sah auf die dunklen*

*Löcher in der goldfarbenen Maske, hinter der sich seine Augen nur vermuten ließen.*

*Als er seine Stimme erhob, erzitterte mein ganzer Körper.*

*Ich sei von ihm und dem anwesenden Rat dazu auserkoren worden, ein vollwertiges Mitglied ihrer Gemeinschaft zu werden, erklärte er mir in langsam und deutlich gesprochenen Worten. Die Vorschriften verlangten, dass ich selbst am morgigen Abend eine Zeremonie des Schmerzes durchführe. Ich sollte mich zurückziehen und mich in den kommenden vierundzwanzig Stunden auf meine Aufgabe vorbereiten.*

*Er erwartet also von mir, einen Menschen auf ebenso bestialische Weise zu töten, wie er es vor meinen Augen getan hat. Mir bleibt nichts, als alles abzubrechen und zu fliehen.*

*Ich weiß nicht, was diese Teufel den Kindern antun werden, wenn sie meine Flucht bemerken. Es muss mir gelingen, rechtzeitig die Polizei zu benachrichtigen. Gott sei den Seelen der armen Kinder gnädig.*

# 22

Bastians Blick war starr auf das Regal gerichtet, das neben dem schiefen Kleiderschrank stand. Die Porzellanpuppe auf dem obersten Brett starrte ihn mit den runden, hellblauen Augen ihres weißen Porzellanpuppengesichts an. Bastian wusste genau, bis auf die Puppe war das Regal leer gewesen, als er das Zimmer verlassen hatte. Nun standen Bilderrahmen darauf, mit Fotos verschiedener Menschen. Bastian machte ein paar vorsichtige Schritte, stand dann in der Mitte des Zimmers und starrte unentwegt auf die Bilderrahmen.

Da war Franziska, die auf dem Foto ein wenig jünger und schlanker aussah, als sie mittlerweile war. Sie saß auf einem Mäuerchen und blickte traurig in die Kamera. Dann ein paar Männer und Frauen, die Bastian nicht kannte. Daneben zwei Fotos von der Frau, die Bastian für Franziska gehalten hatte, die aber anscheinend ihre Mutter war. Es musste am gleichen Tag aufgenommen worden sein wie das in Franziskas Esszimmer. Sie hatte die gleiche Frisur und trug das gleiche geblümte Kleid. Das hatte sie auch getragen, als Bastian sich mit ihr unterhalten hatte.

Darunter gab es eine ganze Reihe Fotos von dem Mann, den Bastian eine halbe Stunde zuvor getroffen hatte. Oder dachte, getroffen zu haben. Eines der Fotos schien eine Signatur zu haben, die Bastian von seinem Standort aus allerdings nicht lesen konnte. Er ging noch näher an das Regal heran, an diese Abbilder überwiegend toter Menschen, von denen er sich einbildete, schon zwei getroffen zu haben. Der Mann auf diesem Foto sah exakt genauso aus, wie Bastian ihn kurz zuvor noch gesehen hatte. Die handschriftliche Widmung lautete:

*Für meine Mia!*
*In Liebe*
*Stefan*

Bastian nahm das Foto in die Hand, las die Widmung wieder und wieder, studierte das Gesicht. Ihm wurde erst bewusst, dass er sich auf die weiche Matratze gesetzt hatte, als er so tief einsank, dass er nach hinten zu kippen drohte. Er stützte sich mit einer Hand ab und betrachtete das Foto erneut.

Seine Gedanken machten Sprünge, ihm kamen die Angaben in den Sinn, die er der Polizei zu Anna gemacht hatte, und er dachte daran, dass nichts davon überprüfbar gewesen war. Der Polizist am Telefon hatte es ihm deutlich gesagt.

Vielleicht hatte Anna ihm diese Dinge gar nicht erzählt. Oder nicht so. Wahrscheinlich hatte er sich zumindest Teile davon selbst ausgedacht.

Bastian drückte sich mühsam aus der Matratzenkuhle heraus und nach vorne, bis er auf dem Rand des Betts saß. Seine Hand streckte sich aus, als führe sie ein Eigenleben, umschloss den Knauf in der Mitte der Nachttischschublade und zog daran. Als sich die Schublade öffnete, hörte Bastian, wie etwas gegen die Rückwand schlug. Im nächsten Augenblick sah er, was es war.

Ein Schraubenzieher. Das Ende des Metallstücks war spitz zugeschliffen.

Bastian stöhnte auf. Er starrte auf das Werkzeug, die Umgebung verschwamm zu einem dunklen Nichts. Der Schraubenzieher schien zu wachsen, immer näher kam er auf Bastian zu. Die Dunkelheit griff nach Bastians Bewusstsein und zog es hinab in einen kalten See.

Als Bastian die Augen wieder aufschlug, wähnte er sich im ersten Moment zu Hause in seinem Schlafzimmer. Wie so oft beim Aufwachen lag er auf dem Rücken und versuchte, sich den Schlaf aus den Augen zu blinzeln. Plötzlich erkannte er jedoch, dass das dort über ihm nicht die Decke seines Schlafzimmers war. Im nächsten Moment kehrte die Erinnerung mit brutaler Gewalt zurück. Er fuhr auf und stieß einen Schrei aus. Auf seiner Bettkante saß ein älterer Mann mit weißem Vollbart. Er sah ihn sorgenvoll an.

»Das ist Dr. Drees«, erklärte eine bekannte weibliche Stimme von der anderen Seite des Betts. Bastians Kopf fuhr herum. Mia.

»Er praktiziert zwar nicht mehr, aber das ändert ja nichts daran, dass er Arzt ist.«

»Aber …«, machte Bastian, dann erinnerte er sich an die letzten Minuten, bevor er eingeschlafen oder besinnungslos geworden war. Das Regal. Die Fotos. Sein Blick hastete herüber und erfasste die gleichen Bilderrahmen mit den gleichen Fotos. Nur dieses eine fehlte. Das mit der Widmung. Er erinnerte sich, dass er es aus dem Regal herausgenommen hatte. Aber …

Mia musste seinen suchenden Blick bemerkt haben. »Das Foto ist Ihnen aus der Hand gefallen«, erklärte sie. »Das Glas ist leider zerbrochen, aber das kann man ersetzen.«

Es war also tatsächlich wahr.

Bastian dachte an den Schraubenzieher, wagte es aber nicht, in der Schublade nachzusehen. »Mir wurde plötzlich schwarz vor Augen«, erklärte er und sah dabei von Mia zu Dr. Drees. Mia nickte. »Ja, und Sie hatten großes Glück, dass Sie neben dem Bett standen oder sogar darauf saßen. Ich hatte gesehen, dass Ihre Zimmertür offen stand. Als ich sie schließen wollte, entdeckte ich Sie schräg auf dem Bett liegend. Ihr Oberkörper hing so über die Bettkante hinaus, dass Ihnen das Blut in den Kopf schießen musste. Ich habe versucht, Sie ganz aufs Bett zu ziehen, aber Sie waren zu schwer für mich. Dann habe ich versucht, Sie zu wecken, und als mir das auch nicht gelang, habe ich Dr. Drees gerufen. Er wohnt direkt nebenan.«

Dr. Drees fasste das offensichtlich als sein Stichwort auf, denn er übernahm. »Mia hat mir eben erzählt, was seit gestern geschehen ist. Hatten Sie früher schon einmal solche Erlebnisse?«

Die Faust im Magen, da war sie wieder. Und mit ihr kam die elementare Angst davor, den Verstand zu verlieren. »Welche Erlebnisse meinen Sie?«

Dr. Drees wackelte mit dem Kopf »Nennen wir es seltsame Wahrnehmungen. Oder Halluzinationen. Haben Sie früher schon mal geglaubt, sich mit jemandem unterhalten zu haben, der aber schon tot war? Oder nicht existierte?«

»Nein, ich …« Bastian dachte angestrengt nach. Er war immer noch vollkommen verwirrt. Oder schon wieder? Hatte er …?

Wie war das damals gewesen in dem Heim? Ein paar der anderen Jungs hatten ihn damit aufgezogen, dass er nachts manchmal mit seinem Vater redete. Mit seinem toten Vater. Er konnte sich nicht mehr daran erinnern, ob das stimmte oder nicht, wusste nur noch von den Hänseleien und wie schlimm das für ihn gewesen war. Also hatte er. Waren das damals die ersten Anzeichen für den beginnenden Wahnsinn gewesen? Er wurde sich wieder bewusst, dass Drees ihn noch immer fragend ansah. Nein, davon würde er dem Alten sicher nichts erzählen.

»Nein, nicht, dass ich wüsste. Und ich bin mir immer noch sicher …«

»Herr Thanner, unser Gehirn ist manchmal zu ganz unglaublichen Dingen fähig. Nicht immer sehen wir diese Dinge als vorteilhaft an, aber letztendlich dienen sie dem Schutz unseres Verstands. Sie stehen im Moment unter starkem psychischen Druck und suchen fieberhaft nach einer Lösung. Ich denke, Sie haben gestern beim Einschlafen auf diese Fotos geschaut, und sich dabei Gerdas Bild eingeprägt. Als Sie …«

»Gerda?«, unterbrach Bastian ihn.

Dr. Drees nickte. »Franziskas Mutter. Was ich sagen wollte: Sie wünschten sich wahrscheinlich so sehr Hilfe bei der Suche nach Ihrer Freundin, dass sie den Besuch gestern Abend geträumt haben. So realitätsnah, dass Sie glaubten, es wirklich erlebt zu haben. Und mit Stefan wird es ähnlich gewesen sein. Mia sagte, man hat auf Sie geschossen. So ein extremes Angsterlebnis kann die verschiedensten Dinge in uns auslösen. Sagten Sie nicht, Stefan wollte Ihnen in Ihrer Vorstellung helfen? Sehen Sie, da haben wir sie wieder, die verzweifelte Suche nach Hilfe. Ihr Gehirn hat Ihnen die Option geboten, dass nicht alles hoffnungslos ist, als Ihre Angst am größten war. Das passende Gesicht dazu lieferte Ihnen wieder die Erinnerung an diese Fotos.«

»Und Sie wollen mir weismachen, dass das normal ist?«

»Nein, das möchte ich nicht. Ganz im Gegenteil würde ich dieses massive Auftreten der Symptome durchaus als sehr bedenklich einstufen. Aber das, was ich Ihnen gesagt habe, ist die medizinische Erklärung dafür.«

# 23

Drees beugte sich ein wenig zu ihm herüber und legte ihm die Hand auf den Unterarm. Bastian war versucht, den Arm wegzuziehen, überwand sich aber und ließ ihn liegen.

»Wichtig ist, dass Ihnen jetzt, wo Sie wieder klar denken können, bewusst ist, dass diese Begegnungen und Gespräche nur in Ihrer Phantasie stattgefunden haben.«

Als Bastian nicht reagierte, hakte der Arzt nach. »Das ist Ihnen doch bewusst, nicht wahr?«

Bastian dachte einen Augenblick nach, bevor er nickte und leise sagte: »Ja, ich denke, das ist mir bewusst.«

Aber das war nicht die Wahrheit. In seinem Innersten glaubte er noch immer, diese Begegnungen gehabt zu haben. Und wieder brach die nie zuvor gekannte Angst über ihn herein, den Verstand zu verlieren.

Dr. Drees verabschiedete sich und empfahl Bastian, noch eine Weile im Bett zu bleiben und einen Psychiater aufzusuchen, sobald er wieder zu Hause war. Zu Hause …

Kaum hatte Mia mit dem Arzt das Zimmer verlassen, stand Bastian auf. Er konnte nicht im Bett liegen bleiben. Er musste etwas unternehmen, musste Anna suchen und Safi, bevor er vollkommen den Verstand verlor.

Als Mia zurückkam, blieb sie an den Türrahmen gelehnt stehen, die Hände hinter dem Rücken.

»Es tut mir leid, dass ich Sie vorhin so abgekanzelt habe. Aber es war schlimm für mich, was Sie da erzählt haben. Ich war in dem Moment so mit mir selbst beschäftigt, dass ich nicht berücksichtigt habe, dass Sie das nicht mit Absicht tun. Ich weiß ja, für Sie ist es auch nicht einfach.«

Ja, da hatte sie recht. Es war alles andere als einfach.

Die letzten Sekunden, bevor ihm schwarz vor Augen geworden war, fielen Bastian wieder ein. Er machte zwei Schritte zum Nachttisch und zog die Schublade auf. Sie war leer. Natürlich.

Er bückte sich, tastete mit der Hand darin herum und richtete sich wieder auf.

»Was ist?«, wollte Mia wissen.

»Der Schraubenzieher. Ich … ich dachte, er hätte eben wieder in der Schublade gelegen.«

Mia stieß sich vom Türrahmen ab und kam langsam auf ihn zu.

Dicht vor ihm blieb sie stehen, warf einen Seitenblick auf den Nachttisch mit der offenen Schublade, sah ihn wieder an.

»Ich weiß nicht, was ich dazu noch sagen soll.«

Bastian hatte mit nichts anderem gerechnet. »Ja, was sollen Sie dazu sagen. Wie wäre es zum Beispiel mit: Ich habe den Schraubenzieher aus der Schublade genommen?«

»Und wieder hineingelegt, um ihn anschließend ein weiteres Mal herauszunehmen? Das muss doch für Sie selbst unsinnig klingen.«

»Warum hat dieser … nein, warten Sie, bleiben wir doch mal dabei, dass ich Wahnvorstellungen hatte. Was denken Sie, warum meine Stefan-Halluzination mir gesagt hat, ich solle Sie fragen, warum ausgerechnet Anna entführt worden ist?«

Mia hob die Schultern. »Ich weiß es nicht. Ich bin keine Psychologin.«

»Aber ist das nicht seltsam? Damit sorgt doch die Wahnvorstellung selbst dafür, dass sie als solche auffliegt. Nämlich spätestens dann, wenn ich Ihnen tatsächlich diese Frage stelle.«

»Ich weiß wirklich nicht, nach welchen Gesetzen Wahnvorstellungen funktionieren. Oder wie immer Sie das auch nennen möchten. Ich weiß nur, dass wir hier allesamt in einer sehr schwierigen Situation stecken und dass einige der Dinge, die Sie erlebt zu haben glauben, einfach unmöglich sind. Aber ich denke, es ist an der Zeit, Ihnen etwas zu zeigen. Etwas, das ich Ihnen vielleicht schon gestern hätte zeigen sollen. Eventuell hat es tatsächlich etwas mit Ihnen zu tun und erklärt Ihre Anwesenheit hier.«

Mia verließ den Raum und kehrte nach etwa zwei Minuten wieder zurück. In der Hand hielt sie ein Buch im A5-Format. Es schien sich um ein Notizbuch zu handeln und sah recht abgegriffen und alt aus.

Bastian rechnete damit, dass sie es ihm geben würde, doch das tat sie zumindest in diesem Moment noch nicht. Sie blieb in einiger Entfernung vor ihm stehen und drückte das Buch mit beiden Händen gegen ihren Bauch, als müsse sie es beschützen.

»Ich habe es unter einer lockeren Bodendiele meines Schlafzimmers gefunden, über die ich gestolpert bin. Das war kurz nachdem der Mann damals plötzlich verschwunden war. Es gehörte ihm, da gibt es keinen Zweifel. Er hat über seine Anwesenheit hier Tagebuch geführt.

Ich habe es ganz gelesen, und was dort steht, ist das Schlimmste, das ich jemals gelesen habe. Für mich ist es unvorstellbar, was dieser Mann miterlebt hat.

Das Buch war viel dicker, als ich es gefunden habe, aber ich habe damals alle Seiten herausgerissen, in denen Namen von Dorfbewohnern auftauchten. Und die, in denen Dinge beschrieben wurden, die so schrecklich waren, dass ich diese Beschreibungen verbrennen musste, sonst hätte ich keinen Seelenfrieden mehr gefunden. Vielleicht war das ein Fehler. Vielleicht fehlen nun wichtige Details, aber ich kann es nicht mehr ändern. Das, was dort stand, war einfach unerträglich.

Nehmen Sie es, lesen Sie es. Dann unterhalten wir uns wieder. Sie werden dann auch verstehen, warum ich es für möglich halte, dass der Mann ein Detektiv war.«

Endlich hielt sie Bastian das Buch hin. Als er es in den Händen hielt, verließ Mia sein Zimmer und schloss die Tür hinter sich.

Bastian betrachtete den abgenutzten Einband, während er zum Sessel neben dem Bett ging und sich setzte.

Als er das Buch aufschlug, sah er die übriggebliebenen Fransen mehrerer herausgerissener Seiten.

Die erste noch verbliebene Seite war eng von Hand in einer Art beschrieben, die an ein Tagebuch erinnerte. Bastian lehnte sich zurück und las:

***Entwurf***
***Tag 12***

*Ich bin nun schon seit fast zwei Wochen in diesem Dorf, das so gänzlich anders ist als alles, was ich bisher an menschlichem Zusammenleben gesehen habe. Es scheint mir, als hätte ich keine Reise über 200 Kilometer gemacht, sondern eine Reise in die Vergangenheit, 200 Jahre zurück …*

Schon beim Lesen der ersten Seite beschlich Bastian ein seltsames Gefühl. Die handgeschriebenen Worte schienen sich regelrecht in seinen Kopf zu saugen und übten eine unerklärliche Anziehungskraft auf ihn aus, obwohl er aus diesem ersten noch erhaltenen Eintrag nichts wirklich Neues erfuhr. Es war die Art, wie der Verfasser seine Erlebnisse geschildert hatte, und vor allem das Wort *Entwurf*, das über dem Eintrag der ersten Seite und, wie sich herausstellte, auch über dem der nachfolgenden stand.

Er selbst benutzte diese Kennzeichnung, um in seinen Aufzeichnungen auf einen Blick unterscheiden zu können, ob es sich bei dem Text um eine erste, schnell heruntergeschriebene Rohfassung oder um eine schon bearbeitete Version handelte.

Recht schnell vermutete Bastian, dass es sich bei dem Verfasser der Aufzeichnungen nicht um einen Detektiv gehandelt hatte, wie Mia vermutete. Er musste sich schon sehr täuschen, wenn er nicht die leider stark dezimierten Aufzeichnungen eines investigativen Journalisten in den Händen hielt, der vor rund fünfundzwanzig Jahren einige Wochen zur Undercoverrecherche in Kissach verbracht und in dem Zimmer gewohnt hatte, in dem Bastian in diesem Moment saß.

Und irgendwo ganz tief in Bastians Bewusstsein deutete sich vage eine Ahnung an, die ungeheuerlich war. Sie war noch so fragil, dass er es nicht wagte, sie gedanklich aufzugreifen. Er spürte sie und hätte sie zu diesem Zeitpunkt dennoch nicht konkret benennen können. Aber er wusste, mit jeder Seite, die er las, würde er dem Verfasser näher kommen.

# 24

*… Ich weiß nicht, was diese Teufel den Kindern antun werden, wenn sie meine Flucht bemerken. Es muss mir gelingen, rechtzeitig die Polizei zu benachrichtigen. Gott sei den Seelen der armen Kinder gnädig.*

Bastian klappte das Buch zu und legte es auf seinen Oberschenkeln ab. Er ließ den Kopf gegen die Rückenlehne des Sessels sinken und schloss die brennenden Augen.

Was er dort gelesen hatte, beschäftigte ihn, aber viel mehr noch beschäftigte ihn das, was er nicht hatte lesen können, weil Mia die Seiten ausgerissen hatte. Es machte ihn richtiggehend wütend, dass sie die Aufzeichnungen, die dieser Mann unter Lebensgefahr und großer Angst angefertigt hatte, einfach so zerstört hatte. Vielleicht lag in diesen Seiten der Schlüssel zu allem. Zu dem, was damals in Kissach geschehen war, ebenso wie zu den Ereignissen in der Gegenwart. Aber vielleicht war ja genau das der Grund dafür gewesen, große Teile des Buches zu zerstören. Vielleicht war sie ja selbst auf der einen oder anderen Seite erwähnt worden?

Aber daran war nun nichts mehr zu ändern. Viel wichtiger war eine andere Sache, die ihn beschäftigte.

Diese Ereignisse und damit der Aufenthalt des Mannes in Kissach waren fünfundzwanzig Jahre her. Er war aller Wahrscheinlichkeit nach Journalist. Und er war wohl nach seinem letzten Eintrag in das Buch aus Kissach geflohen. Dabei musste er es sehr eilig gehabt haben, denn er hatte die Beweise, die er gesammelt hatte, nicht mehr mitnehmen können. Das konnte bedeuten, sie hatten ihn enttarnt.

Waren diese Kerle ihm gefolgt und hatten ihn umgebracht?

Zu Hause? Und hatten sie es nach einem Unfall aussehen lassen? Er wagte es nicht, sich weitere Fragen zu stellen.

Bastians Blick fiel wieder auf die Fotos im Regal. Franziskas Mutter, dieser Stefan … beide waren seit langem tot. Und doch dachte er, mit ihnen gesprochen zu haben. Mehr als das, er hatte die Gespräche erlebt. Wenn es sich wirklich um Halluzinationen handelte, dann waren sie so echt, dass sie der Realität in nichts nachstanden.

Kam er nun auf andere Weise mit dem nächsten Menschen in Kontakt, der seit fünfundzwanzig Jahren tot war? Oder gaukelte ihm der Wahnsinn wieder etwas vor, das es nicht gab? Was, wenn Mia ihn in ein paar Stunden verständnislos ansah, wenn er die Aufzeichnungen erwähnte? Was, wenn sich herausstellte, dass er wieder einer Einbildung erlegen war? Einem Wunschdenken, so tief in ihm verwurzelt, dass es ihm selbst bisher nicht bewusst gewesen war?

Aus diesen Überlegungen heraus legte Bastian das Buch nicht einfach irgendwo ab. Mit spitzen Fingern schob er es in den schmalen Spalt zwischen Kleiderschrank und Wand, nachdem er sich vergewissert hatte, dass das Möbelstück sich nach vorne kippen ließ.

Erst danach verließ er das Zimmer, um mit Mia zu sprechen.

Er musste nicht lange suchen. Sie stand vor dem Küchenfenster und starrte hinaus. Bastian bezweifelte, dass sie irgendetwas von dem wahrnahm, was dort draußen passierte. Wobei es unwahrscheinlich war, dass da draußen überhaupt irgendetwas passiert war, seit Mia am Fenster stand.

»Ich bin durch«, sagte er ansatzlos, woraufhin Mia zusammenzuckte und mit einer für ihr Alter beträchtlichen Geschwindigkeit zu ihm herumwirbelte. Sie legte eine Hand auf die Brust und atmete tief durch. »Sie haben mich erschreckt.«

»Tut mir leid. Wie war eigentlich der Name des Mannes?«

»Ich weiß es nicht. Ich habe ihn natürlich gleich am ersten Tag danach gefragt, aber er hat mir die Miete für zwei Monate hingelegt und gesagt, er könne mir seinen Namen nicht sagen. Und ich solle ihn einfach Peter Schmitt nennen.«

Bastian nickte. »Können Sie ihn beschreiben?«

»Nicht mehr genau. Ich weiß noch, dass der dunkle Haare hatte und etwa in meinem Alter war. Schlank war er, und er sah ganz passabel aus. Aber mehr weiß ich leider nicht mehr. Es ist schon so lange her.«

Bastian wusste nicht, ob er die Gedanken aussprechen konnte, die sich immer stärker in den Vordergrund drängten. Irgendwann würde er sich damit beschäftigen müssen.

»Mia, halten Sie es für möglich, dass man explizit mich hierhergelockt hat? Dass es nicht um irgendjemanden ging, sondern speziell um mich?«

Mia hob die Schultern. »Ich weiß es nicht, aber es könnte schon sein. Warum sonst sollte man wohl Ihre Freundin entführen?«

»Das würde aber bedeuten, dass Anna entweder davon

wusste und mitgespielt hat, oder sie ist nur aus Versehen in diese Sache reingerutscht, weil sie mit mir zusammen war.«

»Und was denken Sie?«

»Diese Aufzeichnungen … sie stammen nicht von einem Detektiv, sondern von einem Journalisten. Was, wenn dieser Journalist hier undercover recherchiert hat und daraus einen Enthüllungsartikel machen wollte?« *Eine ganz große Sache*, dachte er, sagte es aber nicht. »Und diese Kerle haben das rausbekommen. Deshalb musste er über Nacht plötzlich verschwinden. Und vielleicht haben sie ihn umgebracht. So, dass es wie ein Unfall aussah. Ein Autounfall zum Beispiel. Dabei könnte auch seine ganze Familie im Auto gewesen sein.«

Bastian sah Mia an, dass sie nicht wusste, worauf er hinauswollte.

»Mein Vater hatte vor rund fünfundzwanzig Jahren einen Autounfall, bei dem auch meine Mutter ums Leben kam. Ich war auch im Auto, aber ich überlebte fast unverletzt.«

»Das ist …«, setzte Mia an, doch Bastian redete einfach weiter. »Mein Vater war Journalist, Mia, und laut der Aussage seines damaligen Chefs war er in den Wochen vor seinem Tod verschwunden, weil er an einer dicken Sache dran war.«

# 25

Mias Augen wurden groß. »Sie glauben, der Mann, der vor fünfundzwanzig Jahren hier bei mir gewohnt hat, war … Ihr Vater?«

Nun, als Mia es aussprach, wurde Bastian erst die Tragweite seiner Spekulationen in aller Konsequenz bewusst.

Sollte er tatsächlich recht haben mit seinen Vermutungen, so hatte er hier zum ersten Mal seit dem Tod seines Vaters eine Verbindung zu ihm. Bastian schlief im gleichen Zimmer, wahrscheinlich sogar im gleichen Bett wie sein Vater damals, wenn es denn stimmte.

Wenn es tatsächlich die Aufzeichnungen seines Vaters waren, wusste er nun, wo er die letzten Wochen seines Lebens gewesen war und wie er sie verbracht hatte. Es mussten schreckliche Dinge gewesen sein, die vor fünfundzwanzig Jahren in Kissach geschehen waren, und sein Vater hatte vermutlich einiges davon mitansehen müssen, und wenn dem so war, vieles mit ins Grab genommen. Für Bastian ging es also nicht mehr nur um die Frage, wo Anna und Safi waren, sondern auch, ob der Autounfall von damals wirklich ein Unfall gewesen war oder ob seine Eltern ermordet worden waren. Von Männern, die vielleicht in diesem Moment nur ein paar Straßen von ihm entfernt in einem dieser verdammten Häuser saßen. Einem Haus, in dem sie auch Anna und Safi gefangen hielten.

»Sie sind so still«, sprach Mia ihn zaghaft an. »Denken Sie gerade an Ihren Vater?«

Bastian richtete seinen Blick aus dem Fenster. Er registrierte dabei ebenso wenig von dem, was draußen zu sehen war, wie es Mia zuvor wohl getan hatte.

»Was war er für ein Mensch?«

»Ihr Vater?«

»Der Mann, der damals für ein paar Wochen hier bei Ihnen gewohnt hat. Ich weiß nicht, ob es wirklich mein Vater war. Aber falls doch, haben Sie die letzten Wochen seines Lebens mit ihm verbracht. Ich kann mich nicht an ihn erinnern und wüsste gerne, wie er war.«

»An allzu viel erinnere ich mich leider auch nicht mehr. Das geht vielen Dorfbewohnern so. Diese Zeit damals war so schrecklich, dass ich versucht habe, im Laufe der Jahre so viel wie möglich davon zu vergessen. Er war ein sehr ruhiger und sehr höflicher Mann, daran erinnere ich mich noch gut. In den ganzen Wochen war er nicht ein einziges Mal unfreundlich mir gegenüber oder wirkte schlecht gelaunt. Nur in den letzten Tagen hatte ich das Gefühl, dass sich etwas verändert hatte. Er wirkte so niedergeschlagen und traurig. Er grüßte mich kaum noch, wenn wir uns begegneten, aber ich denke, das war nicht, weil er plötzlich keinen Wert mehr auf Höflichkeit gelegt hätte, sondern weil er mich einfach nicht registrierte. Als ich dann später seine Aufzeichnungen gefunden habe, wusste ich, warum das so war. Er hat unbeschreiblich schreckliche Dinge mitansehen müssen. Ich habe mir schon oft die Frage gestellt, wie eine Seele so etwas aushalten soll.«

»Diese Seiten, die Sie rausgerissen haben …«, sagte Bastian und drehte sich von der Fensterscheibe weg und wandte sich Mia zu. »Sie würden mir sehr helfen zu verstehen, was damals hier geschehen ist.«

Bastian sah an ihrer gesamten Körperhaltung, wie sie sich versteifte. Sie zog den Kopf ein, verschränkte die Arme vor der Brust, wich seinem Blick aus. »Tut mir leid, aber was dort gestanden hat, sollte niemand lesen müssen. Ich kann es Ihnen auch nicht erzählen, denn ich habe es erfolgreich verdrängt, um mich zu schützen.«

»Ich verstehe.« Es fiel Bastian sehr schwer, den Ärger über Mias Selbstherrlichkeit zu unterdrücken. »Und Sie denken nicht, dass er sich etwas dabei dachte, als er all das niedergeschrieben hat? Dass er letztendlich sein Leben dafür aufs Spiel gesetzt hat, um genau darüber berichten zu können?«

Mia wandte sich von ihm ab, ging zum Tisch und setzte sich auf einen Stuhl, die Arme noch immer vor der Brust verschränkt. »Es ist mir egal, was er sich dabei gedacht hat.« Ihre Stimme hatte sich der Körperhaltung angepasst. Sie klang abweisend.

»Mia, eine wichtige Frage: Können Sie sich vorstellen, wer damals der Mann war, der in den Aufzeichnungen immer nur ER genannt wird?«

Bastian beobachtete, dass ihr Körper sich etwas entspannte, nun, wo es nicht mehr um die fehlenden Seiten ging.

»Ich weiß es nicht.«

Bastian nickte, er hatte auch nicht ernsthaft damit gerechnet. Aber so kam er nicht weiter. Er musste nachdenken, und das konnte er am besten alleine. Erst überlegte er, in das Zimmer zurückzugehen, doch dann entschloss er sich, eine Runde durch das Dorf zu drehen. Diese Typen hatten zwar auf ihn geschossen, aber dabei ging es darum, ihn im Dorf zu halten. Solange er nicht versuchte zu fliehen, würden sie ihm wahrscheinlich nichts tun.

Noch während er darüber nachdachte, regte sich Trotz in ihm.

Diese Mistkerle hatten Anna entführt und Safi, und vielleicht hatten sie sogar vor fünfundzwanzig Jahren seine Eltern ermordet, nachdem sie zuvor seinen Vater gezwungen hatten, Unmenschliches mitanzusehen.

Er würde sich nicht in diesem Zimmer verkriechen und darauf warten, dass sie ihn holen kamen. Er würde jetzt auf die Suche nach Safi und Anna gehen, und wenn er dazu an jedem heruntergekommenen Haus dieses Mistdorfs klingeln musste.

Er stieß sich von der Fensterbank ab. »Ich werde zu dem Haus zurückgehen, in dem ich gestern Annas Tasche gesehen habe. Vielleicht macht mir ja jetzt jemand auf.«

»Tun Sie das besser nicht.«

»Ich muss etwas tun. Ich kann doch nicht einfach nur hier herumsitzen, während irgendwo in der Nähe Anna und Safi festgehalten werden.«

»Falls sie tatsächlich festgehalten werden, können Sie sowieso nichts tun.«

Bastian stutzte. »Was meinen Sie damit?«

»Ihr Freund Safi …« Mia sah Bastian nun wieder direkt in die Augen. »Vielleicht halten sie ihn ja wirklich irgendwo fest. Aber wenn das so ist, fällt mir nur ein Grund dafür ein.«

»Sie planen wieder die gleichen schrecklichen Dinge wie damals«, ergänzte Bastian. »Denken Sie, dass die Anna töten wollen?«

Mia zögerte, und Bastian hatte das Gefühl, dass es etwas gab, das sie schwer aussprechen konnte.

»Sagen Sie ruhig, was Sie denken, Mia. Egal, was es ist. Was soll mich noch erschüttern?«

»Nun ja, diese Anna … Niemand außer Ihnen kennt sie oder hat sie je gesehen. Könnte es nicht sein, dass sie gar nicht entführt wurde?«

»Was? Wollen Sie damit sagen, ich bilde mir Anna nur ein?«

Mia legte eine Hand auf den Tisch und beschrieb mit einem Finger kleine Kreise auf der Holzplatte. »Nein, nicht direkt, aber vielleicht glauben Sie nur, sie sei entführt worden. Vielleicht …«

»Und der Anruf? Was ist mit dem Anruf bei mir? Denken Sie, das hätte ich mir auch nur eingebildet?«

»Bitte, Bastian, werden Sie nicht böse, wenn ich das sage, aber denken Sie doch mal an diese Sache mit Franziskas Mutter. In dem alten, leerstehenden Haus. Und dann Stefan, den Sie glaubten gesehen und gesprochen zu haben … Ist es da so abwegig, dass es noch andere Dinge gibt, die in Wirklichkeit anders waren, als Sie denken? Oder die vielleicht gar nicht wirklich stattgefunden haben?«

Bastian zog sich den zweiten Stuhl heran und setzte sich.

»Sie wollen damit ernsthaft sagen, ich hätte mir Annas Anruf nur eingebildet?«

»Nein, ich ziehe es nur als Möglichkeit in Betracht. Bei Ihrem vermeintlichen Gespräch mit Franziskas Mutter ging es doch auch um Anna, oder? Worum ging es, als Sie dachten, mit Stefan zu sprechen?«

»Darum, dass er glaubte, ich sei in Gefahr. Er wollte mir helfen.«

»Sonst nichts?«

Bastian dachte länger nach, als es nötig war. Natürlich erinnerte er sich, worüber der Blonde sonst noch gesprochen hatte.

»Er sagte, dass er befürchtet, dass die Anna töten wollen. In ihrem ersten Ritual, seit sie wieder zurück sind.«

Mia nickte übertrieben heftig und hob eine Hand. »Sehen Sie? Es ging in all diesen … Phantasiegesprächen immer um Anna.«

Bastian musste sich am Tisch festhalten, obwohl er saß. Was Mia da wie selbstverständlich herumspekulierte, würde nichts anderes bedeuten, als dass Bastian ein Fall für den Psychiater war. Aber war er das nicht sowieso schon? Konnte er denn noch zwischen Traum und Wirklichkeit unterscheiden? Was von dem, was er erlebt zu haben glaubte, war tatsächlich passiert? Und was war seiner Phantasie entsprungen? Er konnte diese Grenze nicht mehr sicher ziehen, das stand fest. Und doch …

»Aber woher sollte ich den Namen Frundow kennen, wenn es Annas Anruf nicht gegeben hat?«

»Nehmen wir mal an, der Mann damals war tatsächlich Ihr Vater. Vielleicht haben Sie irgendwo eine Notiz von ihm gelesen, in der er Frundow erwähnte?«

»Es gibt keine Notizen mehr von meinem Vater. Nach dem Unfall ist alles an meine Großmutter gegangen. Als sie starb, war nichts mehr da. Ich weiß nicht, was sie damit gemacht hat, aber ich habe kein einziges geschriebenes Wort von meinem Vater. Und selbst wenn, warum sollte er irgendwo Frundow notieren, wo er doch in Kissach war?«

»Ich weiß es doch auch nicht. Ich bin keine Psychologin, und vielleicht ist das alles auch vollkommener Blödsinn. Ich habe Ihnen nur offen und ehrlich gesagt, was mir durch den Kopf ging. Gehen Sie, und suchen Sie Ihren Freund und Anna. Vielleicht finden Sie ja tatsächlich etwas in diesem Haus, in dem Sie glauben die Tasche Ihrer Freundin gesehen zu haben.«

*... in dem Sie glauben ...*

Mia war offensichtlich davon überzeugt, dass er Wahnvorstellungen hatte. Er konnte es ihr nicht verübeln nach dieser Sache mit Stefan. Er hatte ja selbst keine Erklärung für diese seltsamen Dinge außer die, dass sein Kopf auf diese Art auf die extreme Situation reagierte.

Oder dass er den Verstand verlor.

Aber es hatte sich alles so real angefühlt ...

# 26

Nachdem Bastian Mias Haus verlassen hatte, schlug er den Weg zu seinem Auto ein. Er wollte seine Tasche aus dem Kofferraum holen.

Die Häuser, die er passierte, strahlten trotz des deutlich freundlicheren Wetters dieselbe düstere Trostlosigkeit aus wie am Vortag. Die allgegenwärtige Ablehnung schien selbst von den heruntergekommenen Mauern ausgestrahlt und ihm wie ein stumpfer Brocken entgegengeschleudert zu werden.

Seit er in diesem unheimlichen Dorf angekommen war, fühlte Bastian sich so fremd, so einsam und verloren wie nie zuvor. Diese Ansiedlung merkwürdiger Menschen schien ihm nicht nur ein fremder Ort, sondern ein entfernter Planet zu sein.

Seine Gedanken wollten zu Franziskas Mutter abschweifen und zu diesem Stefan. Tote, mit denen er gesprochen hatte. Doch er zwang sich dazu, den Drang nach einer logischen Erklärung zu ignorieren. Er musste sich darauf konzentrieren, Anna und Safi zu finden. Über alles andere konnte er sich später Gedanken machen. Auch über seinen Geisteszustand.

Als Bastian an der Scheune ankam und sah, dass der Golf noch am gleichen Platz stand, blieb er stehen und dachte darüber nach, was er eigentlich mit seiner dämlichen Tasche wollte? Wie war er überhaupt auf die Idee gekommen? Die Tasche konnte er später noch aus dem Fahrzeug holen, sie war jetzt vollkommen nebensächlich.

Wichtig waren Anna und Safi, und sie waren auch der Grund gewesen, warum er Mias Haus verlassen hatte. Was in aller Welt war nur mit ihm los?

Bastian wandte sich von dem schmalen Weg neben der Scheune ab und ging auf der mit Kopfsteinen gepflasterten Straße auf das Haus zu, in dessen Keller er Annas Tasche entdeckt hatte. Er würde dort klingeln, und falls ihm dieses Mal jemand öffnete, würde er ihn unumwunden fragen, wie Annas Tasche in seinen Keller kam. Neben ein Bett mit Handschellen.

Er zögerte nur einen Augenblick, als er vor dem Haus angekommen war, dann ging er mit festen Schritten zur Haustür und klingelte. Er erwartete nicht ernsthaft, dass ihm jemand öffnen würde, und wollte sich gerade abwenden, um hinter dem Haus nachzusehen, als er Schritte hinter der Tür hörte. Sein Puls beschleunigte sich. Ein Schlüssel wurde im Schloss gedreht, Bastian hielt den Atem an. Dann schwang die Tür nach innen auf.

Bastian hätte nicht sagen können, was oder wen er erwartet hatte, aber einen Mann wie den, der nun vor ihm stand, sicher nicht.

Er schätzte, dass er etwa gleichaltrig, höchstens aber Anfang dreißig war. Er war schlank und trug rote Sneakers und eine gutsitzende Jeans, dazu ein schwarzes Poloshirt einer Designermarke. Die braunen Haare waren modisch kurz geschnitten und unterstrichen seine maskuline Ausstrahlung.

Braune Augen musterten Bastian von oben bis unten und sahen ihm schließlich ins Gesicht.

Der Mann wirkte zwar nicht gerade erfreut, aber im Gegensatz zu vielen anderen Dorfbewohnern ging keine offene Ablehnung von ihm aus.

»Guten Tag«, brachte Bastian trotz seiner Überraschung heraus und fühlte sich auf eine unerklärliche Art erleichtert. »Mein Name ist Bastian Thanner. Ich … ich hätte gerne den Besitzer des Hauses gesprochen.«

Der Mann zog die Stirn kraus. »Das Haus gehört uns. Ich bin Bernhard Schierer. Worum geht's denn?«

Bastian überlegte fieberhaft, wie er beginnen sollte, ohne den Mann gleich mit den ersten Sätzen dazu zu veranlassen, ihm die Tür vor der Nase zuzuschlagen. »Es geht um eine junge Frau. Meine Freundin. Sie hält sich wohl irgendwo hier im Dorf auf, aber ich weiß nicht, wo.«

Schierer schürzte die Lippen. »Und was hat das mit uns zu tun? Hier ist sie sicher nicht.«

Nun wurde es schwierig, das war Bastian bewusst, aber er musste es wagen. »Es ist so … ich war gestern Nachmittag schon einmal hier, weil ein Taxifahrer glaubt, Anna hier hinter dem Fenster Ihres Hauses gesehen zu haben.«

»Ach.« Schierer schien wenig überrascht zu sein. Umso überraschter war Bastian darüber, wie gelassen sein Gegenüber reagierte.

»Wie alt ist denn diese Anna? Und wie sieht sie aus?«

»Sie ist fünfundzwanzig, hat lange braune Haare und ist sehr hübsch.«

»Tut mir leid, eine Frau, auf die diese Beschreibung passt, gibt es hier nicht. Kann ich sonst noch was für Sie tun?«

»Da ist noch etwas …« Bastian ärgerte sich über sich selbst, weil er so herumdruckste. Er musste vollkommen hilflos wirken.

»Ich war gestern schon einmal an Ihrer Tür, und als niemand öffnete, dachte ich, vielleicht ist jemand im Garten und hat das Klingeln nicht gehört. Ich bin ums Haus herumgegangen.«

»Sie wissen, dass das Hausfriedensbruch ist?«

*Ja, und gegen ihren Willen eine Frau an ein Bett zu fesseln ist Freiheitsberaubung*, dachte Bastian, und es war, als legte ein Schalter sich in seinem Inneren um. Er sah das Bett und die Handschellen wieder vor sich. Annas Tasche. Er dachte daran, was Anna durchgemacht haben musste, und spürte eine kaum zu bändigende Wut in sich aufsteigen.

»Ich bin nur einmal ums Haus gegangen«, sagte er mühsam beherrscht. »Aber ich habe durch Zufall einen Blick durch das Kellerfenster geworfen und in dem Raum dort unten die Tasche meiner Freundin stehen sehen. Neben einem Bett, an dem Handschellen befestigt waren. Was sagen Sie dazu?«

Der Mann machte einen Schritt auf Bastian zu. »Ich weiß nicht, was mit Ihnen los ist, aber Sie werden langsam unverschämt.«

Bastian wusste, er musste jetzt aufpassen, was er sagte, sonst stand er wieder vor verschlossener Tür.

»Können Sie nicht verstehen, dass ich mir Sorgen mache? Und als ich Annas Tasche gesehen habe … erklären Sie mir doch bitte einfach, wie Annas Tasche in Ihren Keller kommt.«

Für einen Moment sah es so aus, als würde Schierer auf Bastian losgehen, doch dann machte er einen Schritt zur Seite und zeigte ins Innere des Hauses. »Also gut. Kommen Sie rein.«

Bastians Gedanken überschlugen sich. Letztendlich war es genau das, was er wollte, aber es kam ihm so einfach vor. Viel zu einfach. War das eine Falle? Würden im Keller ein paar Kerle auf ihn warten und über ihn herfallen, kaum, dass er einen Fuß in den Raum gesetzt hatte? Würde er in wenigen Minuten selbst mit Handschellen gefesselt auf dem Bett liegen?

Das Risiko musste er eingehen, wenn er endlich erfahren wollte, was mit Anna geschehen war.

Er gab sich einen Ruck, ging an Schierer vorbei und betrat das Haus. Schon nach den ersten Schritten hörte er eine murmelnde männliche Stimme. Sie schien sehr nah zu sein, und doch war kein einziges Wort zu verstehen.

Als hinter ihm die Haustür ins Schloss fiel, wurde es deutlich dunkler. Instinktiv stockte Bastian, doch Schierer schob ihn an der Schulter weiter, nicht gewaltsam, aber doch mit Nachdruck. »Das ist mein Vater. Gehen Sie weiter.«

Bastian empfand die Berührung als unangenehm, stemmte sich aber nicht dagegen. Er musste in diesen Keller.

Der Raum, in den der Flur türlos mündete, war verhältnismäßig groß, größer zumindest als jedes Zimmer, das Bastian bisher in diesem Ort gesehen hatte. Die Terrassentür auf der gegenüberliegenden Seite war mit einem Tuch verhängt. Das wenige Tageslicht, das durch die beiden kleinen Fenster in den Raum fiel, verlieh der Szene, die Bastian vor sich sah, etwas Unwirkliches.

Die Ausstattung dieses Wohnzimmers entsprach der der anderen Häuser. Alt, spärlich, lieblos. Etwa in der Mitte des Raums saß ein Mann in einem Sessel mit hoher Rückenlehne. Da er mit dem Rücken zu den Fenstern saß, konnte Bastian nur vage Umrisse erkennen, die ganze Gestalt war nicht mehr als eine dunkle Fläche. Doch auch wenn Bastian nicht ansatzweise erkennen konnte, wie der

Mann aussah, sagte ihm ein Gefühl, dass er schon ziemlich alt sein musste.

Er murmelte unablässig vor sich hin, doch obwohl Bastian nur noch vier, fünf Schritte von dem Mann entfernt stand, konnte er kein Wort verstehen.

Plötzlich brach die Stimme ab, so abrupt, als hätte jemand den Aus-Knopf gedrückt. Der Körper des Mannes schien sich zu straffen, schemenhaft erkennbare Hände legten sich auf die hölzernen Armlehnen des Sessels, umschlossen die Enden. Eine fast absolute Stille legte sich über den Raum, drei, vier Sekunden lang, dann flüsterte der Mann ein Wort. Es war das erste, das Bastian verstand. »Teufel.« Und gleich darauf wiederholte er, dieses Mal jedoch lauter: »Teufel. Seht ihr es nicht? Wehrt euch, sonst seid ihr verdammt bis in alle Ewigkeit.« Und dann begann der Mann zu schreien, er schien völlig außer sich zu sein: »Dieser Teufel. Er hat uns alle ins Verderben gestürzt. Seht ihr es nicht? Seht – ihr – es – nicht?«

Bastian war zu keiner Bewegung fähig. Ein Schatten tauchte neben ihm auf, Schierer drückte sich an ihm vorbei und ging vor dem Alten in die Hocke. »Sei ruhig, Vater. Der Teufel ist schon lange fort.« Er legte ihm beide Hände auf einen Arm, sprach leise und beruhigend auf ihn ein.

»Seht ihr es nicht?« Nun war es wieder ein Flüstern, weinerlich, verzweifelt. Nach einem langen Blick auf seinen Vater erhob sich Schierer.

»Kommen Sie«, sagte er knapp und ging an Bastian vorbei zurück in den Flur, wo er eine Tür öffnete, hinter der eine Treppe nach unten führte. Schon beim Öffnen der Tür war das in jedem Haus des Dorfs allgegenwärtige Generatorbrummen deutlicher hörbar. Mit jeder Stufe, die Bastian nach unten ging, wurde das Geräusch noch lauter und die Luft muffiger. Es roch nach Feuchtigkeit und Schimmel. Am Absatz der Treppe angekommen, öffnete Schierer, ohne ein Wort zu verlieren, die erste von drei Türen und trat zur Seite. Das Brummen war schlagartig so laut geworden, dass Bastian den Mann fast nicht verstand, als er sagte: »Zeigen Sie mir das Bett und die Tasche Ihrer Freundin.«

Mit klopfendem Herzen warf Bastian einen Blick in den Raum, in dem ein derart bestialischer Gestank herrschte, dass er den Atem anhielt. Es war eine Mischung aus Fäulnis und Öl. Durch ein Oberlicht fiel spärlich ein wenig Tageslicht hinein. Etwa die Hälfte des Raums war durch ein hüfthohes Holzgitter abgetrennt. Links dahinter erkannte Bastian mehrere dunkle Erhebungen, von denen der Gestank wohl ausging. Er schätzte, dass es sich dabei um Anhäufungen uralter, verfaulter Kartoffeln oder Ähnliches handelte. Auf der anderen Seite stand das Notstromaggregat, das den Lärm verursachte. Ein Schlauch führte von der Maschine aus nach oben und durch das gekippte Oberlicht. Bastian überlegte, dass ihm das am Vortag nicht aufgefallen war. Auch der Lärm des Generators hätte ihm unmöglich verborgen bleiben können, wenn die Maschine gelaufen wäre. Bastian reihte diese Feststellung zu den anderen Merkwürdigkeiten dieses Dorfs.

Der zweite Raum war deutlich kleiner und fensterlos. In ihm türmten sich alte Möbelstücke und Trödel.

Als Schierer schließlich die letzte Tür öffnete, stöhnte Bastian ungewollt auf. Das war der Raum, den er von außen gesehen hatte, daran bestand kein Zweifel. Aber darin stand weder ein Bett noch eine Tasche noch sonst etwas von dem, was Bastian erwartet hatte. An den Wänden hingen eingerissene Plakate von nackten Frauen in mehr oder weniger eindeutigen Stellungen, der Boden war zur Hälfte mit schmutzigen Matratzen ausgelegt. Daneben standen zwei niedrige Tischchen, eine Lampe mit zerknittertem Schirm, einige Kerzen, die in Flaschen steckten.

Bastian bemerkte, dass Schierer ihn von der Seite anstarrte, und sah zu ihm hinüber. Schierer deutete mit dem Kinn zur offenen Tür. »Na? Wo ist nun das Bett mit den Handschellen?«

*Ihr habt alles verschwinden lassen und diesen alten Mist hier aufgebaut*, hätte Bastian dem Kerl am liebsten entgegengeschleudert. Aber was hätte er damit erreicht?

»Ich weiß es nicht«, sagte er tonlos. »Aber ich weiß, was ich gestern gesehen habe.«

Schierer nickte. »Wenn Sie immer noch glauben, hier ein Bett gesehen zu haben, kann ich Ihnen nicht helfen. Sie sollten jetzt gehen.«

Schon auf der Hälfte der Treppe war wieder das Gemurmel aus dem Wohnzimmer zu hören. Es klang wie eine Beschwörung und jagte Schauer über Bastians Rücken.

Als Bastian an Schierer vorbeiging und das Haus verließ, blieb er stehen und wandte sich ihm noch einmal zu. »Was ist mit Ihrem Vater?«

»Er hat den Teufel gesehen. So, wie viele aus dem Dorf. Das ist lange her. Ich denke, Sie wissen, wovon ich rede.«

»Wie kommen Sie darauf, dass ich das weiß?«

Der Blick des Mannes schienen sich regelrecht in ihn hineinzubohren. Als Bastian schon das Gefühl hatte, ihm nicht länger standhalten zu können, sagte Schierer: »Sie sind dem Teufel schon sehr nahe. Überlegen Sie gut, ob Sie ihm noch näher kommen wollen.«

Dann schloss er die Tür.

# 27

Bastian stand noch eine ganze Weile wie angewurzelt vor der geschlossenen Tür und dachte darüber nach, was der Mann damit gemeint hatte, er sei dem Teufel schon sehr nahe.

Wollte er ihn mit diesem Geschwätz einschüchtern? War es einfach nur eine leere Phrase?

Und was war mit diesem Kellerraum, in dem er ein Bett und Annas Tasche gesehen hatte und der wenige Stunden später aussah wie ein Lager, das sich Penner in einem Abrisshaus eingerichtet hatten?

Alles, restlos alles in diesem gottverdammten Dorf war vollkommen verrückt. Die Bewohner, die Gespräche, die er gehabt hatte, mit Menschen, die schon Jahrzehnte tot waren. Oder auch nicht.

Bastian wandte sich von dem Haus ab und ging los.

Er war ein Gefangener dieses Mistkaffs, was zweifellos jeder Bewohner wusste, was aber offensichtlich niemanden interessierte. Ebenso wie es fünfundzwanzig Jahre zuvor niemanden interessiert hatte, dass einige Psychopathen abartige Rituale in Kissach zelebrierten und dabei Menschen auf bestialische Weise umbrachten. Dass dieselben Kerle vielleicht seinen Vater und seine Mutter umgebracht hatten.

War nun er an der Reihe? Hatten Sie Anna aus diesem Grund entführt? Um ihn hierherzulocken und zu vollenden, was fünfundzwanzig Jahre zuvor nicht geglückt war? Aber der Anruf … Anna hatte ihn angerufen, in ihrer

Stimme hatte er Todesangst gehört. Wie passte das ins Bild?

Es gab aus Bastians Sicht nur zwei Möglichkeiten: Entweder diese Kerle hatten Anna entführt und es so geschickt eingefädelt, dass sie dachte, einen unbeobachteten Moment zu haben, in dem sie zufällig ein Handy hatte, mit dem sie ihn anrufen konnte. Oder sie steckte mit denen unter einer Decke. Allein dass er diese Möglichkeit in Betracht ziehen musste, drehte Bastian schon den Magen um.

Wenn Anna aber wirklich entführt worden wäre … Wie groß war wohl die Wahrscheinlichkeit, dass sie die einzige Möglichkeit, die sie vielleicht hatte, jemanden anzurufen, dazu nutzten würde, ausgerechnet die Nummer ihres Exfreundes zu wählen, mit dem sie nur kurz zusammen war und den sie schon zwei Monate zuvor verlassen hatte? Konnten diese Typen damit rechnen? Wären sie diesen unsicheren und komplizierten Weg gegangen, um ihn nach Kissach zu locken? Wie logisch war das? Nicht sehr.

Und doch … selbst wenn die Wahrscheinlichkeit unter diesen Umständen nicht sehr groß war, dass die Kerle Anna tatsächlich gegen ihren Willen entführt hatten, so wollte, so konnte er doch nicht glauben, dass sie ihn derart hintergangen und belogen hatte. Ihr verliebter Blick, wenn sie sich angesehen hatten, die gehauchten Worte, wenn sie sich liebten … alles eine Lüge?

Bastian wurde sich bewusst, dass er die Scheune wieder erreicht hatte. Er blieb vor dem schmalen Weg daneben stehen. Der Anblick seines Autos erzeugte ein seltsam wärmendes Gefühl in ihm. Dieses Auto war das Bindeglied zwischen dem Albtraum, in den er geraten war, und seinem gewohnten Leben. Ein Stück Heimat. Aber … heimatliche Gefühle beim Anblick eines Autos? War das ein weiteres Zeichen dafür, dass er den Verstand verlor?

Knappe zehn Meter trennten Bastian noch vom Heck des Wagens, als er merkte, dass etwas nicht stimmte. Erst wusste er nicht, was der Auslöser dafür war, doch nach drei, vier weiteren Schritten sah er es durch die Heckscheibe hindurch. Der Beifahrersitz war nicht leer. Er glaubte, einen zur Seite geneigten Kopf zu erkennen, und blieb abrupt stehen. Wartete dort jemand von den Kerlen auf ihn? Aber warum sollte der sich in sein Auto setzen?

Oder war das etwa Safi? Ungeachtet aller Bedenken rannte Bastian die letzten Meter um das Heck herum zur Beifahrerseite, riss die Tür auf und stieß im gleichen Moment einen entsetzten Schrei aus.

Es war tatsächlich Safi, aber er hing bewegungslos mit geschlossenen Augen auf dem Sitz und war grausam zugerichtet. »O Gott, Safi«, stammelte Bastian.

Das Hemd seines Freundes war über und über mit Blut beschmiert, und auch die Hose war regelrecht getränkt. Das Gesicht war geschwollen, Streifen eingetrockneten Bluts überzogen Stirn, Wangen und Nase. Endlich löste sich Bastians Starre. Er beugte sich ein Stück in den Wagen und versuchte, die Verletzungen zu finden, von denen das viele Blut stammte. »Safi«, stammelte er dabei immer wieder. »Sag doch was, bitte, Safi.«

Bastian fühlte sich hilflos und vollkommen überfordert. Was sollte er nur tun? Wie ging man mit einem Schwerverletzten um? Mit dem Opfer einer Gewalttat. Eines … Mordes?

Bastian zuckte zurück. Lebte Safi noch? Vorsichtig nahm er seine Hand und hob sie an. Das Gewicht des Arms zog schlaff und schwer nach unten, die leblose Hand entglitt Bastian und fiel in Safis Schoß zurück.

»O Gott, nein. Bitte nicht. Bitte …« Nur am Rande spürte Bastian die Tränen, die über seine Wangen liefen. Erneut griff er nach der Hand, drehte sie ein Stück weit und legte zwei Finger auf die Stelle, wo man den Puls fühlen musste. Sein Gesicht war nur noch wenige Zentimeter von Safis blutverschmiertem Hemd entfernt, und während er sich darauf konzentrierte, den Puls zu ertasten, starrte er auf die Brust seines Freundes. Da bewegte sich etwas, er sah es ganz deutlich. Minimal nur und in relativ großen zeitlichen Abständen, aber doch sichtbar hob und senkte sich Safis Brustkorb. Bastians Erleichterung darüber wich jedoch schnell wieder der Sorge um den Freund. Wie schwer war Safi verletzt? Durfte er ihn überhaupt bewegen, um festzustellen, wo genau die Verletzungen waren? Wieder überkam ihn eine verzweifelte Hilflosigkeit. Was sollte er nur tun? Safi brauchte dringend einen Arzt, aber wo sollte er hier …

Dr. Drees! Mias Nachbar. Er war Arzt und würde Safi helfen können. Bastian richtete sich auf, den Blick weiterhin auf den blutverschmierten Freund gerichtet. Er musste zum Haus des Mannes laufen und ihn mitbringen. Dazu würde er Safi wieder alleine lassen müssen. Konnte er das riskieren? Aber was sollte passieren? Wer immer für diese Abscheulichkeit verantwortlich war, der hatte Safi in Bastians Auto gesetzt. Warum sollte er in der kurzen Zeit, die Bastian brauchen würde, um Dr. Drees zu informieren, wiederkommen?

»Ich hole Hilfe, Safi«, sagte er, obwohl er davon ausgehen musste, dass sein Freund ihn nicht hörte. »Es geht schnell, ich bin in ein paar Minuten wieder hier, das verspreche ich dir. Der Arzt wird dir helfen, ganz sicher. Bis gleich.«

Vorsichtig schloss Bastian die Beifahrertür, warf noch einen letzten Blick durch das Seitenfenster und lief dann los.

Am Ende der Scheune drehte er sich noch einmal um und suchte mit den Augen die Umgebung ab. Niemand zu sehen. Er brauchte nur knappe zwei Minuten bis zu Mias Haus, stand dann davor und betrachtete die Gebäude daneben. Mia hatte nur von ihm als Nachbarn gesprochen, aber nicht erwähnt, in welchem der Häuser Dr. Drees wohnte. Bastian entschloss sich dazu, es einfach zu versuchen. Für lange Erklärungen Mia gegenüber war keine Zeit. Er hastete zur Tür des direkten Nachbarhauses und drückte auf die Klingel. Ein Namensschild gab es natürlich nicht. Bastian wartete nicht ab, ob jemand öffnete, sondern lief sofort zum nächsten Gebäude weiter und klingelte auch dort. Fast im gleichen Moment rief eine Stimme: »Hallo? Wollten Sie zu mir?«

Drees sah ihm verwundert entgegen, als Bastian wieder zu Mias direktem Nachbarhaus zurückhastete. »Sie müssen mir helfen«, rief er ihm noch im Laufen zu. »Mein Freund, Safi … er ist schwer verletzt. Überall ist Blut. Ich weiß nicht, wo die Verletzung ist, aber diese Schweine haben ihm irgendwas Schlimmes angetan. Bitte kommen Sie, es ist nicht weit.«

Schwer atmend blieb Bastian vor dem Mann stehen und hätte ihn am liebsten angeschubst, damit er sich endlich bewegte.

»Was ist mit Ihrem Freund?«, fragte er stattdessen.

»Er ist schwer verletzt. Drüben, bei dieser Scheune. Er sitzt in meinem Auto.«

Der Alte rührte sich noch immer nicht von der Stelle. »Welcher Art sind die Verletzungen?«

»Herrgott nochmal, ich weiß es doch nicht. Können Sie jetzt *bitte* mitkommen?«

Endlich bewegte sich der Mann. »Ja, ich komme, ich hole nur eben noch meine Tasche.«

Bastian konnte nicht abschätzen, wie lange Drees brauchte, um seine Tasche zu holen, doch die Zeit erschien ihm unendlich. Als er schließlich wieder auftauchte, lief Bastian sofort los. »Bitte, können Sie sich etwas beeilen? Es sah wirklich schlimm aus.«

Nickend folgte ihm der Arzt. »Ich komme ja schon. Ich hatte gehofft, solche Dinge nie wieder hier erleben zu müssen.«

Sie brauchten deutlich mehr Zeit, als Bastian für den Hinweg benötigt hatte. Mit jedem Schritt hatte er das Gefühl, über glühende Kohlen zu laufen und losrennen zu müssen.

Endlich hatten sie die Scheune erreicht und bogen in den schmalen Weg ein. Bastian konnte nicht mehr auf den Arzt warten und beschleunigte seine Schritte. Er erreichte das Heck des Wagens, dann die Beifahrertür. Er öffnete sie mit einem Ruck und blieb wie versteinert stehen.

# 28

Der schwarze Ledersitz war leer.

Bastians Blick irrte zur Rückbank, auf der noch immer Safis Tasche lag, wieder zum Beifahrersitz und dann zu Dr. Drees, der ihn in diesem Moment erreichte. »Wo ist Ihr Freund?«

Die Worte kamen dumpf bei Bastian an, nicht als zusammenhängender Satz. Er verstand nicht, was der Arzt gerade zu ihm gesagt hatte. Erst als Drees seine Frage mit Nachdruck wiederholte, erfasste Bastian den Sinn.

»Er … ich weiß es nicht. Er saß hier auf dem Sitz. Er war voller Blut. Und jetzt ist er verschwunden. Die haben ihn wieder weggeschleppt.« Bastian registrierte zwar das ungläubige Gesicht des Arztes, überging es aber. Er sah sich nach allen Seiten um, lief zur Vorderseite des Wagens und wäre fast über den Körper gestolpert, der vor dem Wagen am Boden lag.

»Safi«, stieß Bastian aus. »Hier. Er liegt hier auf dem Boden. Kommen Sie schnell.«

Safi lag reglos auf dem Bauch, die Arme seitlich am Körper, ein Bein leicht angewinkelt. Der Kopf war so zur Seite gedreht, dass die linke Wange im Dreck lag. Der Mund war leicht geöffnet, die Augen geschlossen. Woran Bastians Blick jedoch haften blieb, waren die verklebten, nassglänzenden Haare an Safis Hinterkopf. Er brauchte kein Arzt zu sein, um zu wissen, dass Safis Kopf voller Blut war. Und er war sicher, Safi hatte diese Kopfwunde noch nicht gehabt, als er ihn auf dem Beifahrersitz gefunden hatte.

»Machen Sie Platz«, befahl Drees und schob Bastian unsanft zur Seite. Direkt neben Safi kniete er sich auf den Boden und ließ seinen Blick schnell über den reglosen Körper gleiten, bevor er ihm zwei Finger auf den Hals legte und in dieser Stellung eine Weile verharrte. Währenddessen waren seine Augen auf Safis Hinterkopf gerichtet.

Bastian versuchte, am Gesicht des Arztes abzulesen, wie es um Safi stand, doch die Miene des Mannes war wie versteinert.

»Was ist?«, fragte er zaghaft, als könne lautes Sprechen die Antwort negativ beeinflussen. »Wie geht es ihm?«

Statt zu antworten, zog Drees die Oberkanten seiner Tasche auseinander und fischte ein Stethoskop heraus. Mit noch immer unveränderter Miene klemmte er es sich in die Ohren und drückte die Membran auf Safis Rücken. Eine Weile lauschte er mit geschlossenen Augen und wiederholte die Prozedur dann an einer anderen Stelle, nur wenige Zentimeter daneben. Nach dem vierten oder fünften Abhören zog er mit einer langsamen Bewegung das Stethoskop aus den Ohren und sah ernst zu Bastian auf.

Alles in Bastian wehrte sich verzweifelt gegen das, was nun unweigerlich folgen würde, klammerte sich wider alle Logik daran, dass er sich täuschen konnte, *musste*. Er konnte doch nicht akzeptieren, dass …

»Er ist tot.« Die Stimme des Arztes klang in Bastians Ohren so brutal emotionslos, dass er ihn dafür schlagen wollte.

»Nein.« Bastian war fassungslos. »Aber … nein. Das kann doch nicht sein. Er … die Kopfwunde, die hatte Safi noch nicht, eben. Wie kann das …«

Das Bild vor Bastians Augen verschwamm. Dr. Drees,

Safi, die Scheune im Hintergrund, alle Konturen verliefen ineinander. Schließlich schwappte die Flüssigkeit in seinen Augen über, suchte sich einen Weg über sein Gesicht.

»Ich denke, die sind zurückgekommen, als Sie ihn alleine gelassen haben.« Die Stimme des Arztes klang ruhig, mitfühlend. »Die haben ihn wahrscheinlich aus dem Auto gezerrt und ihm dann mit einem schweren Gegenstand den Schädel zertrümmert.«

»Als ich ihn alleine gelassen habe?« Bastian sah den Arzt verständnislos an. »Aber ich musste doch Hilfe holen. Was hätte ich denn tun sollen?«

Mühsam und gar nicht zu den schnellen und sicheren Bewegungen der vergangenen Minuten passend, stemmte Drees sich hoch und klopfte sich die Hosenbeine ab. »Natürlich konnten Sie nichts tun, das war unglücklich ausgedrückt von mir.«

*Aber du hast es gesagt*, hämmerte es in Bastians Kopf. *Also hast du es auch so gemeint.* Er wandte sich ab, konnte den Anblick des toten Körpers nicht mehr länger ertragen. Er ließ sich dort, wo er gerade stand, zu Boden sinken, schlug die Hände vors Gesicht. Er weinte, schluchzte, stammelte Dinge wie: »Nein, das kann nicht sein. Das ist ein schlimmer Traum. Nur ein Traum. Wir wollten doch nur helfen. Anna. Er ist wegen mir mitgekommen. Ich bin schuld.«

Und dann konnte er nicht mehr sitzen und leise vor sich hin jammern. Mit einer wilden Bewegung sprang er auf und lief ein Stück zur Seite, auf die Scheune zu.

»Ihr verdammten Schweine«, schrie er gegen die dunkle Wand, so laut er konnte. »Was habt ihr mit Safi gemacht? Los, zeigt euch, ihr elenden Feiglinge. Kommt endlich raus. Ich bringe euch um. Ich bringe euch alle um.« Er rannte zurück, um das Auto herum, legte den

Kopf in den Nacken, schrie sich die Verzweiflung von der Seele. Sollten sie kommen, sollten sie ihn auch holen. Es war ihm egal. Alles, alles war egal.

Eine Hand legte sich fest auf seine Schulter. »Hören Sie auf damit, das bringt doch nichts«, hörte Bastian die Stimme des Arztes neben sich und verstummte. Gegen das Schluchzen, das noch immer seine Schultern zucken ließ, konnte er nichts tun.

»Damit machen Sie ihn nicht wieder lebendig. Kommen Sie, ich bringe Sie zu Mia.«

Bastian drehte den Kopf, sah zu dem am Boden liegenden Körper hinüber. »Aber Safi … ich kann ihn nicht einfach hier liegen lassen.«

»Sie müssen sich jetzt ein wenig hinlegen. Hier können Sie nichts mehr tun. Ich kümmere mich um Ihren Freund, keine Sorge. Ich lasse ihn wegbringen.«

»Aber wohin?«

»Erst mal in meinen Keller. Diese Kerle kontrollieren das Gebiet rund um das Dorf. Sie lassen niemanden raus.« Und nach einer kurzen Pause fügte er hinzu: »Es ist fast wieder wie damals.«

»Wir müssen die Polizei verständigen«, wandte Bastian ein, wissend, wie überflüssig diese Bemerkung angesichts der Situation im Dorf war.

»Ja, sobald wir eine Möglichkeit finden, tun wir das. Und jetzt kommen Sie.«

Nach einem letzten Blick auf Safi wandte Bastian sich ab und ging schweren Herzens los.

Mia sah erstaunt von Bastian zu Dr. Drees, nachdem sie die Tür geöffnet hatte. Drees schob Bastian ins Haus und sagte: »Legen Sie sich ein wenig hin, ich kümmere mich um alles.«

Wie ferngesteuert setzte Bastian einen Fuß vor den anderen und würdigte Mia keines Blickes, als er an ihr vorbeiging.

Im Zimmer angekommen, ließ er sich so, wie er war, auf das Bett fallen und schloss sofort die Augen. Er sperrte die Außenwelt aus, wie er es als Kind schon gemacht hatte, wenn es zu schlimm wurde.

# 29

Als Bastian die Augen öffnete und sich umsah, brach die Erinnerung wie eine bedrohliche Welle über ihm zusammen. Anna, dieses Dorf … Safi. Seine Armbanduhr zeigte halb vier am Nachmittag an, er hatte ein paar Stunden geschlafen. Aber das war auch kein Wunder nach dem, was passiert war. Safi …

Mühsam schob Bastian sich aus dem Bett. Die weiche Matratze und das zerwühlte Bettzeug darauf gaben ihn nur widerwillig frei. Er fühlte sich benommen und legte die wenigen Schritte zur Zimmertür und durch den kurzen Flur schwankend zurück. In der Küche war niemand, also versuchte er es im Wohnzimmer, wo er Mia schließlich fand. Sie saß auf einem Sessel und starrte mit glasigen Augen aus dem Fenster. Sie schien ihn nicht wahrzunehmen.

»Hallo«, sagte Bastian und ging auf sie zu. Mia fuhr zusammen und sah ihn mit großen Augen an. »Sie haben mich erschreckt.«

Bastian überging es, er hatte in diesem Moment keine Antenne für solche Nebensächlichkeiten.

»Dr. Drees hat Ihnen erzählt, was passiert ist?«, wollte er von der immer noch verwirrt dreinblickenden Frau wissen.

»Was meinen Sie?«

»Safi, ich meine, was mit Safi passiert ist.«

»Nein, ich … ich weiß nicht, wovon Sie reden.«

Eine Ahnung braute sich in Bastian zusammen, eine

dunkle Wolke, der bald ein schweres Gewitter folgen würde.

»Nein, nicht das. Nicht jetzt. Wollen Sie mir weismachen, Dr. Drees hätte Ihnen nichts von Safi erzählt, als er zusammen mit mir hier ankam?«

»Zusammen mit Ihnen hier ankam? Ich verstehe überhaupt nicht, was Sie meinen. Ich habe Dr. Drees zuletzt gesehen, als er nach Ihnen geschaut hat. Da lagen Sie in Ihrem Bett, erinnern Sie sich nicht?«

Aus der Ahnung wurde Wut. Das würde er nicht noch mal mitmachen, nicht, wenn es um Safi ging. Ohne ein weiteres Wort wandte Bastian sich ab und verließ das Wohnzimmer. Er ließ die Haustür offen stehen, ging zum Haus des Arztes und klingelte. Als sich nichts tat, legte er den Finger auf den Knopf und ließ ihn dort liegen.

»Was tun Sie denn da?«, drang Mias Stimme von der Seite zu ihm. Sie musste vor ihrem Haus stehen. Ohne sich zu ihr umzudrehen, sagte Bastian grimmig: »Ich werde bei Dr. Drees nachsehen, ob er meinen toten Freund aus dem Dreck geholt hat.«

»Ihren toten Freund? Aber … Dr. Drees wohnt nicht dort, wo Sie gerade klingeln, sondern ein Haus weiter.« Bastians Kopf flog herum. Mia zeigte zu dem Gebäude links neben ihm.

»Das ist doch Blödsinn. Nun hören Sie schon auf mit diesem Theater. Vor ein paar Stunden hat Dr. Drees mir *diese* Tür geöffnet. Er hat seine Tasche aus *diesem* Haus geholt und ist mit mir gekommen. Verschonen Sie mich also bitte mit Ihren Spielchen.«

Mia schüttelte den Kopf. »Welche Spielchen? Das ist einfach unmöglich, Bastian. Sie irren sich. Dieses Haus steht wie viele andere in Kissach schon seit Jahren leer.

Dr. Drees wohnt ein Haus weiter, glauben Sie mir.« Als Bastian keine Anstalten machte, zu dem anderen Haus hinüberzugehen, verließ Mia ihren kleinen Vorgarten und ging den Weg entlang an ihm vorbei zum nächsten Haus. Bastian beobachtete mit einem mulmigen Gefühl, wie sie nebenan klingelte. Sekunden später wurde die Tür geöffnet. Von Dr. Drees.

Mia sagte etwas zu ihm, das Bastian nicht verstand, woraufhin der Arzt mit besorgter Mine zu ihm herübersah.

Bastian spürte, wie sich eine nie erlebte Hitze in ihm ausbreitete. Sie schien ihr Zentrum in seinem Kopf zu haben und schnell auf den gesamten Körper überzugreifen. Als sie seine Knie erreichte, wurden sie weich und begannen zu zittern. Schweißtropfen bildeten sich auf seiner Stirn. Unter größter Anstrengung ging Bastian los, auf die beiden zu, den Blick starr auf Dr. Drees gerichtet.

»Waren Sie vor ein paar Stunden mit mir bei der Scheune?«, fragte er, als er noch einige Meter von Dr. Drees entfernt war. »Haben Sie meinen Freund Safi auf dem Boden liegen sehen? Mit einer Kopfwunde? Haben Sie ihn untersucht und festgestellt, dass er tot ist? Haben Sie das, oder haben Sie das nicht?«

Der Arzt kniff die Augen zusammen und zog die Stirn in Falten. »Bei der Scheune?« Hilfesuchend sah er zu Mia hinüber, die die Schultern hob.

»Ich verstehe nicht. Ich war an keiner Scheune, und schon gar nicht mit Ihnen. Ich habe Sie nur einmal gesehen, und das war, als Sie drüben in Mias Haus im Bett lagen. Ihren Freund kenne ich überhaupt nicht. Und gesehen habe ich ihn auch noch nie.«

Wieder ein langer Blick zu Mia, währenddessen Bastian

sich sehnlichst wünschte, einfach in eine lange, tiefe Bewusstlosigkeit zu fallen. Als der Arzt sich ihm erneut zuwandte, zeigte er ein aufgesetzt verständnisvolles Lächeln. »Herr Thanner, ich würde mich gerne mit Ihnen unterhalten. Ich denke, Sie sind im Moment sehr verwirrt und werfen einiges durcheinander. Vielleicht können wir in einem ruhigen Gespräch ein paar Dinge geraderücken?«

Bastian schüttelte energisch den Kopf, in dem gerade seltsame Dinge geschahen. Als tobe ein Gewitter in seinem Verstand, glaubte Bastian helle Blitze in seinem Inneren wahrzunehmen, wenn er die Augen schloss. Es war, als kapituliere sein Verstand nun endgültig. Aber war das nicht sogar gut? Bastian stieß ein gurgelndes Kichern aus. Natürlich, das war mehr als gut, geradezu genial. Wenn sein Verstand sich verabschiedete, dann konnte er tun und lassen, was er wollte. Vorbei waren alle Sorgen und das quälende Nachdenken. Er würde sogar ganz hervorragend in dieses Drecksdorf passen. Wer konnte es wissen, vielleicht würde er sich sogar ein Haus hier kaufen? Teuer konnten die ja nicht sein. Wieder lachte er auf. Dann sah er Drees' väterlichen Gesichtsausdruck und hätte sich auf dem Boden wälzen können vor Vergnügen, weil der Kerl so dämlich aussah. So dumm.

Gleich darauf hatte Bastian aber das Gefühl, bei dem Anblick kotzen zu müssen. Wut übermannte ihn. »Nein, keine Unterhaltung. Ich muss wissen, was mit Safi ist. Sie haben ihn dort drüben im Dreck liegen lassen, stimmt's? Was sind Sie denn für ein Arzt? Stecken Sie etwa mit denen unter einer Decke, ja? Aber das wird die Polizei herausfinden, sobald ich aus diesem Kaff verschwunden bin.«

Bastians Gesicht verzog sich zu einem breiten Grinsen.

»Ja, dann wird hier aufgeräumt. Und wir werden feststellen, ob der nette Dr. Drees damals vielleicht an einem Mord beteiligt war. An einem Journalisten. Ha! Ihr habt gedacht, ihr kommt damit durch, weil so lange nichts passiert ist. Aber dann habt ihr einen Fehler gemacht. Ihr habt mich hierhergelockt. Ihr konntet ja nicht wissen, dass die liebe Mia noch Aufzeichnungen von diesem Journalisten hat und sie mir zeigt. Und dass ich erkenne, wer der Mann gewesen ist. Ihr habt euch verrechnet, ihr superschlauen Dorftrottel. Wie praktisch, dass in den Aufzeichnungen etliche Seiten fehlten, nicht wahr, Mia? Seiten, auf denen vielleicht ein Name stand, der dort nicht stehen sollte. Oder gleich mehrere. Mia?«

Bastian tat erschrocken und legte eine Hand vor den Mund. »Hups.« Er sah in Mias sorgenvolles Gesicht. Sein kleines Theaterstück machte ihm Spaß. »Jetzt habe ich Sie verraten. Tut mir leid, Mama Mia.« Als er es ausgesprochen hatte, erkannte Bastian den Wortwitz und wiederholte prustend: »Mamma Mia. Ich schmeiß mich weg.«

»Ich kenne Ihren Freund wirklich nicht und weiß auch nicht, was mit ihm ist.« Die Stimme des Arztes klang gleichbleibend ruhig und geduldig. Sie vermieste Bastian die gute Laune und ließ wieder die Wut in ihm hochkochen. »Ich würde Ihnen ja gerne helfen, aber Sie müssen das zulassen. Aus irgendeinem Grund scheinen Sie Wahnvorstellungen zu haben, aber alles ist lösbar, glauben Sie mir. Wir müssen der Sache nur auf den Grund gehen. Reden Sie mit mir.«

Bastian wollte sich nicht weiter mit Drees unterhalten. Dieses Psychiatergeschwätz machte ihn nur noch wütender. Er winkte ab und ging davon, ohne auf die Worte zu reagieren, die Mia ihm nachrief und die er nicht verstehen konnte. Oder wollte.

Sein Weg führte ihn geradewegs zu der Scheune. Und mit jedem Schritt, mit dem die Entfernung zu Mia und Drees größer wurde, schien Bastians Kopf wieder etwas klarer zu werden. Er war sich bewusst, dass sein Verhalten, ja sogar seine Gedanken gerade absolut irre gewesen waren. Er musste wissen, ob er nun total verrückt geworden war. Aber was tat er, wenn er nun dort ankam und Safi saß wieder verletzt auf dem Beifahrersitz? Wieder umdrehen und Dr. Drees zu Hilfe holen? Und wenn er mit dem Arzt zurückkam, lag Safi dann wieder tot am Boden?

Irrsinnigerweise fiel ihm in diesem Moment ein Film mit Bill Murray ein, der den gleichen Tag immer und immer wieder erlebte. *Und täglich grüßt das Murmeltier*, hieß er. Bastian schmunzelte, rief sich im nächsten Moment aber zur Vernunft. Er war auf dem Weg zu seinem toten Freund, der vielleicht aber doch nicht tot war, weil er sich das nur eingebildet hatte, und er grinste über ein Murmeltier? Der Zerfall seines Verstands schien rasend schnell vonstattenzugehen. Die Emotionen in ihm wechselten mittlerweile im Minutentakt. Er war offensichtlich geisteskrank, verlor den Verstand. Wie konnte das nur sein? Er schluchzte. Weinte.

Bastian erreichte die Scheune und bog in den schmalen Weg ein. Mit dem Arm wischte er sich die Tränen vom Gesicht und sah schon aus einiger Entfernung, dass der Beifahrersitz wohl leer war. Er hielt sich etwas mehr nach rechts, ging dichter an der Scheunenwand entlang und versuchte zu erkennen, ob ein regloser Körper vor dem Auto lag.

Als er den Golf endlich erreicht hatte, blieb er stehen und starrte auf die Stelle am Boden. Sie war leer, und nichts deutete darauf hin, dass kurz zuvor hier ein Toter gelegen hatte. Bastian bückte sich, suchte die sporadisch von mickrigen Grasbüscheln durchsetzte Erde nach einem Hinweis ab, einem Blutfleck. Irgendetwas, das belegte, dass er nicht vollkommen den Verstand verloren hatte. Als er nichts entdeckte, richtete er sich auf und öffnete die Beifahrertür. Akribisch untersuchte er den Ledersitz, betrachtete genau jeden Zentimeter der Rückenlehne, der Sitzfläche, überprüfte die Ritzen, immer und immer wieder, doch er fand nichts.

Bastian fühlte sich leer und kraftlos. Er durchforstete seine Erinnerung auf der Suche nach dem Ansatz einer Erklärung für das, was seit dem Vortag mit ihm geschah. Er fand nichts. Keine Worte, keine Sätze. Keine Gedanken. In seinem Kopf wechselten sich plakative Bilder in rasender Geschwindigkeit ab. Der am Boden liegende Safi, die blutverklebten Haare. Das Bett mit den Handschellen und Annas Tasche daneben. Dr. Drees, der ihn ansah und sagte, dass Safi tot war. Drees, der ihm mit verständnislosem Blick erklärte, er kenne Safi gar nicht. Franziska, Stefan, Franziskas Mutter, Mia, Schierer … Bastian rutschte am Blech des Autos herab, saß auf dem Boden, die Scheune schwankte vor seinen Augen, schien auf ihn zuzukippen. Jemand stieß einen gellenden Schrei aus. Panisch drückte Bastian sich die Hände auf die Ohren, er konnte dieses Schreien nicht ertragen. Er merkte, dass er selbst es war, der schrie, er verstummte, ließ den Kopf auf die Knie sinken und weinte.

»Sie scheinen noch keinen Erfolg bei Ihrer Suche nach Ihrer Freundin gehabt zu haben.«

Bastian hob den Kopf ein kleines Stück, gerade genug, dass er die Schuhe des Mannes sehen konnte, der neben ihm stand.

Es waren rote Sneakers.

# 30

Bastian sah schluchzend zu Schierer auf. »Nein, hatte ich nicht. Seit wann sind Sie hier?«

»Wo? In Kissach?«

Es war nicht eben höflich, sich am Boden sitzend mit jemandem zu unterhalten, der neben einem stand, doch das interessierte Bastian nicht. Jetzt war sowieso alles egal. »Nein, hier. Neben dieser verdammten Scheune.«

»Ich bin gerade erst gekommen. Was haben Sie gegen die Scheune?«

Bastian entschied sich doch dazu, aufzustehen. Er hatte keine Lust mehr, den Kerl einen Meter über sich zu haben. Er stemmte sich hoch und strich sich mit einer reflexartigen Bewegung mit beiden Händen den Schmutz von der Hose. »Sagen Sie es mir. Sie wissen doch sicher besser als ich, was sich früher in der Scheune abgespielt hat. Und sich wieder abspielt.«

»Ach ja?«

Bastian stand dicht neben Schierer und wandte sich ihm zu, so dass ihre Gesichter noch höchstens einen Meter voneinander entfernt waren. Ihm war mittlerweile alles egal. Er würde kein Blatt mehr vor den Mund nehmen.

»Was ich weiß, ist, dass alles aus dem Ruder läuft, seit ich gestern hier angekommen bin. Mein Freund ist verschwunden, Anna ist hier irgendwo, aber niemand hat sie gesehen. Mir kommt es so vor, als sei dieses ganze verdammte Dorf bösartig und gemein.«

Er versuchte in Schierers Augen eine Reaktion auszumachen, konnte jedoch keine feststellen.

»Ich weiß nicht mehr, was ich wirklich erlebt und was ich mir nur eingebildet habe, und es ist mir, ehrlich gesagt, so langsam auch egal. Außerdem frage ich mich gerade, warum ich Ihnen das überhaupt erzähle, aber auch das ist vollkommen nebensächlich. Wie ich gehört habe, hat dieses Dorf früher wohl nur aus Psychopathen und Feiglingen bestanden. Ich weiß nicht, ob sich das großartig geändert hat.«

Schierer machte einen kleinen Schritt und stand somit noch dichter vor Bastian. Ihre Nasenspitzen berührten sich fast.

»Reden Sie nicht so über mein Dorf. Und urteilen Sie nicht so überheblich über die Leute hier. Sie haben ja keine Ahnung, was hier geschehen ist.«

Bastian war nicht im Mindesten beeindruckt und wunderte sich selbst darüber. Er war alles andere als ein Draufgänger und hatte stets versucht, Handgreiflichkeiten aus dem Weg zu gehen. Nun legte er es geradezu darauf an, Schierer aus der Reserve zu locken.

»Vielleicht weiß ich mehr, als Sie denken. Vielleicht habe ich Aufzeichnungen gefunden, in denen recht gut beschrieben ist, was damals hier geschah. Und wie die Leute aus dem Dorf sich verhalten haben. Wie sie den Schwanz eingezogen haben vor ein paar geistesgestörten Kerlen und alles mit sich machen ließen. Und mitmachten.«

Bastian spürte, dass Schierer mit sich kämpfte und dass es dem Mann schwerfiel, sich zusammenzureißen. Sein Atem ging stoßweise, Bastian spürte ihn im Gesicht.

»Sie denken, Sie wissen etwas über uns? Ich garantiere Ihnen, das meiste, was Sie zu wissen glauben, ist Lichtjahre von der Wirklichkeit entfernt. Und ich denke, Sie wollen nicht wirklich mehr wissen, denn das könnte Ihre schöne heile Welt auf den Kopf stellen.«

»Meine heile Welt?« Mit einem humorlosen Lachen schüttelte Bastian den Kopf. »In Wahrheit sind Sie es, der keine Ahnung hat. Meine Freundin und mein Freund sind verschwunden. Hier, in diesem Dorf. Ich weiß nicht, ob die beiden noch leben oder mittlerweile schon tot sind. Ich kämpfe gegen Windmühlen und erlebe dabei, dass kein einziger Mensch hier bereit ist, mir zu helfen. Weil das Leben von zwei Menschen den Leuten entweder egal ist oder weil sie sich schon wieder vor Angst in die Hose machen. Das kotzt mich an, verstehen Sie? Und wie ist das mit Ihnen? Wo stehen Sie? Gehören Sie zu den Kerlen, vor denen die Leute Angst haben, oder zu den Hosenscheißern?«

Bastian konnte sehen, wie Schierers Fäuste sich schlossen und krampfhaft wieder öffneten, und er konnte eine gewisse Schadenfreude nicht verleugnen.

»Vielleicht werden Sie Gelegenheit bekommen, das herauszufinden«, sagte Schierer leise, und es klang wie eine Drohung. »Das und noch einiges mehr.«

Mit einer betont langsamen Bewegung wandte er sich ab, hielt dann aber inne und sah Bastian nochmals an. Sein Mund verzog sich zu einem hämischen Grinsen. »Haben Sie eine Vorstellung davon, wie ein Mensch schreit, wenn er vor Schmerzen den Verstand verliert? Viele hier im Dorf wissen es.«

Damit setzte Schierer sich endgültig in Bewegung und war kurz danach um die Scheunenecke verschwunden.

Bastian wusste, dass das gerade nicht ungefährlich gewesen war. Aber das hatte ihn nicht interessiert. Schierer gehörte zu diesen Kerlen, dessen war sich Bastian nun ganz sicher. Warum sonst hätte er ihm so offen drohen sollen? Und er wusste auch genau, was mit Anna geschehen war. Und mit Safi.

Safi. Bastian hatte das Bild seines Freundes noch so deutlich vor Augen, als wäre es erst Sekunden her, dass er vor ihm auf dem Boden gelegen hatte. Mit blutverklebten Haaren, totgeschlagen wie ein räudiger Hund. Wieder betrachtete er die Stelle vor seinem Auto, und wieder hatte er das dringende Bedürfnis, seine ganze Verzweiflung und seine Wut herauszuschreien, so, wie er es zuvor getan hatte. Wie er glaubte, es getan zu haben.

Bastian spürte, dass er am Ende seiner Kräfte war. Schlimmer als alles andere war für ihn, dass er nicht mehr wusste, was Realität und was Vorstellung war. Und was sich daraus ableiten ließ: dass er vielleicht an einer psychischen Störung litt. Es konnte durchaus sein, dass die schon lange in ihm schlummerte und nun, in dieser Extremsituation, ausgebrochen war. Er sah auf, betrachtete die hohe, dunkle Mauer der Scheune und ging los. An seinem Auto vorbei, an dem Gebäude entlang zur rückwärtigen Seite. Er sah die Planen, roch den Gestank, ignorierte ihn. Etwas, das er in den Aufzeichnungen gelesen hatte, wiederholte sich in seinem Kopf wie ein Mantra:

*Wir durchquerten die ganze Scheune. Durch eine Tür in der Rückwand verließen wir sie wieder.*

Sein Blick glitt über die Gegenstände, mit denen die Rückwand der Scheune zugestellt war. Faulende Holzplatten, verrostete Metallkonstruktionen, Unrat … Und zwischen diesem Durcheinander, etwa in der Mitte der Mauer, eine Tür. *Die* Tür. Bastian kletterte über ein Stück Plane, unter der etwas Weiches verborgen war. Er wollte gar nicht wissen, was es war, und konzentrierte sich auf sein Ziel. Auf dem letzten Meter rutschte er aus und wäre fast hingefallen, konnte sich aber gerade noch abstützen. Dann stand er vor der Tür.

Sie war aus Metall und überzogen mit Rostflecken. Ohne große Hoffnung griff Bastian nach der Klinke und drückte sie herunter. Wie erwartet war die Tür abgeschlossen, und soweit Bastian es einschätzen konnte, hatte er auch keine Chance, sie aufzubrechen. Zumindest nicht ohne schweres Werkzeug. Aber das war vielleicht auch gar nicht nötig, wie er in diesem Moment feststellte. Schräg oberhalb des rostenden Türblatts war ein Fenster in die Mauer eingelassen, eine Art Oberlicht. Zumindest hatte es früher einmal als Fenster fungiert. Mittlerweile war die Glasscheibe durch eine Holzfaserplatte ersetzt worden, die, wie es schien, von innen auf den Holzrahmen genagelt worden war. Das Fenster war recht breit, aber nicht sehr hoch, vielleicht fünfzig Zentimeter. Aber das würde reichen. Bastians Puls beschleunigte sich. Das war seine Chance, einen Blick in diese Scheune zu werfen. Und er durfte, er *würde* sich diese Möglichkeit nicht entgehen lassen. Alles, was er bisher über diese Sekte und ihre abartigen Zeremonien erfahren hatte, spielte sich in dieser Scheune ab. Vielleicht würde er dort drinnen ja sogar einen Hinweis auf Anna finden oder auf Safi.

Bastian sah sich um, er suchte nach einem Gegenstand, den er an die Wand stellen und auf den er steigen konnte, um an das Fenster heranzukommen. Er fand einen breiten Metallrahmen, etwa einen Meter im Quadrat, der ihn trotz fortgeschrittener Zersetzung durch Rost wahrscheinlich noch tragen konnte.

Bastian brauchte mehrere Anläufe, bis er es schaffte,

sich auf die Oberkante hochzuziehen, doch schließlich hatte er das Fenster auf Brusthöhe vor sich.

Einen Moment hielt er inne. Was, wenn einige dieser Kerle sich gerade in der Scheune aufhielten? Andererseits … was machte das noch für einen Unterschied? Wenn sie über ihn herfallen wollten, konnten sie es vor der Scheune ebenso tun.

Falls es dort allerdings etwas gab, das niemand sehen sollte, hatten die einen Grund, ihn zum Schweigen zu bringen. Aber hatten sie den nicht sowieso allein schon durch den Umstand, dass er in diesem verdammten Kaff war?

Ohne weiteres Zögern stieß Bastian mit aller Kraft gegen die Holzplatte, soweit es der wacklige Unterbau erlaubte. Es genügte. Schon der erste Versuch war erfolgreich. Die morsche Platte gab nach, brach nach innen weg und fiel polternd auf dem Boden.

Bastian hielt den Atem an, lauschte angestrengt. Waren aus dem Inneren Schritte zu hören? Stimmen? Irgendein Geräusch? Er entspannte sich ein wenig. Es war absolut ruhig. Vorsichtig wagte er einen ersten Blick durch die Öffnung.

Erst erkannte er so gut wie nichts außer einem Durcheinander aus Gerätschaften, mit denen der hintere Teil der Scheune zugestellt war. Dann hatten seine Augen sich ein wenig an die Lichtverhältnisse gewöhnt.

Über sich konnte er vage das Gebälk erkennen. Hier und da fehlte ein Ziegel, wodurch etwas Tageslicht in die Scheune fiel.

Auch in der linken Seitenwand schien es Ritzen zu geben, durch die sich dünne Lichtwände ins Innere drückten. Sie tauchten die Scheune in ein Wechselspiel aus schmalen Tageslichtstreifen und einem nichtidentifizierbaren, dunkelgrauen Konturenbrei.

Es nutzte nichts, er musste dort hinein, wenn er mehr sehen wollte. Er stemmte sich am Fenstersims hoch und presste seinen Oberkörper durch die Öffnung. Die Beine nachzuziehen, ohne auf der anderen Seite herunterzufallen, gestaltete sich als nicht ganz einfach. Schließlich hatte er es aber geschafft und hing mit den Beinen im Inneren in der Fensteröffnung. Der Boden war etwa eineinhalb Meter von seinen Fußsohlen entfernt, eine Höhe, die er gut würde überwinden können, sofern dort, wo er landete, nichts lag oder stand. Da er aber nicht sehen konnte, was sich unter ihm befand, musste er das Risiko eingehen. Für ihn selbst überraschend emotionslos stieß Bastian sich ab und ließ sich fallen.

Er hatte großes Glück und landete sogar weich auf einer Schicht Heu. Es war jedoch so trocken, dass sofort eine dichte Staubwolke um Bastian herum entstand, die ihm die Luft zum Atmen nahm. Hustend und würgend stemmte er sich hoch und wirbelte dabei noch mehr Staub auf. Schließlich hatte er es geschafft und stand in einer Wolke aus Milliarden kleinen, umherfliegenden Teilchen. Geduckt quetschte er sich zwischen zwei großen Fahrzeugen hindurch, die sich wie schlafende Dinosaurier vor ihm auftürmten, und sah sich um. Die Luft an dieser Stelle war halbwegs staubfrei, aber da war etwas anderes, ein seltsamer Geruch. Metallisch, aber anders als die rostigen Gerätschaften. Auf eine Art intensiv, die ihm direkt auf den Magen schlug. Bastian wusste, er kannte den Geruch, und konnte ihn doch nicht zuordnen. Sofern man einem Geruch dieses Attribut geben konnte, roch es nach kaltem Eisen.

Bastian versuchte, die Quelle zu identifizieren. Das Erste, auf das sein Blick fiel, war eine Ansammlung seltsamer Stühle mit hohen Rückenlehnen und sehr tiefen Sitzflächen, die in der Mitte der Scheune zu einem Kreis aufgestellt waren. Ein weiterer Sitz, der an einen Hocker erinnerte, stand in der Mitte dieses Kreises. Das punktuell schräg einfallende Tageslicht ließ die Szene anmuten wie ein Bühnenbild, das jeden Moment durch Schauspieler mit Leben gefüllt wurde.

Die Szene entsprach der Beschreibung, die Bastian in den Aufzeichnungen gelesen hatte. Nur dass der Stuhlkreis damals hinter der Scheune gestanden hatte.

Als Nächstes fiel ihm gleich links von ihm etwas auf, eine Art Tisch, aber er schien aus Stein zu sein. Bastian machte zwei Schritte darauf zu, betrachtete die Oberfläche, das direkte Umfeld. Auf dem Boden direkt davor … Unsicher machte er einen weiteren Schritt, sah, was das Tageslicht aus der gnädigen Dämmerung riss … und musste sich übergeben.

# 31

Als das schmerzhafte Würgen nichts mehr zutage brachte und Bastian halbwegs wieder zu Atem gekommen war, konnte er nicht anders, als sich die furchtbare Szene erneut anzuschauen. Dort vor ihm auf dem Boden, inmitten einer riesigen eingetrockneten Lache, bei der es sich nur um Blut handeln konnte, lag ein kleiner Gegenstand, den er trotz der widrigen Lichtverhältnisse sofort erkannt hatte. Es war ein schlichter Ring aus Silber, den eine kleine Rose zierte. Ein wenig kitschig, eher ein Schmuckstück für kleine Mädchen. Und doch war dieser Ring von einer Frau getragen worden, die ihn viele Jahre zuvor von ihrer Mutter bekommen hatte, wie sie ihm erzählt hatte. In diesem See aus getrocknetem, intensiv nach Eisen riechendem Blut lag Annas Ring.

Bastian wurde schwindelig, er kniete in sich zusammengesunken am Rand der Blutlache und starrte auf den Ring. Das konnte doch nicht sein. Das durfte nicht sein. Anna, seine Anna. War er zu spät gekommen? Oder war er noch rechtzeitig da gewesen, hatte seine Zeit aber mit irgendwelchen anderen Dingen vertan, anstatt sofort intensiv nach ihr zu suchen? Ja, das hatte er.

Er war allem Möglichen nachgegangen, hatte schließlich gemütlich in Mias Wohnzimmer gesessen und sich alte Schauergeschichten angehört, statt sich um Annas Rettung zu kümmern. Er hatte sich ablenken lassen.

Bastian ließ den Kopf hängen, hob ihn ruckartig wieder an, schluchzte, weinte. Er sah sich gehetzt nach allen Seiten um, richtete den Blick wieder auf den Ring. Er verging vor Schmerz bei dem Gedanken an Anna, ergab sich völlig der ausweglosen Qual, war sich der Sinnlosigkeit seiner Fahrt nach Frundow, nach Kissach, bewusst. Alles war sinnlos geworden.

Nicht nur, dass er Anna nicht hatte helfen können, er hatte zudem Safi in Gefahr gebracht, war vielleicht schuld an dessen Tod.

Er war ein größenwahnsinniger Schwachkopf. Was hatte er sich nur gedacht? Dass er wie der weiße Ritter in dieses gottverdammte Dorf kam und die Prinzessin auf seinen starken Armen nach Hause trug? Dass sie zum Dank einsah, welchen Fehler sie begangen hatte, als sie ihn verließ, und wieder zu ihm zurückkam? Dieses Mal endgültig?

Er war ein Idiot gewesen, ein Träumer, der seine Eltern als kleines Kind verloren hatte und dachte, er habe dadurch die Grausamkeit der Welt kennengelernt wie kaum ein anderer.

Und dabei hatte er bisher nicht die Spur einer Ahnung gehabt, wie sich Grausamkeit tatsächlich anfühlte.

Wie furchtbar dieser Schmerz war, der nicht von den Nerven, sondern von der geschundenen Seele erzeugt wurde.

Bastian stand auf, wandte sich ab, machte ein paar schleppende Schritte. Er stützte sich auf dem luftleeren, porösen Reifen eines alten Treckers ab, ließ den Kopf hängen und beobachtete den Speichelfaden, der sich aus seinem Mund zum Boden hinzog. Es war ihm egal. In seinem Kopf passierten seltsame Dinge, die fremdartige Knackgeräusche erzeugten.

»Anna«, flüsterte er gegen das Knacken an und schüttelte heftig den Kopf, um es zu vertreiben. »Anna!«, wiederholte er lauter. »Es tut mir leid. Es tut mir so leid.« Und dann richtete er sich auf, legte den Kopf in den Nacken und schrie seine ganze Qual mit einem unartikulierten Laut heraus. Er schrie so lange, bis die Adern in seinen Augen zu platzen drohten und er das Gefühl hatte, sein Kopf sei auf das doppelte Volumen angeschwollen, dann sog er japsend die Luft ein und schrie einfach weiter und weiter.

Irgendwann, als statt eines Schreis nur noch Krächzen aus seiner Kehle kam, als er husten musste und sich fast wieder übergab, hörte Bastian schwer atmend auf. Er rang nach Luft, er schwieg. Und er spürte, dass etwas in ihm oder besser, *mit* ihm geschehen war, während er fast seine Lunge ausgekotzt hatte.

Er konnte es nicht benennen, aber er spürte, es war etwas Gutes. Etwas, das ihm helfen würde, ab diesem Moment alles zu überstehen, was auch kommen mochte. Er freute sich über diese positive Entwicklung. Er kicherte und verlor dabei wieder einen Speicheltropfen, der auf seiner Brust landete. Und ihm wurde noch etwas anderes klar: Wenn er diese elende Scheune gleich verlassen hatte, würde es so sein wie in den letzten beiden Tagen auch. Natürlich. Dass er daran nicht schon eben gedacht hatte. Es würde sich herausstellen, dass es weder die Blutlache noch den Ring wirklich gegeben hatte. Warum auch sollte es dieses Mal anders sein als bei Franziska und diesem Stefan? Und bei Safi?

»Genau«, sagte Bastian laut und schlug sich mit dem Handballen gegen die Stirn, weil er nicht gleich darauf gekommen war. Das war einfach wieder so etwas, das sein Hirn ihm vorgaukelte. Weil es nämlich genau das war, vor dem er sich am meisten gefürchtet hatte. Die Bestätigung, dass diese Typen seine Anna umgebracht hatten.

Wieder musste Bastian kichern, diesmal über seine Dummheit. Und weil er so erleichtert war, dass die Blutlache im Nachhinein gar nicht mehr existieren würde, drehte er sich um und betrachtete sie noch einmal ausgiebig. Er sah sie schließlich zum letzten Mal, diese perfekte Arbeit seines Gehirns.

Nach einem letzten, langen Blick auf die Ringillusion wandte Bastian sich locker ab und schlenderte los, zwischen den Stühlen hindurch, auf die Vorderseite der Scheune zu.

Und er hatte schon befürchtet, er würde den Verstand verlieren? »Ha!«, stieß er laut aus und freute sich über das Geräusch so sehr, dass er gleich ein zweites »Ha!« nachschob. Ganz im Gegenteil arbeitete sein Verstand in diesem Moment so präzise und glasklar wie lange nicht. Er funktionierte perfekt, gerade *weil* er ihm diese Dinge vorgegaukelt hatte. Das war die einzige Möglichkeit gewesen, ihn vor dem wirklichen Durchdrehen zu bewahren. Sein Kopf, sein Verstand, hatte ihn beschützt und damit seine Aufgabe zu hundert Prozent erfüllt.

Bastian fühlte sich leicht wie eine Feder, nun, wo er endlich den Durchblick hatte. Er erreichte die Vorderseite und betrachtete das große Tor und die darin eingelassene Tür. Sie war natürlich abgeschlossen, wie er mit einem Griff feststellte, und es würde nicht einfach sein, sie aufzubrechen. Geradezu lächerlich einfach war es dagegen, die beiden Flügel des großen Tors aufzustoßen, denn die Verriegelung ließ sich von innen öffnen. Er würde sie anschließend nicht mehr schließen können, aber wen interessierte das? Sollten Sie doch wissen, dass er in der

Scheune gewesen war. Es gab da ja nichts zu sehen außer ein paar alten Stühlen, das wusste er jetzt.

Bastian entriegelte das Tor und stieß einen der Flügel auf. Gemütlich verließ er die Scheune. Dinge wie Blut oder Annas Ring hatte er komplett aus seinen Gedanken gestrichen.

# 32

Die Abenddämmerung setzte wieder ein. Dieses Kaff hatte bei Tageslicht schon keine Chance, einen Dorfwettbewerb zu gewinnen, in der Dunkelheit war es an düsterer Hässlichkeit kaum zu überbieten.

Bastian machte sich auf den Weg zurück zu Mia und Drees. Der Arzt hatte die Zeit damals doch miterlebt. Bastian würde ihm einen Besuch abstatten und dem alten Herrn so lange in den Ohren liegen, bis er mehr erfahren hatte über das, was damals geschehen war, und das, was in der Gegenwart passierte. Er freute sich auf die Geschichten.

Im Grunde machte Drees doch einen ganz netten Eindruck. Er lebte schon eine Ewigkeit in diesem Ort. Erneut musste Bastian kichern. Vielleicht kannte er ja sogar eine Möglichkeit zur Flucht? Einen Geheimgang?

Bastian dachte an die Aufzeichnungen, die in seinem Zimmer hinter dem Schrank steckten. Die Idee, es könnte sich bei dem Journalisten um seinen Vater gehandelt haben, erschien ihm nun, mit einigem Abstand, ziemlich absurd.

Ja, natürlich konnte man alles so drehen, wie man es gerne sehen wollte, aber wenn er ganz ehrlich zu sich selbst war, musste er zugeben, dass nie etwas über diese Sekte, oder wie auch immer man diese Gruppe bezeichnen wollte, irgendwo aufgetaucht war. Und was noch weitaus entscheidender war: Der Chef seines Vaters, dieser Vogelbusch, hatte nichts davon gewusst. Und das war für einen professionellen Journalisten, wie es sein Vater ja laut Aussage des Verlegers gewesen war, einfach undenkbar.

Bastian wechselte die Straßenseite und war begeistert von der analytischen Präzision, mit der sein Verstand arbeitete.

Wer auch immer damals in Mias Zimmer gewohnt hatte, war sich vorher schon der Gefahr bewusst gewesen, in die er sich begab. Über so etwas musste man zumindest den Vorgesetzten informieren und es mit ihm absprechen. Das wusste Bastian als Journalist genau.

Zudem kannte er den Polizeibericht über den Unfall. Neben ein paar Fotos war es eines der wenigen Dinge, die ihm von seinen Eltern geblieben war: die Dokumentation ihres Todes. Dort hatte die Polizei ausdrücklich ein Fremdverschulden ausgeschlossen.

Bastian bog in die schmale Gasse ein, in der Mias Haus stand. Und das von Dr. Drees. Sollte er sich vielleicht doch mit dem Arzt über diese seltsamen Dinge in seinem Kopf unterhalten? Diese Knackgeräusche eben … War das nicht ein guter Aufhänger für das Gespräch, das er ja sowieso mit Drees führen wollte?

Er spürte Hunger und quälenden Durst, und ihm fiel auf, dass er seit dem Morgen weder etwas gegessen noch Flüssigkeit zu sich genommen hatte.

»Da sind Sie ja«, sagte plötzlich Mias Stimme. Sie stand direkt vor ihm, neben ihr bedachte Dr. Drees ihn mit seinem sorgenvollen Blick. Er hatte die beiden nicht auf sich zukommen sehen, obwohl er den Blick nicht gesenkt hatte. Offensichtlich war er zu sehr in seine Gedanken vertieft gewesen. Mias Haus war nur noch etwa fünfzig Meter entfernt.

»Was machen Sie hier draußen?«, fragte Bastian, nachdem er sich auf die Situation eingestellt hatte, und lächelte Mia an.

»Wir gehen zu Franziska, weil wir etwas mit ihr besprechen müssen.«

»Fein, ich komme mit.« Bastian drehte sich um und wollte gerade losmarschieren, als Mias Stimme ihn zurückhielt.

»Nein, bitte, Sie können nicht mitgehen. Wir könnten uns nicht mit ihr unterhalten, wenn Sie dabei sind. Fremde machen ihr zu schaffen.«

»Oh, verstehe.« Bastian nickte. Er verstand nicht im Mindesten, aber es war ihm egal. Ach, es war herrlich, wenn die meisten Dinge einem egal sein konnten.

»Wo waren Sie überhaupt die ganze Zeit?«, wollte Drees wissen.

»In der Scheune.« Bastian sah, wie sich die Gesichter der beiden veränderten, als sie einen Blick wechselten.

»In der Scheune?«, sagte Mia besorgt und senkte die Stimme. »Hat Sie jemand dort gesehen?«

Bastian hob die Schultern. »Nein, glaube nicht.«

»Das war sehr unvernünftig. Und gefährlich.«

»Und?«, wollte Drees wissen. »Haben Sie dort etwas gefunden? Einen Hinweis auf Ihren Freund? Ihre Freundin?«

»Nein, nichts außer ein paar alten Stühlen.« Es kam Bastian ganz leicht über die Lippen, weil er ja wusste, dass es letztendlich die Wahrheit war. Wenn er jetzt mit den beiden zu dieser Scheune und dort zu dem Tisch gehen würde, dann wäre auf dem Boden rundum nichts zu finden außer Dreck und Staub.

»Hier.« Mia hielt ihm einen Schlüssel entgegen. »Gleich

ist es dunkel. Laufen Sie nicht mehr hier draußen herum, gehen Sie ins Haus.«

»Okay«, machte Bastian und schnappte sich den Schlüssel. »Ist es in Ordnung, wenn ich mir etwas zu essen und zu trinken nehme?«

»Ja, natürlich, aber ich habe nicht allzu viel im Haus.«

»Kein Problem, ich werde schon was finden.«

Erneut tauschten Mia und Drees einen vielsagenden Blick. *Wundert euch nur*, dachte Bastian. *Mein Kopf arbeitet perfekt wie eine Maschine. Ich blicke durch.*

»Wir werden eine Weile brauchen«, erklärte Mia, als sie schon an ihm vorbei war.

*Das ist mir egal*, dachte Bastian und setzte sich ebenfalls in Bewegung.

Ohne Umwege ging er zur Küche und öffnete den Kühlschrank. Er war fast leer. Wände und Ablagen sahen aus, als seien sie schon ewig nicht mehr saubergemacht worden. Neben zwei Tüten Milch und einer halbvollen Wasserflasche fristeten dort lediglich in Plastik eingeschweißte Wurst und Käsescheiben sowie ein Stück Butter ihr gekühltes Dasein.

Bastian fragte sich, wie eine Frau so leben konnte, wie Mia das tat, schob den Gedanken gleich darauf aber zu Seite, weil es ihm egal war. In dem Hängeschrank daneben fand er den Korb mit aufgeschnittenem Brot. Die Scheiben begannen, am Rand schon hart zu werden.

Er verzichtete auf Butter und belegte eine der Scheiben mit Käse und Wurst. Obwohl das Brot trocken schmeckte, genoss er den ersten Bissen so sehr, dass er beim Kauen ein wohlig murmelndes Geräusch von sich gab.

Ein Glas fand er nicht auf Anhieb, also trank er einen

großen Schluck Milch direkt aus der Packung, atmete tief durch und setzte gleich noch einmal an.

Mit dem belegten Brot in der Hand ging er langsam an der Arbeitsplatte vorbei, öffnete Schubladen und Schränke und registrierte erneut, wie spartanisch Mia eingerichtet war. Ein paar Tassen und Teller in einem Hängeschrank, einige Gewürze und Tüten mit Zucker und Mehl in einem anderen. In einer Schublade ein paar Löffel, Messer und Gabeln. Mia schien nicht viel zum Leben zu brauchen. Aber was interessierte ihn das? Gar nicht.

Kauend verließ er die Küche und steuerte, ohne darüber nachzudenken, Mias Schlafzimmer an. Bis auf die Fotos im Regal, die es hier nicht gab, glich es dem Raum, in dem er übernachtete.

Das Bett mit seiner blassen, glattgestrichenen Tagesdecke, die kleine Nachttischlampe als einziger Gegenstand auf dem Nachttisch … Der Raum strahlte die Sterilität eines Ausstellungszimmers in einem Geschichtsmuseum aus.

Bastian ging hinüber zu dem Nachttisch und zog die Schublade auf. Er tat es mit der Gelassenheit eines Menschen, der sich einen Löffel aus einer Schublade nehmen möchte. Diese Gelassenheit verschwand jedoch schlagartig, als er einen Blick ins Innere warf.

# 33

Schon beim ersten Blick auf das zerknitterte, an der linken Seite ausgefranste und eingerissene Blatt Papier wusste Bastian, worum es sich handelte.

Vor ihm lag eine der handgeschriebenen Seiten, die Mia aus dem Notizbuch ihres damaligen Gasts herausgerissen hatte. Die Notizen waren also nicht verbrannt worden, wie sie es behauptet hatte. Zumindest nicht alle.

Ohne Zögern nahm Bastian das Papier heraus und sah nach, ob vielleicht noch weitere Seiten in der Schublade zu finden waren, doch sie war leer. Bastian dachte keine Sekunde darüber nach, was Mia davon halten würde, dass er in ihr Schlafzimmer gegangen und die Seite aus ihrem Nachttisch mitgenommen hatte. Warum auch? Er wusste ja noch nicht einmal, ob er das tatsächlich erlebte oder gerade wieder phantasierte.

Ohne einen Blick darauf zu werfen, verließ er mit dem Papier in der Hand Mias Schlafzimmer und ging hinüber in sein Zimmer. Dort hatte er das Notizbuch hinter dem Schrank versteckt.

Während Bastian den Raum betrat, überlegte er, ob sich die Notizen wohl tatsächlich noch dort befanden. Er war gespannt. Mehr nicht.

Tatsächlich hing das Buch noch am gleichen Platz, als er den Schrank ein wenig nach vorne kippte. Es kostete ihn einige Mühe, und er musste sich ächzend strecken, bis er es endlich erreicht hatte und herausziehen konnte.

Er legte es auf den Nachttisch und setzte sich mit dem losen Blatt in den Sessel. Es war beidseitig eng beschrieben. An ein paar Stellen waren einzelne Worte nicht mehr lesbar, weil kleine Risse genau durch sie hindurchgingen, doch das machte nichts. Bastian würde die Sätze trotzdem verstehen.

Die Aufzeichnungen stammten vom fünfundzwanzigsten Tag.

## *Entwurf*
## *Tag 25*

*Ich muss mich endlich überwinden und versuchen, das niederzuschreiben, was eigentlich nicht in Worte zu fassen ist. Die unmenschliche Grausamkeit, mit der diese Bestie in Menschengestalt ihr Opfer verstümmelt und getötet hat, scheint sich jeder Beschreibung zu widersetzen. Und doch muss es sein. Obwohl mir bewusst ist, dass ich diesen grausamsten Moment meines Lebens anschließend nicht für meine Arbeit verwenden kann. Solche Dinge gehören nicht in eine Zeitung, auch nicht, wenn es sich um den Bericht über eine teuflische Sekte handelt. Aber zumindest für die Polizei wird es nützlich sein.*

Bastian ließ das Blatt sinken und sah zur Seite. Er hatte es gewusst. Der Verfasser dieser Notizen war ein Journalist. Und mit dieser nun definitiven Erkenntnis wuchs auch wieder die Zuversicht in ihm, dass es sich tatsächlich um seinen Vater gehandelt hatte. Warum sonst war ausgerechnet er in diesem Mistkaff gelandet?

Bastian horchte in sich hinein auf der Suche nach den Emotionen, die diese Erkenntnis wohl in ihm auslösen würde. Er fand nichts und musste über sich selbst den

Kopf schütteln. Was glaubte er denn an Gefühlen zu entdecken in einer Situation, die vielleicht real war, vielleicht aber auch nur eine seiner Spinnereien?

Dieser Gedanke machte ihn furchtbar wütend und im nächsten Moment unendlich traurig. Aber bedeutete das nicht, dass er doch normal war? Konnte sich jemand, der den Verstand verlor, über diese Tatsache im Klaren sein? Konnte derjenige so analytisch klar seine Schritte auf dem Weg zum Wahnsinn gedanklich dokumentieren? Darüber würde er in Ruhe nachdenken müssen. Aber zuerst musste er diese Notiz weiterlesen, in der offenbar Dinge niedergeschrieben waren, die Mia dazu veranlasst hatten, die Seite aus dem Buch herauszureißen.

*Während dieses furchtbaren Rituals konnte ich deutlich die Angst spüren, die alle Anwesenden vor dem Mann ohne Namen hatten. Sie war allgegenwärtig und so stark, dass ich glaubte, sie sogar riechen zu können.*

*Er sprach während der ganzen Zeit langsam und bemüht würdevoll. Ich hatte das Gefühl, er versuchte, einen Priester zu imitieren, was angesichts des Inhalts seiner Worte an irrem Zynismus nicht zu überbieten ist. Dieser Mann ist ein Psychopath. Als er vollkommen emotionslos mit seinem unvorstellbar grausamen Werk begann, befürchtete ich, die Besinnung zu verlieren.*

*Ich erinnere mich an jedes seiner Worte. Sie haben sich in mein Gedächtnis und in meine Seele geätzt und dort tiefe Narben erzeugt:*

*»Du wirst jetzt dem Schmerz übergeben. Du wirst Leid erfahren, wie es kaum ein Mensch je ertragen hat. Du wirst flehen, sterben zu dürfen, aber du bist für den Schmerz bestimmt. Er wird lange währen, doch sei gewiss, am Ende wartet der gnädige Tod auf dich.«*

*Er hat den anderen befohlen, den bewegungsunfähigen Mann zum Altar zu bringen und ihn dort abzulegen. Ich habe die Augen dieses armen Menschen gesehen, er ahnte, was auf ihn zukam. Er war wahnsinnig vor Angst und konnte doch keinen Finger rühren. Sie haben ihm eine Droge verabreicht, ein Gift, das ihn zwar bewegungsunfähig machte, ihm das Atmen aber trotzdem ermöglichte.*

*Gott, ich habe das Gefühl, ich kann kaum weiterschreiben. Und doch muss ich mich dazu zwingen.*

*Neben dem Altar stand ein kleiner Tisch. Auf ihm lag ein Holzhammer, eine Kneifzange, wie man sie benutzt, um Nägel aus der Wand zu ziehen, daneben ein Messer mit langer Schneide und etwas, das ich erst für einen kleinen Eispickel gehalten habe, aber ich glaube, es war ein Schraubenzieher, den man an der Vorderseite spitz zugeschliffen hat.*

Obwohl Bastian mittlerweile dieses komfortable Stadium der relativen Gleichgültigkeit erreicht hatte, zitterte die Hand, die das Blatt hielt, plötzlich so stark, dass er nicht weiterlesen konnte. Ein Schraubenzieher, der an der Vorderseite spitz zugeschliffen war …

Bastian konnte nicht mehr sitzen bleiben, er legte das Blatt zur Seite, sprang auf und ging mit schnellen Schritten auf und ab. Dabei schüttelte er unentwegt den Kopf. Wie war das möglich? Wieso kam ihm dieser Schraubenzieher bekannt vor? Was zum Teufel war mit ihm los?

Bastian konnte nicht abschätzen, wie lange er in dem Zimmer auf und ab gegangen war, er wusste nicht einmal mehr, was während dieser Zeit in seinem Kopf vor sich ging. Irgendwann ließ er sich in den Sessel fallen und nahm das Blatt wieder in die Hand.

*Mit der Zange fing er an.*

*Er sagte etwas vom heiligen Schmerz, den das Opfer nun für die Sünden der Menschen ertragen würde, dann setzte er die Zange am kleinen Zeh an und … mein Gott. Er hat dem Mann den Zeh mit der Zange zerquetscht. Und dann den nächsten und … Himmel, hilf mir, das hier durchzustehen.*

*Die Adern in den Augen dieser armen, menschlichen Kreatur sind aufgeplatzt. Und dieser Teufel hat seelenruhig weitergemacht, einen Zeh nach dem anderen, dann war der zweite Fuß an der Reihe. Mir schwanden die Sinne.*

*Zwei Männer, die links und rechts von mir standen, haben mich wohl gestützt, bevor ich umfallen konnte. Ich war nur für Sekunden ohne Bewusstsein, denn als ich wieder zu mir kam, machte er sich gerade an der ersten Hand zu schaffen.*

*Mein Magen rebelliert, ich bin kaum noch in der Lage, den Stift zu halten. Und doch muss ich jetzt weiterschreiben. Ich weiß, wenn ich nun aufhöre, werde ich es später nicht mehr schaffen. Doch hoffe ich, wer immer das liest, wird es mir nachsehen, wenn ich nicht jedes Detail dessen schildere, was die Bestie dem Opfer mit der Zange noch angetan hat, nachdem auch alle Finger zerquetscht waren.*

*Irgendwann legte er das blutige Werkzeug zur Seite. Ich wusste nicht, ob der Mann noch lebte. Ich versuche, mich mit dem Gedanken zu trösten, dass der Schmerz ihm die Besinnung raubte und er das Bewusstsein verlor, bevor er starb.*

*Schließlich ergriff dieses Monster den Schraubenzieher, setzte ihn nach einigen unverständlich gemurmelten Worten über dem Herzen des Mannes an und trieb ihn ohne Zögern mit einem gewaltigen Schlag des Holzhammers tief in die Brust hinein. Er muss das Herz durchstoßen haben.*

*Als er danach den Kopf des Toten zurückbog und das Messer am Hals ansetzte, erlöste mich endlich eine gnädige, lange Bewusstlosigkeit.*

# 34

Bastian legte das Blatt auf dem Notizbuch ab und starrte vor sich hin. Der seltsame, aber erleichternde Zustand der Gleichgültigkeit hatte während des Lesens nachgelassen. An seine Stelle waren wieder Verzweiflung und Sorge getreten. Obwohl etwas ihm sagte, dass das die natürlichen Empfindungen in seiner Situation waren, wünschte Bastian sich die entspannte Gelassenheit zurück. Aber seine Gedanken ließen das nicht zu. Dieser Schraubenzieher aus den Aufzeichnungen musste der gleiche sein, den er gesehen hatte. Oder dachte, gesehen zu haben.

Nach dem, was er gerade gelesen hatte, konnte er selbst nicht mehr glauben, dass jemand tatsächlich versucht hatte, nachts mit diesem Werkzeug in sein Zimmer einzudringen. Warum würde derjenige ausgerechnet den Schraubenzieher benutzen, mit dem fünfundzwanzig Jahre zuvor mindestens ein Mensch grausam getötet worden war?

Und doch, woher konnte er, Bastian Thanner, sonst wissen, wie dieses Mordwerkzeug ausgesehen hatte? Er sah es noch immer vor sich, wie es auf dem Boden vor seiner Zimmertür lag. Oder später in der Schublade des Nachttisches. Selbst wenn das nur Einbildung gewesen war …

Das Geräusch der sich öffnenden Haustür unterbrach Bastians Gedanken. Mia kam zurück. Sein Blick fiel auf das ausgerissene Blatt. Er nahm es und stand auf. Er konnte sich daran erinnern, dass es ihm Minuten zuvor noch egal gewesen war, ob Mia bemerkte, dass er in ihrem Nachttisch gestöbert hatte. Zumindest das hatte sich nicht verändert. Wenn diese Zeilen von seinem Vater stammten – und es deutete einiges darauf hin – hatte er ein Recht darauf, alle Seiten zu lesen. Allein schon weil sich daraus vielleicht ergab, warum er in diesem gottverdammten Dorf gelandet war.

Bastian hörte Stimmen und glaubte, die von Dr. Drees zu erkennen. Er ging zum Schrank und schob das Notizbuch wieder in den Spalt zwischen Rückseite des Schranks und Zimmerwand. Mia hatte es ihm zwar aus freien Stücken gegeben, aber wer konnte schon wissen, was in ihrem Kopf vor sich ging und vor allem, wie sie reagieren würde, wenn er sie gleich mit der ausgerissenen Seite konfrontierte. Ihm war wohler bei dem Gedanken, dass man das Buch nicht so einfach finden konnte.

Mia und Dr. Drees standen neben dem Wohnzimmertisch und unterbrachen ihre leise geführte Unterhaltung, als Bastian den Raum betrat. Ohne Umschweife hielt er Mia das Blatt entgegen und sagte: »Gibt es noch mehr dieser Seiten, die angeblich alle verbrannt sind?«

Mia betrachtete das Papier und zog die Stirn kraus. »Sie waren in meinem Schlafzimmer?«

»Ja, und Sie haben mich angelogen.«

»Das gibt Ihnen noch lange nicht das Recht, in meinem Haus und in meinen Privatsachen herumzustöbern. Ich finde das sehr unverschämt und undankbar von Ihnen. Immerhin habe ich Ihnen geholfen.«

»Also, ich muss auch sagen …«, setzte Drees an, doch Bastian fiel ihm ins Wort. »Es ist mir, ehrlich gesagt, egal, wie Sie das finden. Ich finde es nämlich zum Kotzen, dass Sie mir diese Seiten vorenthalten. Es ist gut möglich, dass die Notizen von meinem Vater gemacht wurden. Wenn das stimmt, beschreiben sie die letzten Wochen seines Lebens. Also frage ich Sie noch einmal: Gibt es noch mehr dieser Seiten?«

»Nein.« Die Antwort kam ohne Nachdenken und klang bestimmt.

»Und warum haben Sie ausgerechnet diese Seite aufgehoben?«

»Weil dort keine Namen auftauchen.«

Zumindest gab sie zu, warum sie die anderen Seiten herausgerissen und vernichtet hatte.

»Dann hätten Sie sie doch gar nicht erst herausreißen müssen.«

»Doch, ich fand die Beschreibungen so fürchterlich.«

Wütend machte Bastian einen großen Schritt und knallte das Blatt auf den Wohnzimmertisch. »Deshalb haben Sie sie auch in Ihrem Nachttisch liegen, weil sie so fürchterlich sind.«

»Nein, weil ich dachte, dort wird niemand sie finden.«

Bastian schüttelte den Kopf. »Hören Sie, ich hänge in diesem verdammten Dorf fest und weiß nicht, was mit meinen Freunden los ist oder ob sie überhaupt noch leben. Ich weiß auch nicht, wann es diesen Psychopathen gefällt, mich zu überfallen und zu kidnappen. Es geht hier um drei Menschenleben. Sie wissen offensichtlich mehr, als Sie zugeben. Sie halten Dinge zurück, die für mich wichtig sein könnten, und behaupten dann auch noch, Sie wollten mir helfen. Das kotzt mich langsam wirklich an.«

Bei den letzten Worten war er deutlich lauter geworden.

»Nun hören Sie aber mal auf«, mischte sich Drees mit erhobener Stimme ein. »Sie sind sehr undankbar. Wenn

Mia Ihnen nicht geholfen hätte, wären Sie vielleicht schon nicht mehr am Leben. Außerdem hat sie – und nebenbei bemerkt auch ich – Ihre Spinnereien mitgemacht, obwohl Sie sie mit dieser Geschichte um Stefan tief getroffen haben. Mia hat Sie nicht auf die Straße gesetzt, obwohl sie deswegen im Dorf Ärger hat.«

»Ach«, machte Bastian, und er hörte selbst, dass es verächtlich klang.

»Ja, deswegen waren wir gerade bei Franziska. Einige Leute sind der Meinung, es könnte dem ganzen Dorf schaden, dass sie Ihnen hilft.«

»Dem Dorf schaden? Das ist ja lächerlich. Ich reiße mich doch nicht darum, in diesem verdammten Dorf zu bleiben. Und Anna ganz sicher auch nicht. Dieses ganze Mistdorf schadet mir, so herum ist es richtig. Und was Safi betrifft …« Bastian machte zwei, drei Atemzüge Pause und sprach dann leiser weiter. »Ich weiß, dass er tot ist, weil ich verdammt nochmal gesehen habe, wie er mit einer riesigen Kopfwunde am Boden lag. Und Sie wissen das auch, denn Sie waren dabei und haben seinen Tod selbst festgestellt. Sie können mir nicht einreden, dass das pure Einbildung war.«

»Ja, das war zu erwarten.« Drees' Stimme hatte wieder den ruhigen Psychiaterklang angenommen. »Natürlich projizieren Sie Ihre Unsicherheit und Verzweiflung in diesem Fall auf mich. Das ist nicht ungewöhnlich. Aber es hilft Ihnen nicht weiter. Stattdessen sollten Sie sich die Frage stellen, woher diese Phantasien kommen. Ich biete Ihnen noch immer an, sich mit mir darüber zu unterhalten.«

»Ach, Sie können mich mal.« Wütend wandte Bastian sich ab, verließ das Wohnzimmer und Sekunden später das Haus. Er hatte keine Vorstellung davon, wohin er gehen sollte. Nur weg von Mia und diesem Arzt, der versuchte, ihm mit seiner mitfühlenden Stimme klarzumachen, dass er den Verstand verloren hatte.

Mittlerweile war es fast dunkel. Ohne darüber nachzudenken, wandte Bastian sich am Ende der Gasse nach rechts und schlug damit den Weg zum Haus von Bernhard Schierer ein.

Er war noch etwa fünfzig Meter von dem Gebäude entfernt, als plötzlich von der Seite zwei Männer auftauchten und auf die Tür zugingen, die geöffnet sein musste, denn von dort strahlte ein Lichtkegel bis in den Vorgarten. Bastian hielt an und machte zwei Schritte zur Seite, um nicht gesehen zu werden. Er bemühte sich, mehr zu erkennen, was ihm aber erst gelang, als die beiden Gestalten kurz vor der Tür waren und vom Licht aus dem Haus angestrahlt wurden. Er glaubte, seinen Augen nicht mehr trauen zu können.

Und doch gab es keinen Zweifel. Einer der Männer, ein bulliger Kerl mit Bart und unübersehbarem Bauchansatz, hielt den anderen am Arm, als führe er ihn. Und dieser andere war definitiv … Safi.

# 35

»Safi!«, rief Bastian, so laut er konnte, und rannte im gleichen Moment los. Er hatte etwa die Hälfte der Strecke zurückgelegt, als die beiden Männer im Haus verschwanden. Zehn Sekunden danach erreichte er den Vorgarten, bog ab und hämmerte gegen die Haustür, kaum, dass er sie erreicht hatte.

»Safi!«, schrie er immer wieder und trommelte dabei unentwegt mit aller Kraft gegen das Holz. »Machen Sie auf, ich weiß, dass Safi da drin ist. Safi!«

Als die Tür mit einem Ruck aufgerissen wurde, wäre Bastian fast in den Flur gefallen.

Obwohl die ungewöhnlich starke Flurlampe ihn blendete, erkannte Bastian, dass Bernhard Schierer vor ihm stand, ihn gelassen von oben bis unten musterte und schließlich vollkommen ruhig fragte: »Sind Sie jetzt total verrückt geworden?«

»Was?«, schrie Bastian. Er war so aufgeregt, dass seine Stimme sich überschlug. »Ich habe gerade gesehen, wie jemand meinen Freund Safi in dieses Haus gebracht hat. Ich möchte ihn sehen. Sofort.«

»Ihr Freund? Hier? Und das haben Sie im Dunkeln gesehen?«

»Ja, habe ich. Und jetzt lassen Sie mich sofort zu ihm.«

Der Mann blickte zu Boden, bevor er wieder zu Bastian aufsah und sagte: »Ich weiß nicht, was mit Ihnen los ist, aber Sie sollten dringend einen Arzt aufsuchen. Sie haben Glück, dass die Telefone nicht funktionieren, sonst würde ich die Polizei rufen. Ich habe einen kranken Vater da drin, den die Show, die Sie hier abziehen, sehr aufregt.«

»Ihr Vater interessiert mich einen Dreck«, stieß Bastian erregt aus.

Schierers Mund verzog sich zu einem kurzen, zynischen Lächeln. »Ja, das glaube ich Ihnen sofort. Ihr Freund ist nicht hier. Und jetzt verschwinden Sie.«

Er machte Anstalten, die Tür zu schließen, doch Bastian war schneller und stellte seinen Fuß zwischen Tür und Rahmen. Schierer zog sie wieder auf und sah ihn stumm an. Bastian zitterte vor Aufregung am ganzen Körper und empfand die von Schierer zur Schau gestellte Ruhe wie einen Schlag ins Gesicht. »Lassen Sie mich nachsehen.«

Nur kurz schien Schierer zu überlegen, dann machte er zu Bastians Überraschung einen Schritt zur Seite und deutete ins Innere des Hauses. »Es ist verrückt, aber gut. Wir haben nichts zu verbergen. Gehen Sie, sehen Sie nach. Danach verlassen Sie dieses Haus, und ich rate Ihnen, sich nicht mehr hier blicken zu lassen.«

Mit gemischten Gefühlen betrat Bastian den Flur und ging geradewegs ins Wohnzimmer, das ebenfalls hell erleuchtet war. Schierers Vater saß an der gleichen Stelle wie beim letzten Mal. Bastian ging an ihm vorbei in den angrenzenden Raum. Die Einrichtung ähnelte der in Mias Küche, doch das interessierte ihn nicht. Er verließ das Zimmer durch eine Tür auf der gegenüberliegenden Seite. Nachdem er das Erdgeschoss durchsucht hatte, stieg er die Treppe zum Keller hinab. Doch auch in den Kellerräumen konnte er niemanden finden. Als Bastian wieder im Flur ankam, erwartete ihn Schierer neben einer primitiven Holztreppe, die zu einer Lücke in der Flurdecke führte, und grinste ihn provokativ an. »Vergessen Sie den

Dachboden nicht. Vielleicht halte ich Ihren Freund ja dort gefangen.«

Bastian sparte sich einen Kommentar und betrachtete das rechteckige, dunkle Loch in der Decke. »Gibt's da oben Licht?«

»Nein, Sie müssen sich schon durchtasten.«

Bastian stieg die Leiter hoch und blieb stehen, als er mit dem Kopf über den Deckenrand schauen konnte. Vom entgegengesetzten Ende des Dachbodens kamen flatternde und knisternde Geräusche. Bastian erinnerte sich an die Plane, mit der das Dach teilweise abgedeckt war. Das musste diese Stelle sein. Die vom Flur einfallende Helligkeit reichte allerdings aus, um zu erkennen, dass zumindest der vordere Teil des Dachbodens bis auf ein paar alte Ziegel leer war.

Bastian verspürte keine Lust, bis in den hintersten Winkel zu krabbeln. Wäre Safi wirklich dort oben gewesen, hätte Schierer ihn sicher nicht aufgefordert, dort nachzusehen.

Während Bastian wieder herabstieg, spielte er in Gedanken die Möglichkeiten durch, wie sie es geschafft haben konnten, Safi so schnell zu verstecken oder aus dem Haus zu schaffen. Doch er tat es nur halbherzig, denn schnell drängte sich ein anderer Gedanke auf: dass er erneut ein Opfer seiner Phantasie geworden war. Es schien, als ob er immer das zu sehen oder zu erleben glaubte, womit er sich gedanklich gerade am meisten beschäftigte.

Und doch passte alles nicht zusammen. Falls er Safi gerade tatsächlich gesehen hatte, bedeutete das, er konnte zuvor nicht totgeschlagen neben seinem Auto gelegen haben. Hatte er das aber doch, war es unmöglich, dass er nun über die Straße gelaufen war.

»Na, zufrieden?«

»Nein«, antwortete Bastian, tonlos und ohne Schierer anzusehen, und ging an ihm vorbei aus der Tür. Sein Innerstes war leer. Er fühlte sich am Ende, und es wäre ihm egal gewesen, wenn Schierer ihm in diesem Moment den Schädel eingeschlagen hätte.

»Möchten Sie einen Tipp zu Ihrer Freundin und ihrem Freund?«

Bastian blieb stehen, drehte sich aber nicht mehr um. »Was?«

»Könnte sein, dass beide heute Abend auftauchen.«

»Ach ja?«

»Das klingt ja nicht sehr interessiert.«

»Nein?«

»Wie auch immer. War auch nur ein kleiner Hinweis. Ich habe aufgeschnappt, dass die beiden heute Abend bei einer kleinen … Feier dabei sein könnten.«

Bastian war sich bewusst, dass er spätestens jetzt hätte herumfahren und sofort nachhaken müssen, was das bedeuten sollte und welche Feier gemeint war. Doch er hatte keine Lust und keine Kraft mehr dazu.

Also nickte er nur und setzte sich in Bewegung. Er fühlte sich wie ein Roboter, der von einem versteckten Terminal aus den Befehl empfangen hatte, loszugehen. Ein Fuß setzte sich vor den anderen, er war nicht in der Lage, zusammenhängend zu denken. Die einzelnen Worte, die in seinem Kopf auftauchten, hallten dort wider wie in einer großen, leeren Halle und verpufften ebenso schnell.

Vor der Scheune hielt er an und betrachtete das große Gebäude, das sich wie ein Berg vor ihm auftürmte. Er stand dicht genug davor, um zu bemerken, dass die beiden

Torflügel wieder geschlossen waren. Er wusste, diese Beobachtung hatte etwas mit ihm zu tun, aber er konnte sich gerade nicht daran erinnern, womit genau. Und auch dass die Scheune selbst bei etwas eine Rolle spielte, das der Mann eben gesagt hatte, spürte er. Aber auch die Details dazu blieben ihm verschlossen.

Bastian machte einige Schritte, hielt erneut an. Das Auto. Es musste dort irgendwo in der Dunkelheit neben der Scheune stehen. Sein Auto. Das Tor zu einer anderen Dimension, in der er ein anderer Mensch gewesen war, in der er ein richtiges Leben gehabt hatte. Die so weit weg war wie ein anderes Universum und die ihm seltsam fremd vorkam. So fremd, dass er sich fragte, ob dieses andere Leben überhaupt jemals existiert hatte. Was war Realität und was seine Phantasie?

Hatte er jemals in Schwerin gelebt? Hatte es diese Frau gegeben? Anna? Hatte er je einen Freund namens Safi gehabt? War diese ganze verschissene Existenz überhaupt real? Oder träumte er in Wahrheit nur vom Leben, während sein Körper mit Schläuchen und Kabeln gespickt dahinvegetierte, wie er es in dem Film *Matrix* gesehen hatte? Hatte er diesen Film überhaupt gesehen?

Aber vielleicht hatte ja der Unfall mit seinen Eltern damals tatsächlich stattgefunden, und er war dabei schwer am Kopf verletzt worden? Und vielleicht lag er seitdem im Koma und träumte sein Leben seit diesem Zeitpunkt einfach weiter, so, wie es hätte sein können, wenn er unverletzt geblieben wäre.

Plötzlich stand Bastian vor Mias Haus und sah sich um. Die dunkle Gasse war leer. So, wie es fast immer und überall in diesem Dorf war. Während er auf die Tür zuging, fasste er in seine Tasche und zog den Schlüssel heraus, den er noch immer hatte.

Er schloss auf und ging ins Haus, am Wohnzimmer vorbei, aus dem durch einen Spalt Licht auf den Flur drang. Er hörte murmelnde Stimmen, ohne zu verstehen, was gesagt wurde. Ohne dass es ihn interessiert hätte.

In seinem Zimmer angekommen, schloss er die Tür, schaltete die Nachttischlampe an und ging zum Schrank. Er kippte ihn ein Stück nach vorne, konnte allerdings nichts erkennen, weil das Licht der kleinen Lampe den entstandenen Spalt nicht genügend beleuchtete. Also ließ er den Schrank zurückgleiten, schaltete die Deckenlampe ein und wiederholte die Prozedur.

Das Buch steckte noch an der gleichen Stelle. Es hätte ihn allerdings auch nicht überrascht, wenn es verschwunden gewesen wäre. Bastian zog es heraus und legte sich damit aufs Bett. Er machte sich nicht die Mühe, die Schuhe auszuziehen. Er kroch unter die schwere, muffige Decke, was mit der Kleidung ein beengendes Gefühl war. Es war ihm egal.

Er würde jetzt noch einmal die Aufzeichnungen seines Vaters durchlesen und sich dabei an das Gefühl klammern, einmal ein normales Leben in einem normalen Haus mit einer normalen Familie gehabt zu haben.

Er klappte das Buch auf und starrte darauf.

Es war leer.

# 36

Bastian blätterte die Seiten durch, doch keine einzige davon war beschrieben. Er drehte das Buch um, schüttelte es, um sicherzugehen, dass nichts zwischen den Blättern steckte, schlug es wieder auf, blätterte erneut Seite um Seite durch.

Nachdem er das letzte leere Blatt umgeschlagen hatte, ließ er das Buch auf die Decke fallen und wälzte sich mit einer wilden Bewegung aus dem Bett. Er verließ sein Zimmer und ging ins Wohnzimmer. Drees war noch immer da, jedoch hatten die beiden sich nun hingesetzt.

»Wo ist das Notizbuch?«, sagte er kalt zu Mia. »Was haben Sie damit gemacht? Auch verbrannt?«

Mia sah ihm fragend entgegen. »Das Notizbuch, das ich Ihnen gegeben habe?«

»Ja, dieses Notizbuch, welches denn sonst?« Bastians Stimme klang für ihn selbst fremd. Mias hilfesuchender Blick traf Drees, der nur die Schultern hob. »Aber … woher soll ich das denn wissen? Ich habe doch keine Ahnung, wo Sie es hingesteckt haben.«

»Hinter den Schrank, und das wissen Sie genau.«

»Hinter den Schrank? Und da ist es nicht mehr?«

»Würde ich sonst hier stehen und danach fragen?«

Drees stand auf und kam langsam auf Bastian zu. Er hatte einen Arm waagerecht erhoben und bewegte die Hand beschwichtigend langsam auf und ab. »Nun beruhigen Sie sich erst einmal. Ich bin sicher, wenn wir sachlich miteinander reden, wird sich das Problem mit Ihrem Buch sicher lösen.«

»Ich will mich nicht beruhigen.« Erneut wandte er sich Mia zu, die ängstlich aussah.

»Ich möchte die Aufzeichnungen meines Vaters wiederhaben.«

»Ihres … Vaters?« Nun erhob sich auch Mia. Sie blieb vor dem Sessel stehen und verknotete die Finger ineinander.

»Bastian, ich … weiß nicht, was Sie mit den Aufzeichnungen Ihres Vaters meinen.«

»Das verdammte Notizbuch«, schrie er sie plötzlich an. Mia machte einen erschrockenen Schritt rückwärts, stieß mit den Knien gegen die Sesselkante und saß im nächsten Augenblick wieder.

»Bastian, jetzt reicht's«, fuhr Drees ihn von der Seite an. »Sie benehmen sich wie ein Verrückter. Wenn ich eine Möglichkeit dazu hätte, würde ich die Polizei rufen und Sie in die Psychiatrie einweisen lassen.«

»Sie wollten es doch von mir haben.« Mias Stimme klang so dünn, dass Bastian sie fast nicht verstand.

»Was?«

»Sie wollten ein Notizbuch haben. Gestern Abend. Sie sagten, Sie wollten Tagebuch über alles führen, was hier geschieht. Und dass Sie daraus vielleicht einen Artikel machen würden. Für Ihre Zeitung. Da habe ich Ihnen mein Notizbuch gegeben, weil das noch neu war und ich es eigentlich gar nicht brauche.«

»Das ist Schwachsinn.« Als hätte jemand einen Stecker gezogen, fühlte Bastian sich mit einem Mal so schwach, dass er sich kaum noch auf den Beinen halten konnte. Er ging an Mia vorbei und ließ sich auf die

Couch fallen. Seine Stimme war nun ebenso zittrig wie seine Hände. »Was reden Sie da? Sie sind mit diesem Buch angekommen und haben es mir gegeben. Sie haben gesagt, es gehörte dem Mann, der vor fünfundzwanzig Jahren für ein paar Wochen hier bei Ihnen gewohnt hat. In dem Zimmer, in dem ich jetzt schlafe. Ich habe es gelesen und gemerkt, dass es von einem Journalisten geschrieben wurde. Mein Vater war Journalist und zum damaligen Zeitpunkt … aber das habe ich Ihnen doch alles erzählt.«

»Mia?«, wandte Drees sich an sie. Mia nickte. »Ja, es stimmt, damals hat jemand bei mir gewohnt. Er ist fast zur gleichen Zeit von hier verschwunden wie die Kerle, die das Dorf in Angst und Schrecken versetzt haben, aber … woher wissen Sie davon?«

»Von Ihnen«, sagte Bastian kaum hörbar und sah Mia nicht an, während er sich erhob und um den Tisch herumging.

»Von Ihnen«, wiederholte er, als er an ihr vorbeiging und das Wohnzimmer verließ.

In seinem Zimmer angekommen, schloss Bastian die Tür hinter sich, ging zum Bett und suchte es nach dem Notizbuch ab. Als er es nicht finden konnte, ging er einer Ahnung folgend zum Schrank und kippte ihn mit einem Ruck ein Stück nach vorne. Tatsächlich steckte das Buch zwischen Wand und Rückseite.

Also hatte ihm sein dämlicher Kopf wieder einmal einen bösen Streich gespielt.

Bastian fischte es nicht heraus, um nachzusehen, ob es beschrieben war oder nicht. Er ließ den Schrank in seine Ursprungsstellung zurückgleiten und schaltete die Deckenlampe aus. Dann legte er sich aufs Bett und zog die

Knie zur Brust. Die Arme verschränkte er davor und drückte sie fest gegen seinen Körper. Er schloss die Augen und gab sich ganz dem Gefühl des Verlorenseins hin, das ihn übermannte.

Nie hätte er sich vorstellen können, dass ein Mensch sich nicht nur identitätslos, sondern auch realitätslos fühlen konnte. Das war jedoch die treffendste Bezeichnung für das, was mit ihm passierte.

Traum, Realität, Erlebtes und Phantasiertes, alles vermischte sich zu einem undurchsichtigen, dunklen See, auf dem er mit einem kleinen Floß trieb. Orientierungslos, hilflos.

Seine Haut fühlte sich taub an, als hätte man ihm ein spezielles Anästhetikum verabreicht, das die Haut am ganzen Körper gefühllos machte.

*Es wird immer schlimmer*, dachte er. Es wurde tatsächlich immer schlimmer. Mittlerweile taumelte er durch ein Chaos, in dem Wahn und Wirklichkeit in so kurzen Abständen wechselten, dass er zu keiner Zeit mehr in der Lage war einzuordnen, in welchem Zustand er sich gerade befand. Und je mehr er versuchte zu verstehen, was mit ihm geschah, umso dramatischer wurde die Situation. Und umso gleichgültiger wurde ihm alles. Umso klarer wurde zumindest diese eine Erkenntnis: dass er verloren hatte und verloren war.

Er hatte nicht gehört, dass die Tür sich öffnete, und auch nicht, dass jemand sein Zimmer betrat, aber plötzlich stand da jemand vor seinem Bett, das spürte er.

Ohne große Aufregung öffnete er die Augen und sah Annas Gesicht über sich. Sie trug ihr blaues Leinenkleid, das ihm immer so gut gefallen hatte. Der Schein der Lampe strahlte sie direkt an. Sie sah überirdisch schön aus.

Bastians Herzschlag beschleunigte sich etwas, das spürte er. Sonst spürte er nichts.

»Hallo, Bastian«, sagte Anna. Er hörte ihre Stimme und hüllte sich darin ein wie in ein filigranes, seidenes Tuch. Endlich einmal erlebte er ein Hirngespinst, das angenehm war. »Hallo«, antwortete er krächzend, blieb dabei aber in der gleichen Stellung liegen.

»Es ist schön, dich zu sehen, Bastian. Es ist schön, dass du gekommen bist, um mir zu helfen.«

»Bist du wirklich da?«

»Ja, ich bin hier. Siehst du mich nicht?« Anna beugte sich ein wenig nach vorne und legte ihm eine Hand auf die Stirn. Sie fühlte sich kühl und zart an. »Spürst du mich nicht?«

»Doch, aber das bedeutet nicht, dass du auch wirklich hier bist.«

»Möchtest du mir noch immer helfen, Bastian?«

»Ja. Aber wenn du hier sein kannst, brauchst du meine Hilfe nicht mehr.«

Annas Gesicht veränderte sich, der dunkle Schleier tiefer Trauer legte sich darüber. »Ich kann nicht lange bleiben, sonst töten sie auch dich. Sie haben mich hergeschickt, um dir zu sagen, dass du mir helfen kannst. Du musst heute Nacht zur Scheune kommen, Bastian.«

Bastian lag noch immer in Embryostellung auf dem Bett. Er hatte weder die Energie noch den Antrieb, sich zu bewegen.

»Was soll ich dort?«

»Du sollst an einem Ritual teilnehmen. Das hat *ER* gesagt. Das ist alles. Dann lassen sie uns beide gehen. Darauf hat er sein Wort gegeben. Und ich glaube, er wird es halten.«

»Und Safi?«

»Er wird heute Nacht sterben.«

Nun bewegte Bastian sich doch. Er richtete den Oberkörper auf und stützte sich mit dem Ellbogen auf der weichen Matratze ab. »Was sagst du? Er wird sterben? Das heißt, er lebt noch?«

»Ja, er lebt, aber nicht mehr lange. Wirst du kommen?«

»Was geschieht dort?«

»Bitte, frage nicht. Komm einfach.«

»Aber wann?«

»Das weiß ich nicht. Sie werden es dir sagen.«

Damit wandte Anna sich ab und ging zur Tür. Bevor sie den Raum verließ, drehte sie sich noch einmal zu ihm um. »Ich habe dich nicht freiwillig verlassen. Ich musste gehen. Sie haben mich dazu gezwungen.« Dann verschwand sie.

Bastian verspürte kurzzeitig den Drang, aufzuspringen und ihr zu folgen, doch er wusste, sie würde nicht da sein, und falls Mia oder Drees im Wohnzimmer saßen, würden sie ihn verständnislos anschauen. Nein, zum Glück wusste er zumindest, dass Annas Besuch in seinem Zimmer Wunschdenken gewesen war. Das hatte ihm spätestens ihr letzter Satz klargemacht, denn diesen Satz von ihr hatte er sich in den vergangenen Wochen mehr als alles andere gewünscht.

Safi würde in dieser Nacht sterben, hatte die Anna-Vision gesagt. War es das, was er befürchtete? Hatte sein verkorkster Verstand sich Annas Besuch deshalb ausgedacht?

Aber warum sollte er das tun? Bastian hatte doch gesehen, dass Safi tot war, wie konnte er dann befürchten … Nein, er musste damit aufhören, sonst drehte er noch vollkommen durch.

Er dachte daran, wie schön Anna gerade ausgesehen hatte. Und dass sie auch gesagt hatte, diese Kerle würden ihm mitteilen, wann er zu der Scheune kommen sollte.

Was, wenn irgendwann wirklich jemand von denen auftauchte? Dann war Anna doch real gewesen, und er hatte die einmalige Chance verpasst, mit ihr zu reden, ihr zumindest ein paar Fragen zu stellen, die Licht in dieses Dunkel gebracht hätten. Er hätte sie fragen können, wo sie und Safi festgehalten wurden.

Vor allem aber hätte er es dann versäumt, seine Anna in den Arm zu nehmen, sie zu spüren, ihr zu sagen, wie sehr er sie noch liebte.

Sie hatte gesagt, sie würden auch ihn töten, wenn sie nicht wieder zu ihnen zurückging. War nicht alleine das schon ein Beweis dafür, dass er ihr noch etwas bedeutete? Falls sie wirklich gerade vor ihm gestanden hatte. Was er nicht glaubte.

Er zog sich wieder in sich zusammen und schloss die Augen.

Wenige Minuten später kamen die Männer.

# 37

Anders als bei Anna hörte Bastian, als sie die Tür unsanft aufstießen, und diesmal schreckte er hoch. Also doch. Anna hatte recht gehabt, und sie war auch real gewesen. Bastian hätte schreien können vor Verzweiflung über seine Dummheit.

Die beiden Männer waren dunkelhaarig und durchschnittlich groß. Sie trugen Jeans und Sweatshirts. Einer von Ihnen hatte eine braune Lederjacke übergezogen, der andere trug eine gefütterte Stoffjacke.

Langsam richtete Bastian den Oberkörper etwas auf und stützte sich mit der Hand ab. Er hätte keine Chance gegen die beiden, wenn sie vorhatten, ihm etwas zu tun, das war ihm klar.

Obwohl er die Gesichter nicht gesehen hatte und sie nun andere Kleidung trugen, war Bastian sicher, die beiden Kerle vor sich zu haben, denen er schon zwei Mal begegnet war. Da hatten sie allerdings Regenmäntel mit Kapuzen getragen.

»Wir bringen dir eine Einladung.« Die Lederjacke.

»Eine Einladung? Wozu?«

»Das hat Anna dir doch schon gesagt, oder nicht?«

»Ja, aber ich habe es nicht genau verstanden. Sie sagte etwas von einem Ritual.«

»Mehr musst du nicht wissen. Alles andere erfährst du dort.«

»Was ist mit Safi? Geht es ihm gut?«

»Du wirst ihn heute Nacht sehen. Wir kommen dich

abholen. Kurz vor Mitternacht. Bleib bis dahin in deinem Zimmer. Und keine Fragen mehr.« Es war das erste Mal, dass der Kerl in der Stoffjacke etwas von sich gab.

»Aber warum soll ich die ganze Zeit in meinem Zimmer bleiben, wenn ihr erst heute Nacht wiederkommt?«

Ohne Vorwarnung flog ein dunkler Schatten auf Bastian zu und explodierte in seinem Gesicht. Von der Wucht des Schlags wurde sein Oberkörper aufs Bett geschleudert, ein dumpfes Dröhnen durchzog seinen ganzen Kopf, seine Nase sandte stechende Schmerzen aus.

»Ich sagte: keine Fragen«, hörte Bastian eine Stimme. »Tu, was dir gesagt wurde. Es ist besser für dich.«

Bastian konnte nicht zuordnen, wer das gesagt hatte. Er wusste nicht einmal, von wem der Schlag gekommen war.

Er lag auf dem Rücken und tastete vorsichtig über seine Nase. Sie blutete, schien aber nicht gebrochen zu sein. Der Kerl hatte zum Glück nicht mit aller Kraft zugeschlagen.

Mühsam richtete Bastian sich wieder auf, doch die Männer waren verschwunden. Als die Haustür hörbar ins Schloss fiel, schob er sich aus dem Bett. Die Nase schmerzte zwar noch, aber es war auszuhalten. Alle Leere und Müdigkeit war mit einem Mal verflogen. Wenn es ein sicheres Anzeichen dafür gab, dass er sich das gerade nicht eingebildet hatte, dann war es dieser Schlag gewesen. Von Wahnvorstellungen bekam man keine blutende, schmerzende Nase.

Er wollte wissen, was mit Mia und Drees war. Wenn sie noch immer gemütlich im Wohnzimmer saßen, steckten sie mit diesen Kerlen unter einer Decke. Bastian hastete durch den Flur und stieß die Tür zum Wohnzimmer auf. Drees war nicht da, aber Mia entdeckte er sofort. Sie lag auf dem Boden, die Hände auf dem Rücken gefesselt, zum Schweigen gebracht durch ein Klebeband auf dem Mund. Mit ein paar großen Schritten war er bei ihr und befreite sie. Nach einigen tiefen Atemzügen richtete sie den Oberkörper auf und sah ihn besorgt an. »Mein Gott, Sie bluten ja. Ist alles in Ordnung mit Ihnen?«

»Ja, nur ein kleiner Schlag auf die Nase.« Er deutete auf das neben Mia auf dem Boden liegende Klebeband. »Waren das diese Kerle?«

»Ja.« Unter Stöhnen stand Mia auf und musste sich kurz an Bastian abstützen. »Sie haben an die Tür geklopft, und als ich öffnete, sind sie sofort über mich hergefallen. Sie sagten, ich solle mich ruhig verhalten, dann würde mir nichts passieren. Ich habe mir große Sorgen um Sie gemacht.«

»Wo ist Dr. Drees?«

»Der ist schon lange weg. Wieso fragen Sie?«

Da waren sie wieder, seine Wahnvorstellungen. Also hatte diese ganze Szene mit dem leeren Notizbuch wohl auch nicht stattgefunden. Er hatte es schon geahnt, als das Buch plötzlich wieder hinter dem Schrank steckte. Es war wirklich zum Verrücktwerden. Aber er musste das jetzt beiseiteschieben. Es ging um Anna. Und auch um Safi, der in dieser Nacht sterben sollte. *Wieder* sterben sollte, korrigierte Bastian sich selbst und hätte fast ein bitteres Lachen ausgestoßen.

»Ich dachte, ich hätte Dr. Drees eben noch hier … ach, es ist egal. Haben Sie Anna gesehen?«

»Ihre Freundin? Nein. War sie etwa auch hier?«

Bastian überlegte, wie Anna hereingekommen war, wenn Mia sie nicht hereingelassen hatte. »Ja. Sagen Sie, wann sind diese Männer gekommen? Vor ein paar Minuten?«

»Nein, das ist länger her. Ich weiß es nicht genau, aber es müssen mindestens zwanzig oder dreißig Minuten sein.«

»Dann sind sie mit Anna zusammen gekommen. Das heißt, sie haben überwacht, was sie mir gesagt hat.«

Bastian überlegte, dass diese Tatsache noch etwas anderes bedeutete: Anna steckte nicht mit denen unter einer Decke.

Also hatte man sie tatsächlich entführt. Ob das geschehen war, um ihn in dieses Dorf zu locken, war unklar, aber Bastian war erleichtert, dass Anna nichts mit den Kerlen zu tun hatte. Wenn sie beide unbeschadet aus dieser Sache herauskamen, standen die Chancen wahrscheinlich gar nicht schlecht, dass sie wieder zusammenkamen.

»Was wollten die Männer von Ihnen, außer Ihnen auf die Nase hauen?«

Bastian war so in Gedanken versunken gewesen, dass er nicht mitbekommen hatte, dass Mia mittlerweile auf einem Sessel saß. Er ließ sich auf den anderen fallen.

»Sie sagten, dass Sie mich heute Abend abholen kommen, damit ich an einer Zeremonie teilnehme. Das erinnert mich stark an das, was in den Aufzeichnungen von damals steht.«

»Und? Werden Sie daran teilnehmen?«

»Ja, das muss ich. Die wollen Safi heute Nacht umbringen, und ich denke, das soll wohl dort passieren. Außerdem hat der Chef von denen versprochen, dass Anna nichts geschieht, wenn ich dort erscheine.«

»Aber Sie haben doch gelesen, was mein Gast damals erlebt hat.«

»Was bleibt mir denn anderes übrig? Dass die mich

*einladen* ist doch sowieso eine Farce. Die spielen doch mit mir. Ebenso gut hätten sie mich niederschlagen und einfach mitschleppen können. Ich habe also gar keine andere Wahl, als auf dieses Spiel einzugehen.«

»Warten Sie, ich muss Ihnen noch etwas zeigen.« Mia ging zum Schrank, zog eine Schublade weit heraus und langte unter den Boden. Eine Weile nestelte sie daran herum, dann hielt sie ein Blatt Papier in der Hand. Bastian wusste sofort, worum es sich handelte, als sie mit ausgestrecktem Arm auf ihn zukam.

»Hier, die letzte Seite, die er damals beschrieben hat. Lesen Sie.«

Wortlos nahm Bastian das Blatt und las.

### *Entwurf*
### *Tag 28*
### *Zwei Uhr dreißig*

*Es ist so weit. Ich werde heute Nacht aus dem Dorf fliehen. Ich habe mich dazu entschlossen, diese Aufzeichnungen nicht mitzunehmen. Ich hoffe, dass es nicht geschieht, doch wenn die Kerle mich erwischen, soll dieses Buch nicht in ihre Hände fallen, denn dann wäre alles umsonst gewesen. Ich weiß, sie werden mich töten, wenn es mir nicht gelingt, unbemerkt zu verschwinden. Für diesen Fall sollen meine Notizen zumindest dazu dienen, die Wahrheit ans Licht zu bringen.*

*Vor allem möchte ich, dass meine Frau und irgendwann auch mein Kind erfahren, was passiert ist. Sie wissen beide bisher nicht, wo ich mich aufhalte. Niemand weiß das, und mir ist mittlerweile klar, dass das ein Fehler war. Nicht mein einziger, wie ich mir selbst eingestehen muss. Aber wahrscheinlich mein verhängnisvollster.*

*Ich werde die Notizen meiner Hauswirtin anvertrauen und sie bitten, sie der Polizei zu übergeben, wenn ich mich nicht innerhalb weniger Tage bei ihr melde.*

*Die Polizei wird wissen, was zu tun ist, um diese Bande von Psychopathen und ihre Mitläufer aus dem Dorf unschädlich zu machen.*

*Ich hoffe, dass dieser namenlose Teufel bis ans Ende seiner Tage in der Psychiatrie schmoren muss. Und ich hoffe, dass ich durch meine Aufzeichnungen meinen Beitrag dazu leiste.*

*Nun gebe ich mein Leben in Gottes Hände und richte meine letzten schriftlichen Gedanken dieses Buches an mein Kind, das ich mehr liebe als alles andere auf dieser Welt. Ich wünsche und hoffe sehnlichst, ich werde noch die Gelegenheit haben, es ihm selbst zu sagen.*

# 38

Bastian starrte noch eine ganze Weile auf das Blatt, nachdem er zu Ende gelesen hatte. Er konnte nichts dagegen tun, dass seine Augen sich mit Tränen füllten und überliefen.

»Sie haben das Buch also nicht unter einer Bodendiele gefunden, sondern er hat es Ihnen gegeben.« Nun erst sah er von den Notizen auf und blickte Mia durch einen feuchten Schleier hindurch an. Sie nickte traurig.

»Ja, das hat er.«

»Und er hat Sie auch gebeten, es der Polizei zu übergeben, wenn er sich nicht innerhalb von ein paar Tagen bei Ihnen meldet?«

»Ja.«

»Er hat sich nicht mehr gemeldet, richtig?«

Auch Mias Augen wurden glasig. »Nein, er hat sich nicht mehr gemeldet. Ich denke, sie haben ihn getötet.«

»Ja. Das denke ich auch.« Es war fast ein Flüstern.

»Das ist der Grund, warum ich die Seiten herausgerissen habe. Ich habe diese Aufzeichnungen gelesen, bevor ich sie unter einer Bodendiele in meinem Schlafzimmer versteckte. Da standen so viele Namen von Menschen aus dem Dorf drin. Gute Menschen, die gezwungen worden waren, Dinge zu tun, die sie gar nicht tun wollten. Verstehen Sie? Ich wollte einfach, dass die Polizei diese Leute in Ruhe ließ, wenn ich das Buch an sie übergebe. Die Männer und Frauen haben durch diesen kranken Irren genug leiden müssen. Er hat Ihre Kinder entführt und gequält. Einige der Kinder haben sich nie wieder davon erholt. Sie sitzen noch heute in geschlossenen Psychiatrien und werden auch nie wieder herauskommen, weil dieser Kerl ihr Leben zerstört hat. Es gab fast keine Familie im ganzen Dorf, die nicht auf irgendeine Weise von den Dingen betroffen gewesen wäre, die damals geschehen sind. Sie haben ja keine Vorstellung davon, wie viele Menschen sich damals umgebracht haben. Sie konnten nicht länger mit der Schuld leben, die sie auf sich geladen hatten, weil der Irre sie dazu gezwungen hat.«

»Aber Sie haben das Buch trotzdem nicht an die Polizei weitergegeben.«

»Nein. Gleich an dem Morgen, nachdem der Mann verschwunden war, sind sie gekommen. ER hat sie geschickt. Sie haben mein ganzes Haus auf den Kopf gestellt, aber zum Glück nichts gefunden. Und dann haben sie mir gedroht. Sie sagten, wenn ich irgendetwas von diesem Kerl vor ihnen verstecken würde, kämen sie wieder und würden das ganze Dorf niederbrennen. Und die Bewohner und ihre Kinder würden sie vorher in ihren Häusern einschließen.«

»Und da haben Sie sich entschlossen, die Notizen nicht der Polizei zu übergeben.«

»Ja. Weil ich wusste, sie meinten es ernst.«

»Aus Feigheit. Sie haben das Versprechen, das Sie meinem Vater gegeben haben, aus Feigheit gebrochen.«

»Sie denken, dass es Ihr Vater war. Ich kann Ihnen nur sagen, dass ich abwägen musste und mir das Wohl der Dorfbewohner wichtiger war. Sofern man in der damaligen Situation überhaupt in irgendeiner Weise von Wohl reden konnte.«

»Aber mein Vater hat Ihnen vertraut. Es war sein Vermächtnis, Mia.«

Sie sah ihn an, und Bastian erkannte plötzlich eine wilde Entschlossenheit in ihrem Gesicht. »Ich verspreche Ihnen, meinen Teil dazu beizutragen, dass zumindest der Nachfolger dieses irren Teufels bis ans Ende seiner Tage in einer Irrenanstalt schmoren muss. So, wie es in den Aufzeichnungen steht.«

»Wie wollen Sie das anstellen? Und wie können Sie so sicher sein, dass mittlerweile ein Nachfolger an die Stelle dieses Wahnsinnigen getreten ist?«

»Vertrauen Sie mir. Ich weiß es einfach.«

Bastian konnte nicht anders als ein kurzes, verbittertes Lachen auszustoßen. »Mein Vater hat Ihnen damals auch vertraut. Sehen Sie es mir also nach, wenn ich etwas zurückhaltend bin.«

»Sie verstehen vieles nicht«, stellte Mia fest. »Aber Sie werden bald mehr verstehen, dessen bin ich sicher.«

Bastian verzichtete auf einen weiteren Kommentar und las die letzte Notiz seines Vaters noch einmal durch. Dabei wurde er von einem intensiven Gefühl der Wehmut übermannt. In seinem Leben hatte es nie einen Vater gegeben. Zumindest konnte er sich nicht an ihn erinnern. Und nun hielt er so etwas wie den Abschiedsbrief dieses Mannes in seinen Händen. Bastian war versucht, mit den Fingerspitzen sanft über die Zeilen zu streichen, als könne er seinem Vater dadurch so nahe sein wie seit über fünfundzwanzig Jahren nicht mehr. Was wäre wohl geschehen, wenn Mia diese Notizen damals an die Polizei übergeben hätte, so, wie sie es ihm versprochen hatte? Und wie lange nach seinem Verschwinden aus diesem Dorf war der Unfall geschehen? War es gleich am Tag darauf passiert? Oder hatten ein paar Tage dazwischengelegen? Wäre der Unfall verhindert worden, wenn die Aufzeichnungen schnell genug bei der Polizei gelandet wären?

Bastian zwang sich, diese Gedanken beiseitezuschieben, da sie zu nichts führten. All das lag fünfundzwanzig Jahre zurück und war nicht mehr zu ändern. Aber nun, in der Gegenwart, konnte vielleicht noch etwas getan werden.

Er warf einen Blick auf seine Armbanduhr. Kurz vor acht. Er legte die Notiz zur Seite. »Ich kann nicht hier rumsitzen, bis die Typen wieder auftauchen.«

»Aber was wollen Sie denn tun?«, wollte Mia wissen.

»Ich weiß es selbst nicht.« Er wollte nicht sagen, dass er ihre Gegenwart im Moment schlecht ertragen konnte angesichts dessen, was er gerade erfahren hatte. Er wollte ihr auch keine Vorwürfe machen, sondern einfach nur weg von ihr.

Draußen war es mittlerweile dunkel. In der Finsternis durch das verdammte Dorf zu laufen, war zwar keine sonderlich schöne Vorstellung, hatte aber den Vorteil, dass auch andere nicht viel sahen und er so wahrscheinlich unentdeckt bleiben würde. Und vielleicht sah er ja unterwegs durch Zufall etwas, das ihm nützlich sein konnte. Es musste schließlich einen Grund haben, warum diese Kerle wollten, dass er in seinem Zimmer hocken blieb.

Er würde versuchen, sich an die Scheune heranzuschleichen. Wer immer in dieser Nacht anwesend sein würde, musste irgendwann dort aufkreuzen. Und auch Safi musste hergebracht werden. Falls er nicht schon da war.

Bastian hatte die Tür schon fast erreicht, als Mia seinen Namen rief und hinter ihm hereilte.

»Seien Sie vorsichtig«, ermahnte sie ihn, als sie ihn erreicht hatte. »Sie ahnen nicht, wie entschlossen diese Männer sind, wenn es um ihr Ziel geht.«

Eine Weile musterte Bastian sie, ließ seinen Blick über die Falten an ihren Mundwinkeln gleiten, an der schmalen, ebenmäßigen Nase entlang bis hin zu den dunklen Augen.

»Ja, das mag sein. Aber soll ich Ihnen was sagen? Mir geht es mittlerweile genauso. Ich habe das Gefühl, nichts mehr zu verlieren zu haben außer Anna und Safi. Ich weiß, dass in meinem Kopf etwas nicht stimmt. Vielleicht verliere ich bald komplett den Verstand. Aber solange ich noch halbwegs klar denken kann, werde ich versuchen, den beiden Menschen zu helfen, die durch mich erst in diese Situation gekommen sind. Und vielleicht auch ein bisschen durch das, was Sie damals getan oder besser gesagt, eben *nicht* getan haben.«

Er öffnete die Tür und trat hinaus in die Dunkelheit.

# 39

Der Himmel war bis auf einige wenige Inseln wolkenbedeckt, so dass fast keine Sterne zu sehen waren und der Halbmond nur hier und da genügend Kraft besaß, für halbwegs gute Sicht zu sorgen. Gerade stand er jedoch frei am Himmel. Bastian wandte sich nicht nach rechts, sondern ging auf das Ortsausgangsschild zu, das sich als schwarzes Rechteck in den Himmel reckte. Er erinnerte sich, am Vorabend einen schmalen Feldweg gesehen zu haben, der parallel zu der Straße verlaufen musste, die an der Scheune vorbeiführte. Er wollte versuchen, auf diesem Pfad bis auf die Höhe der Scheune zu kommen, um sich dann vielleicht zwischen zwei Häusern ungesehen anschleichen zu können.

In den vergangenen Stunden hatte er sich fast schon an das Chaos in seinem Kopf gewöhnt. Daran, dass er nicht mehr unterscheiden konnte, ob er gerade etwas Reales oder ein Gebilde seiner Phantasie erlebte.

Aber was immer es auch war, das in seinem Verstand wütete, es hatte sich zurückgezogen. Bastian *wusste*, dieser Moment war real. Und ebenso sicher war er sich, dass sich in dieser Nacht nicht nur sein Schicksal entscheiden würde, sondern auch das von Anna und Safi.

Der Weg knickte nach links ab, führte ein Stück weit an den Gärten von Mia und ihren Nachbarn vorbei, um sich dann mit einer Rechtskurve fortzusetzen. Wenn Bastians Orientierungssinn noch halbwegs funktionierte, musste er sich nun parallel zu der gepflasterten Straße bewegen.

Während er vorsichtig einen Fuß vor den andern setzte, um nicht über einen Stein oder eine Unebenheit zu stolpern, stellte er sich die Frage, was er tun würde, wenn eine Situation entstand, in der er sich zwischen Anna und Safi entscheiden musste. Würde er Safi opfern, um Anna zu retten? Er versuchte, diese Gedanken schnell zu verdrängen, doch es war schon zu spät. Ohne es bewusst zu wollen, hatte er sich die Antwort schon gegeben, und er schämte sich dafür vor sich selbst.

Bastian hoffte inständig, dass diese Situation nicht eintreten würde, denn er wusste, er würde sich für Anna entscheiden. Die Klarheit und Konsequenz, mit der sein Unterbewusstsein diese Entscheidung an die Oberfläche seines Denkens gespült hatte, schockierte ihn.

Aber war es andererseits nicht vollkommen logisch, dass er angesichts der Geschehnisse in diesem Dorf – in der Gegenwart wie in der Vergangenheit – in gewisser Weise abstumpfte? Dass er ganz pragmatisch die Bedeutung von zwei Menschenleben für sich gegeneinander abwog, wenn er damit rechnen musste, sich für eines entscheiden zu *müssen*?

Bastian blieb stehen und versuchte, sich zu orientieren. Gerade hatte sich eine der kleinen Wolken vor den Mond geschoben und die Sicht damit stark verschlechtert.

Auf der rechten Seite tat sich schon nach wenigen Metern eine schwarze Wand vor ihm auf. Er wusste, dort lag ein freies Feld. Zu seiner Linken erkannte Bastian die ungleichmäßigen Silhouetten der Häuser. Er bemerkte, dass in keinem einzigen davon Licht brannte.

Die Wolke gab den Mond wieder frei, die Umrisse der Dächer wirkten gegen den nun wieder helleren Himmel wie eine Herde riesiger Urtiere, die sich zum Losmarschieren hintereinander aufgestellt hatten.

Wenige Meter weiter entdeckte er eine Lücke zwischen zwei Gebäuden, durch die er vielleicht auf die gepflasterte Straße sehen konnte. Er ging darauf zu und hoffte, feststellen zu können, ob er die Scheune bald erreicht hatte.

Gerade als er an dem Zaun angekommen war, der das linke Grundstück umgab, bedeckte die nächste Wolke den Mond und goss tiefe Dunkelheit über Bastian aus. Er konnte kaum noch die Hand vor Augen sehen und musste sich langsam vortasten.

Als er die Grundstücksecke erreichte, sah er in etwa dreißig Metern Entfernung einen etwas helleren Fleck. Das musste die Straße sein. Vorsichtig ließ er seine Hand über den Zaun wandern, kam Meter um Meter weiter. Plötzlich hielt er mit einem Ruck inne. Da war ein Rascheln gewesen, schräg vor ihm. Nicht das hektische Wuseln eines kleinen Tieres, sondern ein Geräusch, als ob jemand langsam durch Gras oder zwischen Pflanzen hindurchging. Bastian sah nach oben, doch er konnte nicht einmal erkennen, an welcher Stelle der Mond hinter den Wolken versteckt war, so dicht waren sie in diesem Moment.

Also hielt er den Atem an und konzentrierte sich voll und ganz auf sein Gehör. Etwas knackte ganz in seiner Nähe. Bastians Atem beschleunigte sich. Stoßweise pumpte er den Sauerstoff in sich hinein, während auf seiner Stirn das unangenehme hundertfache Piksen entstand, mit dem sich kalter Schweiß durch die Poren drückte. Sein hektisches Atmen war so laut, dass jeder mit Leichtigkeit würde feststellen können, wo er gerade stand. Mit aller Kraft zwang er sich, ruhiger zu atmen.

Erneut knackte es, doch das Geräusch war nun irgendwo direkt hinter ihm entstanden. Bastian wollte sich vorsichtig umdrehen, als er einen Schlag gegen den Arm bekam.

Ein kurzes Aufstöhnen löste sich aus seiner Kehle, er duckte sich und riss instinktiv den Arm hoch, um eine weitere Attacke abzuwehren, doch die blieb aus. Stattdessen hörte er ein irres Kichern und dann wieder das Rascheln und Knacken. Er hörte nun deutlich Schritte, die sich schnell von ihm entfernten.

Mit wummerndem Herzen lehnte Bastian sich an den Zaun, noch immer angespannt lauschend und damit rechnend, dass der Angreifer zurückkam. Doch offensichtlich wollte derjenige ihn lediglich erschrecken. Vielleicht war es auch eine Warnung für ihn gewesen, sich an das zu halten, was die Kerle ihm gesagt hatten. Fast war er versucht, tatsächlich den Rückweg anzutreten, doch dann überlegte er es sich anders. Er wusste nicht, warum es so war, aber die wollten ihn nicht ernsthaft verletzen, sonst hätten sie es schon mehrfach tun können. Es wäre gerade ein Leichtes gewesen, ihn niederzuschlagen. Aber das war nicht geschehen. Also war es denen wohl wichtig, dass er zumindest bis zu dieser bevorstehenden Zeremonie unversehrt blieb. Nein, er würde sich nicht einschüchtern lassen. Binnen weniger Sekunden wurde es wieder etwas heller, und ein Blick zum Himmel zeigte Bastian, dass er zumindest für eine Weile bessere Sicht haben würde.

Mit grimmiger Entschlossenheit drückte er sich vom Zaun ab und ging zwischen den Gärten hindurch in Richtung Straße. Dabei bemühte er sich, trotz seiner Überlegungen keine unnötigen Geräusche zu machen, und blieb jeweils nach ein paar Metern kurz stehen und lauschte.

Nach und nach schälten sich aus dem helleren Fleck vor ihm erste Konturen heraus. Bald konnte er die Fassade eines Hauses ausmachen.

Als die Gärten zu beiden Seiten endeten und er nur noch wenige Meter vor sich hatte, sagte eine Frauenstimme: »Du wandelst auf den Spuren deines Vaters.«

Bastian blieb so abrupt stehen, als wäre er gegen eine Wand gelaufen. Die Stimme war so nah gewesen, dass die Frau quasi direkt neben ihm stehen musste.

Das war auch so, wie er im nächsten Augenblick feststellen konnte, als sich ein Schatten aus der Dunkelheit der Häuserwand löste und zwei Meter vor ihm stehen blieb.

»Wer sind Sie?« krächzte Bastian und räusperte sich. Er versuchte, die Gesichtszüge der Frau auszumachen, doch dazu war es zu finster, ihr Kopf blieb eine dunkle Fläche.

»Eine Seele. Ich bin eine Seele. Ich habe deinen Vater gekannt.«

Sie sagte es mit hoher Kinderstimme in einem eigenartigen Singsang. Es klang wie aus einem Horrorfilm. Ein kalter Schauer durchfuhr Bastians Körper. Der Drang, schnell wegzulaufen, war übergroß, doch was sie da gesagt hatte … Diese seltsame Frau hatte ihm gerade bestätigt, dass sein Vater tatsächlich im Dorf gewesen war. Erst in diesem Augenblick wurde Bastian klar, dass er zwar die ganze Zeit davon geredet und auch darüber nachgedacht, es in letzter Konsequenz aber nie wirklich für möglich gehalten hatte, dass sein Vater tatsächlich die letzten Wochen vor seinem Tod in Kissach gewesen war.

»Sie haben … meinen Vater gekannt? Waren Sie damals dabei, als er in diesem Dorf war?«

»Ich war dabei, dabei, juhu, ich war dabei.« Es klang

wie die Strophe aus einem Kinderlied. Bastian wich einen Schritt zurück. Diese Frau flößte ihm mehr Angst ein, als es jeder Schläger hätte tun können. Es war eine andere Qualität von Angst.

»Was wissen Sie über meinen Vater?«, zwang er sich zu fragen. »Können Sie mir etwas über ihn sagen?«

»Oh … Konfuzius sagt: Wissen ist wissen, Nichtwissen ist nicht wissen. Das ist mein Wissen. Lalalalalaa …«

Wieder stieß sie dieses Kichern aus, das Bastian nach dem Schlag auf seinen Arm schon gehört hatte und das ihm wieder einen eiskalten Schauer über den Rücken laufen ließ.

Als sie endlich damit aufhörte, machte sie unvermittelt zwei Schritte auf Bastian zu und stand so dicht vor ihm, dass er ihr Gesicht sehen konnte. Sie war viel älter als er gedacht hatte, mindestens siebzig. Die langen Haare, deren Farbe er nicht ausmachen konnte, hingen ihr strähnig ins Gesicht, das von der verzerrten Parodie eines Lachens gezeichnet war. Bastian versuchte, ihr in die Augen zu schauen, doch das Mondlicht reichte nicht aus, den Blick darin erkennen zu können.

»Warum haben Sie mich angesprochen? Und warum haben Sie mich geschlagen?«

»Oh, Schläge, Schläge, lalalala, erst wenn man alt wird, spürt man die Schläge, die man in der Jugend bekommen hat, lalalala.« Sie begann, ihren Körper hin und her zu wiegen, und summte dabei vor sich hin. Bastian machte einen Schritt zurück, ihm war wohler, wenn zwischen ihnen eine gewisse Distanz lag.

»Was zum Teufel ist mit Ihnen los? Wenn Sie meinen Vater gekannt haben, dann sagen Sie mir etwas über ihn, oder verschwinden Sie.«

Noch zwei-, dreimal bewegte sie ihren Oberkörper hin und her, dann hielt sie inne und zeigte stattdessen mit dem Finger auf Bastian. »Der Teufel? Ich habe den Teufel gesehen, weißt du das? Viele von uns haben den Teufel gesehen.«

»Ich … ja, ich weiß, was Sie meinen. Aber bitte, wenn Sie wirklich meinen Vater gekannt haben … wissen Sie, was mit ihm geschehen ist?«

Sie legte den Kopf in den Nacken und betrachtete den Mond: Der Finger, der zuvor auf Bastian gezeigt hatte, hob sich und deutete auf die helle Halbkugel. »Tot.«

Bastian musste mehrmals schlucken. »Was wissen Sie sonst über ihn? Haben Sie damals mit ihm gesprochen?«

»Heute Nacht.« Ihr Arm sank herab, und sie sah Bastian wieder an. »Heute Nacht wird wieder jemand sterben. Durch die Hand des Teufels.«

Bevor Bastian etwas erwidern konnte, wandte die Frau sich ab und verschwand Sekunden später in der Dunkelheit.

# 40

Bastian stand noch ganz unter dem Eindruck dieses unheimlichen Erlebnisses, und doch begannen seine Gedanken schon wieder zu rasen.

Woher wusste diese offenbar geistig verwirrte Frau, dass es sein Vater gewesen war, den sie damals in Kissach getroffen hatte?

Konnte das sein? Ja, antwortete er sich selbst, das konnte natürlich sein. Wenn die verrückte Alte damals zu denen gehört hatte. Vielleicht war sie deshalb auch verrückt geworden? Weil sie diese furchtbaren Dinge nicht nur mit angesehen hatte, sondern selbst daran beteiligt gewesen war.

Und aus diesem Grund wusste sie auch davon, dass Safi in dieser Nacht sterben sollte.

Bastian glaubte zwar nicht, dass die Frau noch immer aktiv an diesem Wahnsinn beteiligt war, aber das hieß nicht, dass sie nicht geradewegs zu denen lief und ihnen sagte, dass sie ihn gesehen hatte. Und wo.

Er glaubte noch immer nicht, dass sie ihm etwas antun würden, bevor er an ihrer Zeremonie teilgenommen hatte, aber die Vorstellung, dass die beiden Kerle plötzlich in der Dunkelheit vor ihm standen, war nicht eben angenehm.

Die Begegnung mit dieser Frau hatte ihm richtig Angst gemacht. Sie war vielleicht ein kleiner Vorgeschmack darauf, wie es sich anfühlte, wenn man es mit Wahnsinnigen zu tun hatte. Mit Menschen, die absolut unberechenbar waren und denen alles, wirklich alles zuzutrauen war.

Bastian entschied, dass es besser war, zu Mias Haus zurückzukehren und dort zu warten, bis sie ihn abholten.

Also machte er sich auf den Rückweg und hoffte, dass er unbehelligt dort ankam. Vor allem brauchte er keine weitere Begegnung mit der verrückten Alten. Auch wenn sie behauptete, seinen Vater gekannt zu haben. Was konnte sie schon von ihm wissen? Im besten Fall hatte sie sich ein- oder zweimal mit ihm unterhalten. Vorausgesetzt, sie war damals noch bei Verstand gewesen.

Der Rückweg ging schneller, weil er nicht mehr so vorsichtig vor sich hin schlich. Die Kerle wussten wahrscheinlich mittlerweile sowieso, dass er das Haus verlassen hatte.

Bastian ging um die letzte Biegung und stand dann vor der Haustür. Kurz war er versucht, den Schlüssel zu benutzen, den er noch immer in der Hosentasche mit sich herumtrug, zog es dann aber doch vor, zu klingeln. Er wartete eine Weile, dann klingelte er erneut. Schließlich zog er den Schlüssel doch aus der Tasche und schloss auf. Er betrat den Flur und rief Mias Namen, während er die Tür schloss, bekam aber keine Antwort.

Im Wohnzimmer brannte Licht, aber Mia war nicht dort. Bastian wollte sich schon wieder abwenden, als er auf dem Fußboden in der Mitte des Raums einen Zettel entdeckte. Er hob ihn auf und warf einen Blick darauf. Es waren nur wenige Zeilen, in großen, ungelenk wirkenden Buchstaben:

*Du hast das Haus verlassen.*
*Nun sterben vielleicht doch zwei Menschen in dieser Nacht.*
*Wage es nicht ein weiteres Mal, dich uns zu widersetzen.*

Bastian wusste, er brauchte Mia nicht weiter zu suchen. Sie hatten sie mitgenommen. Weil er unbedingt draußen herumlaufen und sich mit geisteskranken Frauen unterhalten musste. Er ging zu dem Sessel, der ihm am nächsten stand, ließ sich hineinfallen und schloss die Augen. Nun hatten Sie auch noch Mia entführt. Erst Anna, dann Safi und nun sie. Konnte es sein, dass all das nur wegen ihm geschah? Weil diese Wahnsinnigen sich am Sohn des Mannes rächen wollten, der sie damals ausspioniert und vorgehabt hatte, sie auffliegen zu lassen? Hielt sich der Hass über fünfundzwanzig Jahre? Und übertrug sich womöglich auf die nächste Generation?

Wenn Mia recht behielt, war der Mann ohne Namen mittlerweile durch seinen Nachfolger ersetzt worden. War er tot? Vielleicht. Umso mehr stellte sich die Frage, warum die sich nach so vielen Jahren an ihm rächen wollten. Bastians Gedanken kreisten immer wieder um diese Fragen, eine Antwort fand er jedoch nicht.

Er wusste nicht, ob er eingeschlafen war und wie lange er schon mit geschlossenen Augen in dem Sessel saß, als er von einem Geräusch hochschreckte.

Er öffnete die Augen und wünschte sich im nächsten Moment nichts sehnlicher, als sie sofort wieder schließen zu können. In der Nähe der Wohnzimmertür stand Franziska. Oder ihre Mutter. Jedenfalls war es die blonde Frau in dem geblümten Kleid, mit den klobigen Schuhen.

»Sie hätten nicht herkommen sollen«, sagte sie mit monotoner Stimme. Bastian bemerkte, wie unnatürlich blass ihre Gesichtshaut war. Entweder er hatte einen Geist oder die erneute Ausgeburt seines kranken Hirns vor sich. So oder so fürchtete er, sich vor Angst in die Hose zu nässen.

Er richtete sich in dem Sessel auf.

»Sie?«, stieß er aus. »Wer … wer sind Sie? Sind Sie Franziska? Oder ihre Mutter?«

»Es war falsch, hierherzukommen. Die Vergangenheit wird Sie einholen. Heute Nacht. Ein Mensch wird sterben. Einer ist tot. Sie sind schuld.« Sie sagte es so emotionslos, als lese sie einen Beipackzettel vor.

Bastian stand auf, wollte auf sie zugehen, doch sie wich sofort zurück und sagte in unverändertem Tonfall: »Nicht zu mir kommen, sonst ist Anna tot. Sie sind schuld.«

Bastian ließ sich auf den Sessel zurückfallen und starrte die Frau an. »Was soll das heißen? Sonst ist Anna tot?«

Als er keine Antwort bekam, wiederholte er: »Wer sind Sie?«

Und erneut ging die Frau nicht darauf ein, sondern sagte: »Mia war gut zu Ihnen.«

»Mia hat behauptet, Sie seien seit zwanzig Jahren tot.«

Sie legte den Kopf schief. »Jetzt ist Mia tot.«

»Was?«, erneut sprang Bastian auf, und dieses Mal würde er sich nicht mehr von diesem … *Ding* vor sich beeinflussen lassen. »Mia soll tot sein? Was reden Sie da?«

»Sie wollte Ihnen helfen. Sie sind schuld.«

»Wie kann ich schuld sein, wenn Mia tot ist? Und außerdem glaube ich das nicht.«

»Sie sind schuld.«

Bastian schnaufte, schlug die Hände vors Gesicht, ließ sie wieder sinken. Ihm war zum Schreien zumute, zum Heulen, zum Weglaufen.

Von irgendwo außerhalb des Wohnzimmers hörte er ein Rumpeln, als sei ein Möbelstück umgestoßen worden. Das musste aus Mias Schlafzimmer kommen.

Sofort rannte Bastian los und achtete dabei nicht auf die blasse Frau, die ihm mit zwei Schritten aus dem Weg gegangen war. Er hätte sich ohrfeigen können, dass er im Wohnzimmer geblieben war, nachdem er den Zettel gelesen hatte. Wahrscheinlich hatten die Kerle Mia wieder gefesselt und in ihrem Schlafzimmer liegen lassen.

Bastian stürmte durch den kurzen Flur, stieß die Tür zu Mias Schlafzimmer auf und blieb wie erstarrt in der Eingangstür stehen. Neben Mias umgestürztem Nachttisch stand ein Mann und lächelte ihm entgegen. Er hatte lange blonde Haare und einen Dreitagebart.

# 41

»Stefan?«, presste Bastian hervor, und er war nicht sicher, ob es laut genug war, ob der Mann ihn verstanden hatte.

»Hi, Thanner.« Stefan hob beide Hände und ließ sie wieder sinken. »Ich muss mich bei Ihnen entschuldigen.«

»Was? Warum? Wie sind Sie hier hereingekommen? Und was machen Sie an Mias Nachttisch?«

»Hey, langsam, mein Freund. Eins nach dem anderen.«

»Wie kommen Sie darauf, dass ich Ihr Freund bin?«

Stefan zog die Brauen zusammen und die Mundwinkel nach unten. »Hey, warum so ungehalten? Ich bin einer von den Guten.«

»Wenn Mia recht hat, sind Sie vor fünfundzwanzig Jahren verschwunden.«

»Wie schon gesagt, ich muss mich bei ihnen entschuldigen«, wich Stefan erneut aus. »Ich hatte Ihnen bei unserem letzten Treffen gesagt, Anna solle sterben. Das stimmt nicht. Es ist Ihr Freund, der heute Nacht sein Leben lassen wird.«

»Woher zum Teufel wissen Sie das? Und wer sind Sie wirklich? Mia hat behauptet …«

»Ach, Mia«, seufzte Stefan verträumt. »Ich habe sie wirklich sehr geliebt, wissen Sie.«

»Sie haben …« Bastian fürchtete, den Boden unter den Füßen zu verlieren. War das das Endstadium seines Wahnsinns? Reagierte sein Gehirn damit auf die Angst, die er vor den nächsten Stunden hatte? Indem es seinen Verstand außer Gefecht setzte? Noch konnte er sich diese

Gedanken machen, das bedeutete, etwas in ihm lehnte sich dagegen auf, aber wie lange noch?

»Und jetzt ist sie tot«, fügte Stefan hinzu, hob die Schultern und ließ sie so schnell herabsinken, dass seine Hände seitlich gegen die Oberschenkel schlugen. »Und Sie hätten das verhindern können. Wie schade.«

Bastian setzte sich in Bewegung, ging auf das Bett zu. Er wusste, jeden Moment würden seine Beine ihm den Dienst versagen.

Nur am Rand bemerkte er, dass Stefan währenddessen in einem Bogen um ihn herumging und in dem Moment, in dem Bastian sich auf die Bettkante sinken ließ, drei Meter von ihm entfernt in Richtung der Tür stand. Sie hatten fast die Plätze getauscht.

»Ich hätte Ihnen wirklich gerne geholfen, wissen Sie. Alleine schon um Mias willen. Ich glaube, sie hat ein bisschen Gefallen an Ihnen gefunden.«

»Können Sie mir nicht einfach sagen, wer Sie sind?« Bastian merkte selbst, dass er sich anhörte wie ein kleines Kind, das um ein Stück Schokolade bettelte. Es interessierte ihn nicht.

»Aber das wissen Sie doch. Hey, Thanner. Was ist los mit Ihnen? Vergesslich geworden? Mein Name ist Stefan. Und ich bin ein guter Stefan, das können Sie mir glauben.«

Bastian nickte resigniert. »Gut. Wenn Sie Stefan sind und Mia geliebt haben, wie erklären Sie sich dann, dass Mia mindestens sechzig ist und Sie im Vergleich noch blutjung sind?«

»Das stimmt nicht ganz, Thanner. Mia ist nicht sechzig. Sie ist tot.«

Bastian hörte die Worte, versuchte, sie zu verstehen, scheiterte. Er sah diesen jungen Mann an, der sich Stefan nannte und der eigentlich über sechzig sein musste. Und tot. Oder tot. Wie auch immer, ein über sechzigjähriger Toter, der in Mias Schlafzimmer herumspazierte und sich mit ihm unterhielt.

Und mit einem Mal setzte sein Verstand wieder aus, und die Situation verlor ihren Schrecken. Mehr noch, sie war im Grunde sogar amüsant. Um nicht zu sagen, sie war lustig. Und weil sie so lustig war, stieß Bastian ein kurzes, aber befreiendes Lachen aus. Dann lachte er erneut, dieses Mal schon länger, und als Stefan einstimmte, konnte Bastian sich nicht mehr zurückhalten und brach in schallendes Gelächter aus. Er schüttelte sich geradezu aus, Tränen schossen ihm in die Augen. Er wischte sie mit dem Unterarm weg und klopfte sich auf die Schenkel. Irgendwann ließ es nach. Bastian japste nach Luft, stieß ein »O mein Gott« aus und wischte sich erneut die Tränen aus den Augen. Als er wieder einen halbwegs klaren Blick hatte, sah er zu Stefan auf. Der Raum war leer.

Bastian stand auf, ging auf wackligen Beinen zur Tür und hinaus in den Flur. Niemand zu sehen. Er ging weiter und warf einen Blick ins Wohnzimmer, ohne ernsthaft damit zu rechnen, dass sich dort jemand aufhielt. Doch er lag falsch. Dort im Wohnzimmer auf dem Sofa saß Mia. Sie hatte eine Brille auf und las in einem Buch. Als sie ihn bemerkte, ließ sie es sinken. »Da sind Sie ja wieder. Ich habe mir Sorgen um Sie gemacht.«

Bastian betrat das Zimmer und setzte sich in den gleichen Sessel, in dem er Minuten zuvor schon gesessen hatte. Er sah Mia an. »Seit wann sitzen Sie hier?«

Auf ihrem Gesicht zeigte sich Verwunderung. »Schon länger. Warum?«

»Ich dachte, ich hätte gerade Franziskas Mutter hier

gesehen und mich mit ihr unterhalten.« Er sagte es wie beiläufig und verzichtete darauf, Stefan zu erwähnen.

»Wieder so was? Aber wie kann das sein? Sie sind doch gerade erst hereingekommen.«

»Ja, aus Ihrem Schlafzimmer.«

»Aus meinem Schlafzimmer? Haben Sie etwa schon wieder meine Sachen durchsucht?«

»Nein.« Bastian winkte ab. »Ach, vergessen Sie es einfach. Es ist nicht wichtig. Ich bin jedenfalls froh, Sie gesund zu sehen.«

»Wie war Ihr Erkundungsspaziergang? Haben Sie etwas entdeckt?«

»Nein, nichts.«

»Haben Sie Angst?«

Bastian dachte darüber nach. Er hatte Angst gehabt. Große Angst. Aber hatte er die immer noch? Was sollte schon passieren? Sie hatten gesagt, Anna wird nichts geschehen. Und ihm auch nicht. Nur Safi. Und daran würde er wahrscheinlich nichts ändern können. Warum also sollte er noch Angst haben?

»Nein. Ich denke, ich werde heute Nacht mehr über meinen Vater erfahren.« Er sah sie von der Seite an. »Wahrscheinlich mehr, als Sie mir erzählen wollen.«

Nun legte Mia das Buch endgültig zur Seite und rutschte ein Stück nach vorne. »Was meinen Sie damit?«

Bastian musste grinsen. »Na, kommen Sie schon. Jeder in diesem Kaff weiß etwas über meinen Vater, außer die Frau, bei der er gewohnt hat?« Er blinzelte ihr zu. »Wie wahrscheinlich ist das?«

»Ich kann Ihnen nicht mehr sagen, Bastian. Aber wen meinen Sie? Wer weiß etwas über Ihren Vater?«

»Och …« Er spreizte die Finger und betrachtete sie.

»Nicht so wichtig.« Wieder war er versucht, loszulachen, und er war sich der Tatsache bewusst, dass das verrückt war. Wenn jemandem in einer Situation, in der es um Leben und Tod ging und in der sein bester Freund umgebracht werden sollte, zum Lachen zumute war, dann war derjenige definitiv verrückt geworden.

»Was machen Sie, wenn es wieder Strom gibt und das Telefon wieder funktioniert?«

»Was meinen Sie?«

Bastian sprang auf und breitete die Arme aus. »Na, wenn dieses wundervolle Dorf wieder voll funktionsfähig ist. Was machen Sie dann? Werden Sie wieder feige sein und diese Kerle machen lassen, was sie wollen?«

Sie blickte an ihm vorbei. »Das ist nicht fair.«

»Nicht fair? Ha!« Er klatschte in die Hände, woraufhin Mia zusammenzuckte. »Jawohl, ich bin ein nichtfairer Gefangener dieses Mistdorfs. Und Anna war bestimmt ein nichtfaires Entführungsopfer. Ich befürchte sogar … warten Sie, lassen Sie mich nachdenken …« Er drückte sich die Spitzen der Mittelfinger gegen die Schläfen. »Ja, doch. Ich befürchte, Safi wird auch ein nichtfaires Mordopfer sein. Sie haben recht, Mia. Wir sind wirklich eine schreckliche, nichtfaire Gesellschaft.«

Bastian wandte sich ab, machte zwei, drei Schritte, drehte sich wieder zu ihr um. »Also? Was machen Sie, wenn es wieder funktionierende Telefone gibt in diesem Kaff?«

Noch bevor Mia darauf reagieren konnte, fiel Bastian etwas ein. »Moment mal, gibt es überhaupt Telefone in diesem Scheißdorf? Ich habe noch keins gesehen.«

»Können Sie bitte damit aufhören, Kissach immer so zu bezeichnen? Das ist mein Heimatdorf.«

Bastian ging auf sie zu, blieb dicht vor ihr stehen und zeigte mit dem Finger auf sie. »Haben Sie ein Telefon?«

»Ja, natürlich habe ich ein Telefon.«

»Wo?«

»In meinem Schlafzimmer. Sie machen mir Angst.«

Wenige Sekunden später stand Bastian in Mias Schlafzimmer und betrachtete das graue Wählscheibentelefon, das auf einem kleinen, schäbigen Tisch neben dem Kleiderschrank stand. Mechanisch griff er nach dem Hörer und hielt ihn sich ans Ohr. Tot. Er folgte dem Kabel, das unter dem Tisch in einer altmodischen Dose steckte.

Bastians Blick richtete sich auf den Kleiderschrank, und er dachte darüber nach, ob er …

»Wollen Sie schon wieder in meinen Privatsachen herumwühlen?«

Bastian fuhr herum. Mia stand in der Tür und sah ihn traurig an, doch Bastians Blick wurde von ihr abgelenkt, denn hinter ihr tauchte ein dunkler Schatten auf.

# 42

Eine Hand legte sich auf Mias Schulter und schob sie wie einen Vorhang beiseite. Mia gab einen überraschten Laut von sich und drückte sich gegen die Wand.

Die beiden Kerle machten ein paar Schritte ins Zimmer und bauten sich vor Bastian auf. »Los, wir gehen.«

Bastians Gemütszustand schlug augenblicklich um. Plötzlich war die Angst wieder da, von der er dachte, dass er sie nicht empfinden würde.

Franziska, Stefan, diese Halluzinationen, das dumpfe Durcheinander in seinem Kopf … all das war mit einem Mal wie weggeblasen. Kalt und klar signalisierte sein Verstand ihm, dass es nun gefährlich wurde. Dass es jetzt um ein Leben ging. Um mindestens eines. Er sah auf seine Armbanduhr. »Ich dachte, Sie kommen um Mitternacht.«

»Quatsch nicht, komm mit«, befahl der Kerl in der Lederjacke knapp. Bastian suchte verzweifelt Mias Blick, doch sie starrte vor sich auf den Boden. Tränen liefen glänzend über ihre Wangen. »Mia, ich …«, er brach ab. Was gab es schon zu sagen?

Es kostete ihn unendlich viel Kraft, sich in Bewegung zu setzen, und als er den ersten Schritt machte, kam es ihm vor, als hätte er damit den Gang zum Schafott angetreten.

Die Männer nahmen ihn in die Mitte. Im Vorbeigehen versuchte Bastian, noch einen letzten Blick mit Mia zu wechseln, doch sie hatte den Kopf noch immer gesenkt und sah ihn nicht an.

Als sie das Haus verlassen hatten, sagte der Kerl in der Stoffjacke: »Wenn du versuchst, abzuhauen, ist Anna tot.«

Bastian wollte entgegnen, dass er nicht weglaufen würde, doch alles, was aus seinem Mund kam, war ein trockenes Krächzen.

Er malte sich aus, was ihn wohl gleich erwarten würde, und fragte sich, warum sie ihn so früh abgeholt hatten. War das von Anfang an geplant gewesen? Oder mussten sie aus irgendwelchen Gründen ihre Pläne ändern? Vielleicht würde er es bald erfahren.

Der Mond war wieder hinter der Wolkendecke verborgen, und Bastian nahm den Mann neben sich nur als schwarze Silhouette vor einem fast genauso schwarzen Hintergrund wahr. Am Ende der Gasse bogen sie nicht nach rechts in Richtung Scheune ab, sondern überquerten die Pflasterstraße und gingen geradeaus über einen stockfinsteren Feldweg weiter.

»Wohin gehen wir?«, fragte er ängstlich. »Ich dachte, Sie bringen mich zur Scheune?«

»Halts Maul.«

Bastian überlegte fieberhaft, was das zu bedeuten hatte. Führten die beiden ihn jetzt in den Wald? Zu einer Stelle, wo niemand ihn finden würde, nachdem sie ihn umgebracht hatten? War das alles nur Theater gewesen, damit er bereitwillig mit ihnen kam wie ein Opferlamm, das zur Schlachtbank geführt wurde? Nein, das wäre absurd.

»He, hier lang«, maulte einer der Kerle Bastian an und drückte ihn nach rechts. Erleichtert wechselte Bastian die Richtung, stolperte über eine Unebenheit, fing sich wieder und lief weiter. Nun hielten sie wieder auf die Scheune zu, die sie auf diesem Weg wohl von der Rückseite aus erreichen würden.

Sie brauchten noch etwa zwei Minuten bis zur Scheune, die sie schweigend zurücklegten. Das große Gebäude lag im Dunkeln, nur durch die Ritze unter der rückwärtigen Tür drückte sich ein schwacher Lichtschein.

Sie gingen auf die Tür zu, und mit jedem Schritt, den sie näher kamen, schlug Bastians Herz heftiger. Er spürte das Pochen seines Pulses am Hals, hörte, wie das Blut hinter seinen Ohren vorbeirauschte. Alles in ihm schrie danach, zur Seite zu springen und loszulaufen, so schnell ihn seine Beine trugen. Die Kerle waren sicher alle in der Scheune, er könnte in der Dunkelheit einfach in den Wald laufen, egal wohin, Hauptsache weg von diesen Männern, weg von dem schwarzen Ungetüm einer Scheune, das ihm in diesem Moment mehr Angst einflößte als irgendetwas sonst auf der Welt.

Sie würden ihn sicher nicht finden in dieser Dunkelheit. Er musste sich nur lange genug irgendwo verkriechen und konnte dann bei Tageslicht weiterlaufen und sich in Sicherheit bringen. Er musste einfach nur schnell genug sein und … Anna. Sie würden Anna töten, wenn er türmte, dessen war er sicher. Und Safi ebenso. Aber Safi war sowieso so gut wie tot. Über diesen Gedanken erschrak Bastian so sehr, dass er stehen blieb. Doch nur für ein, zwei Sekunden, dann bekam er einen Schubs in den Rücken und stolperte weiter auf die Tür zu. Der Kerl in der Lederjacke hatte sie mittlerweile geöffnet und stand daneben wie ein Page. Nur der Gesichtsausdruck, den Bastian nun im Schein der Scheunenbeleuchtung erkannte, passte nicht dazu.

Die beiden großen Fahrzeuge, die Bastian von seinem ersten Besuch in der Scheune kannte, stellten sich im Licht der Lampe als alte, verrostete Mähdrescher heraus.

Zwischen ihnen hindurch konnte er den Kreis der Stühle mit den hohen Rückenlehnen sehen, doch zu seiner Überraschung saß niemand darauf. Überhaupt schien es, als sei außer ihnen niemand anwesend.

»Nach rechts«, befahl einer der Männer, die nun beide hinter ihm waren. Bevor er gehorchte, warf er einen schnellen Blick zur linken Seite, wo der große Tisch, der wohl der Altar war, noch immer unverändert stand. Nur der Boden darunter hatte sich seit seinem letzten Besuch verändert. Es gab dort weder eine Blutlache noch Annas Ring. Aber das warf Bastian nicht mehr aus der Bahn. Er hatte nicht damit gerechnet, dass das, was er dachte, dort gesehen zu haben, real gewesen war. Im Gegenteil beruhigte es ihn sogar ein kleines bisschen, denn es bedeutete, dass Anna nichts geschehen war.

Sie dirigierten ihn bis zur rechten Seitenwand der Scheune. Ein Stück davor stand eine etwa zwei Meter lange Holzkiste auf dem Boden. Sie war offen, der Deckel war an die Scheunenwand angelehnt. Der Anblick erzeugte heftige Übelkeit in Bastian, die sich noch verstärkte, als er sah, dass der Scheunenboden hinter der Kiste auf der gleichen Länge aufgerissen und dort ein Loch gegraben worden war. Die ausgehobene Erde lag als kleiner Hügel daneben.

Bei dem Gedanken, was die Kerle wahrscheinlich mit ihm vorhatten, begann er zu würgen und konnte nur mit Mühe verhindern, dass er sich übergab.

»Da rein«, lautete der nächste, knappe Befehl, der Bastians schlimmste Befürchtungen bestätigte. Er schüttelte den Kopf. »Da rein? Nein, bitte, ich …«

»Rein jetzt.«

»Aber Sie können mich doch nicht lebendig …«

Es war fast die exakte Wiederholung des Schlags in seinem Zimmer, als der Schatten auf ihn zuflog und auf seiner sowieso schon verletzten Nase landete. Aber dieses Mal war es schmerzhafter. Bastian taumelte aufstöhnend gegen die Kiste, stolperte und fiel in die aufgeworfene Erde.

So schnell es ging, richtete er den Oberkörper wieder auf und hielt noch halb benommen die hohle Hand über seine Nase, als könne er sie damit vor einem erneuten Schlag schützen. Der Kerl in der Stoffjacke, der ihm den Hieb verpasst hatte, sah ihm ungerührt zu. »Steig jetzt in die Kiste.«

Bastian betrachtete seine blutüberströmte Hand. Das Atmen durch die Nase fiel ihm schwer, und es fühlte sich an, als schwölle sie in Sekundenschnelle zu. Blut drang in seinen Mund, als er ihn öffnete. Es schmeckte nach Eisen. Bastian befürchtete, dass seine Nase diesmal gebrochen war, wagte es aber nicht, sie abzutasten aus Angst, wieder geschlagen zu werden.

Er kletterte in die Kiste, was ihn einige Mühe kostete, während seine Gedanken Achterbahn fuhren. Würden die ihn tatsächlich bei lebendigem Leibe begraben? Welchen Sinn sollte das haben? Wozu dann der ganze Aufwand mit der Scheune? Und was sollte das mit Safi und Anna. Er wollte die beiden anflehen, ihn zu verschonen, wollte ihnen alles versprechen, was immer sie auch von ihm verlangten. Er sah in ihren Gesichtern, dass es sinnlos war, und versuchte es trotzdem. »Bitte, tun Sie mir das nicht an. Ich …«

Als Bastian schluchzend in der Kiste saß, stützte er sich mit den Händen auf den Kanten ab und wollte den Oberkörper langsam zurücksinken lassen, um einen erneuten

Schmerzschub zu vermeiden. Das schien den Kerlen zu lange zu dauern, denn einer von ihnen – dieses Mal war es der in der Lederjacke – war mit zwei großen Schritten bei ihm und schlug ihm mit der Faust so heftig gegen die Brust, dass er rückwärts auf dem Kistenboden landete. Noch während er reflexartig versuchte, sich wieder aufzurappeln, wurde der Deckel auf die Kiste geschoben. Sekunden später herrschte im Inneren absolute Dunkelheit.

# 43

Bastian spürte, wie etwas ihm den Hals zuzuschnüren drohte. Durch die geschwollene Nase konnte er kaum atmen und hatte Angst zu ersticken. Er nahm die Schläge war, mit denen die Kiste zugenagelt wurde, hörte sie nicht nur, sondern spürte sie auch. Das Holz übertrug sie wie Stromstöße auf seinen Rücken. Er lag in einem Sarg, der gerade zugenagelt wurde.

Panik griff mit kalten Klauen nach ihm, wollte ihm erbarmungslos den Brustkorb zerquetschen. »Nein«, schrie er. »Lassen Sie mich raus, bitte. Bitte tun Sie das nicht.«

Er hob die Arme so weit, wie es möglich war, und begann, wild gegen das Holz zu hämmern. Er zog die Füße an, stemmte die Knie gegen das raue Material und versuchte, es nach oben zu drücken. Als auch das keinen Erfolg zeigte, begann er, mit allen Gliedmaßen gleichzeitig zu strampeln und zu schlagen. Unter Aufbietung aller Kräfte warf er Arme und Hände, Knie und Füße immer und immer wieder gegen das Holz. Sein ganzer Körper sendete Schmerzsignale aus, Bastian ignorierte sie und machte weiter, immer weiter. Sie würden ihn in dem Loch vergraben, er würde elendig verrecken, er musste sofort aus dem engen Gefängnis heraus, bevor die Panik seinen Verstand vollkommen zerstörte …

Irgendwann sackte Bastian in sich zusammen. Atemlos, kraftlos. »Hilfe«, sagte er. »Bitte. Hilfe.« Oder hatte er es nur gedacht?

In schnellem Rhythmus hob und senkte sich sein Brustkorb. Seine Nase schien bei jedem Atemzug aufs Neue zu explodieren und das ganze Gesicht einzuhüllen mit ekstatischem Schmerz.

Seine Gelenke taten schrecklich weh, und als er nach einer Weile versuchte, die Finger zu bewegen, gelang ihm das nur an der rechten Hand. Die Finger der linken konnte er nicht bewegen, vielleicht hatte er sie sich gebrochen. Aber was spielte das schon für eine Rolle? Er würde in dieser Kiste ersticken, eingebuddelt in einer Scheune, in der ein Vierteljahrhundert zuvor schon Menschen auf grausame Weise gestorben waren. Warum töteten sie ihn auf diese Art?

»Warum?«, schrie er mit aller ihm verbliebenen Kraft gegen den Deckel an. Sein heißer Atem wurde ihm von der Holzoberfläche zurück ins Gesicht gedrückt. »Ich habe euch doch nichts getan.«

Er hustete, schluchzte. Dann begann er zu weinen, und alle Verzweiflung und alle Angst entluden sich in seinen Tränen und in einem Heulkrampf, wie er ihn nie zuvor erlebt hatte. Sein Körper wand sich dabei in der Kiste, die Handrücken schabten über das Holz, und doch konnte er nicht aufhören, hatte jegliche Kontrolle über seine Muskeln verloren.

Dann lag er still. Seine Gedanken waren bei Anna. Er würde ihr nicht mehr helfen können. Und er wusste, sie würden auch sie töten. Sie hatten gelogen. Alles, alles war eine Lüge gewesen. Zu keiner Zeit hatten sie vorgehabt, Anna und ihn gehen zu lassen. Safi war wahrscheinlich schon tot. Und Anna würden sie in ihrer Zeremonie töten, so, wie Stefan, der tote Stefan, es ihm prophezeit hatte.

Und mit einem Mal verstand er auch, warum sie ihn

in diese Kiste gesteckt, aber noch nicht vergraben hatten. Er würde sie schreien hören, wenn sie sie langsam zu Tode quälten. Sie wollten, dass er ihr Leiden miterlebte in dem Bewusstsein, ihr nicht helfen zu können, um kurz nach ihr ebenfalls elendig zu krepieren.

Sein Vater hatte recht gehabt, und Bastian verstand nun auch in aller Konsequenz, was er damit gemeint hatte, als er schrieb, dass diese Bestien damals nichts Menschliches mehr an sich hatten. Mit den Bestien der Gegenwart war es genauso.

Obwohl er schon ruhig lag, erschlaffte sein Körper noch weiter, was er dadurch bemerkte, dass der Boden fester gegen seinen schmerzenden Rücken drückte. Nun hatten alle Muskeln ihre Anspannung verloren. Seine Kraft war gebrochen, ebenso wie sein Wille. Ja, er würde nun sterben, aber er begann einzusehen, dass es eine Erlösung für ihn sein würde. Er war müde. Unendlich erschöpft. Alle Schmerzen, alle Verzweiflung würden bald von ihm genommen werden. Er würde seinen eigenen Atem immer und immer wieder in die Lunge pumpen, und mit jedem Mal würde die Luft weniger Sauerstoff enthalten. Irgendwann würde er einfach einschlafen und nicht mehr aufwachen. Was konnte es Erstrebenswerteres geben als diesen Zustand des absoluten Friedens?

Bastian glaubte nicht an einen Himmel mit einem thronenden, gütigen Gott darin. Aber was hatte es auf sich mit dem Licht, von dem so viele Menschen nach einer Nahtoderfahrung berichteten? Er wusste es nicht, aber er würde es bald wissen. Und auch wenn Bastian an keine Gottheit glaubte, so war er doch überzeugt davon, dass Energie nicht verlorengehen konnte. Auch keine Lebensenergie.

Würde seine Energie nach dem Ende auf die seiner toten Liebe Anna treffen? Und würden die Anna-Energie und die Bastian-Energie sich erkennen? Und vielleicht zusammenschließen zu einer Energiesymbiose? Konnten Energien lieben? Bastian stieß ein kurzes Lachen aus. Welch ein launiger Gedanke.

Und wie war es mit der Energie von Menschen, die sich nahegestanden hatten, aber schon Jahre tot waren? Fanden sie sich dort, wo nach dem Tod alles hinströmte? Würde er seinen Vater wiedertreffen? Seine Mutter? Seine Großmutter, diese blöde Kuh, die das Erbe seines Vaters durchgebracht und ihm absolut nichts hinterlassen hatte? Er würde sie mit einem Energiestrahl bestrafen. Wieder musste er lachen. Er stellte sich vor, wie es wohl aussehen würde, dieses Bestrafen mit einem Energiestoß. Er lachte. Es klang vollkommen anders als sein altes Lachen. Kehliger, ehrlicher, lauter. Nahtodlachen.

Und plötzlich brach es aus ihm heraus. Bastian lachte aus voller Brust, aber gleichzeitig wurde ihm plötzlich klar, was so anders klang. Er lachte vollkommen … krank. Nein, in Wahrheit war es gar kein Lachen, es war ein vollkommen irres Schreien.

Bastian Thanner lag in einer verschlossenen Kiste und schrie sich die Seele aus dem Leib vor Angst.

# 44

Es wurde heiß in der Kiste. Und stickig. Aber das nahm Bastian nur nebenbei wahr, so, wie man aus den Augenwinkeln eine am Rande stattfindende Bewegung mehr spürt als sieht, während man etwas anderes intensiv beobachtet.

Bastian hatte sich weitestgehend aus der grausamen Realität zurückgezogen. Seine ganze Aufmerksamkeit galt der Vergangenheit. Seiner Kindheit. Er hätte sich gerne an Dinge erinnert, die er mit seinem Vater erlebt hatte, so gerne. Er hatte gehofft, das würde ihm gelingen, hier, wo er ihm so nahe war wie selten zuvor. Aber er schaffte es einfach nicht. Seine Mutter war präsenter in diesem dunklen Tunnel der Erinnerungen. Eine Weile musste Bastian sich wie an einem Band durch diesen Tunnel zurückhangeln, bis sie zum ersten Mal auftauchte. Sie war eine wunderschöne Frau gewesen, mit langen braunen Haaren und gütigen Augen in fast der gleichen Farbe. Dummerweise waren ihre Gesichtszüge verwaschen, nur die Haare und die Augen waren klar erkennbar. Aber nein, auch der Mund war nun gut zu sehen. Er bewegte sich. Sie sang. Seine Mutter sang ihm ein Kinderlied. Ihre Stimme war einschmeichelnd, sie umgarnte ihn wohlig wie ein warmer Windhauch.

*Es war eine Mutter,*
*die hatte vier Kinder:*
*den Frühling,*

*den Sommer,*
*den Herbst und den Winter.*

Bastian sang mit ihr zusammen. Er kannte jede Zeile des Textes. Seine Mutter lächelte und streichelte ihm über das Haar. Sie sagte etwas zu ihm, das er nicht verstand. Aber es war etwas Liebevolles, Zärtliches, das spürte er deutlich. Sie hob den Finger, damit er achtsam zuhörte, dann sang sie weiter, und Bastian sang leise mit.

*Der Frühling bringt Blumen,*
*der Sommer den Klee,*
*der Herbst, der bringt Trauben,*
*der Winter den Schnee.*

»Mama«, sagte er leise. »Halte mich bitte fest, Mama.«

Dieser Blick. So viel Zärtlichkeit, so viel bedingungslose Liebe lag darin, wie sie nur eine Mutter ihrem kleinen Sohn schenken konnte.

Doch plötzlich veränderte sich etwas, das spürte er. Wie ein kalter Luftzug wehte es durch das Bild der trauten Zweisamkeit, störte die wohlige Atmosphäre und ließ Bastian erzittern. Auch die Augen seiner Mutter strahlten mit einem Mal keine Wärme mehr aus. Sie wurden größer, unnatürlich groß. Es war nun Angst, die sich darin spiegelte. Ihr Mund öffnete sich, weiter, als es ein normaler Mund tun konnte. Bastian fürchtete sich. Seine Mama … Immer größer wurde ihr Mund, verwandelte sich zu einer riesigen, schwarzen Höhle, aus der ihm Eiseskälte entgegenschlug. Und dann stülpte diese Mundhöhle sich über ihn, verschlang ihn, riss ihn weg von dort, wo er gewesen war.

Bastian schlug hektisch mit dem Kopf hin und her. »Nein«, rief er dabei. »Nein, Mama, nicht. Bleib.«

Er riss die Augen auf, ohne dass sich etwas an der Schwärze änderte, die ihn umgab. Ihm war heiß, er schwitzte und fühlte sich fiebrig. Wurde er krank? War er krank?

Nein, er starb.

Wie oft hatte er sich überlegt, wie es wohl war, wenn man starb. Was es für ein Gefühl war, wenn das Leben sich aus dem Körper löste. Jetzt wusste er, zumindest der Anfang fühlte sich an wie Kranksein.

Ein plötzlicher Ruck riss Bastian aus der Lethargie und ließ ihn aufschreien. Gleich darauf folgte ein weiterer und noch einer. Die Kiste wurde durchgeschüttelt, Bastian hörte Stimmen, er spürte, dass er angehoben wurde. Ein kurzes, aber heftiges Gefühl der Orientierungslosigkeit überkam ihn. Fast im gleichen Moment folgte der harte Aufprall.

Trotz aller Verwirrung ahnte Bastian, was das zu bedeuten hatte. Sie hatten die Kiste in die Grube geworfen. Als Sekunden später der erste dumpfe Schlag den Deckel traf, wurde die Ahnung zur Gewissheit. Sie hatten damit begonnen, ihn bei lebendigem Leib zu begraben.

Ein weiterer Knall, als die nächste Schaufel Erde auf den Deckel traf, dann eine laute Stimme. Dumpf drangen Worte durch die Holzwände, die Bastian nicht verstand. Kurze, bellend gerufene Befehle.

»Ja, sofort«, kam die Antwort von irgendwo über ihm. Dann ein dumpfes Geräusch direkt neben ihm. Die Schaufel, sie musste direkt neben der Kiste gelandet sein. Es folgten Schritte, die sich entfernten. Und Stille.

Bastian versuchte, sich auf die Geräusche zu konzentrieren. Schweiß rann ihm brennend in die Augen. Er quetschte den Arm nach oben, rieb sich über die Augen und stieß dabei gegen seine Nase. Ein Schmerzenslaut drang durch seine zusammengepressten Lippen. Der glühende Pfeil rasender Schmerzen war so heftig, dass er fast die Besinnung verlor.

Er ließ den Arm sinken und wartete. Darauf, dass die Schmerzen nachließen. Dass etwas passierte. Irgendwann, er hatte kein Empfinden mehr dafür, wie viel Zeit vergangen war, hörte er Schritte. Sie stammten von vielen Füßen. Sie kamen näher, entfernten sich wieder. Und mit ihnen das Gemurmel von Stimmen. Es schwoll an, versiegte langsam wieder, verstummte. Dann eine einzelne, männliche Stimme. Befehlsgewohnt, laut. So laut, dass Bastian in seinem Grab hören konnte, was der Mann sagte. Es klang dumpf, aber es war zu verstehen.

»Seid willkommen, Freunde, Brüder und Schwestern. Wir haben uns in dieser Nacht hier versammelt, um unserer Familien zu gedenken und Vergeltung zu üben für das Leid, das ihnen und uns allen vor langer Zeit angetan wurde. Seht diese Frau und werdet Zeugen meiner Rache. Für meinen Vater.«

Bastian erahnte den Sinn dessen, was er gerade gehört hatte, doch sein verwirrter Verstand war nicht mehr in der Lage, seine Gedanken zu einem folgerichtigen Ende zu bringen. Er konnte sich auch nicht darauf konzentrieren, denn in diesem Moment nahm er das Wimmern einer Frau wahr. Und wusste sofort, dass es sich um Anna handelte.

»Nein, bitte tun Sie das nicht. Bitte.« Anna verschluckte sich, sie schluchzte, sie weinte. »Sie haben versprochen, Sie lassen uns gehen, wenn er kommt. Ich mache alles, was Sie wollen, aber tun Sie das bitte nicht. Er … er ist doch hier. Bitte.« Das Jammern wurde etwas leiser, dann donnerte die Stimme des Mannes dazwischen. »Los, holt ihn raus.«

Schnelle Schritte näherten sich, ein Rumpeln erschütterte die Kiste, es folgte ein Schlag, ein weiterer. Ein erster, dünner Lichtstreifen tauchte am Rand auf, dann flog der Deckel mit einem furchtbar knarzenden Geräusch auf. Obwohl es in der Scheune verhältnismäßig dunkel war, drehte Bastian den Kopf zur Seite und kniff die Augen zusammen. Er bereute die Bewegung sofort, als er mit der Nase gegen die Seitenwand stieß.

»Los, raus da«, befahl eine Stimme. Bastian beeilte sich, den Oberkörper aufzurichten, bevor sie es sich anders überlegten. Jede Sekunde Aufschub war wichtig. Vielleicht konnte er den Kerl mit der lauten Stimme ja doch noch überzeugen. Dazu musste er aber vor ihm stehen.

Nur unter großer Anstrengung schaffte Bastian es, sich in der Kiste, die tatsächlich in dem etwa einen Meter tiefen Loch lag, auf die Füße zu stellen. Kaum war er aufgerichtet, als sich auch schon eine Hand mit schmerzhaftem Griff um seinen Oberarm legte und ihn brutal nach oben zog.

Die Szene, die sich ihm bot, erinnerte an einen Gruselfilm. Die Anordnung der zwölf Stühle in der Mitte des großen Raums war verändert worden. Sie hatten den Kreis vergrößert und geöffnet, so dass er zu einem Halbkreis geworden war, in dessen Mitte aber noch immer der erhöhte Hocker stand.

Auf dem Boden vor den Stühlen standen brennende Kerzen. Es mussten fünfzig sein oder siebzig.

Auf allen Stühlen saßen Gestalten in dunkelroten Gewändern, alle hatten sich ihm zugewandt. Sie trugen schwarze Masken, die Bastian an Teufelsfratzen erinnerten. Nur die der Gestalt in der Mitte war golden.

Direkt davor stand der große Tisch, der Altar. Und auf ihm lag Anna. Sie war nackt, und im Gegensatz zu den Beschreibungen in den Aufzeichnungen seines Vaters war sie nicht bewegungsunfähig gemacht worden, sondern an Armen und Beinen gefesselt, wobei die Arme weit über ihren Kopf gestreckt waren. Das Seil war irgendwo unterhalb des Altars festgemacht. Anna hatte ihm das Gesicht zugewandt und starrte ihn mit vor Angst geweiteten, verheulten Augen an. Bastian erschrak.

Er wandte sich an die Gestalt mit der goldenen Maske, und obwohl in seinem Kopf das Chaos herrschte, wusste er im gleichen Augenblick, wen er da vor sich hatte. Unter dem bodenlangen Gewand des Mannes, der dort in der Mitte thronte und die Zusammenkunft leitete, sah Bastian die roten Sneakers.

# 45

»Sie«, stieß er heiser aus, ohne es zu wollen.

»Schweig«, herrschte Bernhard Schierer ihn an. »Du sollst wissen, warum du heute hier sterben wirst, nachdem deine Schlampe erfahren hat, was wahre Schmerzen sind.«

»Nein, bitte ...«, versuchte es Bastian, bekam aber einen Schlag in den Rücken, der ihm die Luft aus den Lungen presste und seine Beine einknicken ließ. Sofort waren Hände da, die ihn wieder hochzogen.

»Du wirst Buße tun für das, was dein Vater uns allen angetan hat. Erinnere dich daran, während du dahinvegetierst bis zu deinem Tod.« »Ich ... mein Vater wollte niemandem Leid zufügen. Er wollte nur verhindern, dass unschuldige Menschen sterben. Warum tun Sie das? O Gott, warum nur tun Sie diese schrecklichen Dinge?«

Etwas Warmes rann an Bastians Beinen herab. Er begann zu weinen, ließ sich auf die Knie sinken und heulte hemmungslos seine Angst heraus. »Bitte nicht. Bitte lassen Sie uns gehen. Ich kann doch nichts dafür.«

»Wie ekelhaft. Wie jämmerlich.« Schierer spuckte die Worte regelrecht heraus. »Und weil du so jämmerlich bist, werde ich dir nicht gestatten, mit anzusehen, was deine Anna nun erleiden wird. Nicht einmal sie hat es verdient, das vor einem Jammerlappen wie dir ertragen zu müssen.«

Der Kopf mit der Maske bewegte sich ein Stück zur Seite. »Verbindet ihm die Augen.«

Es dauerte nur einen Moment, bis Hände seitlich von seinem Kopf auftauchten, dann legte sich etwas Weiches über seine Augen, ein Tuch oder ein Schal, und wurde hinter seinem Kopf verknotet.

Bastian kniete mit verbundenen Augen und gesenktem Kopf auf dem Boden der Scheune, vor sich im Halbkreis dreizehn Gestalten und ein Altar, auf dem seine Anna lag. Er wagte nicht, sich zu bewegen, und schluchzte leise vor sich hin.

Etwas in ihm hoffte darauf, dass er gleich den Druck eines Pistolenlaufs in seinem Genick spürte und ein Schuss ihn von diesem Albtraum erlöste.

Dann begann Anna wieder zu wimmern. Leise erst, dann schnell lauter und schriller werdend und schließlich hysterisch.

Als ihr erster, fast unmenschlicher Schrei ihm bis ins Mark fuhr, ließ Bastian sich einfach nach vorne in den Dreck fallen. Er schlug mit der Wange hart auf dem Boden auf und atmete den aufgewirbelten Staub ein, aber alles ging unter in den apokalyptischen Schreien eines Menschen, der unmenschliche Qualen durchleiden musste. Als er das Gefühl hatte, Annas Kreischen keinen einzigen Moment länger ertragen zu können, brüllte er gegen ihre Stimme an. Er schrie sich die Lunge aus dem Leib, wieder und wieder, und immer wenn er glaubte, nicht mehr zu können, hörte er Anna und brüllte wieder von neuem los.

Es war ein psychedelisches Chaos menschlicher Kehlen, die sich gegenseitig ihre Qual entgegenschrien. Die eine die körperlichen, die andere die seelischen.

Dann war es plötzlich still. Anna war verstummt, und auch aus Bastians Kehle kam kein Ton mehr. Er wusste,

Anna war gestorben. Im Rhythmus seines krampfhaften, röchelnden Atems sah er wechselnde Bilder vor sich. Von Anna, von ihnen beiden. Momente, die die glücklichsten seines Lebens gewesen waren. Nie hatte er so viel Liebe und Wärme jemandem gegenüber empfunden. Nie war er durch eine kleinste Berührung so glücklich gewesen wie in der kurzen Zeit mit seiner Anna.

Arme, tote Anna. Er hatte ihr nicht helfen können, würde sich selbst nicht helfen können. Und auch nicht wollen.

Wäre er dazu in der Lage gewesen, er wäre aufgestanden und hätte sich selbst in die Kiste gelegt. Er freute sich darauf, bald tot zu sein. Dann wäre er für immer mit Anna zusammen.

Fast hätte Bastian wieder lachen müssen. Sie wollten ihn bestrafen, weil sein Vater versucht hatte, die Sekte damals auffliegen zu lassen. Und doch würde er in letzter Konsequenz gewinnen, denn in Wirklichkeit taten sie ihm einen Gefallen, wenn sie ihn jetzt begruben und er endlich sterben durfte. Er wusste, sein Lachen hätte ihn verraten, darum unterdrückte er es.

»Hebt ihn auf.« Die Stimme zerrte an ihm, zwang ihn noch ein letztes Mal zurückzukommen in diese kalte, grausame Welt voller Schmerzen.

Sie zogen ihn auf die Beine, stützten ihn, damit er nicht wieder hinfiel. Er roch den beißenden Gestank seines Urins.

»Der erste Schritt ist vollbracht.« Schierers Stimme hatte sich verändert. Der befehlende, donnernde Klang war etwas Lauerndem, Beschwörendem gewichen. »Nun habe ich ein Geschenk für dich. Komm her und schau es dir an. Nehmt ihm die Binde ab.«

Etwas in Bastians Kopf sagte ihm, dass nun etwas passieren musste, aber es passierte nichts. Er dachte wieder an die Stille im Sarg und sehnte sich danach. Hoffentlich dauerte es nicht mehr zu lange.

Nach einer endlos scheinenden Zeit nahmen sie ihm die Augenbinde ab, doch das Bild vor seinen Augen bestand nur aus undefinierbaren Schlieren. Mechanisch blinzelte er ein paarmal, dann wurde seine Umgebung deutlicher.

Schierer saß noch immer am gleichen Platz, bewegungslos, stumm. Nur sein Kopf mit der goldenen Maske ruckte ein-, zweimal seltsam zur Seite. *Trance* soufflierte eine Stimme in Bastians Inneren ihm.

Vor Schierer war ein großes, dunkles Tuch über den Altar gebreitet worden. Darunter konnte man die Konturen eines Menschen erkennen. Sie hatten Anna zugedeckt. Ein letzter Rest Menschlichkeit.

Links neben Schierer stand ein kleiner Tisch, über dessen Kante Blut auf den Boden tropfte. Auch die Gegenstände, die darauf lagen, waren über und über mit Blut besudelt. Bastian erkannte eine Zange und einen großen, hölzernen Hammer. Ganz vorne aber lag der spitz zugeschliffene Schraubenzieher. Seltsamerweise war es das einzige Werkzeug, das noch sauber zu sein schien.

Auf dem Boden zwischen Schierers roten Sneakern stand ein Korb von den Ausmaßen einer Bierkiste. Nur die Seitenwände waren höher. Eine Hand drückte sich in Bastians Rücken und schob ihn vorwärts.

Unsicher setzte er einen Fuß vor den anderen und schwankte, konnte sich aber fangen und machte den nächsten, zittrigen Schritt. Noch fünf Meter trennten ihn von dem Korb.

Schierer sah ihm stumm entgegen. Noch vier Meter, drei. Bastian zögerte, blieb stehen, doch sofort war wieder die Hand in seinem Rücken und zwang ihn, den nächsten Schritt zu machen. Noch zwei Meter. Bastians Blick fiel erneut auf den Schraubenzieher. Es war definitiv das Werkzeug, das er in seinen Halluzinationen gesehen hatte. Noch einen Schritt, dann würde er den Inhalt des Korbs sehen können. Er machte ihn, zwang seinen Blick nach unten, und ein schwarzer Schleier legte sich über die Welt.

Dort vor Bastian auf dem Boden, in einem Korb zwischen den roten Schuhen des Teufels, lag Annas blutüberströmter Kopf.

Alles um ihn herum versank in einem sengenden Höllenfeuer. Sein Körper begann plötzlich, ein Eigenleben zu führen, bei dem Bastian selbst wie ein Beobachter miterlebte, was geschah.

Mit einer leichten Drehung des Körpers schnellte seine Hand vor und ergriff den Schraubenzieher. Noch im Zupacken begann sein Arm eine bogenförmige Bewegung, deren Endpunkt Schierers Brust war. Fast ohne Widerstand drang die Spitze durch den Stoff der Robe, traf auf menschliches Fleisch und drang so tief in den Körper ein, dass nur noch der Griff aus der Brust herausragte. Ein, zwei Sekunden hielt Bastian inne in der Erwartung von Händen und Fäusten, die ihn wegstoßen würden, doch sie blieben aus, und so zog er den Schraubenzieher mit einem schmatzenden Geräusch aus dem Körper heraus, holte aus und stieß ein weiteres Mal zu. Mit diesem zweiten Stoß kippte der Körper auf dem Hocker nach hinten und fiel schräg zu Boden. Ohne Zögern setzte Bastian nach und warf sich auf ihn. Er hörte, dass er dabei schrie. Noch immer hinderte ihn niemand an dem, was er tat, und so stach er ein weiteres Mal zu, und wieder und wieder. Wie ein Berserker trieb er ein ums andere Mal den stählernen Schaft in den Körper. So lange, bis er keine Kraft mehr hatte. Nach dem letzten Stich rutschte seine Hand von dem glitschigen, blutigen Griff ab. Er hatte nicht mehr die Energie, sie erneut zu heben. Mit einer Drehung wälzte er sich von dem toten Körper und ließ sich neben ihm auf den Boden fallen.

Eine nie gekannte Erschöpfung überkam ihn, und mit ihr die Erleichterung, diesen Teufel für das bestraft zu haben, was er seiner Anna angetan hatte. Nun konnten sie mit ihm machen, was immer sie wollten.

Er hatte kein Gefühl mehr für die Zeit, aber er konnte noch nicht lange so gelegen haben, als ein seltsames Geräusch seine Aufmerksamkeit trotz aller Schwäche auf sich zog. Es war so außergewöhnlich und passte so wenig in die Situation, dass Bastian unter großer Anstrengung den Oberkörper so weit aufrichtete und drehte, bis er sehen konnte, wie eine der Gestalten sich von ihrem Stuhl erhob und dabei in die Hände klatschte. Verwirrt versuchte Bastian zu verstehen, was gerade geschah, doch sein Verstand war schon viel zu gestört. Er konnte es nicht begreifen.

Plötzlich ließ das Klatschen nach, und eine Hand hob sich zum Gesicht. Mit gespreizten Fingern legte sie sich auf die schwarze Maske und nahm sie langsam ab.

»Bravo«, sagte Schierer und lächelte Bastian entgegen.

Der war wie erstarrt. Der Anblick überforderte ihn hoffnungslos. Schierers Gesicht verzog sich zu einem teuflischen Lachen. Bastians Blick senkte sich, suchte irrsinnigerweise die Schuhe des Mannes und entdeckte die beiden roten Spitzen unter dem Saum der Robe.

»Aber …«, war alles, was er herausbringen konnte. Langsam, unendlich langsam, wandte Bastian sich dem Menschen zu, den er für Schierer gehalten und auf den er wie ein Verrückter eingestochen hatte. Den er getötet hatte. Der blutüberströmte Körper lag auf dem Rücken, der Kopf war zur Seite gedreht. An den Füßen erkannte Bastian auch hier rote Sneakers.

»Von diesen Schuhen wurden offensichtlich mehrere Paare verkauft«, höhnte Schierer.

Mechanisch griff Bastian nach der goldenen Maske, zog sie mit einem Ruck ab und blickte in die toten Augen seines Freundes Safi.

Bastians wehrte sich nicht, als etwas gegen seinen Mund gepresst wurde. Er ließ sich fallen und atmete gleichmäßig den Gestank ein, der von dem Lappen ausging, der auf Mund und Nase lag. Nach ein paar Atemzügen fiel er in einen unendlichen Abgrund.

# 46

Bastian trieb in einem Raum ohne Geräusche und ohne Bilder. Schwerelos, körperlos. Leblos. Er war da, war sich seiner Existenz bewusst und existierte doch wiederum nicht. Er war zu einem Paradoxon geworden, das sich jeder Beschreibung entzogen hätte, wenn es dort, wo Bastian war, Beschreibungen gegeben hätte. Aber es gab nicht einmal Worte. Das Sein beschränkte sich auf eine zweidimensionale, körperlose Ebene.

*Ich bin tot.* Er dachte es nicht, denn wo keine Worte waren, da existierten auch keine Gedanken. Sie war einfach da, diese Feststellung. Nicht als Satz, für den sich Wort für Wort aneinanderreihte, um zusammen einen Sinn zu ergeben, sondern als Empfindung, mit einem Schlag in ihn hineingepflanzt.

Als die Schwerelosigkeit nachließ, als er sich seines Körpers wieder bewusst wurde, wollte er dagegen ankämpfen, aber es ging nicht. Im Gegenteil wurde das, was als lästige Störung seines Zustands begann, schnell zu einem harten, schmerzhaften Erlebnis. Er wachte auf. Und er konnte sich nicht dagegen wehren, weil er Schläge ins Gesicht bekam, die sein Bewusstsein dazu zwangen, sich doch noch einmal der realen, schmerzhaften Welt zu stellen.

»Er kommt zu sich.« Die Stimme klang verzerrt. Ein erneuter Schlag in sein Gesicht, der erste, den er wieder vollkommen bewusst wahrnahm. Klatschend, mit der flachen Hand ausgeführt.

»Willkommen zurück.« Diese Stimme kannte er.

Bastian riss die Augen auf, doch die Lider waren so bleischwer, dass sie sofort wieder zufielen. Er versuchte es erneut, und dieses Mal gelang es ihm schon besser, jedoch nur unter großer Anstrengung. Noch anstrengender war es aber, zu atmen. Jedes einzelne Luftholen bereitete große Mühe. Es war, als liege ein Betonklotz auf seiner Brust, den er mit seinen Lungen anheben musste. Das Gefühl zu ersticken löste einen panischen Reflex in ihm aus. Krampfartig versuchte er, mehr Luft in seine Lungen zu bekommen, doch je mehr er sich anstrengte, umso schwerer fiel es ihm. Er wollte sich bewegen, doch seine Arme und Beine gehorchten ihm nicht. Er war nicht einmal in der Lage, den kleinen Finger zu heben.

Bastian saß auf einem Stuhl, Schierer stand direkt vor ihm. Er hatte darauf verzichtet, die Maske wieder aufzusetzen. »Du bist bewegungsunfähig. Es ist eine Droge, die fast alle Muskeln lähmt. Ein Erbe unserer Väter aus den Giftküchen der DDR. Wenn du Glück hast, reicht deine Kraft aber zum Atmen aus.«

Schierer beugte sich ein wenig herunter, kam mit seinem Gesicht nahe an ihn heran und beobachtete ihn wie ein Forscher ein fremdartiges Insekt. Bastians Augen brannten, er musste blinzeln, aber seine Augenlider bewegten sich nicht.

»Nachdem du deinen Freund getötet hast, sollst du nun mehr über deinen Vater erfahren. Du sollst ihn sehen und wissen, wofür du leiden musst. Du trägst seine Gene in dir, das hast du gerade eindrucksvoll bewiesen. Du hast Safi nicht getötet, du hast ihn geschlachtet.«

Schierers Blick richtete sich kopfschüttelnd an Bastian vorbei auf den Boden. Dort musste Safi liegen.

»Weißt du, dass dein Vater vor seinem Tod einen Zeitungsartikel schreiben wollte? Über schwarze Messen, die hier in Kissach abgehalten wurden?«

Schierer machte eine Pause, als sei Bastian in der Lage, zu antworten.

»Aber natürlich weißt du das, nicht wahr? Und doch weißt du nichts. Aber ich werde dir nun nichts über deinen Vater erzählen, denn ich weiß, es wird schwer für dich werden, das zu glauben, was es über ihn zu erzählen gibt. Nein, es gibt einen viel besseren Weg, dich mit deinem Vater bekannt zu machen. Schau her. Und genieße es. Derjenige, der dieses Video gemacht hat, riskierte damit sein Leben.«

Schierer trat zur Seite. Hinter ihm war eine Leinwand aufgebaut, auf der ein Standbild zu sehen war, das eine ähnliche Szene zeigte, wie sie Bastian zuvor gesehen hatte. Das Innere der Scheune sah etwas anders aus, aber die Stühle mit den hohen Rückenlehnen waren ebenfalls in einem großen Halbkreis angeordnet, der Hocker stand erhöht in der Mitte. Lediglich der große Tisch fehlte.

Auf allen Stühlen saßen Gestalten in dunkelroten Roben, deren Gesichter von schwarzen Masken bedeckt waren.

Nur der Hocker war leer.

Die Szene schien von einem versteckten Platz zwischen größeren Gerätschaften aus gedreht worden zu sein.

Bastian beobachtete, wie der Bildausschnitt wanderte und sich von den Stühlen wegbewegte. Er fühlte sich so leer wie eine Plastikpuppe.

Von links kam der Tisch ins Bild, der als Altar fungierte. Ein Mensch lag bewegungslos darauf, ein nackter Mann. Sein Gesicht war nicht erkennbar. Eine weitere Gestalt tauchte auf, ebenfalls in ein dunkelrotes Gewand gekleidet, eine goldene Maske vor dem Gesicht. Bastian wusste, das war ER.

Ohne Zögern nahm die Gestalt etwas, das man im nächsten Moment als Kneifzange erkennen konnte, von dem kleinen Tisch neben dem Altar. Was dann begann, kannte Bastian aus den Aufzeichnungen, die er in Mias Nachttisch gefunden hatte.

Die Gestalt setzte die Zange am Fuß seines Opfers an und begann, ihm die Zehen zu zerquetschen.

Bastians Augen folgten der Prozedur, doch kaum etwas von dem, was er sah, kam in seinem Inneren an. Er starrte auf die Leinwand, weil ihm nichts anderes übrigblieb. Er beobachtete, wie ER sein blutiges Werk verrichtete und an den Händen seines Opfers fortsetzte. Das Bild wurde kurz herangezoomt, bis man die verstümmelten Füße und die Blutlache sah, die sich mittlerweile unter dem Altar gebildet hatte.

Während ER den ersten Finger bearbeitete, entschloss Bastians Verstand sich zu einem letzten Aufflackern. Auslöser dafür war wohl die Bemerkung des Mannes in den roten Schuhen, dessen Namen Bastian vergessen hatte:

*Nachdem du deinen Freund getötet hast, sollst du nun mehr über deinen Vater erfahren. Du sollst ihn sehen …*

Bastian erfasste den Sinn dieser Worte. Sein Vater. Er sollte ihn sehen. Und nun wurde ihm dieser Film gezeigt. Sein Vater … Plötzlich wurde Bastian klar, was dort auf der Leinwand geschah. Das Video zeigte, wie dieser Teufel in Menschengestalt Bastians Vater bestialisch zu Tode quälte.

Zur Bewegungslosigkeit verdammt, wartete er darauf, dass er an dieser Erkenntnis starb.

Doch nein … das war ja unmöglich. Sein Vater war

anders gestorben. Er … er hatte doch einen Unfall gehabt. Aber was war es sonst, das Schierer – richtig, das war sein Name – ihm zeigen wollte?

In dem Video machte der Teufel mit der goldenen Maske sich gerade am Ohr seines Opfers zu schaffen. Die Szene war wieder näher herangezoomt worden, so dass gut erkennbar war, was dort geschah. Mittlerweile wurde der ganze Bildausschnitt dominiert vom Blut des Mannes.

Bastian versuchte mit aller Kraft, die Augen zu bewegen, um nicht mehr länger hinsehen zu müssen, und tatsächlich gelang es ihm zumindest ein kleines Stückchen. Die minimale Bewegung reichte aber nicht aus, den Blick an der Leinwand vorbeizurichten. Bastian musste sich das abartige Tun dort bis zum Ende ansehen.

Als der Kopf des Mannes vom Körper abgetrennt war und zu Boden fiel wie eine Melone, wandte ER sich dem Halbkreis seiner Anhänger zu. Der Bildausschnitt vergrößerte sich, bis der Oberkörper die ganze Leinwand einnahm.

Er hob die Arme und reckte die blutüberströmten Hände gegen die Decke wie ein Krieger, der sich nach einer siegreichen Schlacht feiern lässt. Dabei schien er etwas zu sagen, denn sein Kopf zuckte unregelmäßig vor und zurück.

»Du musst gut aufpassen«, drang von der Seite Schierers Stimme an Bastians Ohr. Sie war ganz nah und leise. Schierer musste sich zu ihm heruntergebeugt haben. »Jetzt wirst du gleich deinen Vater sehen.«

Als wolle derjenige, der die Kamera führte, wie in einem Horrorfilm noch einmal effektheischend die Grausamkeit der Tat zeigen, schwenkte das Bild noch einmal zurück zum Altar, glitt über den verstümmelten Körper des Mannes und ruhte dann eine endlos scheinende Zeit auf den abgetrennten Körperteilen, bis sie mit einer ruckartigen Bewegung zurückschwenkte. Gerade noch rechtzeitig um zu zeigen, wie ER die Hand auf seine Maske legte und sie von seinem Gesicht zog.

Mit starrem Blick aus ausgetrockneten Augen, unfähig, sich zu bewegen, sah Bastian das Gesicht des Teufels. Und er erkannte es. Er hatte es tausendmal auf seinen Fotos angesehen.

Der Teufel war sein Vater.

# 47

»Wo bleibt die Spurensicherung? Wie lange dauert das denn noch, verdammt nochmal?«

Bastian musste sich anstrengen, bis es ihm gelang, die Augen zu öffnen. Die Lider waren wie verklebt, doch schließlich hatte er Erfolg. Was er sah, war verwirrend. Menschen standen oder hockten um ihn herum, betrachteten ihn mit einer Mischung aus Neugierde und Sorge. Er kannte sie nicht. Manche von ihnen trugen Uniformen. Polizisten.

Wie ein Paukenschlag war die Erinnerung plötzlich da. Die Scheune, die Holzkiste. Schierer, Anna …

Mit einer hastigen Bewegung stemmte Bastian sich hoch, setzte sich auf, sah sich um und stellte fest, dass er auf dem Boden der Scheune saß, umringt von Menschen, die er alle noch nie gesehen hatte. Seine Nase schmerzte höllisch, sein Kopf hämmerte mit einer Vehemenz, die kaum auszuhalten war.

»Wie geht es Ihnen?«, die Stimme kam von der Seite. Sie war nicht gerade freundlich, aber doch ganz anders als die von diesem Schierer. Schierer … Safi!

Bastian fuhr herum, versuchte, zwischen den Beinen hindurch etwas zu sehen, entdeckte schließlich die Plane, die etwas bedeckte. Einen menschlichen Körper.

»Safi«, stieß er aus und sah hilfesuchend von einem zum anderen. Tausend Dinge strömten auf ihn ein, er wollte tausend Fragen stellen und war mit der Situation hoffnungslos überfordert. Vollkommen verwirrt.

»Wer sind Sie?« Wieder die Männerstimme.

»Ich … Thanner. Ich bin Bastian Thanner. Wo sind die anderen?«

»Welche anderen? Hier ist niemand außer Ihnen und einem Toten. Wissen Sie, wer das ist?«

»Ja.« Bastians Blick richtete sich wieder auf die Plane. »Ja, das ist Safi. Er ist mein Freund. Aber eben waren noch eine Menge Leute hier. Sie tragen dunkelrote Gewänder und Masken. Teufelsmasken.«

»Ich sagte es bereits: Hier ist sonst niemand.«

Langsam wandte Bastian den Kopf, sah zum ersten Mal den Mann, der mit ihm sprach. Ein Mittvierziger mit kurzen, dunklen Haaren und einer kleinen, geschwungenen Narbe am Kinn. Er trug Zivilkleidung. »Wer sind Sie?«

»Nader, Kriminalpolizei. Haben Sie uns angerufen?«

Bastian verstand immer weniger. »Angerufen? Nein, ich … kein Telefon. Ich glaube, ich habe Safi erstochen. Ich wollte es nicht. Das müssen Sie mir glauben. Es war …« Bastian suchte nach Worten, die beschreiben konnten, was geschehen war. Er spürte, dass es wichtig war, dass der Mann jetzt verstand, was geschehen war, aber so sehr er sich auch bemühte, es fiel ihm nichts ein.

»Es war ein Unfall.«

»Ein Unfall?« Die Stimme kam aus der Richtung, in der Safi lag. Sie gehörte zu einer Frau. »Auf den ersten Blick habe ich über zwanzig Stiche gezählt. Sie müssen mit großer Wucht ausgeführt worden sein.«

Über zwanzig Stiche? Bastian erinnerte sich an keine Einzelheiten, er wusste nur, dass er etwas Schreckliches getan hatte. Aber es war Notwehr gewesen. Nachdem er Annas Kopf gesehen hatte … Annas Kopf.

»Wo ist der Korb?«, wandte er sich hastig an den Mann, der sich als Nader vorgestellt hatte.

»Welcher Korb?«

»Der Korb, in dem Annas Kopf liegt.« Trotz aller Verwirrung registrierte Bastian, wie sich der Körper des Mannes spannte. »Was sagen Sie da? Ein Korb mit einem Kopf? Was soll das? Was meinen Sie?«

Stöhnend stemmte Bastian sich hoch. Er musste den Korb mit Annas Kopf darin finden. Ohne den Korb konnte er diesen Leuten doch nicht klarmachen, warum er auf Schierer eingestochen hatte. Warum er seinen Freund getötet hatte in dem Glauben, Annas Mörder vor sich zu haben.

Die drei Männer, die ihm am nächsten standen, machten einen Schritt zurück. Nader zog eine Waffe und richtet sie auf Bastian. »Bleiben Sie ruhig stehen und legen Sie die Hände auf den Rücken.«

Bastian verstand nicht, warum der Mann eine Pistole auf ihn richtete. Sie machte ihm Angst. Die ganze Situation machte ihm Angst. »Nein, bitte, ich muss Annas Kopf finden. Sie müssen ihn sehen.«

»Die Hände auf den Rücken, sofort«, herrschte Nader ihn an und deutete mit dem Kopf an ihm vorbei. Bastian fürchtete, erschossen zu werden, wenn er nicht tat, was der Mann von ihm verlangte. Gab es denn überhaupt kein Erwachen mehr aus diesem Albtraum? Bastian legte die Arme auf den Rücken. Sofort wurden seine Handgelenke umfasst, etwas Kaltes, Metallisches legte sich darum und rastete mit hellklickenden Geräuschen ein. Handschellen.

Etwas legte sich auf seine Schulter, drückte ihn herunter. »Hinsetzen.«

Bastian tat, was der Mann verlangte. Erst als er saß, kam auch Nader wieder näher. Die Waffe hatte er wieder weggesteckt. »Und jetzt sagen Sie mir, was Sie mit diesem Korb und dem Kopf meinten.«

Bastian wollte gerade ansetzen zu erklären, aber da war noch etwas anderes, was sich in seinem Bewusstsein nach vorne drängen wollte. Er spürte, es war etwas Großes, Wichtiges. Etwas, das mit alledem in dieser Scheune zu tun hatte. Aber er konnte es nicht greifen.

»Herr Thanner?«

»Ja, ich … Wissen Sie, wo die anderen sind?«

»Welche anderen meinen Sie?«

»Mia und Dr. Drees. Und dieser Schierer. Er trägt rote Sneakers. Sie wohnen ganz hier in der Nähe. Schierer in einem Haus mit einer Plastikplane auf dem Dach. Etwa 200 Meter links von der Scheune. Mia und Dr. Drees wohnen in die andere Richtung. Die können Ihnen sagen, was hier los ist. Und hier, meine Nase … sie ist gebrochen. Das waren diese Kerle.«

Nader warf dem Mann neben ihm einen seltsamen Blick zu und wandte sich wieder an Bastian. »Wissen Sie, wo Sie hier sind?«

»Ja, in Kissach.«

»Genau. Dann wissen Sie sicher auch, dass Kissach seit Jahren ein Geisterdorf ist. Hier wohnt niemand mehr außer Obdachlosen und Jugendlichen, die immer mal wieder in den Ruinen übernachten oder sich zum Saufen treffen.«

Bastian schüttelte energisch den Kopf, was seine Nase mit einer neuen Schmerzwelle quittierte. »Nein, was reden Sie denn da? Ich bin seit zwei Tagen hier, die Häuser sind bewohnt.«

Nader wandte sich kurz ab und tuschelte mit jemandem, den Bastian von seiner Position aus nicht sehen konnte.

»Also gut. Kommen Sie, zeigen Sie uns, wo diese Leute wohnen.«

Einer der Männer half Bastian beim Aufstehen. Nader deutete auf das große Tor, dessen rechter Flügel geöffnet war. Tageslicht strömte durch die Öffnung in die Scheune. Er war also mehrere Stunden ohne Bewusstsein gewesen.

Bastian ging los und stöhnte bei den ersten Schritten auf. Es gab keine Stelle an seinem Körper, die nicht schmerzte.

Er entschloss sich, zuerst zu Mias Haus zu gehen. Sie war auf seiner Seite und konnte den Polizisten erzählen, was sie wusste. Damit würde Bastian zumindest nicht mehr als vollkommen verrückt gelten.

Sie begleiteten ihn zu dritt. Auf dem Weg betrachtete Bastian seine Umgebung aufmerksam. Alles war so, wie er es von den letzten beiden Tagen her kannte. Menschen hatte er auch vorher fast nie gesehen. Als sie endlich vor Mias Haus ankamen, blieb Bastian stehen und deutete mit dem Kinn zur Tür. »Da ist es. Hier wohnt Mia. Klingeln Sie, sie ist meistens zu Hause.«

»Die Klingel wird kaum funktionieren«, bemerkte Nader, während einer seiner Kollegen zur Tür ging. »Hier gibt es keinen Strom mehr.«

»Sie hat einen Generator.«

Bastian betrachtete die Tür, sie kam ihm seltsam vor, ohne dass er wusste, warum. Tatsächlich legte der junge Beamte erst einen Finger auf die Klingel, bevor er mit dem Kopf schüttelte und dann gegen die Tür klopfte. Als sich nach einer Weile noch nichts getan hatte, ging er zwei

Schritte zur Seite, legte die Hände trichterförmig vor die Scheibe und presste sein Gesicht dagegen.

»Alles leer da drin«, sagte er gegen die Scheibe.

»Das kann nicht sein«, widersprach Bastian. »Sie muss da sein. Aber Moment, warten Sie. Ich habe einen Schlüssel. Hier, in meiner rechten Hosentasche. Bitte, sehen Sie nach.«

Nader tastete zuerst von außen über die Jeans, dann fasste er in die Tasche und zog den Schlüssel heraus. Bastian betrachtete ihn, erleichtert, dass er tatsächlich vorhanden war.

Nader ging zur Haustür, hob den Schlüssel und ließ ihn gleich wieder sinken, bevor er auch nur in die Nähe der Tür gekommen war. Er bückte sich. Als er sich wieder aufrichtete, schüttelte er den Kopf.

»Wollen Sie uns verschaukeln? Die Tür hat überhaupt kein Schloss.«

*Natürlich*, dachte Bastian. »Dann ist es ausgebaut worden.« Er sagte es ohne Überzeugung.

»Kaum, da ist alles so verrostet, das würde man sehen.«

Nader legte eine Hand flach auf das Holz der Tür und drückte mit seinem Körpergewicht dagegen, woraufhin sie nach innen aufschwang. Bastian wollte losgehen, doch der Mann neben ihm hielt ihn fest und sah Nader fragend an. Erst als der nickte, wurde Bastian vorwärtsgeschoben.

Wenige Augenblicke später standen sie in einem vollkommen leeren und verstaubten Raum, der früher vielleicht mal ein Wohnzimmer gewesen war.

# 48

*Kriminalkommissariat Außenstelle Waren/Müritz*
*Etwa acht Stunden später*

Der weiße Tisch mit einem dünnen Mikrophon und einer Lampe darauf war bis auf drei Holzstühle das einzige Inventar des kleinen Raums. Die Wände waren bis in Hüfthöhe dunkelgrün gestrichen, der Rest darüber weiß. Der Raum strahlte die gleiche sterile Kälte aus, die in Bastians Innerem herrschte.

Seit einer Ewigkeit saß er alleine am Tisch, die gefesselten Hände vor sich auf der Tischplatte, und starrte vor sich hin. In seiner Nase steckte eine Tamponade. Ein Arzt hatte ihn kurz untersucht, die Nase war gebrochen.

Bastian wusste, es wäre wichtig für ihn, sich zu konzentrieren und nachzudenken, was das alles zu bedeuten hatte. Dass er sich etwas überlegte, das er dem Polizisten sagen konnte. Er schaffte es nicht.

Die Tür öffnete sich, Nader kam herein, setzte sich ihm gegenüber an den Tisch und legte eine Aktenmappe darauf ab.

»Also, Herr Thanner, verschaffen wir uns doch mal ein Bild der Lage, soweit wir sie bisher einschätzen können.« Er schlug die Mappe auf und beugte sich darüber.

»Sie behaupten, Ihre Freundin Anna sei entführt worden. Sie waren mit ihr ein paar Wochen zusammen, kennen weder ihre Eltern noch eine Telefonnummer, einen Wohnort oder Ähnliches. Alles in allem ist diese Anna eine Person, deren Existenz durch nichts nachzuweisen ist. Sie behaupten, auf Ihrem Smartphone Fotos dieser Frau zu haben, doch das ist plötzlich spurlos verschwunden. Auch der angebliche Anruf, den Sie von ihr erhalten haben, ist nicht nachvollziehbar.

Nach diesem Anruf sind Sie mit Ihrem Freund Safi nach Kissach gefahren, wo man alle vier Reifen Ihres Fahrzeugs aufgeschlitzt und Ihren Freund entführt hat. Ihren Wagen haben wir gleich neben der Scheune gefunden, die Reifen waren unversehrt und das Fahrzeug fahrbereit. Stimmt das so weit?«

»Ja«, antwortete Bastian monoton, ohne den Kopf zu heben.

»Gut. Und als wäre das nicht schon sonderbar genug, ist es erst der Anfang einer Geschichte, die hanebüchener ist als alles, was ich bisher gehört habe.

Nach Ihrer Aussage haben Sie in Kissach bei einer Mia gewohnt, deren Nachbar ein Dr. Drees ist. Ebenfalls in Kissach wohnt eine Franziska, die Sie gemeinsam mit Mia in einem voll eingerichteten Haus besuchten, das sich dann aber als unbewohnt herausstellte. Eigentümerin dieses Hauses war Franziskas Mutter, die vor zwanzig Jahren gestorben ist, die Ihnen aber in besagtem Haus begegnete und behauptete, eben erwähnte Anna gesehen zu haben. Dabei sah sie so aus wie vor fünfundzwanzig Jahren. Stimmt das bis hierher?«

»Ja.«

»Okay, also weiter. Außerdem haben Sie im Keller eines anderen Hauses, das einem … Moment … Bernhard Schierer gehört, die Tasche Ihrer Freundin gesehen. Neben einem Bett mit Handschellen. Dieses Bett war allerdings verschwunden, als Sie später in diesem Raum nachsahen.

In der ersten Nacht in Mias Haus versuchte jemand, in Ihr Zimmer einzudringen, und benutzte dazu den zurechtgeschliffenen Schraubenzieher, mit dem Sie später Ihren Freund erstachen.

Diesen Schraubenzieher legten Sie in Ihre Nachttischschublade, von wo er allerdings wieder verschwand.

Bei einem Fluchtversuch wurde auf Sie geschossen, und Sie mussten wieder ins Dorf zurück. Dort sprach ein Mann Sie an, der sich später als Mias ehemaliger Freund herausstellte, der vor fünfundzwanzig Jahren verschwunden war und der – natürlich – noch genau so aussah wie damals.

Ach ja, und dann war da noch Ihr Freund, den Sie erst bewusstlos und später dann gemeinsam mit dem Arzt tot neben ihrem Auto gefunden haben. Dieser tote Freund begegnete Ihnen aber kurz danach putzmunter, als er in Schierers Haus marschierte. Aus dem er allerdings in der nächsten Minute wieder verschwand.

Neben einigen anderen Begebenheiten, die sich im Nachhinein stets als Halluzinationen herausstellten und die ich aus Zeitgründen nicht alle einzeln aufführe, wurden Sie schließlich entführt und in diese Scheune gebracht und erst einmal lebendig begraben. Dafür verantwortlich war dieser Schierer, der auffällig rote Sneakers trug.

Dann überlegte man es sich jedoch anders und ließ Sie aus der Kiste raus. Mit verbundenen Augen mussten Sie anschließend mitanhören, wie Ihre Freundin Anna bestialisch ermordet wurde. Als man Ihnen die Augenbinde abnahm, hat Schierer Ihnen den abgetrennten Kopf Ihrer Freundin präsentiert, woraufhin Sie ihn mit dem Schraubenzieher – nennen wir es mal so – *mehrmals erstachen*. Dann jedoch zeigte sich, dass es nicht Schierer war, den Sie umgebracht haben, sondern Ihr Freund Safi, der zuvor bewusstlos, dann tot und dann wieder lebendig war und dem man rote Turnschuhe angezogen hatte. Die er, nebenbei bemerkt, natürlich nicht mehr trug, als wir ihn fanden. Alles in dieser Kurzform richtig?«

»Ja.«

Mit lautem Schnaufen ließ Nader sich gegen die Rückenlehne des Stuhls fallen und starrte Bastian eine Weile an.

»Dann will ich Ihnen jetzt mal sagen, wie es sich für uns darstellt.« Er klappte die Mappe vor sich zu und trommelte ein paarmal mit den Fingerspitzen darauf herum, bevor er weitersprach.

»Wir haben Ihren Computer gecheckt, Herr Thanner, und dabei eine Art Tagebuch gefunden, das Sie wochenlang geführt haben und in dem Sie davon phantasieren, Menschen in schwarzen Messen zu opfern. Sie beschreiben dort in sehr bildhafter Sprache, was Sie mit diesen armen Menschen alles anstellen würden. Dabei ist das Herausreißen der Finger- und Fußnägel noch die harmloseste Spielart.«

Bastian hörte, was der Mann sagte, und er wusste, dass er log. Zumindest glaubte er, das zu wissen. Deshalb sagte er leise: »Das stimmt nicht.«

»Auch phantasieren Sie dort davon, dass Sie danach die genaue Beschreibung Ihrer schwarzen Messe mit dem rituellen Mord sogar Ihrer Zeitung als Undercoverreportage verkaufen könnten. So könnten Sie mit dem Ausleben Ihrer Phantasien sogar noch Geld verdienen.«

Nader schüttelte den Kopf. »Das ist ein besonders abartiges Detail, auf das meines Wissens bisher noch kein Psychopath gekommen ist.« Er ließ die Worte einige Sekunden nachwirken, dann fuhr er fort: »Des Weiteren konnten wir feststellen, dass Sie sich von Ihrem Computer aus regelmäßig in verschiedene Foren einloggten, die sich mit Satanismus und ähnlichen Themen beschäftigen.

Aber lassen Sie uns zu Kissach kommen. Wir haben jedes einzelne Haus dort durchsucht. Alle sind unbewohnt und leer bis auf ein paar alte Matratzen hier und da. Es gibt dort seit Jahren weder Strom noch Telefon. Das Haus, in dem Sie selbst angeblich übernachtet haben, weist ebenso wie alle anderen Häuser neben dicken Staubschichten massenweise verschiedene Finger- und Fußabdrücke auf, aber das ist vollkommen normal, weil dort wie schon erwähnt sehr häufig Obdachlose herumhängen.

Ganz interessant ist auch, dass an der Mordwaffe Fingerabdrücke von Ihnen an Stellen zu finden sind, die man normalerweise nicht berührt, wenn man sich einen Schraubenzieher greift und damit auf jemanden einsticht. Sie haben ihn anscheinend schon öfter in den Händen gehabt.

Wissen Sie, was ich glaube? Ich denke, Sie haben sich dazu entschlossen, Ihre Phantasien endlich in die Tat umzusetzen. Sie haben Ihren Freund nach Kissach gelockt, weil Sie dort ungestört waren. Als Sie feststellten, dass sich dort gerade keine Obdachlosen oder Jugendliche herumtrieben, haben Sie in der Scheune erst ein bisschen mit ihm gespielt. Dabei hat er sich wohl gewehrt und Ihnen die Nase gebrochen. Ich habe noch keinen Bericht der Rechtsmedizin, aber ich wette, wir finden Ihr Blut irgendwo an seinen Fäusten. Irgendwann haben Sie ihn überwältigt, ihn in diese komische Robe gesteckt und ihn dann abgeschlachtet.

Das ausgehobene Loch mit der Holzkiste daneben haben wir gefunden. Dort wollten Sie den armen Kerl dann wohl begraben, aber leider haben Sie Ihre körperliche Konstitution überschätzt und sind umgekippt. Und wenn Sie mich jetzt fragen, wer uns denn wohl gerufen hat, garantiere ich Ihnen, dass es ein Jugendlicher war, der Sie in der Scheune fand. Die bleiben lieber anonym und verschwinden, bevor wir irgendwo eintreffen.«

Nader stand auf, beugte sich nach vorne und stützte die Hände auf der Tischplatte ab. »War es nicht so?«

»Kann sein«, flüsterte Bastian, und er meinte es auch so.

»Denken Sie nach. Haben Sie Ihren Freund Safi vorsätzlich ermordet, weil Sie endlich erleben wollten, wovon Sie schon so lange träumen?«

Bastian interessierte sich nicht für das, was der Polizist gerade sagte. Er wusste nicht, woher er kam, aber plötzlich war da wieder ein Satz in seinem Kopf, den der Polizist irgendwann zuvor gesagt hatte: *Auch phantasieren Sie dort davon, dass Sie danach die genaue Beschreibung Ihrer schwarzen Messe mit dem rituellen Mord sogar Ihrer Zeitung als Undercoverreportage verkaufen könnten.*

Warum nur ließ ihn dieser Satz nicht los? Er strengte sich an, überlegte hin und her, was es mit diesem Satz auf sich haben könnte. Und dann war die Erklärung da. Als wäre ein Schalter umgelegt worden, ließ Bastians Verstand plötzlich zu, dass er sich an das Video erinnerte, das er gesehen hatte. An die Verstümmelung und den Mann, der das getan hatte.

Der Mann ohne Namen, der Teufel … sein Vater.

So schnell, dass Nader keine Chance hatte, zu reagieren, sprang Bastian auf, wandte sich nach rechts und lief mit tief gesenktem Kopf mit aller Kraft gegen die steinerne Wand.

# 49

*Forensische Psychiatrie Stralsund*
*Zehn Monate später*

»Na, wie geht es dir heute?« Dr. Grohmann legte Bastian eine Hand auf die Schulter und lächelte ihn freundlich an.

»Gut«, sagte Bastian und sah demonstrativ auf die weiße Wand links von ihm. Das war für Grohmann das Zeichen, dass Bastian an diesem Tag keine Lust auf das übliche Ritual von immer den gleichen Fragen und Antworten hatte. Mittlerweile verstanden sie sich, und Bastian wusste, der Arzt würde gleich verschwinden.

Doch an diesem Tag war es anders. Statt zu gehen, sagte Grohmann: »Ich möchte dir jemanden vorstellen. Eine junge Dame, die in den nächsten Monaten ihre Praktikumszeit als Ärztin bei uns ableisten wird. Sie wird Psychiaterin und Menschen wie dir helfen. Sie sagt, sie hat schon einiges über dich gelesen, und interessiert sich ganz besonders für dich.«

»Ja, gut«, sagte Bastian, den Blick weiterhin auf die Wand gerichtet.

»Das ist aber nicht sehr freundlich von dir. Du könntest Frau Marquard wenigstens begrüßen.«

»Tag.« Der verwaschene Fleck, den Bastians Augen fixierten, sah aus, als stamme er von zwei schmutzigen Fingern. Manche Patienten machten sich einen Spaß daraus, den Finger in ihren Kot zu tauchen und anschließend die

Wände damit zu bemalen. Die Pfleger versuchten zwar sofort, alles abzuwaschen, aber oft blieben Flecken auf der weißen Wand zurück. So wie bei diesen Streifen.

»Lassen Sie ruhig, ich mach das schon. Wir werden uns gut verstehen, da bin ich sicher.« Diese Stimme …

»Gut«, sagte Grohmann väterlich. »Dann lasse ich Sie jetzt mal mit Bastian alleine, damit Sie sich kennenlernen können.« Etwas leiser, aber doch laut genug, dass Bastian ihn verstehen konnte, fügte er hinzu: »Keine Angst. Er ist unauffällig. Und außerdem steht ein Pfleger gleich neben der Tür.«

»Wir schaffen das schon«, entgegnete die Frau mit dieser einen, ganz besonderen Stimme, die Bastian unter einer Million Stimmen herausgehört hätte.

Das konnte aber nicht sein. Sein Körper verkrampfte sich, im Hals bildete sich ein Kloß, der sekündlich anschwoll. Sein Puls galoppierte los, begann zu rasen.

Eine imaginäre eiserne Hand packte seinen Kopf und drehte sein Gesicht unbarmherzig in die Richtung, aus der die Stimme kam. Er sah den obligatorischen weißen Kittel, darunter eine helle Bluse. Die obersten beiden Knöpfe waren geöffnet. Der Hals sah aus, als sei er aus Porzellan. Das schön geschwungene Kinn …

Wimmernde Laute kamen aus Bastians Kehle und drückten sich zwischen seinen Lippen hervor. Der sinnliche Mund, nur leicht mit einem rosafarbenen Lippenstift nachgezogen.

Bastians Hände begannen zu zittern.

Die Nase, die Augen, die Stirn …

Vor Bastian stand Anna und lächelte ihn an.

»Na, Bastian, wie geht es dir denn heute?«

Bastian öffnete den Mund, bewegte ihn, um ihren Namen zu sagen, aber er brachte keinen einzigen Ton heraus außer diesem Wimmern.

Anna sah sich um und setzte sich ihm schräg gegenüber. Sie waren alleine in dem großen Aufenthaltsraum. Sie legte ihre Hand auf seine und neigte den Kopf ein wenig. »So sehr freust du dich, mich zu sehen, dass du kein Wort herausbringst? Ach, nun bin ich aber gerührt.«

»Anna.«

»Ja.« Sie beugte sich zu ihm herüber und flüsterte: »Aber den Namen kennt hier niemand. Es ist nicht mein richtiger, weißt du. Ich heiße eigentlich Kerstin. Aber du darfst mich zukünftig auch gerne Frau Marquard nennen.«

»Anna«, wiederholte Bastian, dann brach eine Mauer in seinem Inneren, hinter der er in den letzten Monaten mühsam alles versteckt hatte, was gefährlich für ihn war. Er spürte, dass er weinte, und konnte nichts anderes tun, als Anna immer nur anzustarren. Seine Anna.

Ein schrecklicher Verdacht keimte in ihm auf. »Du bist tot. Wie kannst du hier sein? Ich bilde mir dich nur ein, oder?«

»Aber nein, ich lebe und sitze hier vor dir, ein Mensch aus Fleisch und Blut.«

»Aber wie ist das möglich?«

Ihr Lächeln wurde breiter, aber es veränderte sich auch auf eine Art, die ihm Angst machte. »Um dir das zu erzählen, bin ich hier. Es ist uns wichtig, dass du alles weißt.«

»Uns?«

»Ja, uns allen. Mia, Franziska, Bernhard … selbst dem, den du für einen Taxifahrer gehalten hast. Uns allen. Das sind natürlich nicht ihre richtigen Namen. Und die echte Franziska war leider auch nicht dabei.«

Diese Namen. Sie bereiteten Bastian körperliche Schmerzen. »Nein«, sagte er laut. »Nein, nicht.«

Sofort verschwand das Lächeln aus Annas Gesicht, das wie steinern wurde. Böse. »Sei still, sonst wirst du nie erfahren, wer dich hierhergebracht hat und warum.«

Tatsächlich gelang es Bastian, seine Aufregung zumindest einzudämmen. »Dein Kopf. Ich habe deinen Kopf gesehen. In dem Korb.«

Wieder ein Lächeln, nun allerdings erkennbar zynisch. »Ein Wachsabbild. Sehr gute Arbeit. Hat uns einiges gekostet.«

»Wa… Aber dann hat Schierer dich gar nicht … getötet?«

»Bernhard? Aber nein, warum sollte er das denn tun, er ist mein Bruder. Und er heißt sogar tatsächlich Bernhard.«

Bastians Mund öffnete sich unkontrolliert, er merkte es, aber es war ihm egal.

»Möchtest du die Geschichte hören?« sie sagte es in genau dem gleichen Tonfall, mit dem sie ihn einmal gefragt hatte, ob er sie liebte. Wie lange war das her? Jahre? Eine Ewigkeit?

»Ja.«

»Gut. Ich hoffe, du verzeihst mir, wenn ich nicht so laut rede, aber ich möchte vermeiden, dass jemand unser kleines Geheimnis mitbekommt. Möchtest du einen Tee?«

»Anna …«, mehr brachte Bastian nicht heraus.

»Also keinen Tee. Gut.«

Anna stand auf, rückte den Stuhl noch ein wenig näher an ihn heran und setzte sich wieder. Sie lächelte nicht.

»Das meiste weiß ich von meiner Mutter, die das damals miterleben musste. Du kennst sie ja. Unter dem Namen Mia. Eigentlich ist es recht schnell erzählt. Dein Vater war ein hochgradiger Psychopath. Aber er war auch sehr intelligent. So intelligent, dass er seinen Neigungen nie in eurer Nähe nachgegangen ist. Dafür hat er sich kleine, abgelegene Orte gesucht. Damals, um die Wende, ging es in diesen kleinen Orten der ehemaligen DDR oft noch drunter und drüber. Die Leute waren vollkommen verunsichert und haltlos. Das war ein guter Nährboden für seinen Satanskult. Er hat in Kissach schnell ein paar Anhänger gefunden, aber die meisten wollten wieder abspringen, als sie merkten, wie abartig krank dein Vater war. Doch da war es schon zu spät. Er hatte eine Handvoll Gestalten dabei, die ihm hündisch ergeben waren. Übelstes Pack auf dem geistigen Niveau eines Kleinkinds. Wer immer abspringen wollte, bekam Besuch von dieser Truppe. Als Stefan damals verschwand, alarmierte Mia die Polizei. Wir wissen nicht, ob die Polizisten bestochen wurden oder einfach keine Lust hatten, jedenfalls kam bei den Untersuchungen nichts heraus. Dein Vater hat sich bei uns auf seine Art für den Verrat bedankt. Er hat meine beiden Schwestern und meinen Bruder entführen lassen. Meine Mutter war zu diesem Zeitpunkt mit mir schwanger.«

Sie unterbrach ihre Erzählung, schluckte einige Male und redete dann weiter. »Er hat seinen Schlägern befohlen, meiner Mutter einen Denkzettel zu verpassen, den sie nicht vergisst. Sie haben Bernhard beide Beine gebrochen und meine Schwestern vergewaltigt. Immer und immer wieder. Als sie gefunden wurden, waren sie mehr tot als lebendig. Franziska war da neun Jahre alt, Jenny gerade sieben. Jenny hat sich mit dreizehn das Leben genommen, da war ich fünf. Franziska sitzt bis heute in einer geschlossenen Anstalt.«

»Anna«, stöhnte Bastian auf, doch sie erzählte unbeirrt weiter. »Und so ging es nicht nur unserer Familie, sondern allen in Kissach. Dein Vater hat unser Dorf in Geiselhaft genommen, und er ließ seinen abartigen Trieben freien Lauf.«

»Die Notizen …«, krächzte Bastian.

»Sie stammten tatsächlich von einem Journalisten, der damals bei meiner Mutter gewohnt hat, aber das war nicht dein Vater. Dieser Mann war dem Teufel tatsächlich auf der Spur. Alles, was in den Notizen steht, stimmt. Er hatte vor, einen Artikel zu schreiben und deinen Vater auffliegen zu lassen. Das hat er nicht überlebt. Dein Vater hat die Idee wohl aufgegriffen und bemerkt, er selbst könne diese Geschichte ja seinem Chef anbieten. Natürlich mit anderen Protagonisten.«

Bastian begann, unkontrolliert zu zittern, doch es dauerte nur einen kurzen Moment, dann war er wieder ruhig.

»Die Seiten. Herausgerissen. Warum?«

»Es gab viele Seiten, aus denen du hättest herauslesen können, dass der Verfasser nicht dein Vater war. Wir wollten aber, dass du denkst, dein Vater war der Held, der sich als Journalist in diese tödliche Gefahr begeben hat. Ja, wir wollten, dass die Erkenntnis, dass dein Vater ein abartiger Psychopath war, dich erschlägt. Wir haben alles dafür getan, dass du da landest, wo du jetzt bist.«

Es entstand eine Pause, von der Bastian nicht wusste, wie lange sie dauerte. Irgendwann hob er den Kopf. »Warum?«

»Es ist zum einen unsere Rache, weil dein Vater, der Feigling, keine Strafe mehr bekommen hat. Aber da ist auch noch etwas anderes. Er brüstete sich einmal damit, dass er die Vorliebe für diese Art von … Ritualen von deinem Großvater geerbt habe. Das müsse wohl in der Familie liegen.

Damals vor fünfundzwanzig Jahren haben es alle im Dorf mitbekommen, als dein Vater bei einem Unfall krepiert ist. Die Begleitumstände haben niemanden interessiert. Nur durch Zufall hat jemand von uns dann viel später einen Zeitungsartikel von dir gelesen und ist über deinen Namen gestolpert. Jemand erinnerte sich an den Ausspruch deines Vaters bezüglich der Vererbung dieser speziellen Vorliebe, und wir beschlossen, das nicht noch einmal zuzulassen.

Du hast letztendlich einen Menschen bestialisch ermordet, und die Geschichte, die du denen erzählt hast, hat ihr Übriges dazu beigetragen, dass du für den Rest deines Lebens hier drinbleiben wirst. Halluzinationen hast du übrigens zu keiner Zeit gehabt. Es war alles von uns arrangiert. Du warst in Kissach zu keiner Zeit allein. Immer war jemand von uns in deiner Nähe. Wir haben dich manipuliert, wie wir es wollten. Wir haben das Notizbuch gegen ein leeres ausgetauscht und wieder zurück. Den Schraubenzieher haben wir vor deine Tür gelegt und ihn aus deinem Nachttisch genommen. Was auch immer dir passierte, wir haben es arrangiert. Zuletzt haben wir sogar die gesamte Tür von Mias Haus ausgetauscht.«

Von den bewusstseinsverändernden Psychopharmaka, die sie ihm in Tee und Rührei gemischt hatten, erzählte sie wohlweislich nichts.

»Aber … die Häuser … sie waren alle eingerichtet.«

»Alle? Denk nach, sofern das dein verkümmerter Verstand noch zulässt. In wie vielen Häusern warst du? Na? Es waren drei. Alle anderen waren leer. Auch die, in denen dir jemand die Tür geöffnet hat. Wir waren genügend Leute. Wir haben sie in der Nacht wieder leer geräumt, als wir gegangen sind, so, wie wir sie zuvor möbliert hatten.«

»Safi war tot. Das hat Dr. Drees gesagt.«

»Er war betäubt und mit Theaterblut vollgeschmiert. Drees hat dir gesagt, er sei tot, oder nicht? Du selbst hast seinen Puls oder seinen Herzschlag nicht überprüft, habe ich recht? Drees war übrigens tatsächlich Arzt. Er hat damals regelmäßig die Frauen, Männer und auch Kinder gesehen, an denen dein Vater sich ausgelebt hat. Sie waren entweder tot oder übel zugerichtet.«

»Warum Frundow?« Bastians Gehirn spuckte wie nach einem Zufallsprinzip Fragen aus, die er unreflektiert aussprach.

»O, wir wollten doch verhindern, dass du jemandem erzählst, wo du wirklich bist. Also entschieden wir uns für Frundow und den Taxifahrer, der dir den rechten Weg zeigt. Kissach hat nie zu Frundow gehört.«

»Ich hätte alleine kommen können.«

»Das war unwahrscheinlich. Ich habe Safi kennengelernt. Ich wusste, du wirst ihm von meinem Anruf erzählen und er wird mitkommen. Aber wärst du allein gekommen, hättest du einen Obdachlosen erstochen.«

Anna erhob sich. »Ich habe übrigens die Zeit, in der ich bei dir gewohnt habe, dazu genutzt, auf deinem Computer ein kleines Tagebuch unter deinem Namen zu führen und mich in einigen einschlägigen Foren anzumelden. Dabei haben mir die Erzählungen meiner Mutter über deinen Vater sehr geholfen. Mir selbst wären diese Dinge sicher nicht eingefallen. Wie ich gelesen habe, hat die Polizei beides festgestellt und war sehr angetan von *deinen Gedanken*.« Sie nickte ihm zu. »So viel fürs Erste. Aber wie du ja schon gehört hast, werden wir die nächsten Monate zusammen verbringen. Eines kann ich dir versprechen. Ich werde alles, wirklich alles dafür tun, um sicherzustellen, dass du den Rest deines Lebens hier verbringst.«

# 50

»Du bist keine Ärztin«, brachte Bastian heraus, als Anna sich gerade umdrehen wollte.

»Doch, das bin ich. Ich habe mich schon sehr früh dafür entschieden, Psychiaterin zu werden. Ich habe mit so vielen kranken Menschen zu tun gehabt, weißt du.«

»Ich erzähle alles.«

Nun lachte sie wieder. »Ja, die nächste tolle Geschichte. Viel Glück.«

»Du hast mich nie geliebt.«

Erneut beugte Anna sich ein Stück weit zu ihm herunter und sagte leise: »Es ist mehr als das, Bastian. Ich habe deinen Vater gehasst, seit ich denken kann, und ich habe dich gehasst, seit ich von deiner Existenz wusste. Mehr, als ich ausdrücken kann. So sehr, dass ich mit dir geschlafen habe, um meine Rache zu bekommen. Du ahnst nicht, wie oft ich danach aufgestanden bin und mich übergeben habe.«

»Ja, leider habt ihr damals nur meine Eltern getötet. Ich wünschte, ich wäre auch gestorben.«

»Wir?« Einen Moment schien sie nachzudenken, dann huschte die Erkenntnis über ihr Gesicht. »Ach, du denkst, wir haben …? Oh, das muss ich dir noch erklären. Der Journalist, du weißt schon. Der richtige Journalist. Die Typen deines Vaters haben ihn in der Nacht erwischt, als er flüchten wollte. Er hat behauptet, er hätte Notizen und Filmmaterial am gleichen Tag aus Kissach herausgeschafft. Ein Bewohner habe ihm dabei geholfen.

Sie haben ihn gefoltert. Du hast ja gesehen, dass dein Vater etwas von Folter verstand. Aber der Mann ist dabei geblieben, dass an diesem Abend die Polizei und seine Zeitung das Material bekommen haben.

Da hat dein Herr Vater vollkommen den Kopf verloren. Er ist getürmt, hat seine Frau und seinen Sohn ins Auto gepackt und ist damit gegen einen Baum gefahren.

Ja, Bastian. Dein Vater hat den Wagen mit voller Absicht gegen einen Baum gefahren. Er wollte euch alle töten, weil der miese Feigling Angst vor den Konsequenzen hatte nach alldem, was er unseren Familien angetan hat.

Dein Vater, Bastian, hat deine Mutter umgebracht aus Feigheit. Und er wollte auch dich töten.«

Bastian spürte, dass er aufsprang.

Er hörte, dass er schrie.

Er sah, dass er auf Anna zuflog, sie erreichte, gegen sie prallte. Da waren seine Fäuste, sie schlugen auf Anna ein.

Hände, die ihn wegrissen, schmerzhafte Griffe, ein Arm um seinen Hals. Dann der Stich in den Arm.

Und er schrie und schrie. Auch noch, als sie ihn in einen gesonderten kleinen Raum brachten und ihn dort auf einer Trage festschnallten. Er schrie, bis das starke Beruhigungsmittel wirkte.

# Epilog

Die beiden Bufdis standen etwas abseits. Sie waren noch unerfahren und wurden gerade nicht gebraucht. Thanner wurde schon von drei vollexaminierten Pflegern verarztet.

»Arme Sau«, sagte der kleinere der beiden, ein junger Kerl mit blondem Pferdeschwanz.

»Kann man so oder so sehen«, entgegnete der andere, der einen Kopf größer und einige Jahre älter war. »Immerhin hat er seinen Kumpel abgestochen wie ein Schwein. Der soll mindestens fünfzigmal auf den eingestochen haben. Auch nicht gerade nett.«

»Klar, versteh ich. Aber wenn der doch nicht mehr alle Latten am Zaun hat, dann weiß er doch nichts davon. Dann kann er auch nix für.« Der Blonde grinste. »Aber hast schon recht, die Neue hätt er ja trotzdem nicht anfallen müssen. Ist doch ein heißer Feger. Vielleicht konnte er bei ihr nicht landen und ist deshalb so ausgerastet. Ich mein, der hat ja hier drin auch nicht so die Möglichkeit. Du weißt schon.«

»Glaub mir«, sagte der Ältere mit erhobenem Zeigefinger. »Wenn da oben was nicht stimmt im Oberstübchen, dann hat das meistens was mit den Eltern zu tun.«

»Da hast du wohl recht«, pflichtete sein Kollege ihm bei. »Der kommt hier sicher nie mehr raus.«

Beide wandten sich ab, und während der mit dem Pferdeschwanz in Richtung Aufenthaltsraum verschwand, ging der Ältere auf Kerstin Marquardt zu, die am Eingang des Zimmers stand, in dem Bastian auf einer Trage festgeschnallt war. Als er sie fast erreicht hatte, drehte sie sich zu ihm um.

»Gut gemacht«, flüsterte er ihr im Vorbeigehen zu und lächelte sie an.

Sie sah ihm nach, wie er den Flur entlangging und um eine Ecke verschwand.

Er war wohl der Einzige in der ganzen Klinik, der unter der weißen Arbeitskleidung rote Sneakers trug.

## *Mein Dank …*

… geht an alle, die in den letzten Monaten öfter mit mir zu tun hatten, denn sie haben wieder einmal die Höhen und auch Tiefen miterlebt, die die Entstehung eines neuen Buches bei mir stets mit sich bringt.

Die Euphorie und Vorfreude zu Beginn eines neuen Projektes. Das phantastische Gefühl, die ersten Seiten zu schreiben und mich an die Story heranzutasten. Aber auch die Frustration – oft am Ende des ersten Drittels – und die Selbstzweifel. Wird das, was ich da gerade schreibe, auch funktionieren? Oder hätte ich nicht besser eine andere Idee aufgegriffen und umgesetzt? Und schließlich die Berg- und Talfahrt am Ende: Das Glück und die Freude, weil wieder ein Buch fertiggestellt ist, und gleichzeitig die Traurigkeit darüber, die Story und meine Protagonisten nun verlassen zu müssen.

All das haben meine Freunde und meine Familie ein weiteres Mal nicht nur miterlebt, sondern auch mitgetragen, indem sie mich in allen Gemütszuständen auch ertragen haben. Ihr Lieben, dafür danke ich euch von Herzen.

Bedanken möchte ich mich auch bei den Menschen, die ich während meiner Rechercherreise an die Müritz kennengelernt habe. Ich kann Ihnen versichern: Keines der Dörfer, die ich dort besucht habe, gleicht auch nur ansatzweise dem Dorf *Kissach* in diesem Buch.

*Kissach* ist ebenso wie *Frundow* eine rein fiktive Ortschaft, die ich lediglich in der Gegend um die Müritz angesiedelt habe, weil ich für die Geschichte ein dünn besiedeltes Gebiet brauchte.

Namentlich erwähnen möchte ich zwei Personen, die zum ersten Mal direkt etwas mit einem Buch von mir zu tun hatten:

Da ist zum einen Simone Kasper, die im Rahmen meiner alljährlichen Aktion eine Figur für dieses Buch entworfen hat: Safi. Dieser Charakter hat mir so gut gefallen, dass ich ihm eine größere Rolle in der Geschichte gegeben habe, als ich es ursprünglich vorhatte.

Ebenfalls ein riesiges Dankeschön geht an Friderike Baum vom Fischer Verlag, die für dieses Projekt die Vertretung meiner »Stammlektorin« Iris übernommen hat. Sie hat das phantastisch gemacht und es mit Sachverstand und viel Fingerspitzengefühl ganz hervorragend verstanden, der Geschichte den letzten Schliff zu geben.

Und last but not least: Mein Dank an Sie, liebe Leserin, lieber Leser, für Ihr Interesse an meinen Büchern.

# Leseprobe

***aus dem neuen Psychothriller von Arno Strobel***

# Prolog

Schon früh fiel seinen Eltern seine überdurchschnittliche Auffassungsgabe auf. Mit vier konnte er lesen und schreiben, ein Jahr später interessierte er sich zum ersten Mal für die Angabe der chemischen Zusammensetzung von Mineralwasser auf dem Flaschenetikett.

Seinem Vater erklärte er nach jedem Besuch an der Tankstelle, wie viele Liter er im laufenden Jahr bisher getankt und wie viel er insgesamt dafür bezahlt hatte. Auf den Cent genau.

Zwei Wochen nach seiner Einschulung wurde er in die zweite Klasse versetzt, am Ende des Schuljahres übersprang er eine weitere Stufe und kam im Alter von sieben Jahren in die vierte Klasse.

Freunde fand er dort keine, er war seinen Mitschülern suspekt. Er sprach nicht viel und wenn, dann sagte er meist seltsame Dinge, die sie nicht verstanden. Seinen Eltern ging es zu diesem Zeitpunkt schon ähnlich.

Im darauffolgenden Jahr wechselte er auf das Gymnasium.

Etwa einen Monat nach Schulbeginn spürte er es zum ersten Mal. Es war ein warmer Septembernachmittag, und er saß auf der abschüssigen Wiese im Garten, starrte mit glasigem Blick in die Unendlichkeit und versuchte all die Gedanken zu ordnen, die sein Verstand in explosionsartigen Schüben produzierte. Seine zwei Jahre jüngere Schwester Sarah war gerade eingeschult worden und saß hinter ihm auf der Terrasse an ihren Hausaufgaben.

Ganz deutlich war es mit einem Mal da. Als presse etwas Fremdartiges Gedanken aus seinem Verstand, die er gar nicht denken wollte. Selbst sein umfangreicher Wortschatz bot ihm keine Möglichkeit, genauer zu beschreiben, was er empfand. Nicht einmal für sich selbst. Diese Unzulänglichkeit machte ihn wütend. So sehr, dass er aufsprang, zu Sarah lief und ihr ohne Zögern seine geballte Kinderfaust ins Gesicht schlug.

Als Sarah blutend und kreischend zu ihrer Mama lief, sah er ihr verständnislos nach. Er fühlte sich besser.

Seine Eltern standen der Situation ebenso fassungs- wie hilflos gegenüber. Wie so oft, wenn es um ihn ging. Sie gaben ihm eine Woche Hausarrest und drohten mit härteren Strafen, sollte etwas Ähnliches wieder vorkommen.

Monate später lockte er Sarah auf den Dachboden und versprach ihr ein Abenteuerspiel. Sie ließ sich die Hände von ihm hinter dem Rücken fesseln und den Mund mit einem breiten Paketklebeband zukleben. Selbst seiner Aufforderung, auf den bereitgestellten Stuhl zu steigen, kam sie noch freiwillig nach. Erst als er die Schlinge vom Balken über ihr herabließ und ihr um den Hals legte, weiteten sich ihre Augen. Doch da war es zu spät. Er hatte das Seil schon so stramm gezogen, dass Sarah auf Zehenspitzen stehen musste, um nicht stranguliert zu werden.

Als seine Mutter sie fand, saß er reglos vor dem Stuhl auf dem Boden und beobachtete fasziniert die panisch aufgerissenen Augen seiner kleinen Schwester, während die Kraft sie mehr und mehr verließ und der Strick ihr immer mehr die Luft abdrückte.

Sachlich erklärte er seiner hysterisch schreienden Mutter, dass es nichts mit Sarah zu tun hatte und es ihm nur darum gegangen war, zu sehen, wie ein Mensch aussieht, wenn er wirkliche Todesangst empfand. Es nutzte nichts. Am nächsten Tag schleppte sein Vater ihn zu einem Kinderpsychiater.

Er durchschaute schnell das simple System hinter den Fragen, die der Mann ihm scheinheilig freundlich stellte, und ließ ihn das durch seine Antworten auch spüren.

Der Arzt war sichtlich irritiert und empfahl seinen Eltern dringend eine längerfristige Behandlung des Jungen. Das gefiel ihm nicht, doch er ahnte, seine Intelligenz und seine Anpassungsfähigkeit würden ihn vor weiteren Konsequenzen bewahren, wenn er sie überlegt einsetzte.

Über einen Zeitraum von vier Monaten musste er einmal pro Woche zur Therapie. Danach attestierte der Psychologe seinen Eltern selbstgefällig, dass die *schwierige Phase* ihres Sohnes nun vorüber und er wieder absolut gesund sei.

Aus dieser Erfahrung hatte er gelernt. Zukünftig würde niemand mehr etwas von seinen Gedanken erfahren. Er wusste, er war allen überlegen, doch das würde er nun zu verbergen wissen.

Kurz nach seinem sechzehnten Geburtstag übernahm das Fremdartige in ihm endgültig die Herrschaft über seinen Geist.

# 1

»Habe ich dir eigentlich schon gesagt, dass ich mich sehr auf diese Woche freue?« Julia schaltete das Licht im Badezimmer aus und strahlte Michael an. Er legte das Fachbuch beiseite und betrachtete sie lächelnd. Ihre dunklen Haare waren unter einem rot-weißen Handtuchturban verborgen, den weißen Frotteebademantel hatte sie locker um ihren Körper geschlungen.

Dass Julia einige Pfunde mehr auf die Waage brachte als diese klapprigen Magermodels gefiel Michael ausgesprochen gut. Er liebte ihre weiblichen Rundungen und beteuerte das auch immer wieder, wenn Julia damit anfing, dass sie unbedingt abnehmen müsse.

»Lange Spaziergänge bei Wind und Wetter, dick eingepackt in warme Sachen, gutes Essen, die Seele baumeln lassen …« Am Fußende des Bettes angekommen, stieg Julia auf die Matratze und kroch mit geschmeidigen Bewegungen weiter. Draußen prasselte der Regen in wütenden Böen gegen das Schlafzimmerfenster, als würden in kurzen, unregelmäßigen Abständen lauter kleine Steine gegen die Scheibe geworfen. Die Ahnung der Unwirtlichkeit jenseits der Mauer ließ die wohlige Wärme des Schlafzimmers noch gemütlicher erscheinen.

Als ihre Gesichter nur noch Zentimeter voneinander entfernt waren, fügte sie gurrend hinzu: »Und noch andere Dinge.«

Michael küsste sie und zog sie lächelnd an sich. »Vergiss aber nicht, dass ich auf Amrum auch arbeiten muss.«

Julia hob den Kopf und zog die Stirn kraus. »Ich habe mit keinem Wort erwähnt, dass du bei diesen wundervollen Erlebnissen dabei sein wirst.« Beide lachten und schlossen sich wieder in die Arme.

Sie hatten sich rund drei Jahre zuvor kennengelernt. Michael hatte Bioinformatik studiert und nach dem Masterabschluss mit Auszeichnung gleich ein dreijähriges Promotionsstudium angehängt. An dem Abend, an dem er mit einigen Kommilitonen seinen *Dr. rer. nat.* feierte, waren sie sich zum ersten Mal begegnet. Ein halbes Jahr später war er zu Julia in ihre geräumige Wohnung gezogen.

Michael war noch eine Weile als wissenschaftlicher Assistent an der Uni geblieben, dann hatte er eine Stelle in einem Institut für Bioinformatik und Systembiologie angenommen, wo er sich seitdem mit der Analyse genomischer Resequenzierungsdaten beschäftigte.

Es war sein Kollege Dr. Andreas Wagener gewesen, durch den der bevorstehende Urlaub auf Amrum zustande gekommen war.

Michael hatte den Mittdreißiger erst einige Male gesehen, kannte aber wie jeder Mitarbeiter des Instituts seinen Namen. Wagener hatte in der Diabetesforschung einige beachtliche Erfolge erzielt, die selbst in den Vereinigten Staaten einiges Aufsehen erregt hatten.

Michael war ihm wie vielen anderen Kolleginnen und Kollegen auch nur hier und da mal auf dem Gang oder in der Kantine begegnet. Anfang Juli hatten sie sich dann beim Essen zufällig gegenübergesessen und waren ins Plaudern gekommen. Dabei hatte Wagener nebenbei erwähnt, dass er sich auf seinen Urlaub freue, der am nächsten Tag beginnen würde. Auf Michaels höfliche Nachfrage, ob er denn verreisen werde, erfuhr er, dass Wagener gemeinsam mit seiner Frau und einem befreundeten Paar zwei Wochen auf Amrum verbringen werde. Seinen Eltern gehörte dort ein großes Haus.

Als Michael daraufhin erwähnte, dass er noch nie auf einer der deutschen Inseln gewesen war, hob Wagener die Schultern und meinte, während der Ferienzeiten sei das Haus zwar fast immer belegt, aber wenn er mal in der Nebensaison dorthin wolle, wäre das kein Problem. Seine Eltern würden das Haus zwar nicht an Fremde vermieten, aber Michael sei ja schließlich sein Kollege.

Michael hatte sich für das Angebot bedankt, es aber kurze Zeit später wieder vergessen. Solche spontanen Vorschläge von Leuten, die man kaum kannte, stellten sich erfahrungsgemäß meist als Höflichkeitsfloskeln heraus, die schnell relativiert wurden, wenn man tatsächlich einmal darauf zurückkam.

Anfang Oktober war Andreas Wagener dann aber überraschend an Michaels Laborarbeitsplatz aufgetaucht und hatte verkündet, er werde mit seiner Frau die zweite Novemberwoche wieder auf der Insel verbringen. Sie wären alleine und im Haus sei noch Platz. Wenn sie Lust hätten, könnten er und Julia gerne mitkommen. Im Gegenzug könne er ihm ja ein wenig dabei helfen, den Dachboden des Hauses weiter auszubauen.

Als Michael am gleichen Abend Julia von der Idee berichtete, fiel sie ihm begeistert um den Hals. Sie liebte das raue Klima der Nordsee, und nachdem zwei Tage später ihr Urlaubsantrag in der Bank genehmigt war, sagten sie zu.

Zwei Wochen vor dem geplanten Start hatten sie sich mit Andreas Wagener und seiner Frau Martina zum Essen getroffen, um sich ein wenig kennenzulernen. Julia fand die sehr introvertiert wirkende Martina zwar ein wenig merkwürdig, doch letztendlich konnte sie das nicht davon abhalten, sich auf den Urlaub zu freuen. Sie würden auf der Insel sicher genug Gelegenheit finden, Zeit alleine zu verbringen.

Nun sollte es am nächsten Morgen losgehen.

»Was denkst du über Andreas?«, fragte Julia unvermittelt und richtete sich ein Stück weit auf.

»Er scheint ein genialer Wissenschaftler zu sein. Seine Forschungsergebnisse im Bereich …«

»Das meinte ich nicht«, unterbrach Julia ihn. »Ich meinte: Was hältst du von ihm als *Mensch*?«

Michael zuckte mit den Schultern. »Ich weiß es nicht, ich kenne ihn außerhalb des Instituts ja selbst kaum. Er ist höflich und recht umgänglich, das hast du ja vor zwei Wochen selbst feststellen können. Aber sonst …« Er beugte sich ein Stück nach vorne und gab Julia einen Kuss auf die Nase. »Wir müssen uns überraschen lassen.«

Julia kräuselte die Nase und rieb mit zwei Fingern über die Stelle, die Michael geküsst hatte. »Seine Frau ist seltsam.«

»Martina? Ja, sie spricht nicht viel. Vielleicht war das aber auch nur, weil wir uns noch nicht kennen. Wer weiß, ob aus der stillen Martina nicht eine entsetzliche Plaudertasche wird, wenn sie auf Amrum mal aufgetaut ist.«

»Was die Frage aufwirft, warum sie uns überhaupt in das Haus mitnehmen. Wir kennen uns doch alle wirklich kaum.«

Diese Frage hatte Michael sich auch schon einige Male gestellt, sich aber letztendlich damit begnügt, dass es keine Rolle spielte, was genau Wagener auf die Idee gebracht hatte.

»Das ist doch egal. Ich werde Andreas auf dem Dachboden helfen, dann hat jeder etwas davon. Vielleicht hatte er einfach keine Lust, die anstehenden Arbeiten alleine zu machen. Ich finde, über solche Dinge brauchen wir uns keine Gedanken zu machen.«

»Ja, du hast recht«, seufzte Julia und kuschelte sich wieder in Michaels Arm. »Letztendlich ist es egal. Ich freue mich jedenfalls sehr auf diese Woche. Du auch? Sag es mir.«

Michaels Gedanken wanderten ein, zwei Tage weiter und beschäftigten sich mit dem Thema, das ihm seit Wochen keine Ruhe mehr ließ. Mit jedem Tag, den ihr Urlaub näher gerückt war, hatte die Unruhe in ihm zugenommen.

»Worüber denkst du nach?«

Michael drängte seine Gedanken beiseite und sah Julia an. »Ach, nichts Besonderes.«

Er hoffte, dass sie ihm die Lüge nicht anmerkte.